BIS DER WÜSTLING KAPITULIERT

REGELN FÜR HALUNKE
BUCH FÜNF

DARCY BURKE

Zealous Quill Press

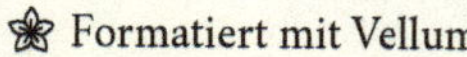 Formatiert mit Vellum

BIS DER WÜSTLING KAPITULIERT

Als eine junge Lady ruiniert wird, schwören ihre Freundinnen, dass keine von ihnen sich jemals wieder von einem Herzensbrecher umgarnen lässt. Sie werden dem Charme eines jeden Gentleman widerstehen, selbst – und vor allem – wenn dies bedeutet, sich damit den Ruf zu erwerben, unmöglich zu erobern zu sein. Es braucht schon außergewöhnliche Herzensbrecher, um ihre Regeln zu brechen ...

Um Lady Minerva Halifax einer Eheschließung gewogen zu machen, ist nichts Geringeres vonnöten, als das Versprechen auf ein herzzerreißendes, traumhaftes glückliches Ende, doch dieses Wunschdenken scheint zum Scheitern verurteilt. Nur weil sie die Tochter eines reichen Herzogs ist, lockt sie geldgierige und standesbewusste Schurken an. Dann erleidet der temperamentvolle, unbändige Bruder ihrer Freundin, Evan Price, bei einer Hausparty eine Verletzung und es ist an Min, ihn zu pflegen.

Völlig unerwartet springt zwischen den beiden der Funke über und sie fragt sich, ob Amor wohl endlich seine Kreise zieht.

Evan verliebt sich unvernünftigerweise in seine widerborstige Krankenschwester, doch er weiß genau, dass er ohne einen Adelstitel nicht die mindeste Chance hat, sie zur Frau zu bekommen. Min wird von ihren Eltern wieder auf den Heiratsmarkt gedrängt, während Evan erneut dazu übergeht, die Leere in seinem Inneren mit waghalsigen Abenteuern und oberflächlichen Flirts zu füllen. Mit einem Mal steigt er zum allseits gefragten Junggesellen von ganz Bath auf – mit Ausnahme der einzigen Person, die er wirklich begehrt.

Als jedoch ein ausgemachter Schurke auf der Bildfläche erscheint, um seinen Anspruch auf Min zu erheben, ist Evan gezwungen, sein Herz zu offenbaren, um nicht zu riskieren, sie für immer zu verlieren.

REGELN FÜR HALUNKEN

Bleibe nie mit einem Halunken allein.
Flirte nie mit einem Halunken.
Gewähre einem Halunken nie eine Chance.
Zweifle nie am Ruf eines Halunken.
Glaube nie an die Liebesschwüre oder
Ergebenheitsbekundungen eines Halunken.
Vertraue nie einem Halunken, der verspricht, sich zu
ändern.
Lasse nie zu, dass ein Halunke dein Herz sieht.
Ruiniere einen Halunken, bevor er dich ruiniert.

KAPITEL 1

Wiltshire, September 1816

*L*ady Minerva Halifax betrat die riesige, holzgetäfelte große Halle von Longleat und schwor sich im Stillen, dass sie auf dieser Hausparty *keinen* Ehemann für sich finden würde. Zwar hoffte eher ihre Mutter, die Herzogin von Henlow, dass dies passierte, doch weil sie nicht anwesend war, würde sie Min nicht auf Schritt und Tritt bedrängen können. Das würde allerdings geschehen, sobald sie nach der Hausparty zu ihrer Mutter nach Bath zurückkehrte.

Ellis Dangerfield, die seit siebzehn Jahren Mins Begleiterin war – Min war bei ihrem Kennenlernen fünf Jahre alt gewesen und Ellis neun –, trat neben sie. Min schaute sich mit ihren blauen Augen in der großen Halle mit ihren prächtigen Holzbalken an der hohen Decke um, während sie die Lage einschätzte, aber sie schien nicht übermäßig beeindruckt zu sein. Ellis beherrschte jedoch die Kunst, rätselhaft zu sein.

»Ich komme einfach nicht über meinen Schock hinweg, dass meine Mutter nicht gekommen ist«, raunte Min leise, als sie weiter in die Halle vordrangen. Ihre Anstandsdame Jane Ogilvie – sie war die Cousine der Großtante ihrer Mutter – folgte ihnen und entdeckte sofort einen Stuhl, auf dem sie sich niederließ.

»Offenbar war die Einrichtung des Hauses in Bath von größerer Bedeutung«, antwortete Ellis. »Insbesondere, weil sie plant, dort dauerhaft sesshaft zu werden.«

Das war eine überraschende Wendung gewesen. Für die Herzogin gab es nichts Schöneres, als in Henlow House in London zu residieren. Als sie Min dann mitteilte, dass sie beschlossen hatte, einen ständigen Wohnsitz in Bath einzurichten, war es eine Untertreibung zu behaupten, dass Min über diese Nachricht schockiert gewesen war. Noch immer verstand sie nicht ganz, warum ihre Mutter sich so entschieden hatte.

Dass die Ehe ihrer Eltern angespannt war, galt längst nicht mehr als Geheimnis, doch die beiden hatten einander jahrelang geduldet. Was war also geschehen, dass ihre Mutter beschlossen hatte, nicht länger als eine der besten Gastgeberinnen der feinen Gesellschaft in der Hauptstadt zu residieren?

Min schob den Gedanken beiseite, denn hier auf Longleat wäre die Antwort darauf ganz bestimmt nicht zu finden. Stattdessen war sie entschlossen, die Hausparty zu genießen und sich für den bevorstehenden Heiratsmarkt in Bath zu wappnen. Ihre Mutter hatte darauf hingewiesen, dass Min die Zeit davonlief. Würde sie in diesem Herbst nicht heiraten, wäre die Chance dazu vielleicht schon vertan. Dieser pessimistischen Einschätzung stimmte Min zwar nicht ganz zu, aber sie wusste, dass sie immer mehr auf das Abstellgleis geriet. Allerdings war dies besser als eine Ehe ohne Liebe und dem Risiko, sein Leben auf einem ewigen Schlachtfeld fristen zu müssen, wie es bei ihren Eltern der Fall war.

Fürs Erste würde Min die Hausparty in diesem prächtigen Anwesen mit Ellis genießen. Es bestand kein Zweifel, dass sie beide nur wenig Mühe haben würden, dem nicht ganz so aufmerksamen Auge von Mins Anstandsdame zu entwischen. Mrs. Ogilvie war eine liebenswürdige Lady von achtzig Jahren mit warmen haselnussbraunen Augen und einer Stupsnase. Den Perücken zum Dank, die sie trug, hatte sie eine dichte Frisur aus weißem Haar. Sie war weder auf peinliche Weise antiquiert noch war sie zu modisch. Seit fast sechzig Jahren war sie verwitwet und sie hatte keine eigenen Kinder, weshalb ihr die Rolle der ewigen Anstandsdame der Familie zugefallen war – manchmal fragte sich Min, ob sie dies freiwillig getan hatte. Ihre einzige Bedingung bestand darin, dass sie niemals nach London zurückkehren musste. Nach dem Tod ihres Mannes war sie von dort abgereist und nie zurückgekehrt.

Ihre Gastgeberin, die Marchioness of Bath, wuselte durch den großen Saal und begrüßte alle Gäste, die sich dort aufhielten. Min warf einen Blick auf Ellis. »Meinst du, es wird eine Ankündigung geben?«

Mrs. Ogilvie antwortete, bevor Ellis dazu kam. »Das erwarte ich. Es ist ein wenig seltsam.«

Die Marchioness kam mit einem strahlenden Lächeln auf sie zu. »Willkommen, Lady Minerva, Mrs. Ogilvie, Miss Dangerfield.« Sie richtete ihren Blick auf Min. »Ich freue mich sehr, dass Sie an unserer Hausparty teilnehmen können, auch wenn es mir leidtut, dass Ihre Gnaden Sie nicht persönlich begleiten konnte.«

Anstatt die Abwesenheit ihrer Mutter anzusprechen,

erwiderte Min das Lächeln der Marchioness. »Darf ich Ihnen die Glückwünsche meiner Familie zur kürzlichen Hochzeit Ihrer Tochter aussprechen?«

»Danke«, antwortete die Marchioness. »In London hat jede Menge Trubel geherrscht, und dann bin ich hierher zurückgekehrt, um die Hausparty auszurichten. Aber es ist schön, eine Tochter zu haben, die heiratet«, fügte sie lachend hinzu. Ihr Blick verweilte mit einer leicht erwartungsvollen Note auf Min. »Ich kann mir vorstellen, dass Sie darauf hoffen, sich bald zu verheiraten, und Sie sind nicht die Einzige. Lord Ecclestones Tochter ist ebenfalls hier.«

Die Gastgeberin blickte auf die gegenüberliegende Seite des Raumes, denn dort stand die eben erwähnte junge Lady mit einer anderen jungen Lady und deren Müttern. Min erkannte sie alle noch vom letzten Frühjahr in London wieder. Es war Miss Ecclestones erste Saison gewesen, und auf ihre Verlobung waren viele Wetten abgeschlossen worden. Allerdings hatten am Ende diejenigen gewonnen, die gegen ihre Verheiratung gewettet hatten.

»Es werden mehrere geeignete Gentlemen anwesend sein«, fuhr die Marchioness fort, »darunter auch der Viscount Claxton.« Er war Erbe einer Grafschaft in der Nähe von York – Mins Mutter hatte Sorge dafür getragen, ihre Tochter über die geeigneten Junggesellen ins Bild zu setzen. »Alle Kandidaten sind jung, robust und wohlhabend«, bemerkte Lady Bath. »In der Tat, können Sie einfach keine schlechte Wahl treffen.«

Das bezweifelte Min jedoch stark. Sie hatte die meisten der anwesenden Gentlemen kennengelernt, und nicht einer unter ihnen entsprach ihren Vorstellungen. Jeder einzelne konnte als Halunke oder zumindest als *schurkenhaft* beschrieben werden. Was allerdings keineswegs bedeutete, dass diese Gentlemen durchweg *verdorben* waren. Min stand einfach nicht der Sinn danach, jemanden zu heiraten, der die Begriffe Ehe und Partnerschaft nicht ernst nahm.

Aber sie wusste, dass sie dem Untergang geweiht war. Denn nur die wenigsten Männer betrachteten die Ehe als eine Partnerschaft, in der beide bestimmte Fähigkeiten und Eigenschaften mitbrachten, die ihnen dann als Gemeinschaft zugute kamen, was dann eine liebevolle Familie entstehen ließ. Genau diese Familie war es, die sich Min mehr als alles andere wünschte – sie wollte eine echte Ehe und keine strategische Allianz. Min würde sich auch nicht mit einem Mann zufrieden geben, weil die gesellschaftlichen Erwartungen ihr dies vorschrieben.

»Wollen Sie Ehestifterin spielen?«, fragte Mrs. Ogilvie ihre Gastgeberin mit einem prüfenden Blick, als wolle sie entscheiden, ob die Marchioness der Aufgabe gewachsen sei.

»Die Herzogin von Henlow hat mich ersucht, Sorge dafür zu tragen, dass Lady Minerva ausreichend Gelegenheit hat, ihre Zeit mit den Junggesellen auf der Hausparty zu verbringen.«

Min richtete ihre Aufmerksamkeit auf Lady Bath. »Hat sie das?«

Die Marchioness nickte. »Sie hat mir einen Brief geschickt. Als Mutter verstehe ich ihre … Sorgen. Ich frage mich allerdings, warum sie nicht selbst gekommen ist.« In ihrem Tonfall schwang ein Anflug von Herablassung und Missbilligung mit.

Min war versucht, die bisherige Abwesenheit ihrer Mutter zu rechtfertigen, doch dann beschloss sie, dass es keinen Sinn hatte. Sie würde jedoch einen Grund für die Abwesenheit ihrer Mutter nennen. »Meine Mutter ist damit beschäftigt, den Haushalt in Bath einzurichten, wohin wir nach der Hausparty umsiedeln werden. Ich

trage mich keineswegs mit der Absicht, bis dahin irgendwelche Entscheidungen bezüglich meiner Eheschließung
zu treffen. Ihnen ist sicher bewusst, dass eine einwöchige
Hausparty bei weitem nicht ausreicht, um eine Lady
umwerben zu können.« Sie schenkte ihrer Gastgeberin ein
mildes Lächeln.

Die Augen der Marchioness wurden eine Spur schma-
ler. »Longleat kann sehr romantisch sein. Das Anwesen ist
wunderschön. Sie könnten sich hinreißen lassen und sich
verlieben.« Ihr Blick wanderte an Min vorbei. »Sie müssen
mich entschuldigen, ich habe noch einen anderen Gast zu
begrüßen.«

Nachdem sich die Marchioness entfernt hatte,
bemerkte Mrs. Ogilvie: »Sie wird versuchen, die Ehestifterin zu spielen. Es wäre ein Coup für sie, wenn sie am
Ende der Hausparty deine Verlobung bekannt geben
könnte.«

»Da aber meine Eltern nicht hier sind, wird es keine
Verlobung geben«, antwortete Min. Und selbst wenn sie
hier *wären*, gäbe es längst noch keine Verlobung. Mit
weniger als Liebe würde sich Min unter keinen
Umständen zufrieden geben. Ganz bestimmt würde sie
diese Liebe in einer Woche auf Longleat nicht finden, und
dabei war es ganz gleich, wie verdammt »romantisch« die
Gartenanlagen auch sein mochten.

»Nur wenn eine Verlobung notwendig wird.« Mrs.
Ogilvie gluckste. »Was natürlich nicht der Fall sein wird.
Bislang warst du äußerst vorsichtig, was dein Benehmen
angeht. Ganz im Gegensatz zu deiner Freundin, die
ruiniert wurde, die Ärmste.«

Sie bezog sich auf Pandora Barclay, die zwei Jahre
zuvor vom Earl of Banemore während ihres jährlichen
Urlaubs in Weston ruiniert worden war. Jedes Jahr im
August reisten Min und ihr Bruder Sheff, der Earl of Shef-

ford, zusammen mit Ellis zum Anwesen ihres Vaters, The Grove, in der Nähe der Küstenstadt Weston. Einige Jahre zuvor hatte sich Min mit Persephone Barclay angefreundet, die Pandoras ältere Schwester war. Sie alle waren Freundinnen geworden und es gehörten noch zwei andere junge Ladys zu ihrem Kreis, die im August ebenfalls in Weston Urlaub machten.

»Pandora hat sich verliebt«, bemerkte Min leise. »Das hat ihr Urteilsvermögen getrübt. Sie war nicht darauf vorbereitet gewesen, dass Bane sie anlügen würde, denn er hatte ihr seine Liebe beteuert, und sie hatte auch nicht die geringste Kenntnis davon gehabt, dass er bereits verlobt war.« Banemore hatte Weston verlassen, nachdem sie in einer kompromittierenden Situation ertappt worden waren, und eine andere geheiratet, wodurch Pandoras Ruf zerstört war. Es war eine mahnende Geschichte über Liebe und Schurkerei. Liebe war zwar eine Voraussetzung für Min, aber sie war äußerst vorsichtig, damit sie sich nicht in einen Halunken verliebte.

Ellis nickte zustimmend. »Das war eine schreckliche Situation, in der sich Min niemals wiederfinden würde.«

»Die Liebe ist gefährlich«, orakelte Mrs. Ogilvie traurig. »Sie macht einen überaus verletzlich. Das kann wundervoll sein, aber auch verheerend.« Für sie selbst war Letzteres eingetreten, da sie ihren Mann, den sie sehr geliebt hatte, so kurz nach ihrer Hochzeit verloren hatte.

Der Gast, den die Marchioness begrüßt hatte, schlenderte nun weiter durch den Saal. Er hatte seinen Hut bereits abgesetzt und ihn wahrscheinlich an einen Lakaien gegeben, denn sein Haupt war entblößt und lud dazu ein, die braunen weichen Locken seines Haares zu betrachten, die für einen Gentleman besonders üppig ausfielen. Sie harmonierten mit den dichten kohlschwarzen Wimpern, die seine tiefbraunen Augen umrahmten, und die ebenfalls ausgesprochen attraktiv waren. Evan Price war objektiv gut aussehend – beinahe schon aufreizend gut. Außerdem war er der Bruder von Mins bester Freundin.

Allem voran war er aber ein Halunke.

Evan galt allerdings als ungefährlicher Halunke, denn Min und er waren Freunde und mehr würden sie auch nie sein. Er drehte den Kopf in ihre Richtung und ihre Blicke begegneten sich. Seine Miene drückte Überraschung aus, was darauf schließen ließ, dass er sie bislang nicht bemerkt hatte – oder Ellis, mit der er ebenfalls gut bekannt war. Dann wandte er sich zu ihnen um und schritt mit einen freundlichen Lächeln auf sie beide zu.

»Guten Tag, Lady Minerva, Miss Dangerfield und …« Mit einem Anflug von Panik schaute er Mrs. Ogilvie an. »Verzeihen Sie bitte, aber ich erinnere mich nicht an den Namen Ihrer beider Anstandsdame. Tatsächlich erkenne ich sie nicht einmal als dieselbe, die Sie beide in London hatten.« Er sah Min und Ellis entschuldigend an. »Bitte versichern Sie mir, dass es sich nicht um dieselbe Person handelt und ich mich gerade nicht komplett zum Narren gemacht habe.«

Min konnte sich ein Lachen über Evans Selbstironie nicht verkneifen. »Sie ist tatsächlich nicht dieselbe Person. Ich habe zwei Anstandsdamen – eine in London und eine außerhalb der Stadt. Sie erinnern sich doch sicher an Mrs. Ogilvie auf Grove? Sie ist im August immer mit uns dort.«

Für einen kurzen Moment weiteten sich seine Augen, und er verbeugte sich rasch. »Gewiss. Es tut mir leid, mich nicht auf Anhieb an Sie erinnert zu haben, Mrs. Ogilvie. Ich fürchte, ich erkenne meine Mitmenschen nicht immer gleich wieder. Das ist ein eher peinliches Manko.«

»Sie sind der Bruder von Lady Somerton«, bemerkte Mrs. Ogilvie und meinte damit Gwen, die mit Min und Ellis befreundet war.

Daraufhin zögerte Evan eine Sekunde mit seiner Antwort. »Ähm, ja. Manchmal vergesse ich, dass sie jetzt Lady Somerton ist.«

»Wir sind glaube ich alle über ihre Heirat mit Somerton überrascht«, bemerkte Min. Denn Somerton war ein unverbesserlicher Halunke gewesen, und Gwen hatte wahren Heldenmut bewiesen, ihn zu heiraten – das war zumindest Mins Ansicht. Somerton schien sich inzwischen zum Besseren entwickelt zu haben. Das Paar war über die Maßen glücklich.

Mrs. Ogilvie sah Evan mit einem erwartungsvollen Blick an. »Sind Sie zu der Hausparty gekommen, um nach einer Braut Ausschau zu halten?«

Evan schüttelte rasch den Kopf. »Dazu bin ich noch nicht bereit. Noch nicht.«

»Ist unsere geschätzte Gastgeberin darüber im Bilde?« Mrs. Ogilvie schürzte ihre Lippen. »Sie scheint der Ansicht zu sein, dass alle Junggesellen auf dieser Hausparty auf der Suche nach einer Braut sind.«

»Ich habe nicht behauptet, ich sei nicht auf dem Heiratsmarkt«, meinte Evan. Er blickte zu Min. »Nimmt die Marchioness etwa an, dass Sie hier sind, um einen Ehemann zu finden? Ich weiß nicht, ob jemand anwesend sein wird, den Sie … als Ihrer würdig erachten.«

»Warum sagen Sie das?«, verlangte Mrs. Ogilvie zu erfahren, als wären Mins hohe Ansprüche an einen Ehemann nicht bereits ein wohlverbreitetes Gerücht, da sie derart hoch waren, dass kein Mann ihnen gerecht werden konnte. Es hatte mehrere Verehrer und mehrere Heiratsanträge gegeben, die sie allesamt abgelehnt hatte.

Hinzu kam, dass Evan als Freund von Mins Bruder aller Wahrscheinlichkeit am ehesten die Wahrheit wusste, die darin bestand, dass Min sich keinesfalls den Hof von jemandem machen lassen würde, dessen Charakter nicht über jeden Zweifel erhaben war. Für Min bedeutete das nicht, ihre Ansprüche zu hoch anzusetzen. Es bedeutete lediglich, eine gesundes Maß an Selbstrespekt zu beweisen, um das von einem Mann zu erwarten, was sie verdiente: einen Ehemann, der ihr und auch sich selbst mit seinem Verhalten alle Ehre machte und sie vor allem, auch über die Maßen lieben würde.

Theoretisch würde Evan von dieser letzten Bedingung nichts wissen, denn Min sprach nicht von der Liebe. Würde sie darüber sprechen, so müsste sie eine Erklärung dafür liefern, warum dieses Gefühl so wichtig für sie war. Das hätte dann zur Folge, die lieblose Ehe ihrer Eltern ans Licht zu bringen, die aber wahrscheinlich ohnehin längst kein Geheimnis mehr war. Insbesondere jetzt nicht mehr, da ihre Mutter beschlossen hatte, dauerhaft in Bath sesshaft zu werden.

Min übernahm es für Evan, auf die Frage ihrer Anstandsdame zu antworten. »Mr. Price weiß, dass ich nicht daran interessiert bin, einen Halunken zu heiraten. Allerdings nehme ich an, dass Halunken die einzige Art von Junggesellen sein werden, die hier anwesend sind.«

»Genauso ist es«, meinte Evan grinsend.

»Sie selbst eingeschlossen«, fügte Ellis mit einem kleinen Lächeln hinzu.

Zwar hatte Evan kein so schurkisches Verhalten an den Tag gelegt wie Mins frisch verheirateter Bruder oder Evans neu angeheirateter Schwager, doch sein Benehmen entsprach auch nicht gerade dem eines Gentleman auf der Suche nach einer Braut. Er war unbekümmert und ausgelassen und er versuchte, andere mit seinem Sportsgeist und seinem Können an den Spieltischen zu beeindrucken.

»Sollten Sie nicht in London arbeiten?«, fragte Min. Evan war beim Finanzministerium angestellt, wo sein Vater einer der Lord Commissioners war.

»Derzeit nicht«, entgegnete Evan.

Min fand es seltsam, dass er keine weitere Erklärung lieferte. Sie drang jedoch nicht weiter in ihn ein, da gerade drei Gentlemen die Halle betraten und ihre Stimmen lautstark zu hören waren.

»Price!«, rief einer der Neuankömmlinge. Min erkannte ihn als Phillip Lambton, und er war der dritte Sohn des Earls of Alnwick. Ganz sicher war er nicht hier, um nach einer Braut Ausschau zu halten, und das selbst dann nicht, wenn seine Eltern darauf bestehen würden. Klatsch und Tratsch zufolge wollte dieser Sohn sich der Kirche verschreiben und er tat nur so, als sei er zuerst an einer Ehefrau interessiert.

»Aha, die Truppen sind angekommen«, bemerkte Evan wölfisch. Er nickte zuerst Min, dann Mrs. Ogilvie und zuletzt Ellis zu. »Bitte entschuldigen Sie mich. Ich bin sicher, wir sehen uns beim Dinner.«

»Mmm, ja«, murmelte Min, als Evan davonging. Die Frackschöße schwangen bei seiner zügigen Bewegung auseinander und gaben den Blick auf sein attraktives Hinterteil frei. Der Mann war wirklich zu gut aussehend.

Das würde zu nichts Gutem führen.

Das war eine Bemerkung, die ihre Mutter für attraktive Gentlemen übrig hatte. Min war sich sicher, dass ihre Mutter sich damit auf ihren eigenen Ehemann – also Mins Vater – bezog, der in seinen jungen Jahren ausnehmend gut aussehend gewesen war und das auch dem Bauch zum Trotz, den er durch jahrelangen Überfluss angesetzt hatte, noch immer war.

»Ihr beide seid Mr. Price bemerkenswert vertraut«, stellte Mrs. Ogilvie mit mehr als nur einem Anflug von Neugierde fest.

»Er ist ein Freund. Und er gehört fast zur Familie«,

antwortete Min. »Seine Schwester Gwen ist eine meiner engsten Freundinnen.«

»Nun, das ist bedauerlich. Er sieht äußerst gut aus«, urteilte Mrs. Ogilvie keck, ehe sie ihre Aufmerksamkeit auf die Gentlemen richtete, die nun von Evan angeführt wurden und sich die enormen Gemälde ansahen, welche die Geschichte eines Waisenkindes darstellte, das auf dem Anwesen aufgefunden worden war. Evan äußerte sich nun zu den Geweihen, auf die er zeigte, und ihr lautstarkes Geplauder drehte sich um die Jagd. »Sie werden lästig sein, nicht wahr?«, fragte Mrs. Ogilvie mit einem Seufzer.

Ellis lachte leise, und Min schloss sich ihr an.

Dann trat der Marquess of Bath ein, und es wurde allmählich still im Raum. Die Marchioness trat zu ihm und zusammen standen sie neben einem unglaublich langen Shuffleboard-Tisch. Er war in der Tat so ausladend, dass Min sich nicht vorstellen konnte, wie man ihn in diesen Raum hatte transportieren können. Wahrscheinlich war der Tisch an Ort und Stelle aufgebaut worden.

»Willkommen auf Longleat«, begrüßte der Marquess seine Gäste mit lauter Stimme. »Wir haben für die nächste Woche viel Unterhaltsames geplant, angefangen mit dem Dinner heute Abend, auf das dann Tanz und Kartenspiele folgen. Außerdem gibt es für diese Party etwas ganz Besonderes, das Lady Bath nun ausführlich erklären wird.« Er drehte sich zu der Marchioness um.

Sie lächelte die versammelten Gäste an, und ihre dunklen Augen funkelten vor lauter Aufregung. »Die Chancen stehen sehr gut, dass bei dieser Hausparty eine Verbindung zustande kommt. Sollte es zu einer Verlobung kommen, werden wir dem Paar eine goldene Rose schenken.« Die Marchioness lächelte breit.

Ellis lehnte sich zu Min und flüsterte: »Sie kann doch

nicht ernsthaft glauben, einen dieser Hohlköpfe damit zur einem Heiratsversprechen verlocken zu können.«

Min verkniff sich ein Lachen. »Hohlköpfe‹?«

»Das trifft den Nagel auf den Kopf«, meinte Ellis achselzuckend.

So war es in der Tat. Doch dann löste sich einer der jungen Gentlemen aus seiner Gruppe, und seine Bewegung errege Mins Aufmerksamkeit. Sie erkannte ihn nicht und sie fragte sich im Stillen, ob es sich vielleicht um den Viscount Claxton handelte. Er war ein attraktiver Mann, mit kastanienbraunem Haar und ausgeprägten Gesichtszügen, die von seinen dichten Augenbrauen bis zu seinem Kinn vorherrschten. Er ließ den Blick durch den Raum schweifen, bis er schließlich bei Min verweilte. Ein langsames und scheinbar absichtliches Lächeln zeigte sich auf seinem Gesicht. Ein Kribbeln überlief Mins Rückgrat und Hitze breitete sich in ihrer Brust aus.

»Meinst du, das ist Claxton?«, fragte Ellis leise.

Min drehte sich zu Ellis. »Das habe ich mich auch schon gefragt.«

»Er ist attraktiv«, stellte Ellis mit der Andeutung eines Lächelns fest.

Allerdings sagte das Aussehen eines Menschen nicht das Geringste über seinen Charakter aus und nur das interessierte Min. »Wir werden schon noch herausfinden, ob er einer von Evans ›Truppe‹ ist.«

Ellis blickte in des Gentlemans Richtung. »Soll das etwa heißen, du würdest ihm eine Chance geben?«

»Das werde ich wohl müssen, nehme ich an. Jedenfalls dann, wenn ich eine Chance haben will, eine Ehe mit jemanden zu schließen, ehe ich gezwungen werde, jemanden zu akzeptieren, den meine Eltern für mich ausgesucht haben.« Min hegte nicht den geringsten Zweifel daran, dass ihre Mutter alles daransetzen würde, sie zu einer Ehe zu drängen. Sie hatte eingelenkt und Min eine Liebesheirat zugebilligt, doch von dieser Liebesheirat war bislang noch nicht das Geringste zu ahnen und die Geduld ihrer Mutter hatte ihre Grenzen.

Min machte sich allerdings weniger über die Frustration ihrer Mutter Gedanken als über ihre eigene. Es konnte ja möglich sein, dass es ihr nicht bestimmt war, sich zu verlieben. Wenngleich sie sich aufgrund der jüngsten Liebesbeziehungen ihrer Freundinnen ermutigt fühlte, fürchtete sie, dass Gleiches bei ihr nicht funktionieren würde. Noch nie hatte sie eine besondere Neigung oder … Anziehung zu einem Mann verspürt.

Allmählich fragte sie sich, ob sie unfähig war, diese Dinge zu erleben. Möglicherweise war sie nach einem Leben als Zeugin der gegenseitigen Feindseligkeit und des Grolls ihrer Eltern, einfach gebrochen.

~

Nachdem die Ladys den Speisesaal am Abend nach dem Dinner verlassen hatten, blieb Evan bei den übrigen Gentlemen sitzen und nippte an seinem Portwein. Der Viscount Claxton, dessen Bekanntschaft Evan noch nicht gemacht hatte, saß zu seiner Rechten. Er schien in etwa im gleichen Alter wie Evan zu sein, also siebenundzwanzig Jahre. Er hatte kastanienbraunes Haar und ein ansprechendes Gesicht, das nach Evans Ansicht eine Spur von Arroganz ausstrahlte, als wüsste er von seinen Attraktivität, die er zu seinem Vorteil nutzte. Der Viscount war schnell zu einem Scherz aufgelegt – allerdings oft auf Kosten anderer. Zumindest hatte er diese Neigung gezeigt, sobald die Ladys in den Salon gegangen waren.

Claxton hatte ein paar derbe Bemerkungen über einige

der älteren Gentlemen gemacht, darunter auch über den Patenonkel des Gastgebers, der wahrscheinlich der betagteste Gast war. Der Mann hatte ein bedauerliches Problem mit Blähungen, und Claxton hatte es auf sich genommen, jeden im Raum darüber in Kenntnis zu setzen.

»Wer von euch wird sich also vor den Traualtar schleppen lassen?«, fragte Evan.

Lambton schüttelte energisch den Kopf. »Ich nicht. Ich setze auf Barswell.«

Der dunkelhaarige und dunkeläugige Viscount Barswell warf Lambton einen finsteren Blick zu. »Warum denn ich?«, fragte er, bevor er seinen Blick zu Claxton schweifen ließ. »Ich denke, wir sollten unser Geld auf denjenigen mit einem Bedürfnis auf eine Eheschließung setzen.«

Claxton sah Barswell aus schmalen Augen an. »Wir werden alle heiraten müssen, würde ich behaupten.«

Das war die Wahrheit und auch Evan war sich dessen bewusst. Er gehörte zwar nicht dem Adelsstand an, und war somit kein Gentleman, der einen Erben hervorbringen musste, aber sein Vater war erfolgreich und bekleidete ein wichtiges Amt in der Regierung. Er wünschte sich einen Enkel und war begierig darauf, dass Evan sich eine Frau suchte und Kinder bekam, um den Familiennamen weiterzuführen. Immerhin war Evan sein einziger Sohn.

»Und einige unter uns früher als andere«, bemerkte Lambton, ehe er an seinem Portwein nippte. Kaum hatte er einen Schluck getrunken, fügte er hinzu: »Beruhen die Gerüchte über Ihre Finanzen auf Unwahrheiten?«

Die jüngeren Gentlemen hatten sich um das untere Ende der langen Tafel gruppiert, und jeder von ihnen richtete seinen Blick nun auf Claxton. Die älteren Männer am Kopfende des Tisches, an dem der Marquess Hof hielt, schenkten der Unterhaltung am anderen Ende keine Aufmerksamkeit.

Claxton runzelte die Stirn. »Mir ist nicht bekannt, was Ihnen zu Ohren gekommen ist, aber ich würde mich als solvent betrachten, danke.« Er kippte den Rest des Portweins hinunter und geschwind war ein Diener zur Stelle, der sein Glas nachfüllte.

Evan versuchte, Claxton zu erforschen, um zu erkennen, ob der Mann die Wahrheit sagte, doch es war unmöglich, das zu sagen.

»Wenigstens sind meine Zähne gerade gewachsen«, sagte Claxton zu Lambton und bestätigte damit, was Evan bereits erkannt hatte – dass Claxton einen Hang zur Gehässigkeit besaß.

Lambton errötete, bevor er sein Glas austrank. Auch dieses wurde schnell wieder aufgefüllt.

Claxton richtete seine Aufmerksamkeit dann auf Evan. »*Und* ich habe einen Titel, der nicht zu übersehen ist.«

Versuchte der Mann etwa, sich mit nobler Überheblichkeit zu behaupten? Evan verschluckte ein Lachen. »Ich bin froh, frei von den Verpflichtungen zu sein, die ein Titel mit sich bringt und die einem den Großteil des Lebens diktieren.«

»Damit hast du mehr Zeit für deine waghalsigen Kunststücke«, warf ein anderer der jungen Männer ein. »Wirst du auf der Hausparty einige deiner Reitkunststücke vorführen?«

Das Reiten und die Vorführung von Tricks mit Pferden war eine von Evans sportlichen Aktivitäten, die man bei Astley's bestaunen konnte. »Wer weiß.«

»Ich denke, es ist an der Zeit, dass wir uns zu den Ladys gesellen«, verkündete ihr Gastgeber, der sich am Kopfende des Tisches erhob.

Alle Gentlemen schlossen sich ihm an und verließen den Speisesaal. Der Marquess sprach mit einem der Diener und kam erst bei der Tür an, als Evan schon fast dort war.

Sie waren die letzten beiden Gentlemen, die den Raum verließen.

Der Marquess gestikulierte zur Tür hin. »Nach Ihnen, Price.«

Evan neigte den Kopf und schritt über die Schwelle. Vor dem Speisesaal holte der Marquess ihn ein und ging dann neben ihm her. »Es freut mich sehr, dass Sie an der Hausparty teilnehmen konnten. Meine Frau ist begeistert, Sie hier zu haben, und sie hat ihre Hoffnung zum Ausdruck gebracht, dass Sie ihre kühnen Fähigkeiten auf dem Pferderücken unter Beweis stellen werden. Vielleicht ist morgen nach unserem Ausritt der richtige Zeitpunkt dafür?«

»Es wäre mir eine Ehre«, entgegnete Evan.

Die beiden Männer standen sich nun gegenüber und der Marquess betrachtete Evan einen Moment lang. »Werden Sie nach der Hausparty nach London zurückkehren, oder planen Sie, den Herbst außerhalb der Stadt zu verbringen?«

Der prüfende Blick seines Gegenübers hatte zur Folge, dass Evan sich anspannte. War dem Marquess von dem Skandal berichtet worden, der Evan aus London vertrieben hatte? »Ich werde etwa einen Monat in Bath verbringen«, gab Evan ungerührt zurück.

Sein Vater hatte ihm sogar die Anweisung erteilt, bis zum neuen Jahr nicht nach London zurückzukehren, damit der Klatsch und Tratsch sich erst wieder legen konnte. Das bedeutete für Evan eine große Unannehmlichkeit, zumal die Rolle, die er in jenem Skandal gespielt haben sollte, frei erfunden war.

Der Marquess nickte leicht. »Das halte ich für eine gute Entscheidung. Ich setze meine Hoffnung darauf, dass Sie sich hier von Ihrer besten Seite zeigen werden. Ich bin zwar nicht genau im Bilde, was sich damals in London zugetragen hatte, aber ich möchte Sie ersuchen, Sorge dafür zu tragen, dass die Hausparty und der Ruf meiner Frau nicht durch irgendeine … Indiskretion in Mitleidenschaft gezogen werden.«

Von vornherein hätte Evan mit so einer Situation rechnen müssen, da ihm eine Liaison mit einer verheirateten Frau angehängt worden war, deren Mann ebenfalls im Finanzministerium beschäftigt war. In Wahrheit hatte er jedoch keine Affäre mit Mrs. Dalton gehabt. Allerdings hatte dies auf seinen guten Freund Roger Martin zugetroffen, dem Evan viel zu verdanken hatte. Denn Evan glaubte, den Skandal besser überstehen zu können als Roger, der gerade eine vielversprechende Karriere als Anwalt begonnen hatte und der, wie er selbst, über keinerlei starke familiäre oder soziale Verbindungen verfügte, die ihm den Rücken stärkten.

Evan brachte ein Lächeln von der Art zustande, die den Marquess hoffentlich beschwichtigen würden, und neigte sein Haupt mit einer gewissen Ehrerbietung. »Ich habe meine Lektion gelernt, Mylord. Seien Sie versichert, dass mein Verhalten über jeden Vorwurf erhaben sein wird.«

»Das erleichtert mich sehr, und ich bin froh, das zu hören«, entgegnete Bath. »Und wenn Sie auf der Suche nach einer Ehefrau sind, wird die Marchioness Ihnen sicherlich gern behilflich sein.«

»Leider bin ich nicht auf Brautschau. Und ich denke, Sie sollten Ihre Ladyschaft auf die sehr reale Möglichkeit vorbereiten, dass es auf dieser Hausparty zu keiner Verbindung kommen wird. Ich glaube kaum, dass einer der Gentlemen es mit dem Heiraten ernst meint.«

»Dann sollten Sie es sich zur Aufgabe machen, die Gentlemen zu überzeugen«, entgegnete der Marquess mit einem Lächeln. »Auf uns alle wartet eines Tages die Ehe, und wir haben hier mehrere junge Ladys mit ausgezeichneten Aussichten. Einer von ihnen könnte sehr gut um die Hand von Henlows Tochter anhalten. Dieser Mann würde in einem hohen Maße willkommen geheißen werden und seine früheren Fehler wären vergessen.«

Wollte Bath ihn etwa darauf stoßen, dass er Min heiraten sollte, um seinen Ruf zu rehabilitieren?

»Ich werde die anderen entsprechend informieren«, entgegnete Evan. Dabei machte er sich gar nicht erst die Mühe, dem Mann zu sagen, dass Min nicht einen einzigen dieser Halunken als Heiratskandidaten ins Auge fassen würde.

Der Marquess setzte sich daraufhin in Richtung Salon in Bewegung und Evan ging neben ihm her. »Sie sollten Lady Minerva zum Tanzen auffordern.«

»Das werde ich ganz bestimmt tun. Sie ist immerhin eine Freundin meiner Schwester. Und ihr Bruder ist ein enger Freund.«

»Man könnte sich fragen, warum Sie beide nicht schon verlobt sind«, bemerkte der Marquess mit einem Seitenblick und einem Schmunzeln.

»Wir sind befreundet, Mylord. Ich bin mir auch nicht sicher, ob Lady Minerva auf romantische Weise mit mir harmonieren würde.«

»Gelegentlich reicht es voll und ganz, eine Freundin zu heiraten – jemanden, den man respektiert und der eine angenehme Gesellschaft für einen ist. Sicherlich ist das besser als eine Ehe mit einer Frau einzugehen, die einem kaum bekannt ist und bei der es unklar ist, ob man überhaupt etwas mit ihr gemeinsam hat.« Der Marquess richtete den Blick auf die Tür zum Salon, die vor ihnen lag.

Bei ihrem Eintreten überließ Evan dem Gastgeber der Hausparty den Vortritt und folgte ihm dann. Er hielt nach Min Ausschau und als er sie dann entdeckte, tanzte sie bereits – mit Claxton. Sie schien sich zu amüsieren, wenn er ihr Lächeln als einen Hinweis darauf werten sollte.

Wie immer stand Ellis als ein Mauerblümchen in der Ecke. Evan gesellte sich zu ihr. »Ich habe Sie noch nie tanzen sehen. Können Sie das überhaupt?«

Sie lachte. »Ja, das kann ich. Aber es ist nicht so, dass ich eine Gelegenheit hätte, mein Können unter Beweis zu stellen. Ich habe es gelernt, indem ich Min beobachtet habe – sowohl im Unterricht als auch auf dem Tanzparkett auf unzähligen Bällen und Veranstaltungen.«

»Sie haben nicht am Unterricht teilgenommen?«

»Das war nichts für mich.« Ihr Tonfall schien zu vermitteln, dass sie sich nicht weiter daran störte, aber Evan musste glauben, dass sie sich ausgegrenzt fühlte.

»Sie wollten es nicht lernen?«

Ellis zuckte mit den Schultern. »Ich war stets Mins Gefährtin. Von ihrer Gouvernante habe ich zwar die gleiche Ausbildung erhalten, aber ich wurde nicht im feinen Umgang geschult. Die Ironie dabei ist, dass ich besser sticken kann als Min.«

Evan lächelte. »Wie charmant.« Zusammen beobachteten sie das Geschehen auf der Tanzfläche eine Weile, ehe er dann fragte: »Was werden Sie tun, wenn Min heiratet?«

»*Wenn* sie heiratet!«

»Sind Sie der Annahme, dass sie es nicht tun wird?« Er drehte sich zu Ellis um, die ein schlichtes Abendkleid trug und deren blondes Haar zu einer unkomplizierten Frisur geflochten und nur mit einer Schleife geschmückt war. Durch ihr Aussehen wurde ihr untergeordnetes Ansehen im Vergleich zu Min hervorgehoben. Ungeachtet dieser Unterscheidung kam es Evan so vor als ob sie Schwestern zu sein schienen.

»Sie wird wohl nur heiraten, *wenn* sie den richtigen

Bräutigam findet, denke ich. Selbst wenn ihre Eltern das von ihr verlangen, wird sie sich nicht binden.«

»Sie kann natürlich auch dem Beispiel ihres Bruders folgen«, bemerkte Evan. »Als diese von ihm verlangten, sich zu verheiraten, hat er sich die unpassendste Frau ausgesucht.«

Ellis drehte den Kopf und sah ihn an. »Nun sind die beiden glücklich verheiratet. Wenn Min den gleichen Weg einschlagen will, dann stimme ich von Herzen zu. Sie verdient nichts Geringeres als wahre, beständige Liebe und dauerhaftes Glück.«

Der Tanz ging dem Ende zu, und Evan kam mit einem Mal zu Bewusstsein, dass Ellis seine Frage nicht beantwortet hatte, was sie unternehmen würde, wenn Min sich zur Heirat entschloss. Möglicherweise war dies eine Frage, über die Ellis nicht nachdenken wollte.

Min und Claxton trennten sich, als sie die kleine Tanzfläche verließen. Min schritt direkt zu einem Tisch mit einer großen Schale Delfter Punsch. Nachdem sie sich ein Glas eingeschenkt hatte, trank sie ein paar Schlucke, ehe sie zu Ellis und Evan zurückging.

Evan entgingen Mins rosige Wangen und ihr hastiges Trinken des Punsches nicht. »Ich würde Sie gern fragen, ob Sie das nächste Set tanzen wollen, oder ob Sie vielleicht lieber eine Pause einlegen möchten.«

»Es gibt keinen Tanz mehr«, bemerkte Min. »Wir haben beschlossen, dass der Raum zu klein ist. Wenn Sie wollen, tanze ich am letzten Abend auf dem Ball mit Ihnen. Der wird im Ballsaal stattfinden.«

»Ich freue mich schon darauf.« Er sah in Claxtons Richtung, der jetzt mit einer anderen jungen Lady sprach. Evan hatte keine Ahnung, wie sie hieß. Wenn er schon Gesichter so schlecht in Erinnerung behalten konnte, so war er nur unwesentlich besser darin, sich die Namen von

Personen zu merken. Es war verteufelt schwer, sich alle Namen einzuprägen, also hielt er es für das Beste, sich einfach offen zu seinem schlechten Gedächtnis zu bekennen, wenn es um seine Mitmenschen ging.

»Wie haben Sie Claxton gefunden?« Als er seine Frage an Min richtete, interessierte ihn auch, ob der Mann etwas von seiner Gehässigkeit verraten hatte.

»Sehr charmant, eigentlich.« Sie schaute Evan argwöhnisch an und trat näher zu ihm. »Wieso, was wissen Sie denn?«

Er wollte ihr nichts von Claxtons unausstehlichem Betragen im Speisesaal erzählen. Vielleicht hatte der Mann nur angeben wollen, da er mit keinem der Anwesenden wirklich bekannt war. Evan konnte seine Nervosität verstehen. An das erste Mal, als er Mins Bruder und seine Freunde vor mehr als einem Jahr in London kennengelernt hatte, und an den ersten August, den er mit ihnen in Weston im letzten Jahr verbrachte, hatte er noch gute Erinnerungen. Ein Herzog, ein Viscount und zwei Earls hatten ihn ein wenig eingeschüchtert, und noch mehr allerdings die enge Freundschaft, die sie verband. Er hatte sich wie ein Eindringling gefühlt, bis die anderen ihn freudig und aufrichtig in ihrem Kreis willkommen geheißen hatten.

»Ich weiß nichts«, antwortete Evan. »Sie werden ihn während der Hausparty besser kennenlernen, da bin ich sicher.«

»Kann ich mich darauf verlassen, dass Sie mich informieren, wenn Sie etwas Wichtiges hören?«, bat sie. »Insbesondere, wenn er ein Halunke ist.«

»Gewiss können Sie sich darauf verlassen, dass ich Ihnen die Wahrheit sage, wenn sie mir bekannt wird.« Er machte sich im Geiste eine Notiz, Claxton genau im Auge zu behalten, insbesondere, was sein Verhalten gegenüber

Min betraf. »Ich bin gerne bereit, während der Hausparty die Rolle des großen Bruders zu spielen.«

Min legte die Stirn in Falten. »Ich brauche keinen weiteren Bruder, aber ich weiß Ihre Fürsorge zu schätzen. Ich freue mich auf diese Auszeit von meiner Familie, weshalb es mir auch lieber wäre, wenn Sie nicht auf diese Weise über mich wachen würden.«

»Dass man gelegentlich eine Auszeit von der Familie braucht, kann ich voll und ganz verstehen.« Evan selbst war über die Trennung von seinem Vater erfreut. Als er von Evans »Indiskretion« erfahren hatte, war er außer sich vor Wut gewesen und hatte ihn prompt aus dem Londoner Schatzamt verbannt.

»Werden Sie einige Ihrer reiterlichen Kunststücke während der Hausparty vorführen?«, fragte Min.

»Der Marquess hat mich ersucht, morgen nach dem Ausritt einige davon vorzuführen.«

Min verzog das Gesicht. »Ist das etwa der Ausritt, zu dem die Ladys nicht eingeladen sind?«

»Nun ja, das nehme ich an«. entgegnete Evan. »Ich kenne mich mit Hauspartys nicht so gut aus wie Sie, aber reiten die Gentlemen nicht in der Regel von den Ladys getrennt?«

»Normalerweise ist das so, doch da die Marchioness die Ehestifterin spielt, war ich der Annahme, sie würde den Ladys erlauben, mit den Gentlemen zu reiten. Stattdessen offeriert sie uns überhaupt keine Gelegenheit zu reiten.« Min seufzte enttäuscht.

»Was werden Sie also unternehmen?«, fragte Evan.

»Ich werde lesen oder mich mit Handarbeiten beschäftigen, würde ich vermuten. Vielleicht werden wir aber auch eingeladen, nach draußen zu kommen, um Ihre Vorstellung zu sehen.« Ein schelmisches Funkeln ließ ihre blassgrauen Augen leuchten. Ihre Farbe war erstaunlich und immer wieder zogen diese Augen seine Aufmerksamkeit und Bewunderung auf sich. »Wenn nicht, werden wir wohl um diese Zeit einen Spaziergang unternehmen.« Sie blickte zu Ellis, die den Kopf zur Antwort neigte.

»Dann werde ich etwas Außergewöhnliches versuchen«, meinte Evan mit einem Lächeln.

Ellis zog eine Augenbraue in die Höhe. »Hoffentlich wird es mehr werden als nur ein Versuch. Wir wollen doch nicht, dass Ihnen etwas Unangenehmes zustößt.«

»Bisher habe ich mich noch nicht verletzt, einmal abgesehen von gelegentlichen blauen Flecken. Ich bin zuversichtlich, was meine Fähigkeiten angeht.« Er lehnte sich zu ihr. »Das sollten Sie ebenfalls sein.«

»Nun, wenn Ihre Überheblichkeit ein Hinweis darauf ist, werden wir uns ausgezeichnet unterhalten«, meinte Min lachend.

Evan konnte sein Grinsen nicht zurückhalten. »Ich werde mein Bestes geben.« Er sah Mins Blick wieder zu Claxton wandern und überlegte, ob er ihr sein beleidigendes Verhalten weiterhin verschweigen sollte. »Ich muss Ihnen wohl nicht sagen, dass Sie sich vor dem schmucken Viscount besser in Acht nehmen sollten, da er keinem von uns bekannt ist.«

»Das müssen Sie nicht«, antwortete Min keck. »Sie werden keine andere finden, die im Umgang mit den Angehörigen Ihres Geschlechts so vorsichtig ist wie ich.«

Das glaubte Evan ihr aufs Wort.

KAPITEL 2

Wie erwartet waren die Damen am späten Vormittag im Salon versammelt, um entweder zu lesen oder zu sticken. Min widmete ihre Zeit weder der einen noch der anderen Beschäftigung und bemerkte eine andere junge Lady, die sich der allgemeinen Aktivität ebenfalls entzogen hatte. Sie stand in der Nähe des Fensters und blickte auf die weitläufigen Gärten hinaus.

Min ging zu der jungen Frau hinüber, die etwas jünger zu sein schien als sie selbst mit ihren zweiundzwanzig Jahren. Sie hatte dunkles, kastanienbraunes Haar und hellblaue Augen, die ein bisschen wehmütig nach draußen blickten.

»Ich bin Lady Minerva. Ich habe Sie gestern Abend nicht gesehen.«

Die junge Frau drehte Kopf zu Min. »Ich weiß, wer Sie sind. Ich bin Iona Shaughnessy. Wir sind spät angekommen. Eines unserer Pferde hatte ein Problem mit dem Huf.«

»Es tut mir leid, das zu hören.« Min blickte auf die

Gärten hinaus. »Wünschen Sie sich, dort draußen zu sein? Um vielleicht mit den Gentlemen auszureiten? Ich schon.«

»Ganz gewiss wäre das besser als Sticken.« Miss Shaughnessy rümpfte die Nase. »Meinen Sie, es hätte einen Sinn, der Marchioness zu sagen, dass wir lieber reiten möchten?«

Min lachte leise. »Da bin ich mir nicht sicher. Die Marchioness scheint ziemlich starre Vorstellungen davon zu haben, womit die Gentlemen und die Ladys sich auf dieser Hausparty die Zeit zu vertreiben haben. Sie ist stark darauf fixiert, dass jemand während ihrer Hausparty eine Partie macht.« Sie warf einen langen Blick zu Miss Shaughnessy. »Könnten Sie das sein?«

Miss Shaughnessys Blick wanderte zu einer dunkelhaarigen Frau, die nicht weit entfernt in einem Sessel saß. »Das hofft meine Mutter natürlich. Deshalb ist sie mit mir hergekommen.« Sie schaute Min an. »Sind Sie etwa nicht aus diesem Grund hier?«

Min zuckte mit den Schultern. »Die Marchioness wäre begeistert, wenn ich eine Ehe eingehen würde, und meine eigene Mutter auch. Allerdings ist meine Mutter nicht hier, also lastet nicht derselbe Druck auf mir wie auf Ihnen. Ich bitte um Verzeihung, Miss Shaughnessy.«

»Bitte nennen Sie mich Iona.«

»Dann müssen Sie mich Min nennen, wie alle meine Freundinnen.«

Iona lächelte. »Sind wir also Freundinnen?«

»Ich wüsste nicht, warum wir das nicht sein sollten«, meinte Min. »Wir haben bereits festgestellt, dass keine von uns beiden im Salon eingesperrt sein will, wo wir von der Langweile der Stickerei bedroht werden. Übrigens habe ich vor, mich in Kürze nach draußen zu stehlen, um Mr. Price bei seinen waghalsigen Reitkünsten zuzusehen.«

Ionas Augen leuchteten erwartungsvoll. »Darf ich mit Ihnen kommen?«

»Ganz bestimmt.«

»Ich habe bereits von den tollkühnen Tricks gehört, die Mr. Price zum Besten gibt«, meinte Iona. »Mein Bruder Ruark, oder besser bekannt als Wexford, ist mit Mr. Price bekannt.«

»Ihr Bruder ist der Earl of Wexford?«, fragte Min. »Ich kenne Lady Wexford. Wenn sie hier wäre, würde sie sich uns zweifellos anschließen, um nach draußen zu gehen.«

Iona nickte. »Das würde sie in der Tat.«

Min fiel wieder ein, dass sie schon einmal etwas über Iona Shaughnessy gehört hatte, und das wahrscheinlich von Cassandra – oder besser Lady Wexford. Der Earl of Wexford hatte vier Halbschwestern, und eine von ihnen war mit dem Besitzer des Phoenix Clubs verheiratet. Min war der Annahme gewesen, dass die zweitälteste der Schwestern, also Iona, verlobt war, doch das war wohl ein Irrtum.

»Verzeihen Sie mir«, entschuldigte sich Min. »Ich war der Annahme, dass Sie bereits verlobt wären.«

Iona formte die Lippen zu einem angewiderten Ausdruck. »Damit hatte ich eigentlich gerechnet, doch dann hat der Gentleman mir keinen förmlichen Antrag gemacht, obwohl er mich in dem Glauben ließ, dass er dies vorhatte.«

Mins Miene verfinsterte sich. »So ein Halunke! Er klingt, als wäre er ein schrecklicher Halunke. Ich verabscheue Halunken. Meine Freundinnen und ich haben sogar eine Reihe von Regeln, die wir befolgen, um uns dieser Halunken unter allen Umständen zu erwehren. Für eine junge Lady kann dies insbesondere dann sehr tückisch sein, wenn sie auf dem Heiratsmarkt ist.«

Iona drehte sich zu Min, und ihre Augen leuchteten vor Begeisterung. »Erzählen Sie mir von diesen Regeln.«

»Eigentlich sind dies ganz normale und vernünftige Dinge, aber es schadet keinesfalls, noch einmal deutlich daran erinnert zu werden und sich auf die Unterstützung seiner engsten Freundinnen verlassen zu können, während wir uns vor skandalösen Männern schützen«, erklärte Min. »Sie lauten: Sei niemals mit einem Halunken allein. Flirte nie mit einem Halunken. Gib einem Halunken nie eine zweite Chance. Zweifle nie am schlechten Ruf eines Halunken. Glaube einem Halunken niemals die Beteuerungen seiner Liebe oder Ergebenheit.«

»Diese Lektion habe ich bereits gelernt«, unterbrach Iona sie mit einem rauen Lachen. »Fahren Sie bitte fort, oder sind das alle?«

»Nein, es sind noch einige mehr. Insgesamt sind es acht«, entgegnete Min. »Glaube einem Halunken niemals, sich zu ändern. Erlaube einem Halunken nie, dein Herz zu sehen. Und wenn alles andere fehlschlägt, ruiniere den Halunken, bevor er dich ruinieren kann.«

»Oh, das ist ein ausgezeichneter Ratschlag«, urteilte Iona ernst. »Haben Sie und Ihre Freundinnen einen Club, um Halunken zu meiden?«

»Es ist nicht offiziell, aber ich betrachte Sie als Mitglied unseres Clubs – als Gründungsmitglied, da Sie gerade die Idee hatten, uns zu einem Club zusammenzuschließen. Wir Frauen müssen zusammenhalten, insbesondere dann, wenn wir uns auf Hauspartys wie dieser hier aufhalten, auf der es von geeigneten Junggesellen wimmelt, die wir in Betracht ziehen sollten.«

»Ich war noch nie Mitglied in einem Club«, bemerkte Iona.

»Natürlich nicht. Das liegt daran, dass nahezu alle Clubs für *Männer* sind.« Min verdrehte die Augen, und dann mussten sie beide lachen. »Wird Ihre Mutter Sie irgendwann zu einer Heirat zwingen?«

»Das ist anzunehmen, doch eigentlich geht es ihr nur darum, Sorge dafür zu tragen, dass meine Aussichten nicht ruiniert sind«, entgegnete Iona. »Sie sorgt sich, dass mein Ruf Schaden genommen haben könnte, weil mein vormaliger Verehrer es versäumte, mir einen Antrag zu machen. Das ist mir allerdings einerlei. Ich bin noch jung und mir bleibt noch einige Zeit, ehe ich zu einer Jungfer werde. Nach meinen jüngsten Erfahrungen habe ich keine große Eile, einen Ehemann zu finden.«

»Das kann ich Ihnen nicht verdenken«, versicherte Min mitfühlend. »Es ist wirklich kein leichtes Unterfangen, einen als Ehemann geeigneten Gentleman zu finden, der kein Halunke ist. Vier meiner Freundinnen, die gegen Halunken sind, haben inzwischen geheiratet, und ihre Ehemänner waren die schlimmsten Halunken, die man sich vorstellen kann. Durch die Liebe haben sie sich allerdings irgendwie verwandelt. Ich kann das alles kaum glauben.« Sie schüttelte den Kopf. »Einer dieser frisch gebackenen Ehemänner ist mein eigener Bruder. Das gibt mir Hoffnung, denn wenn er der Liebe unwiderruflich anheimfällt und er sich dafür selbst reformiert hat, dann halte ich es nicht länger für ausgeschlossen, dass jeder andere ebenfalls dazu in der Lage ist.«

Insbesondere weil Sheff seine schurkischen Fähigkeiten perfektioniert hatte, indem er ihren Vater nachahmte, der einer der schlimmsten Halunken war, die Min kannte. Der Unterschied zwischen den beiden bestand jedoch darin, dass Sheff das Kunststück fertiggebracht hatte, sich zu bessern.

»Wie schön, das zu hören«, gab Iona lächelnd zurück. »Ich habe gelesen, dass Ihr Bruder kürzlich geheiratet hat. Ist seine Braut in Ihrem Club?«

»Ja, Jo ist absolut entzückend.«

Auf Ionas Stirn bildeten sich leichte Furchen. »Gehört ihrer Mutter nicht das Siren's Call? Das ist eine Spielhölle, nicht wahr?«

Min nickte. »Sehr zum Leidwesen meiner Mutter. Das Glück von Sheff und Jo ist der Beweis dafür, dass man sich nicht von der Gesellschaft oder gar seiner Mutter vorschreiben lassen darf, was das Beste für einen ist.«

»Dem stimme ich voll und ganz zu«, entgegnete Iona eifrig. »Ich habe mir Gedanken gemacht, wie ich meine Mutter beruhigen kann, damit sie ihre Aufsicht ein wenig lockert. Ihre Hoffnung ist, dass ich hier auf dieser Hausparty einen Verehrer finde, aber ich muss gestehen, dass keiner dieser Gentlemen meine Aufmerksamkeit erregt.«

»Das verstehe ich vollkommen und ich empfinde das Gleiche.« Min senkte die Stimme ein wenig. »Ich habe sogar so manchen Verehrer erfunden, um meine Mutter zu beschwichtigen. Allerdings habe ich das inzwischen so oft getan, dass es nicht mehr funktioniert. Vielleicht klappt es ja noch bei Ihnen.«

Iona schien diese Idee ernstlich in Erwägung zu ziehen. »Vielleicht. Ich danke Ihnen.«

Ellis trat an sie heran, und Min machte sie mit Iona bekannt. »Sie ist das neueste Mitglied unseres Clubs.«

»Wir haben einen Club?«, fragte Ellis.

»Der Regeln für Halunken Club«, gab Min zurück.

»Mir war gar nicht bewusst, dass dies ein Club ist«, meinte Ellis lachend und ihre blauen Augen funkelten.

»Das war Ionas Einfall.« Min warf ihrem Gegenüber einen bewundernden Blick zu. »Sie hat wissen wollen, ob dies ein Club sei, und ich habe mich gefragt, warum nicht.«

Ellis lächelte Iona an. »Das ist brillant. Vielleicht haben wir alle einen gewissen Bedarf an Dingen mit einem bestimmten Thema, wie vielleicht bestickte Taschentücher.«

»Die Idee gefällt mir, aber das wirst du zusammen mit Pandora schon schaffen.« Min lachte leise. »Iona mag Handarbeiten genauso ungern wie ich.«

»Pandora und ich werden *begeistert* sein«, versicherte Ellis ihr mit einem leisen Anflug von Sarkasmus. »Sollen wir draußen spazieren gehen?«

Min sah zu ihrer neuen Freundin. »Iona wird sich uns anschließen.«

»Ausgezeichnet«, freute Ellis sich mit einem Nicken. »Ich habe Mrs. Ogilvie bereits informiert, dass wir einen Spaziergang im Garten unternehmen werden.«

»Gewähren Sie mir nur bitte einen Moment Zeit, um meine Mutter zu informieren«, bat Iona.

»Sie wird uns doch nicht etwa begleiten wollen, oder?« Min hoffte, dass dies nicht passieren würde.

Ein Ausdruck des Unmuts huschte kurz über Ionas Miene. »Das wird nicht passieren. Dafür werde ich Sorge tragen. Ich wage zu behaupten, dass sie viel lieber hier bleiben würde, um zu plaudern.«

Iona ging zu ihrer Mutter, die eine sehr schöne Frau mit braunem Haar und einem strahlenden Lächeln war, und sprach mit ihr. Als Min und Ellis auf die Tür zuschritten, meinte Min: »Ionas Bruder ist der Earl of Wexford.«

»Das wusste ich«, meinte Ellis daraufhin.

»Natürlich wusstest du das«, entgegnete Min. »Du kennst Debrett's ja auch noch besser als ich.«

Ellis zuckte mit den Schultern. »Das hat sich über die Jahre als sehr praktisch erwiesen. Für *dich*, und ich bin schließlich deine Begleiterin.«

Für Min *war* dies zwar von einigem Nutzen, nicht so aber für Ellis. Denn Ellis musste sich nicht in der feinen Gesellschaft zurechtfinden oder eine Familie gründen. Sie musste sich auch keine Gedanken über die Ehe oder eine mögliche Verbindung machen.

Iona kam zu ihnen an die Tür, und zusammen gingen sie hinaus. »Was ist mit Hüten?«, fragte sie. »Oder Handschuhen?«

»Min und ich haben unsere im gelben Zimmer in der Nähe der Tür zum Innenhof versteckt«, sagte Ellis.

»Soll ich schnell nach oben laufen, um meine Sachen zu holen?«, fragte Iona. Sie wirkte ein wenig besorgt, und feine Linien zeigten sich auf ihrer Stirn.

»Dafür haben wir wahrscheinlich keine Zeit. Ziehen Sie einfach meine Sachen an«, bot Min an, als sie in den gelben Raum gingen. »Meine Mutter ist nicht hier, um sich über mich zu ärgern.«

Ellis eilte zu dem Tisch, auf dem sie ihre Accessoires abgelegt hatten, und reichte Iona ihren Hut. »Nein, nehmen Sie meinen. Ich habe weder eine Mutter, noch erwartet jemand von mir, dass ich etwas anderes als eine Hintergrundstaffage bin.« Sie grinste, was ihren Worten den Stachel nahm. Min entging es dennoch nicht, dass Iona nicht recht wusste, wie sie darauf reagieren sollte.

»Ellis möchte wirklich, dass Sie ihre Accessoires tragen«, meinte Min zu Iona. »Und es macht ihr nichts aus, dass wir anders behandelt werden als sie – selbst wenn es *uns* vielleicht stört.«

»Das ist sehr nett von Ihnen, Ellis.« Iona nahm den Hut und setzte ihn sich auf ihre kastanienbraunen Locken. »Aber ich weigere mich, Ihre Handschuhe zu nehmen. Ich komme auch ohne sie zurecht, und auf diese Weise teilen wir uns Ihre Accessoires.«

»Also gut«, entgegnet Ellis lächelnd.

Zu dritt verließen sie das Gebäude und traten auf die Veranda hinaus. Der Tag war hell und es war warm, sodass sie weder ein Schultertuch noch einen Spencer brauchten.

Die Bäume waren größtenteils noch grün, doch der Herbst lag bereits in der Luft. Die Gärten von Longleat waren weitläufig und atemberaubend schön. Sie waren von Capability Brown entworfen worden und boten eine Fülle an Variationen.

Es waren allerdings nicht die Gärten, die sie ins Freie gelockt hatten, sondern Evans Vorführung, die Min unbedingt sehen wollte. Sie durchquerten die gepflegte Anlage in Richtung der Stallungen. Mins Kammerzofe hatte in Erfahrung gebracht, dass das Spektakel im Stallhof stattfinden sollte.

»Wir sollten lieber aus der Ferne zuschauen«, schlug Min vor. »Ich möchte keine Szene verursachen, denn eigentlich sollten wir ja gar nicht dort sein.«

»Das ist wahrscheinlich das Beste«, pflichtete Iona ihr bei.

Sobald der Stall in Sichtweite kam, sahen sie sich nach einem Aussichtspunkt um und entschieden sich für eine Stelle unter einem Baum auf einer leichten Anhöhe. Bereits wenige Minuten später ritten die Gentlemen in den Hof ein. Es herrschte ein reges Treiben, als alle von ihren Reittieren absaßen und die Pferde dann weggeführt wurden.

Allerdings saßen nicht alle ab; Evan hielt sich noch immer stolz auf seinem prächtigen braunen Pferd.

»Haben Sie ihn schon einmal solche Kunststücke vollbringen sehen?«, fragte Iona.

»Das habe ich durch einen reinen Zufall«, entgegnete Min. »Er hat eine junge Frau davor gerettet, im Hyde Park von einem durchgehenden Pferd zertrampelt zu werden. Seine Leistung war sehr eindrucksvoll gewesen. Es war ihm gelungen, das Zaumzeug ergreifen und sich selbst auf das Pferd zu schwingen.« Min tauschte einen Blick mit Ellis aus, die ebenfalls Zeugin dieses Husarenstücks geworden war. »Das hätte ich niemals geglaubt, wenn ich es nicht mit eigenen Augen gesehen hätte.«

Iona machte große Augen. »Das ist erstaunlich.«

Die Gentlemen versammelten sich und sahen zu, wie Evan zum anderen Ende des Stallhofes ritt. Er vollführte eine weite Handbewegung und ritt sein Pferd in vollem Galopp auf einem Zirkel um den Hof. Ihm beim Reiten zuzuschauen war für sich genommen schon unterhaltsam genug. Er war unglaublich agil, und seine schlanken Beine schmiegten sich an die Flanken des Pferdes, während dieses an Geschwindigkeit zulegte. Pferd und Reiter bewegten sich wie eine Einheit.

Nach einigen Runden gab Evan die Zügel frei, breitete die Arme aus und warf den Kopf zurück. Das Pferd setzte seinen Weg fort und wurde nicht langsamer. Min merkte, dass sie lächelte. Er war großartig.

»Erstaunlich«, hauchte Iona. »Dies muss sein eigenes Pferd sein.«

»Ich würde sagen, das stimmt«, pflichtete Min ihr bei. »Das Tier muss von ihm ausgebildet worden sein. Jedes andere Pferd wäre längst auf und davon gelaufen.«

»Es sieht verdammt furchterregend aus«, meinte Ellis. Aber Ellis ritt nur selten, und das lag nicht nur daran, dass sie nicht dazu ermutigt worden war, wie dies bei Min der Fall gewesen war. Ellis fand nicht den geringsten Gefallen daran.

Nun nahm Evan die Zügel wieder auf, und seine Zuschauer applaudierten. Nach einer weiteren Runde um den Stallhof beugte sich Evan über sein Pferd und drückte seine Wange an den Hals des Pferdes.

Min hielt den Atem an in Erwartung dessen, was er als Nächstes tun würde. Er zog seine Füße aus den Steigbügeln und hob die Beine an. Wieder zuckte das Pferd nicht einmal mit der Wimper. Sie rasten weiter über den Stallhof.

Dann drehte sich Evan im Sattel und setzte sich auf die Seite, indem er ein Bein nach vorne brachte. Er grinste und winkte den Gentlemen zu, die Hand immer noch erhoben, während er weiter um den Hof raste. Er schien Min und die anderen zu sehen, die unter dem Baum standen, denn er schnippte lässig mit dem Handgelenk in ihre Richtung.

Mins Puls beschleunigte sich. »Er sieht uns.«

Evan drehte sich im Sattel um und zog ein Bein unter sich hoch, wo er seinen Fuß absetzte. Das andere Bein schwang er zur Seite und hockte sich auf den Rücken des Pferdes.

»Wird er aufstehen?«, fragte Iona und klang dabei so atemlos wie Min sich fühlte.

»Das kann er unmöglich tun«, brachte Ellis entsetzt hervor. Aber genau das tat Evan dann. Er stemmte sich hoch, eine Hand immer noch an den Zügeln. Das Pferd wurde ein wenig langsamer, aber nicht so sehr, wie Min gedacht hätte. Ihr Herz raste, als sie sah, wie er sich aufrichtete und gerade auf dem Sattel stand, wobei er beide Füße auf das Tier stützte.

»Er wird fallen«, rief Ellis aus. »Ich kann nicht hinschauen.« Sie schlug sich die Hand vor die Augen.

»Ich kann nicht wegsehen«, rief Iona.

Min war einfach fasziniert. Auf dem Pferderücken stehend drehte er eine volle Runde. Dann ging er noch einmal in die Hocke. Sein männliches Publikum applaudierte und johlte laut.

»Er sitzt wieder im Sattel«, meinte Min zu Ellis, wobei sie einen Blick auf Ellis' Hand, warf, ehe diese sie sinken ließ. Ellis atmete erleichtert auf.

Evan war allerdings mit seiner Vorführung noch nicht

am Ende. Er warf ein Taschentuch auf den Boden und setzte dabei seine Runden über den Stallhof fort. Min war wie gebannt.

Wieder nahm er einen Fuß aus dem Steigbügel und beugte sich tief über die andere Seite des Pferdes, um den Arm auszustrecken und das Taschentuch aufzuheben, das er hatte fallen lassen. Als er nach dem blütenweißen Tuch griff, jubelten die Männer, und Min ertappte sich dabei, wie sie mit ihnen applaudierte und sich ein Lächeln auf ihre Wangen gestohlen hatte.

Als er sich nicht unverzüglich wieder aufrichtete, erstarb Mins Lächeln. Während Anmut und Präzision all seine bisherigen Bewegungen geprägt hatte, war nun irgendetwas nicht in Ordnung. Sein Arm zuckte, und es sah ganz so aus, als hätte er Schwierigkeiten, sich aufzurichten.

Die Zeit schien langsamer zu vergehen, als Evan ganz langsam zu Boden sackte. Sein Körper rutschte vom Pferd, während sein Fuß noch im Steigbügel hing.

Alle drei Frauen schnappten nach Luft. Min lief zwei Schritte vorwärts, und der Atem stockte ihr im Hals. Würde das Pferd ihn einfach mitreißen, wenn er seinen Fuß nicht aus dem Steigbügel freibekam? Es zeigte sich jedoch, dass das Tier gut ausgebildet war, denn es wurde rasch langsamer, als Evan es fertigbrachte, seinen Fuß wegzuziehen. Er sank vollends zu Boden.

Ohne nachzudenken, rannte Min auf den Stallhof zu.

KAPITEL 3

So wie man es im Jenseits nicht anders erwarten würde, war alles um ihn herum in Dunkelheit getaucht. Es war aber auch laut und damit hatte Evan *nicht* gerechnet. Eigentlich hatte er sich kaum Gedanken darüber gemacht, was passieren würde, wenn er starb. Das hätte er vielleicht tun sollen.

Möglicherweise war es aber auch nur so dunkel, weil er die Augen geschlossen hielt. In dem Augenblick, in dem ihm dieser Umstand zu Bewusstsein kam, schoss ein höllischer Schmerz durch seinen Kopf und seinen Knöchel. Das veranlasste ihn, heftig zusammenzuzucken.

»Geht es Ihnen gut?«

Er hörte, wie diese Frage verschiedene Male gerufen wurde. Blinzelnd schlug Evan die Augen auf und sah sich von einem Kreis von Gentlemen umringt, die sich über ihn beugten. Einer nach dem anderen blickte mit sorgenvoller Miene auf ihn herab. Evan blickte an ihnen vorbei und sah zum blauen Himmel auf, wo ein paar Wolken langsam vorbeizogen.

»Evan?« Das war eine weibliche Stimme. Gesichter und

Namen konnte er sich nur schlecht merken, doch er erkannte Stimmen wieder, und das war Mins Stimme.

Sie zwängte sich durch den Kreis der Männer und kniete neben ihm nieder. Törichterweise bestand seine erste Befürchtung darin, dass ihr hellgelbes Kleid unweigerlich durch den Dreck beschmutzt würde. Das schien sie aber offenbar überhaupt nicht zu kümmern, während sie ihren sanften, besorgten Blick auf ihn richtete.

»So viel zu Ihrer Arroganz«, murmelte sie gerade so laut, dass nur er sie verstehen konnte.

Als Evan ihr mit einem Lächeln antwortete, wurde er mit einem stechenden Kopfschmerz belohnt. Also machte er die Augen wieder zu und spürte, wie Min – er hoffte zumindest, dass es Min war – ihn an der Schulter berührte.

»Wir müssen einen Arzt holen«, stellte jemand fest.

»Wo haben Sie Schmerzen?«, fragte Min leise. Abermals schlug Evan die Augen auf und begegnete ihrem fürsorglichen Blick.

»Mein Schädel pocht unangenehm heftig, doch in meinem linken Knöchel habe ich Schmerzen, die noch viel schlimmer sind.« Zaghaft bewegte er seinen Fuß, was er unverzüglich bereute.

Ihr Blick fiel auf seinen Fuß. »Ist es derjenige, der in Ihrem Steigbügel steckte, als Sie stürzten?«

Evan zuckte zusammen, was seine Kopfschmerzen nur noch schlimmer machte. Er wollte schon behaupten, er sei gar nicht gestürzt, aber das war er natürlich. Ihm war schleierhaft, was schiefgelaufen war, und er wusste, dass er nun viel Zeit haben würde, eingehend über diese Frage nachzudenken.

Leise keuchte er auf. »Was ist mit Merlin?«

»Ist das Ihr Pferd?«

Evan hielt sein Nicken gerade noch zurück, denn diese

Bewegung wäre unweigerlich mit noch mehr Schmerzen verbunden. »Ja. Was ist mit ihm passiert?«

»Er wurde gleich langsamer, als es passierte, doch ich muss gestehen, dass meine Sorge Ihnen gegolten hat.« Min blickte zu einem der Männer auf. »Hat ein Stallknecht das Pferd von Mr. Price eingefangen?«

»Ja.« Diese Antwort kam vom Marquess, dachte Evan.

»Ist das Tier unversehrt?« Evan legte den Kopf ein wenig schräg, was natürlich wehtat, und er sah den Marquess hinter Min stehen.

»Es geht ihm gut«, antwortete der Marquess. »Sie hingegen brauchen einen Arzt. Und einen Knocheneinrichter würde ich meinen. Wir werden die Herrschaften aus Frome herholen müssen, und das wird einige Zeit in Anspruch nehmen.«

Sanft strich Min mit den Fingerspitzen über Evans Stirn. Ihre Berührung hatte sogleich eine beruhigende Wirkung auf ihn. »Wir sollten Sie ins Haus bringen. Sie können nicht einfach hier auf dem Boden liegen bleiben, bis der Arzt kommt.« Ein leichtes Lächeln umspielte ihre Lippen.

»Verführen Sie mich nicht zum Lächeln oder, Gott bewahre, zum Lachen«, bat Evan. »Das ist einfach zu schmerzhaft.«

»Dann werde ich nur noch mit einer gestrengen, herrischen Stimme zu Ihnen sprechen«, erwiderte Min, deren Augenbrauen sich über ihren atemberaubenden Augen runzelten.

»Er braucht etwas Hochprozentiges«, rief einer der Umstehenden.

»Dem kann ich nur beipflichten«, meldete sich Evan daraufhin zu Wort.

Min nickte ihm zu und erhob sich dann von seiner Seite. Sie wandte sich an den Marquess. »Haben Sie eine

Vorrichtung, die als Bahre dienen könnte, um den Verletzten ins Haus zu tragen?«

»Ich bin sicher, dass uns etwas einfallen wird.« Der Marquess schritt davon.

Min wandte sich an einen anderen Gentleman und bat ihn, zum Haus zu gehen und Brandy zu holen. Dann kniete sie sich wieder an Evans Seite. »Wir bringen Sie gleich ins Haus«, versprach sie ihm.

Sie drehte den Kopf und rief nach Ellis und einer anderen Frau namens »Iona«. Evan kannte Ellis natürlich, doch die andere Frau war ihm unbekannt. Er hoffte nur, sie nicht gestern kennengelernt und schon wieder vergessen zu haben.

Min blickte zu ihrer Begleiterin. »Ellis, würdest du bitte zum Haus gehen und dafür Sorge tragen, dass im Erdgeschoss ein Raum vorbereitet wird, in den Mr. Price getragen werden kann? Der Raum muss so beschaffen sein, dass der Arzt und der Knocheneinrichter sich seiner annehmen können, und es muss ein Sofa oder ein anderes Möbelstück vorhanden sein, auf dem seine Beine hochgelagert werden können.« Sie warf einen Blick auf Evan. »Meines Erachtens ist es eine zu große Belastung für ihn, wenn er die Treppe hochgetragen wird.«

Evan fragte sich, warum sie sich nicht bei ihm nach seiner Ansicht erkundigte, doch er kam rasch zu dem Schluss, dass dies keine so große Rolle spielte, da er ihr mit Begeisterung zustimmte. Der Gedanke, die Treppe hinauf und dann den gesamten Korridor entlang bis zu seinem kleinen Schlafzimmer in einem weit abgelegenen Winkel getragen zu werden, war ihm zutiefst zuwider.

»Da bin ich deiner Meinung«, antwortete Ellis und brachte diese Angelegenheit damit zu einem endgültigen Ende – wobei es nicht so war, als hätte sie überhaupt je zur

Debatte gestanden. Ellis und die andere junge Frau gingen zügig davon.

Sämtliche Blicke lasteten auf Evan und das hatte zur Folge, dass sein Unbehagen noch weiter zunahm. Noch einmal schloss er die Augen.

»Was stimmt nicht?« Min rückte näher an seine Seite und sprach leise. »Werden Sie gleich wieder das Bewusstsein verlieren?«

»Hatte ich vorher das Bewusstsein verloren?« Er schlug die Augen beim Sprechen nicht auf.

»Das weiß ich nicht. Denn ich war ja nicht gleich hier. Erinnern Sie sich, ob Sie bei Bewusstsein waren?«

Er unternahm einen Versuch, die Abfolge der Ereignisse gedanklich nachzuvollziehen. Er hatte das Taschentuch aufgehoben und sich dann nicht wieder auf Merlin im Sattel aufrichten können. Denn er hatte zu dem Baum geschaut, bei dem Min und Ellis und die andere junge Lady – Iona – standen, und sich gefragt, ob sie sein gerade vorgeführtes Kunststück mitverfolgt hatten. Diese kleine Ablenkung hatte ihn sein Gleichgewicht gekostet, und er war vom Pferd gerutscht, wobei ihn das Gewicht seines Körpers zu Boden riss. Allerdings war es ihm dabei nicht gelungen, seinen Fuß aus dem Steigbügel zu nehmen, bevor er sich den Knöchel schmerzhaft verstauchte. Allein der Gedanke daran ließ seine verletzte Extremität schmerzhaft pochen. Zumindest hatte Merlin ihn nicht mitgeschleift, dachte er erleichtert.

»Evan, habe ich Sie verloren?« Min stupste ihn an und drückte seinen Oberarm mit ihrer Hand.

Er schlug die Augen auf und sah ihren besorgten Blick. »Nein, ich habe nur daran gedacht, was passiert ist. Das ist verdammt demütigend«, murmelte er.

»Ich fand es über die Maßen brillant«, gab Min lächelnd zurück. »Natürlich nur bis zu Ihrem Sturz, aber auch diesen haben sie unglaublich spannend hinbekommen.«

Evan grinste, und wieder schoss dieser stechende Schmerz durch seinen Kopf. »Verdammt, Min, ich habe Sie gebeten, mich nicht zum Lachen oder Lächeln zu bringen. Nun haben Sie mich sogar so weit gebracht, dass ich vor Ihnen fluche.«

»Sie wissen ja, dass mir während des Sommers auf Grove schon viel Schlimmeres zu Ohren gekommen ist. Können Sie sich nun erinnern, ob Sie das Bewusstsein verloren haben oder nicht?«, fragte sie erneut.

»Ich glaube, das habe ich«, antwortete er. »Wenigstens für einen oder zwei Herzschläge.«

»Nun, ich kann mir kaum vorstellen, dass Sie diese Hausparty auf diese Weise verbringen wollten«, meinte sie seufzend.

»Das lag gewiss nicht in meiner Absicht.« Nun würde er weit fern von allen anderen in seinem kleinen Schlafzimmer eingesperrt sein. Wenn es ihm überhaupt irgendwie gelang, dort hinaufzukommen, und im Moment konnte er das unter keinen Umständen in Betracht ziehen. Vielleicht würde er sich einfach dort einrichten, wohin sie ihn jetzt vorerst trugen.

Der Marquess kehrte zurück. »Wir haben ein Brett gefunden, das Ihr Gewicht tragen wird. Wir werden Sie darauf legen und ins Haus tragen. Tretet alle beiseite«, gebot der Marquess und winkte den Männern zu, die links von Evan standen.

Min blieb auf seiner rechten Seite, während zwei Träger ein Brett neben Evan ablegten.

Stirnrunzelnd sah Min die Träger nacheinander an. »Das ist nicht lang genug.«

»Es wird genügen müssen«, entgegnete der Marquess, obwohl Min gar nicht ihn angesprochen hatte.

Sie wandte sich an den Marquess, wobei sie eine Hand in einer durch und durch befehlsgewohnten Haltung in die Hüfte stemmte. »Sein linker Knöchel ist verletzt, ebenso wie sein Kopf. Mit diesem Brett wird entweder das eine oder andere Körperglied über die Kanten hängen.«

»Mein Kopf ist ein Körperglied?«, fragte Evan.

Min warf ihm einen leichten finsteren Blick zu. »Sie wissen, was ich meine.« Dann richtete sie ihre Aufmerksamkeit erneut auf ihren Gastgeber. »Sie müssen ein längeres Brett finden, sonst riskiert Mr. Price weitere Verletzungen.«

»Das würde ich lieber nicht erdulden müssen«, warf Evan ein, und er war über Mins Fürsprache mehr als froh.

Stirnrunzelnd blickte der Marquess auf das Brett, dann auf Evan und dann wieder auf das Brett. »Ich hätte nicht gedacht, dass Sie so groß sind, Price. Wie groß sind Sie? Einen Meter achtzig?«

»In etwa«, antwortete Evan.

Der Marquess stieß die Luft aus und sah zu einem der Pferdepfleger. »Sucht bitte ein längeres Brett.« Als die Pferdeknechte sich bückten, um das mitgebrachte Brett aufzuheben, fügte er hinzu: »Und nehmt dieses dort gleich mit.«

»Machen Sie nicht zu viel Aufhebens«, murmelte Evan, dem es zuwider war, anderen zur Last zu fallen.

Ihm gegenüberstehend schürzte Min die Lippen. »Ich habe jetzt das Sagen, und ich werde alles Erforderliche tun, um Ihre gesundheitliche Versorgung und Genesung sicherzustellen.«

»Sie haben das Sagen?«, fragte er.

Sie nickte zaghaft. »Im Augenblick muss das ja jemand übernehmen. Schauen Sie sich doch um. Hier gibt es nichts als nutzlose Männer«, raunte sie leise und ließ ihren Blick dabei von einer Seite zur anderen huschen.

Evan hatte mit einem weiteren Grinsen zu kämpfen. »Ich bin über Ihr Engagement sehr froh.« Ohne sie wäre er entweder mit dem Knöchel oder mit dem Kopf über dem Brett baumelnd ins Haus geschleppt worden – und es war auch nicht auszuschließen, dass beide Teile betroffen gewesen wären. Weder so noch so hörte sich dies besonders angenehm an.

»Ich habe Brandy gebracht«, verkündete jemand. Allerdings konnte Evan nicht sehen, wer es war.

Min drehte den Kopf und schaute zu dem Sprecher auf. »Haben Sie denn kein Glas mitgebracht?«, fragte sie streng. »Sie können keinesfalls erwarten, dass er direkt aus der Karaffe trinkt.«

Evan musste ein weiteres Lächeln unterdrücken, was sich nur eine Spur weniger schmerzhaft anfühlte als das eigentliche Lächeln.

»Daran habe ich nicht gedacht«, erwiderte der Mann und wirkte vollkommen verdattert. »Ich werde ein Glas holen.«

»Bitte«, gab Min zurück.

»Dass Sie hier das Sagen haben, ist wirklich sehr gut«, meinte Evan. »Es ist absolut töricht, von mir zu erwarten, direkt aus der Karaffe zu trinken.«

Sie presste die Lippen aufeinander und konnte über seinen Sarkasmus nur den Kopf schütteln. »Wie wollen Sie denn überhaupt etwas trinken, wenn Sie da im Dreck liegen? Ich weiß nicht, warum ich überhaupt auf ein Glas bestanden habe. Wenn Sie den Mund aufmachen, kann ich Ihnen wohl einfach etwas Brandy in die Kehle schütten.«

Ein Lachen wollte sich gurgelnd in Evans Kehle Bahn brechen, sodass er seinen Kopf leicht anhob. Das bedeutete auch, dass sein Kopf gleich wieder auf der Erde landete. Er zuckte zusammen. »Ich kann warten, bis ich drinnen bin.«

»Hier kommt ein neues Brett. Hoffen wir, dass es eine

Verbesserung ist.« Mins Blick wanderte zu seiner Linken. Die beiden Pferdepfleger legten ein weiteres Brett neben Evan auf den Boden.

»Ausgezeichnet«, sagte Min zustimmend, nachdem sie die Länge beurteilt hatte. Bizarrerweise fragte er sich, ob sie wohl dasselbe schnelle Urteil fällte, wenn sie die Länge anderer Dinge betrachtete. Was für ein furchtbar unanständiger Gedanke. Insbesondere, wenn Min dabei involviert war.

»Wer wird ihn auf das Brett legen?«, fragte Min und riss Evan aus seinen anzüglichen Überlegungen.

»Das können die Männer erledigen«, entgegnete der Marquess.

Min sah von einem Pferdepfleger zum anderen und wieder zurück, während sie sprach. »Seien Sie sehr vorsichtig. Legen Sie die Hände unter die Schultern von Mr. Price und heben Sie ihn so sanft wie möglich an. Versuchen Sie sogar, ihn gar nicht hochzuheben. Es ist am besten, wenn Sie seinen linken Knöchel so stabil wie möglich halten, da er gebrochen sein könnte. Versuchen Sie, ihn auf das Brett zu schieben.«

Die Pferdepfleger knieten sich hin, wobei sich der eine hinter Evans Kopf und der andere an seinen Füßen postierte. Evan verkrampfte sich, weil er einen Schmerzanfall erwartete.

»Seien Sie sehr vorsichtig«, ermahnte Min nochmals, als die Pferdepfleger ihre Hände unter ihn schoben.

Evan schloss die Augen und spannte sich an. Sie hoben ihn auf und schoben ihn auf das Brett, und als der Pferdepfleger, der seine Schultern hielt, sich zurückzog, fiel Evans Kopf gegen das Brett, was eine neue Welle von Schmerzen durch seinen Schädel schickte. Er hörte, wie Min die Luft scharf einsog.

»Jetzt heben Sie das Brett langsam und vorsichtig an«,

wies Min an. »Schaffen Sie beide das Brett und Mr. Price allein, oder brauchen Sie dabei Hilfe?«

»Die beiden werden schon zurechtkommen«, antwortete der Marquess, als ob die Pferdepfleger stumm wären.

Min ergriff das Wort und wies zwei weitere Männer an, beim Tragen des Bretts zu helfen, darunter den Viscount Claxton. Er schenkte ihr ein charmantes Lächeln. »Es ist mir ein Vergnügen, Ihnen zu Diensten zu sein, Mylady.«

Evan kämpfte noch einmal gegen seinen Schmerz an, als sie ihn hochhoben. Das Rütteln war qualvoll, aber sie schafften es in das Haus, ohne groß zu wackeln, als sie ihn durch die Türöffnung bugsierten.

Ellis wartete drinnen auf sie. »Hier entlang. Wir bringen ihn in die Damenbibliothek.«

Sie gingen an der großen Hauptbibliothek vorbei in einen kleineren Raum mit einem weitaus geringerem Aufkommen an Büchern und exponentiell mehr rosa Farbtönen, unter die einige gelbe Farbtupfer gemischt waren. Es war, als ob ein leuchtender Sommergarten im Raum explodiert wäre.

»Setzt ihn dort drüben beim Sofa ab«, wies Min die Träger an. »Vorsichtig«, erinnerte sie ein weiteres Mal. Sie legten das Brett mit Evan auf dem Boden ab, und als Claxton um die behelfsmäßige Trage herumging, streifte sein Stiefel Evans linken Fuß. Evan keuchte, als der Schmerz ihn durchzuckte.

Min war wieder an seiner Seite. »Was ist passiert?«

»Claxton ist mir auf den Fuß getreten«, knurrte er.

Sie warf dem Viscount einen überraschend boshaften Blick zu, der Evan weitaus mehr erfreute, als angemessen wäre. Das geschah dem Mann recht, weil er ein Mistkerl war.

Claxton zog sich zurück, während Min die Pferdepfleger bat, Evan ebenso vorsichtig auf das Sofa zu heben, wie sie ihn vom Boden auf das Brett gehoben hatten. Das war weitaus schmerzhafter, da sie ihn nicht einfach parallel bewegen konnten. Sie mussten ihn anheben und absetzen. Evan war sich nun so gut wie sicher, dass sein Knöchel gebrochen war.

Er hegte einen großen Groll gegen sich selbst.

Dann war der Zustrom von Frauen, die von der Marchioness angeführt wurden, kaum noch aufzuhalten. Auch der Marquess kam mit einigen seiner engeren Freunde herein. Ein paar vereinzelte Gentlemen bildeten das Schlusslicht, bis es in der überaus blumigen Damenbibliothek aussah, als würde gleich eine Aufführung veranstaltet.

»Wunderbar«, murmelte er. »Ich bin der Alleinunterhalter auf der Hausparty geworden.«

»Sie sind hier gelandet, weil Sie zur Unterhaltung auf der Party beigetragen haben«, führte Min aus.

»Können Sie diese Leute nicht einfach alle hinausschicken?«, flüsterte er. »Sie sind sehr gut darin, Leute herumzukommandieren. Ich bin absolut beeindruckt.«

»Ich werde mir alle Mühe geben. Aber lassen Sie mich erst sehen, ob ich Ihnen den Brandy besorgen kann.«

»Warten Sie einen Moment. Ich muss mich aufsetzen, anstatt flach zu liegen. Gibt es Kissen, das Sie mir in den Rücken schieben könnten?«

»Ja, eines der Dienstmädchen hat bereits welche gebracht«, entgegnete Min und klang zufrieden. Zusammen mit dem Dienstmädchen arrangierte sie die Kissen, damit er ein Polster hatte, wenn er sich auf dem Sofa aufsetzte.

»Den Brandy, bitte«, bat Min das Dienstmädchen.

Der Marquess trat zusammen mit seiner Frau an das Sofa heran. »Es tut mir furchtbar leid, dass das passiert ist.

Wir werden dafür sorgen, dass man sich gut um Sie kümmert.«

»Das weiß ich zu schätzen«, antwortete Evan. »Min macht ihre Sache ausgezeichnet. Lady Minerva, meine ich.«

Verwundert zog die Marchioness – und in geringerem Maße auch der Marquess – die Augenbrauen in die Höhe.

»Wir sind gut befreundet«, erklärte Min. »Die Schwester von Mr. Price ist eine enge Freundin von mir, und mein Bruder ist ein enger Freund von Mr. Price.«

Das Dienstmädchen kam mit einem Glas Brandy an, bevor noch weiter geredet wurde.

Min nahm dem Dienstmädchen das Glas ab. »Wir werden kalte Kompressen brauchen.«

»Sofort, Mylady.« Das Dienstmädchen entfernte sich wieder.

Min wandte sich an ihre Gastgeber. »Ich verstehe zwar jedermanns Neugierde, aber ich denke, es ist das Beste, wenn wir Mr. Price sich ausruhen lassen, bis der Arzt und der Knocheneinrichter eintreffen.«

»Da bin ich Ihrer Meinung«, pflichtete die Marchioness ihr bei. »Ich werde Marguerite bitten, sich zu ihm zu setzen und sich um seine Bedürfnisse zu kümmern.« Sie blickte zu einem anderen Dienstmädchen, das eine eher mürrische Miene aufgesetzt hatte.

»Ich werde bei ihm bleiben«, entgegnete Min entschieden. »Wie ich schon sagte, sind wir befreundet und es wird ihm wahrscheinlich wohltun, jemanden an seiner Seite zu haben, den er kennt.«

Daran hatte Evan nichts auszusetzen. Tatsächlich wollte er nicht, dass Min ihn verließ.

Die Marchioness runzelte die Stirn. »Trotzdem sollte Marguerite bleiben, für den Fall, dass Sie Hilfe brauchen, oder vielleicht sollte ich Mrs. Ogilvie herunterschicken.«

Min seufzte. »Was glauben Sie, was zwischen mir und Mr. Price in seinem jetzigen Zustand vorfallen könnte? Darüber hinaus ist er für mich wie ein Bruder. Was den Anstand anbelangt, gibt es wirklich nichts, worüber man sich Sorgen machen müsste. Betrachten Sie mich als seine Schwester, die sich um ihn kümmert, weil er Hilfe braucht.«

»Das ist nicht gerade ein abgeschiedener Ort«, meldete sich Evan zu Wort. »Hier in der Bibliothek sind andauernd andere Leute anwesend. Ich garantiere Ihnen, dass ich nicht in der Lage bin, etwas anderes zu tun als Brandy zu trinken und vielleicht zu schlafen, obwohl ich glaube, dass Letzteres in meinem derzeitigen Zustand extremer Schmerzen unmöglich sein könnte.«

Min warf ihm einen besorgten Blick zu.

Die Marchioness dachte augenscheinlich über ihrer beider Argumente nach und schließlich war ein Ausdruck des Einlenkens auf ihrem Gesicht zu erkennen. »Also gut. Ich werde trotzdem Sorge dafür tragen, dass ein Dienstmädchen regelmäßig vorbeikommt, falls Sie etwas brauchen.«

»Dafür wäre ich sehr dankbar«, antwortete Min. »Wenn Sie jetzt die Leute aus dem Raum komplimentieren könnten, damit Mr. Price sich ausruhen kann, bis der Arzt und der Knocheneinrichter eintreffen. Ich denke, das wäre das Beste.«

Min wartete die Antwort ihrer Gastgeberin nicht ab. Sie drehte der Marchioness den Rücken zu und hielt Evan den Brandy hin. »Brauchen Sie meine Hilfe, um ihn zu trinken?«

»Das glaube ich nicht.« Er nahm ihr das Glas ab und seine Finger streiften dabei ihre. Eine blitzschnelle und vollkommen schockierende Wahrnehmung überfiel ihn. Erst hatte er diese unanständigen Gedanken draußen gehabt, und nun dies hier. Er fragte sich, wie heftig er sich den Kopf gestoßen hatte.

Evan nippte an dem Brandy und achtete darauf, sich an dem Inhalt nicht zu verschlucken. »Ich nehme nicht an, dass die Brandykaraffe in der Nähe ist. Die werde ich wohl brauchen, wenn der Arzt und der Knocheneinrichter herkommen.«

»Ja, davon ist wohl auszugehen«, antwortete Min. Sie drehte sich zu Marguerite um, und fragte sie, ob sie eine Flasche Brandy oder vielleicht Whiskey besorgen könne, falls welcher zur

Verfügung stand.

Marguerite warf Evan einen Blick zu und nickte ihm leicht zu, wobei sich ihre Augen scheinbar mitleidig verengten. »Ich bin sicher, dass ich etwas Whiskey besorgen kann«, sagte sie leise zu Min.

Evan hatte nicht gedacht, dass sich das Dienstmädchen mit der mürrischen Miene als seine Retterin erweisen würde. Was bewies, dass man eine Person nicht aufgrund ihres Aussehens oder ihres Verhaltens beurteilen sollte.

Nachdem Marguerite gegangen war, sagte Evan: »Wir haben wohl eine Verbündete im Haushalt.«

Min zog die Augenbrauen in die Höhe. »Das wird die Zeit zeigen.«

Bald war außer Min kein Mensch mehr im Raum. Vor Erleichterung schloss Evan kurz die Augen. »Danke, dass Sie das in die Wege geleitet haben.«

»Nun, Sie brauchen Ihre Ruhe«, bemerkte Min. »Den Arzt und den Knocheneinrichter zu erdulden, wird ganz bestimmt sehr kräftezehrend werden.«

Evan zog eine Grimasse, was ihn auf ein Neues an den Zustand seines Kopfes erinnerte, der sich anfühlte, als hätte er einen Kampf hinter sich, aus dem er als Verlierer hervorgegangen war. »Sprechen wir besser nicht darüber.

Ich will versuchen, nicht so sehr an meine Enttäuschung zu denken oder an den Groll, den ich auf mich selbst hege. Ich gebe zu, dass ich mich nicht auf das freue, was als Nächstes kommt.«

»Wir sollten vielleicht versuchen, Ihren Stiefel auszuziehen«, schlug sie vor und ging zu seinem Fuß.

»Ich bin nicht sicher, ob das klug ist«, sagte er.

»Sie könnten recht haben. Der Knocheneinrichter wird ihn wahrscheinlich aufschneiden wollen.«

Evan stöhnte. »Das sind meine Lieblingsreitstiefel, und sie waren nicht gerade preiswert.«

»Es ist besser, ein Paar gute Stiefel zu verlieren als ein Körperglied«, bemerkte Min.

Er blinzelte sie an. »Ich laufe doch nicht Gefahr, meinen verfluchten Fuß zu verlieren.«

Sie zog eine Schulter hoch. »Ich bin keine Expertin in solchen Dingen, und Sie auch nicht.«

»Ich habe meine Meinung geändert«, verkündete er. »Sie sind viel zu deprimierend, um mir hier Gesellschaft zu leisten. Sie sollten auch gehen.«

Mit einem schwachen Lächeln schüttelte Min den Kopf. »Verzeihen Sie bitte. Ich mache mir nur Sorgen. Es wird alles wieder gut werden, da bin ich mir sicher. Sie wissen ja nicht einmal, ob Ihr Knöchel gebrochen ist. Wir sollten nicht zu voreilig sein. Es ist ratsamer zu warten, bis der Arzt und der Knocheneinrichter Sie untersucht haben. Bis dahin werde ich hierbleiben und wir werden solche Dinge nicht mehr zur Sprache bringen.«

Das wäre das Klügste. Dass Evan in der nächsten Zeit nicht mehr reiten konnte, war ihm bereits bewusst. In der Regel hielt er es kaum mehr als ein paar Tage ohne Reiten aus. Er würde Merlin und ihre gemeinsam vollbrachten Kunststücke mehr vermissen, als er es sich vorstellen wollte.

Min wandte sich von seinen Füßen ab und kam wieder zu seinem Kopf. Sie zog einen Stuhl neben das Sofa und setzte sich. »Worüber sollten wir denn plaudern während wir hier warten?«, fragte sie.

Evan blickte sich in dem überaus blumig eingerichteten Raum mit seinen hellen, femininen Farben um. »Ich könnte mir vorstellen, dass wir uns über die Einrichtung austauschen können. Darüber lässt sich so einiges sagen.«

»Dass Sie dies zur Sprache bringen, finde ich überraschend.« Nun war es an ihr, sich im Raum umzuschauen. »Ich hätte nicht gedacht, dass diese Farbzusammenstellung Ihren Gefallen finden könnte, während ich sie sehr ansprechend finde.«

Trotz seiner Schmerzen drehte Evan seinen Kopf zu ihr, um festzustellen, ob sie ihre Worte ernst meinte. Das tat sie.

»Ich hatte vor, das Dekor in der Luft zu zerreißen.« Er rümpfte die Nase, was er unverzüglich bereute, weil es sehr wehtat. »Es ist furchtbar.«

»Das bedauere ich«, gab sie in einem leicht beleidigten Ton zurück. »Rosa ist eine schöne Farbe. Meine Räume in Henlow House sind in Rosatönen gehalten. Das Wohnzimmer ist diesem Raum hier sogar sehr ähnlich. Wie ich mir nun vorstellen kann, wird es Ihnen nicht gefallen. Was bevorzugen Sie? Braun? Vielleicht ein dunkles, gedämpftes Blau?«

»Mein Schlafzimmer zu Hause in Wales ist in Blau und Kastanienbraun gehalten. Ich weiß gar nicht, was Kastanienbraun ist, und sagen Sie mir nicht, dass es die Farbe einer Kastanie ist. Wer misst dem überhaupt schon Bedeutung bei? Meine Mutter nennt die Farbe allerdings so.«

Min lachte. »Sie fühlen sich also an diesem Zimmer aufgrund seiner Farben irritiert. Der Überfluss an Blumen findet aber nicht Ihr Missfallen.«

»Oh, doch, denn ich finde ihn genauso entsetzlich«, entgegnete er. »Sie allerdings mögen diese Blumen, nehme ich an.«

»Ich mag Blumen gern, doch ich muss gestehen, dass sie hier für meinen Geschmack ein wenig zu üppig sind. Das hat dieser Raum mit dem von meiner Mutter eingerichteten Wohnzimmer gemeinsam.« Sie setzte eine missbilligende Miene auf, die ihrer Attraktivität keinen Abbruch tat, sondern sie noch stärker hervorhob. Offenbar hatte er sich wirklich eine schwere Kopfverletzung zugezogen. Der Arzt konnte gar nicht früh genug hier sein.

»Danke.« Er trank einen kleinen Schluck von seinem Brandy. »Sie beruhigen mich sehr.«

»Das mache ich gern.« Min faltete die Hände im Schoß. »Wenn ich den Rest der Hausparty mit Ihnen hier verbringen kann, anstatt mich der Halunken erwehren zu müssen, würde ich mich sehr glücklich schätzen.«

»Also habe ich mich zwar fürchterlich blamiert und mir möglicherweise den Knöchel gebrochen, und dann stellt sich heraus, dass dies alles einem guten Zweck dient«, bemerkte er.

Sie sah ihn mit einem Lächeln an, das ihren Augen einen erstaunlich strahlenden silbrigen Farbton verlieh. »Es ist wohl am besten, wenn wir es so betrachten, denke ich, nicht wahr?«

Evan konnte ihr nicht widersprechen. Seine Hoffnung war nur, dass sein Knöchel letztendlich nicht gebrochen war. Die erlittene Kopfwunde war schon schlimm genug, denn sie ließ ihn die Schwester seines besten Freundes in einem ganz anderen Licht sehen.

Er rief sich in Erinnerung, was sie vorhin gesagt hatte – dass er wie ein Bruder sei. Das erinnerte ihn daran, was er gestern Abend zu ihr gesagt hatte. »Wie kommt es, dass ich heute wie ein Bruder für Sie bin, aber als ich Ihnen gestern meine brüderlichen Dienste anbot, haben Sie abgelehnt?«

»Weil *ich* Ihrer brüderlichen Hilfe nicht bedarf. *Sie* hingegen brauchen meine schwesterliche Betreuung.« Sie warf ihm einen gestrengen, aber gutherzigen Blick zu.

Gern hätte er ihr widersprochen, aber sie hatte ja sie recht.

KAPITEL 4

Vorsichtig trat Min in die Damenbibliothek. Es war noch nicht lange her, dass der Knocheneinrichter gegangen war. Der Arzt war zuerst eingetroffen, und Min war nicht im Raum geblieben, während er Evan untersucht hatte. Sie hatte jedoch in der angrenzenden Hauptbibliothek gewartet und hatte angestrengt mitgehört, was im Nachbarzimmer vor sich ging, insbesondere als der Knocheneinrichter eintraf. Sie wusste daher, dass Evan eine leichte Gehirnerschütterung und einen verstauchten – und zum Glück nicht gebrochenen – Knöchel hatte.

Min schloss die Tür hinter sich und ging auf das Bett zu, in dem Evan nun lag, wobei sein Kopf auf mehrere Kissen gestützt war. Sie hatte gehört, wie das Bett heruntergebracht wurde, als der Arzt gekommen war. Er hatte bestimmt, dass das Sofa für eine Untersuchung des Patienten unangemessen war, was insbesondere auch für die Behandlung durch den Knocheneinrichter galt. Der Arzt hatte auch darauf bestanden, dass Evan in diesem Zimmer ein Bett bekam, damit er hier genesen konnte, da er in seinem Zustand nicht in das obere Stockwerk transportiert werden sollte.

»Ich weiß, dass Sie hier sind«, brummte Evan, ohne die Augen zu öffnen.

»Wie können Sie wissen, wer es ist?«, fragte sie wobei sie auf ihn herabblickte.

»Natürlich weiß ich das.«

Min konnte sich nicht vorstellen, wie er das wissen konnte. »Und wie stellen Sie das an?«

»Sie duften immer nach Veilchen«, antwortete er, die Augen noch immer geschlossen.

»Woher wissen Sie denn, wie Veilchen duften?«, fragte sie schnaubend. »Sie wissen ja nicht einmal, was für eine Farbe Kastanienbraun ist.«

Er formte den Mund zu einem halben Lächeln. »Ich glaube, Ihr Bruder hat einmal erwähnt, dass Sie den Duft von Veilchen tragen. Es ist schon möglich, dass ich nicht weiß, wie Veilchen riechen, aber ich weiß, wie *Sie* riechen.«

In Mins Brust machten sich Schock und Hitze gleichermaßen bemerkbar. Vorhin hatte sie in seiner Nähe den Anflug einer besonderen Wahrnehmung erlebt – es waren nur ein paar elektrisierende Augenblicke gewesen, die sie irritierten –, die durch seine Worte oder die Art und Weise ausgelöst worden war, wie er sie anschaute. Sie hatte sich gefragt, ob Evan mehr Schaden an seinem Kopf genommen hatte, als er wahrhaben wollte. Das hielt sie durchaus für möglich, da er eine Gehirnerschütterung erlitten hatte. Allerdings konnte diese Gehirnerschütterung nicht für *ihre* plötzliche und verwirrende Reaktion auf ihn verantwortlich gemacht werden. Min vermutete, dass die derzeitige drastischen Situation die Ursache dafür war. Er war in Gefahr gewesen, und sie hatte sich seiner angenommen.

Mehr war es nicht.

»Wie geht es Ihrem Kopf? Hat die Medizin geholfen?«,

fragte Min. Der Arzt hatte ihm ein Tonikum gegen die Kopfschmerzen und eine Salbe zur Linderung der Schmerzen in seinem Fuß gegeben.

»Die Kopfschmerzen haben ein bisschen nachgelassen«, antwortete Evan. »Aber mein Knöchel pocht noch immer höllisch selbst nach drei Gläsern Whiskey.«

Mins Augenbrauen schossen in die Höhe. »Drei? Ich würde meinen, dass dies ein wenig helfen sollte.«

»Haben Sie jemals Whiskey getrunken, Min?« Nun schlug er die Augen auf und drehte den Kopf zu ihr hin.

»Ein oder zwei Mal.« Sie zuckte mit den Schultern. »Vielleicht auch zehnmal.«

»Zehnmal?« Sein Erstaunen ließ seine dunklen Augen heller erscheinen. »Haben Sie ihn aus dem Arbeitszimmer Ihres Vaters stibitzt?«

»Früher schon«, gestand sie. »Die letzten paar Gläser habe ich von Sheff bekommen. Ich glaube, wir beide hatten uns über unsere aufdringlichen Eltern beklagt. Whiskey ist bei solchen Unterhaltungen immer eine Hilfe.«

Evan lächelte. »Das kann ich mir vorstellen. Nun, da Sheff verheiratet ist, können Ihre Eltern ihre ganze Aufmerksamkeit auf Sie und Ihre Heiratsaussichten richten. Ich bin überrascht, dass Ihre Mutter nicht auf dieser Hausparty erschienen ist.«

»Sie ist in Bath beschäftigt, und mich stört ihre Abwesenheit nicht im Geringsten.« Sie warf einen Blick auf den runden Tisch, der ein Stück dichter an das Bett gerückt worden war. Alle Möbel waren umgestellt worden, um die Bibliothek in ein Schlafgemach zu verwandeln. Auf dem Tisch stand eine Flasche, und auf dem kleineren Tisch neben dem Kopfende des Bettes hatte sie ein leeres Glas entdeckt. »Möchten Sie noch ein Glas Whiskey?«

»Nicht bevor ich nicht einen Happen gegessen habe. Marguerite wollte mir etwas bringen.«

Min bemerkte seine Stiefel auf dem Boden neben dem Fußende des Bettes. Einer war in tadellosem Zustand, wenn auch schlammig, und der andere war aufgeschlitzt worden. »Das mit Ihrem Stiefel tut mir leid.«

»Das war ein Drama«, stöhnte er. »Der Marquess hat zwar angeboten, mir ein neues Paar zu kaufen, da ich meine Verletzung bei der Unterhaltung seiner Hausgäste erlitten habe, doch ich habe dankend abgelehnt.«

»Das war ein zuvorkommendes Angebot von ihm«, stellte Min fest. »Wer ist Ihr Schuhmacher in London?«

»Diese Stiefel stammen aus Cardiff, und sie sind meine Lieblingsstiefel. Keiner macht so gute Stiefel wie Leather Davis.«

»Sein Name ist Leather?«

Evan lachte leise. »Nein, wir nennen ihn nur so. Sein Name ist David Davis, und das ist, wie Sie sich vorstellen können, einigermaßen verwirrend.«

»Da stimme ich zu, aber ihr Waliser seid mit eurer mangelnden Vielfalt an Nachnamen und eurer unaussprechlichen Sprache *sehr* verwirrend.«

»Das fasse ich als Kompliment auf«, meinte Evan, ehe er noch einmal die Augen schloss und seinen Kopf so drehte, dass sein Gesicht zur Decke gerichtet war und nicht zu Min.

»Wie gefällt Ihnen Ihr neues Quartier?«, fragte sie.

Evan brachte ein einen Laut aus seiner Kehle hervor. »Dies ist jedenfalls besser, als die Treppe hochgetragen zu werden, insbesondere, wenn ich die Augen geschlossen halte. Wenigstens ist das Bettzeug nicht rosa oder geblümt.«

»Es ist auch nicht braun oder blau«, bemerkte Min und betrachtete die genähte elfenbeinfarbene Decke. »Ich werde etwas in diesen Farbtönen finden, um Ihr Unbehagen zu lindern.«

Noch einmal lächelte er kurz, ohne allerdings die Augen dabei zu öffnen. »Das wäre sehr willkommen.«

Marguerite kam herein und trug ein Tablett mit Tee, Kuchen, Keksen, Sandwiches, die aus dicken Brotscheiben und einem überaus köstlich aussehenden Käse zubereitet waren.

»Bitte sehr, Mr. Price«, verkündete Marguerite, als sie das Tablett auf einem Tisch abstellte. »Wie ich sehe, ist Ihre Krankenschwester zurückgekehrt.« Das Dienstmädchen nickte Min anerkennend zu.

Evan schlug die Augen auf und betrachtete Marguerite. »Das ist sie in der Tat. Min, würden Sie bitte einschenken?«

»Natürlich«, antwortete Min und ging zum Tisch. »Wie ich sehe, sind hier zwei Tassen. Ich glaube, Marguerite hat mich hier erwartet.« Sie lächelte das Dienstmädchen an.

»Sie hatten gesagt, Sie würden wiederkommen«, erklärte Marguerite. »Nicht, dass Sie weit gegangen wären. Waren Sie nicht in der Bibliothek, während der Doktor und der Knocheneinrichter hier waren?«

»Das war ich.« Min warf einen Blick auf Evan, der sie anschaute.

»Sie waren dort drüben?«, fragte er.

»Ich wollte wissen, wie es um Sie steht«, gab Min zu, während sie den Tee einschenkte. »Ich weiß nicht, wie Sie Ihren Tee trinken.«

»Milch und nur eine Spur von Zucker.«

Min bereitete seine Tasse wie gewünscht zu, ehe sie dann Milch und doppelt so viel Zucker in ihre eigene Tasse gab. Sie wandte sich an Marguerite. »Ich danke Ihnen. Wo sind Sie zu finden, wenn wir Sie brauchen?«

»Ich werde mich nicht weit entfernen«, antwortete das Dienstmädchen. »Ich werde in regelmäßigen Abständen nach Mr. Price sehen. Lady Bath hat mich mit seiner

Betreuung beauftragt, natürlich zusätzlich zu Ihnen, Lady Minerva.« Sie drehte sich um und verließ die Bibliothek.

Min tat von allem auf dem Tablett etwas auf einen Teller und brachte ihn zusammen mit Evans Tee zu dem kleinen Nachttisch. »So, bitte sehr. Brauchen Sie Hilfe beim Essen oder Trinken?«

»Es wird schon gehen, denke ich, denn für keine der beiden Handlungen brauche ich meinen Fuß.« Er blickte auf seinen linken Knöchel hinunter, der – obwohl von der Bettwäsche bedeckt – von einer Art Kasten umgeben zu sein schien.

»Darf ich mal schauen?«, fragte Min. Sie war sehr neugierig darauf, was der Knocheneinrichter getan hatte. Evans Grunzen und gelegentlichen Schmerzensschreie waren ziemlich erschreckend gewesen. Darauf wollte Min ihn allerdings nicht ansprechen, weil sie befürchtete, dass er sich schämen würde.

»Gewiss, aber ich muss Sie darauf hinweisen, dass mein Bein entblößt ist. Sie mussten mir die Strümpfe und den unteren Teil meines Hosenbeins abschneiden.«

Seine Warnung ließ sie innehalten, doch am Ende siegte ihre Neugierde. Vorsichtig hob sie die Bettdecke an und schob sie beiseite, um seinen Knöchel freizulegen. Evans Unterschenkel war in einer hölzernen Schiene festgeschnallt, die seine Wade und seinen Fuß an drei Seiten sowie die Unterseite seines Fußes umschloss. Sein Knöchel war fest mit Bandagen umwickelt.

Sie sah auf und begegnete seinem Blick. »Ist es unangenehm?«

»Sich nicht bewegen zu können, ist schwierig, aber ich muss meinen Knöchel für den Rest des Tages und den ganzen morgigen Tag so ruhig wie möglich halten.«

»Und was passiert am Tag darauf?«, fragte sie.

»Dann muss ich die Schiene noch tragen, aber ich kann

mich bewegen. Mit Hilfe, natürlich«, fügte er hinzu. »Der Knocheneinrichter wird einen Rollstuhl schicken, sobald er Zeit dazu findet.«

Min stellte sich vor, wie Evan bestimmte ... Aktivitäten durchführen könnte, bis er sich wieder normal bewegen konnte. »Aber Sie werden sich schon vorher umkleiden müssen. Wie werden Sie sich um Ihre ... Bedürfnisse kümmern?«

Er wölbte eine Augenbraue zu ihr. »Welche Bedürfnisse sind das?«

»Ihre Kleidung wechseln. Und andere ... Dinge.« Sie zog die Bettdecke über seinen Fuß zurück. »Ich weigere mich, das näher auszuführen.«

»Marguerite soll mir bei der Kleidung und meinen anderen Bedürfnissen helfen. Aber es ist nett, dass Sie fragen.« Ein Lächeln umspielte seine Lippen. »Ich hätte Sie nicht gebeten, mir bei solchen Dingen behilflich zu sein.«

»Nun, nein. Das wäre nicht angemessen. Selbst für eine Freundin, die wie eine Schwester ist, nicht«, murmelte sie.

»Definitiv nicht für eine ›Freundin, die wie eine Schwester ist‹«, stimmte er zu. »Was auch immer das sein mag.«

Min nahm ihre Teetasse und Untertasse vom Tisch und kehrte an Evans Seite zurück, um sich dort wieder auf den Stuhl zu setzen. Sie nippte an ihrem Tee, während Evan nach seiner Tasse griff.

Sie stellte ihre Tasse und Untertasse hastig ab und ging ihm zur Hand. »Lassen Sie mich Ihnen dabei helfen.« Sie stand auf, reichte ihm Tasse und Untertasse und stand daneben, während er an dem Gebräu nippte.

Er sah zu ihr auf. »Sie brauchen mich nicht zu bemuttern.«

»Wahrscheinlich nicht.« Sie setzte sich. »Wann dürfen Sie wieder gehen?«

»In einer Woche – also zum Ende der Hausparty.« Er atmete enttäuscht aus. »Noch schlimmer ist allerdings, dass ich einen Monat lang nicht reiten kann.«

Sie sah ihn mit hochgezogenen Augenbrauen an. »Es überrascht mich wirklich, dass Sie nach diesem Vorfall wieder reiten wollen. Haben Sie denn keine Angst? Und sind Sie nicht nervös?«

»Ganz und gar nicht. Ich sorge mich eher, dass Merlin mich vermisst oder wir etwas vergessen, weil wir nicht mehr üben.« Evan würde es schmerzlich vermissen, auf Merlin zu reiten. Er freute sich schon jetzt auf die Zeit, wenn er zu den Ställen gehen und wenigstens Zeit mit ihm verbringen konnte.

»Ich bin froh, dass Sie in einer Woche wieder laufen können. Das ist weitaus besser als ein gebrochener Knöchel.«

Da konnte Evan zwar nicht widersprechen, aber sein Zustand war und blieb dennoch eine verfluchte Unannehmlichkeit. »Ich werde vierzehn Tage lang mit einem Gehstock herumlaufen müssen. Während dieser Zeit sollte ich einen anderen Arzt konsultieren – wo auch immer ich mich dann aufhalte, da ich nicht mehr hier sein werde – um festzustellen, ob ich dann wieder ohne Hilfsmittel laufen kann.«

Sie sah ihn stirnrunzelnd an. »Glauben Sie nicht, dass es besser wäre, wenn Sie auf Longleat blieben, bis Sie vollständig genesen sind? Lady Bath hat mir gesagt, dass sie auf eine entsprechende Entscheidung Ihrerseits hofft. Sie fühlt sich schrecklich, weil dieser Unfall passiert ist.«

»Sie hat mir dieses Angebot unterbreitet, und der Marquess hat mich auch ermutigt, so lange hierzubleiben, wie es mir beliebt. Aber ich weiß nicht, ob ich nach dem Ende der Hausparty hier eingesperrt sein möchte.« Er sah sich mit leichtem Widerwillen in der Damenbibliothek um. »Während der Hausparty hier eingesperrt zu sein, ist schon schlimm genug.«

»Wohin gedachten Sie denn, anschließend zu gehen?«, erkundigte sich Min.

»Ich wollte nach Bath reisen.«

»Tatsächlich?« Das hatte Min nicht gewusst. »Warum nicht London? Haben Sie nicht eine Stellung beim Finanzamt inne, zu der Sie zurückkehren sollten?«

Er nippte an seinem Tee. »Meine Anwesenheit ist derzeit nicht erforderlich.«

Sie verengte ihre Augen auf ihn. »Warum denn nicht?«

»Mein Vater hat mich gebeten, eine Kandidatur als Abgeordneter für einen freien Sitz in Erwägung zu ziehen.«

»Ein Mitglied des Parlaments«, murmelte Min. »Sind Sie daran interessiert?«

»Möglicherweise«, entgegnete er ein wenig mysteriös, ehe er wieder von seinem Tee trank. Er wollte die Tasse auf den Tisch stellen, und Min griff danach, um sie ihm abzunehmen. Er hob den Teller mit dem Essen ohne ihre Hilfe hoch.

Min fand es seltsam, dass er seinen Posten im Finanzamt so lange verließ, denn er war letzten Monat in Weston gewesen und jetzt war er hier, um anschließend nach Bath zu fahren. »Warum fahren Sie nach Bath? Doch nicht etwa wegen des Heiratsmarktes?«

Er antwortete zwischen zwei Bissen. »Meine Mutter hat dort ein Haus für den Herbst bezogen.« Er verzehrte einen weiteren Bissen und schluckte, bevor er fortfuhr. »Sie hat mich gefragt, ob ich ihr eine Weile Gesellschaft leisten würde.«

»Das klingt, als würde sie sich wünschen, dass Sie am Heiratsmarkt teilnehmen«, stichelte Min. »Sind Sie dafür gewappnet?«

Nachdem er einen weiteren Bissen verspeist hatte, schenkte er ihr ein teuflisches Grinsen. »Immer. Aber sie weiß, dass ich für eine Ehe nicht bereit bin. Insbesondere dann nicht, wenn ich mich auf einen Sitz im Parlament konzentrieren soll.«

»Das klingt wie eine Ausrede, die mein Bruder vorgebracht hätte, ehe er Jo kennengelernt hat«, sagte Min mit einem leisen Lachen.

»Nennen Sie es eine Ausrede, wenn Sie wollen, aber es ist die Wahrheit. Ich bin noch nicht bereit zu heiraten, und das wäre ... unverantwortlich. Anders gesagt wäre es der Braut gegenüber unaufrichtig, die einen Bräutigam erwartet, der ihr absolut treu ergeben ist.« Er steckte sich den letzten Bissen Brot und Käse in den Mund und sein Gesicht zeigte eine genussvolle Miene. Kurz schloss er die Augen, und seine Lippen verzogen sich zu einem beinahe sinnlichen Lächeln. Sehr zu Mins Unbehagen fing es in ihrem Bauch an zu kribbeln.

Also konzentrierte sie ihre gesamte Aufmerksamkeit auf ihr Gespräch anstatt auf ihre alberne Reaktion auf Evan. »Das klingt, als wollten Sie damit sagen, dass Sie derzeit nicht zur Hingabe fähig sind. Das ist unbedingt eine Voraussetzung für die Ehe. Schauen Sie sich nur meine Eltern an«, bemerkte sie ironisch. Da sie beobachtet hatte, dass es bei vielen Ehen kein wirklich tiefes und romantisches Band zwischen zwei Menschen gab, war Min bewusst, dass eine solche Verbindung für sie nicht in Frage kommen würde.

»Mit dem ersten Teil haben Sie recht. Ich bin nicht gewillt, mich zu verlieben.« Er stellte seinen leeren Teller auf den Tisch neben dem Bett ab. »Ich weiß über die Einzelheiten der Verbindung Ihrer Eltern nicht Bescheid, doch aus Sheffs Kommentaren und aus Gerüchten weiß ich genug, dass Ihre Eltern, nun ja, einander verabscheuen.« Er schaute sie mitfühlend an.

»Haben Sie kein Mitleid mit mir. Bewahren Sie sich Ihr Mitleid für sich selbst auf. Derzeit sind Sie derjenige, der sich in einer unglücklichen Lage befindet«, meinte sie schulterzuckend.

Evan sah sie an. »Haben Sie deshalb gezaudert, sich zu binden? Das ist der Grund, nicht wahr? Sie halten sich jeden Verehrer vom Leib – ob er nun eine Niete ist oder nicht –, weil Sie fürchten, wie Ihre Eltern zu enden.«

Min fühlte sich, als hätte sich jemand mit seinem gesamten Gewicht kurz auf ihre Brust gestellt. Wie hatte er sie so einfach durchschaut, wenn das sonst niemand schaffte? Mit Ausnahme von Ellis, die Min beinahe ebenso gut kannte, wie sie sich selbst kannte. Sobald sie sich wieder gefangen hatte, gelang es ihr, tief Luft zu holen. »Ich habe nicht ›gezaudert‹. Ich habe alle Verehrer abgewiesen, weil ein jeder von ihnen ein Halunke war oder sich oder wie einer benommen hat.«

»Ist Ihr Vater nicht auch ein Halunke?«, fragte er.

»Ja, ich würde ihn als solchen einstufen.« Jäh wandte sie sich von ihm ab, in der Hoffnung, diesem Gespräch damit ein Ende zu machen. »Möchten Sie, dass ich ein Buch heraussuche, um Ihnen daraus vorzulesen?«

Evan bekam sie an ihrem Ellbogen zu fassen, und seine warme Hand schloss sich um ihre nackte Haut. »Ich wollte Sie nicht provozieren.«

Daraufhin drehte sich Min wieder zu ihm um, aber er ließ sie nicht sofort los. Der Augenblick, den sie beide einander anschauten, wurde immer länger. Sie war sich seiner Berührung voll und ganz bewusst. Und das nicht nur an der Stelle, an der seine Haut auf ihre traf.

Die Sache wurde immer unangenehmer. Sie durfte sich keinesfalls zu ihrem Patienten hingezogen fühlen, geschweige denn zum Bruder ihrer Freundin, der ein bekannter Halunke war. Zumindest konnten ihm einige schurkische Neigungen nachgesagt werden.

Als wäre Evan zum gleichen Schluss gekommen wie sie, ließ er ihren Arm los und zog seine Hand zurück. Dann kam er auf ihre Frage zurück. »Was für ein Buch?«

Gut. Das war schon besser.

»Welches möchten Sie denn?« Min trat zum nächstgelegenen Bücherregal und öffnete die Glastür.

»Was auch immer Sie aussuchen wird sicherlich herrlich unterhaltsam sein.«

»Haben Sie eine Leidenschaft für Horror-Romane?«, fragte sie. »Hier gibt es eine ganze Reihe davon.«

»Ich habe, glaube ich, noch nie einen gelesen«, antwortete er. »Sie müssen versprechen, es mit einer düsteren Stimme vorzulesen.«

Min lachte leise, während sie ein Buch aus dem Regal nahm. »*Die Geheimnisse von Udolpho* ist recht unterhaltsam. Die Handlung ist fantastisch und dramatisch. Wahrhaft grauenhaft.«

»Das klingt perfekt.«

Als Min zu ihrem Stuhl zurückkehrte, trafen sich ihre Blicke auf ein Neues. Wieder wurde sie von diesem flatternden Bauchgefühl befallen.

Sie rief sich in Erinnerung, dass dies an ihrer vollkommen ungewöhnlichen Situation lag. Mehr war es auf keinen Fall.

~

Es waren noch keine vierundzwanzig Stunden vergangen, seit Evan in dieser rosa Blumenhölle eingesperrt war, doch er fühlte sich bereits absolut erbärmlich. Zwar ging es seinem Kopf heute Morgen besser, aber sein Knöchel schmerzte noch immer fürchterlich.

Ihm entging nicht, dass er mürrischer Laune war, und warum auch nicht. Es war nicht so, als hätte er gut geschlafen. Er hatte sich dabei nicht einmal hin und her gewälzt, weil er das natürlich gar nicht konnte. Stattdessen hatte er keine andere Wahl gehabt, als auf dem Rücken liegend zu schlummern, während diese Schiene an seine untere Extremität geschnallt war. Evan zog es vor, auf der Seite zu schlafen. Bislang war ihm gar nicht bewusst gewesen, wie sehr er sich dies zur Gewohnheit gemacht hatte.

Das Schlimmste waren allerdings die Geräusche der Hausparty für ihn gewesen, die bis tief in die Nacht zu hören gewesen waren. Die Gäste – insbesondere die Junggesellen – waren auf ihrem Weg zum Speisezimmer oder später auch zum Billardzimmer hier bei ihm vorbeigekommen. Nach dem Dinner hatten sie ihm auf ihrem Weg zum Salon, allerdings nur für einige Minuten, einen Besuch abgestattet. Sie hatten zumindest daran gedacht, ihm eine Flasche Portwein und ein Glas mitzubringen.

Min war gleich nach dem Dinner dort gewesen, denn sie war direkt aus dem Speisezimmer gekommen, als die Damen in den Salon übergesiedelt waren. Dabei hatte sie ihm noch zwei weitere Kapitel von *Die Geheimnisse von Udolpho* vorgelesen, ehe dann Ellis gekommen war, um ihr nahezulegen, sich zu den anderen zu *gesellen*, um sowohl die Gastgeberin als auch Mrs. Ogilvie zu beschwichtigen.

Seine Kameraden hatten den schrecklichen Roman entdeckt und über Evans Literaturauswahl gelacht. Daraufhin hatte er sie gebeten, wieder zu gehen, da er von ihrer Anwesenheit Kopfschmerzen bekam.

Heute Morgen hatte Marguerite ihm das Frühstück gebracht, und Min war auf ihrem Weg zum Frühstücksraum kurz zu ihm hereingekommen. Auch der Marquess hatte ihn besucht, um sich nach seiner Genesung zu erkundigen. Dann hatte er sich für die überwältigende weibliche Note in Evans Quartier entschuldigt.

»Morgen, Price«, rief Lambton, als er die Damenbibliothek mit drei anderen Junggesellen betrat.

Alle vier waren sportlich gekleidet und Evan fragte sich, was sie geplant hatten. Fragen wollte er sie allerdings nicht. Er verabscheute das Gefühl der Ausgrenzung ganz besonders dann, wenn etwas Aufregendes oder Unterhaltsames vorgesehen war, und er nicht dabei sein konnte. Beinahe war es eine Furcht, etwas verpassen zu können.

Barswell schlenderte auf das Bett zu. »Wie geht es dir heute Morgen?«

»Mein Kopf schmerzt weniger«, gab Evan zur Antwort. »Wohin geht ihr?« Offenbar konnte er sich diese Frage dann doch nicht verkneifen.

Claxton blickte zum Fenster, dessen Vorhänge Marguerite geöffnet hatte. »Das Wetter ist so schön, dass wir mit den Booten auf dem See paddeln werden. Ein Jammer, dass Sie nicht mitkommen können.« Sein Lächeln hatte etwas Säuerliches, was Evan veranlasste, dem Viscount nicht zu glauben, dass er diesen Umstand schade fand.

Hatte der Mann gespürt, dass Evan nicht viel für ihn übrig hatte? *Das war gut.* Evan duldete keine Torheiten, und darüber hinaus hielt er Claxton für einen großen Angeber. Dennoch hätte er die Gesellschaft des Mannes gerne toleriert, wenn er dadurch zu einer Bootsfahrt gekommen wäre.

»Was habe ich gestern Abend im Salon nach dem Essen verpasst?« Scheinbar konnte Evan es nicht lassen, sich von all den Vergnügungen berichten zu lassen, die ihm entgangen waren.

»Miss Ecclestone hat uns mit einer reizenden Darbietung auf dem Pianoforte beehrt«, antwortete Jarvis. Er war der Jüngste im Bunde und bislang hatte Evan ihn einige Male getroffen.

»Die meiste Zeit hat Barswell mit Claxton darum gestritten, wer am dichtesten bei Miss Shaughnessy stehen durfte«, fügte Lambton lachend hinzu.

»Was ist an Miss Shaughnessy denn so besonders?«, fragte Evan.

Claxton formte seine Lippen zu einem süffisanten Lächeln. »Hatten Sie gestern keine Gelegenheit, sie vor Ihrem Fauxpas kennenzulernen?«

Evan wurde stutzig, als er das Wort Fauxpas benutzte. »Die hatte ich nicht.«

»Sie ist sehr hübsch.« Lambton sah sowohl Claxton als auch Barswell mit einem verschmitzten Lächeln an. »Ihr Haar ist dunkelrot und sie hat umwerfend blaue Augen. Groß … na ja, Sie wissen schon.« Er blickte zu Evan. »Sie ist Ihnen doch sicher aufgefallen, nachdem Sie vom Pferd gefallen sind. Sie war mit Lady Minerva und dieser Begleiterin dort.«

Evan versuchte, sich zu besinnen. Natürlich erinnerte er sich an Min, die dort gewesen war und auch an Ellis. Lambtons Beschreibung von ihr als »diese Begleiterin« ärgerte Evan. »Ihr meint Miss Dangerfield.«

»Sie ist die Begleiterin.« Lambton schüttelte den Kopf über Evan. »Ich habe vergessen, dass du eine Gehirnerschütterung hattest.«

»Ich habe ihren Namen genannt«, bemerkte Evan und konnte seine Verärgerung kaum verbergen. »Ich erinnere mich, dass dort eine dritte Frau gewesen war.« Allerdings hatte er kein Bild von ihr vor Augen, was nicht weiter verwunderlich war.

»Sie ist Wexfords Schwester«, fügte Barswell hinzu. »Aber nicht diejenige, die Lord Lucien Westbrook geheiratet hat.«

Claxton schnaubte. »Natürlich ist sie das nicht. Schließlich ist sie *Miss* Shaughnessy.«

Evan sah Barswell und Claxton an. »Damit ich das richtig verstehe. Ihr streitet darüber, wer neben einer hübschen jungen Dame stehen darf, während keiner von euch beiden irgendwelche Heiratsabsichten hat?«

»Das stimmt nicht so ganz«, entgegnete Barswell abwehrend. »Meine Einstellung gegen die Ehe ist nicht so festgeschrieben wie bei euch anderen.«

»Ich bin nicht gegen die Ehe«, stellte Evan klar. »Aber ich bin noch nicht in der richtigen Stimmung dazu.«

Dies löste insbesondere bei Claxton einen Heiterkeitsausbruch aus.

Lambton warf dem Mann einen mitfühlenden Blick zu. »Claxton wird heiraten müssen. Er tut gerne so, als bräuchte er keine reiche Erbin, aber wir kennen die Wahrheit.«

Claxton schaute finster drein. »Ihr wisst überhaupt nichts.«

»Ich glaube nicht, dass Miss Shaughnessy als Erbin in Frage kommt«, bemerkte Lambton. »Ihr Vater war der Verwalter des Wexford Anwesens in Irland. Als Wexfords Vater starb, heiratete seine Mutter den Verwalter. Miss Shaughnessy wäre besser für Price oder Jarvis geeignet. Ihre Familien erwarten nicht, dass sie jemanden aus dem Adel heiraten.«

»Sie ist doch bestimmt fast als adelig anzusehen, da ihr Halbbruder ein Earl ist«, gab Barswell zu bedenken.

Lambton schüttelte den Kopf. »Mein Vater würde sagen, ›Es läge ihr nicht im Blut‹. Nicht so wie Lady Minerva, die blaublütige Tochter eines Herzogs.«

»Nicht ein einziger von uns hat eine Chance bei ihr«, meinte Jarvis und sah alle an, auch Evan. »Das ist mir zumindest zu Ohren gekommen.« Sein Blick verweilte auf Evan.

»Warum schaust du mich so an?«, fragte Evan.

Jarvis zuckte mit den Schultern. »Weil du sie kennst. Pflegt sie dich nicht?«

»Sie leistet mir Gesellschaft.« Evan mochte die Charakterisierung ihrer Person als seine Krankenschwester nicht. Das deutete auf etwas eher … Intimes hin. »Das begründet sich darauf, dass meine Schwester ihre gute Freundin ist, und ihr Bruder ein guter Freund von mir. Wir sind wie eine Familie.«

»Nun, es gibt Familie«, sagte Lambton. »Und dann gibt es die *Familie*.« Er wackelte mit seinen fast unsichtbaren blonden Brauen.

Evan verabscheute die Art und Weise, wie alle Anwesenden ihn anschauten. »Was soll das denn bedeuten?«

»Es gibt Blutsverwandte und angeheiratete Verwandte. Ist das nicht logisch?« Lambton blinzelte. »Sie ist nicht deine Blutsverwandte, also bleibt die andere Variante.«

»Das ist lächerlich. Ich sagte, sie ist für mich *wie* Familie. Selbstredend ist sie nicht meine Frau«, entgegnete Evan. »Das wird sie auch nicht werden. Solltet ihr nicht auf dem Weg zum See sein?« Der Besuch hatte keineswegs zur Verbesserung seiner Laune beigetragen. Es war eher das Gegenteil der Fall, denn er fühlte sich sogar noch miesepetriger als vor ihrer Ankunft.

»Kommt, Leute, wir machen uns besser auf den Weg«, meinte Claxton lässig. Viel Spaß mit *»Die Geheimnisse von Rudolph«*, fügte er lachend hinzu.

»*Udolpho*«, murmelte Evan, als sein Besuch zur Tür hinausging. Er warf einen Blick auf das Buch, das neben seinem Bett lag und schaute dann zum Fenster. Der Tag war tatsächlich sehr schön. Es musste einfach herrlich sein, bei diesem Wetter eine Bootsfahrt zu unternehmen. Leider konnte er von seiner Blumengruft aus nicht einmal bis zum Teich schauen.

Mit finsterem Blick sah er auf einen besonders anstößigen blumengemusterten Sessel, der beim Kamin stand.

»Evan, ich habe einen Besucher mitgebracht«, flötete Min mit einer Singstimme von der Tür aus.

Er freute sich über die Ablenkung, drehte seinen Kopf und sah, dass Ellis bei ihr war. Ihre Arme waren vollbeladen. Min trug eine Vase mit einem sehr merkwürdigen Arrangement aus Blumen und Zweigen sowie eine Decke, während Ellis ein Gemälde mitbrachte.

Min stellte die Vase auf dem Tisch neben seinem Bett ab. »Legen wir die auf das Sofa.« Sie breitete die Decke über die eine Seite des Polstermöbels, während Ellis das Gemälde auf der anderen Seite abstellte.

»Sie haben mir Geschenke mitgebracht?«, fragte er.

Min kehrte an sein Bett und verkündete stolz: »Wir haben Ihnen Blau und Braun mitgebracht – es ist zwar kein Kastanienbraun, aber wenigstens ist es Braun.« Sie deutete auf das Bild, auf dem bräunliche Klippen und das Meer abgebildet waren, das bemerkenswert blau war. Die Bettdecke war hellbraun und mit blauen Nähten versehen, und die Vase enthielt blaue Blumen und braune Zweige.

Er lachte, und Min blickte auf die Vase. »Ich hätte nicht gedacht, dass Sie lachen würden, obwohl ich zustimme, dass das Arrangement ein bisschen kümmerlich ist. Da es aber keine braunen Blumen gibt, habe ich stattdessen Zweige hineingestellt. Sind die Vergissmeinnicht nicht schön?«

»Sie sind wunderschön«, pflichtete er ihr bei, sobald er sich gesammelt hatte. Nun pochte sein Kopf vom Lachen, doch das war es wert. »Sie haben mich gründlich aufgeheitert. Ich danke Ihnen beiden. Wo haben Sie diese Sachen nur aufgetrieben?« Er gestikulierte in Richtung des Sofas.

»Das Bild stammt aus dem Wohnzimmer, vor meinem Schlafzimmer«, antwortete Min. »Marguerite hat die Bettdecke gefunden. Ich wage zu behaupten, dass einem der anderen Gentlemen ein Teil seines Bettzeugs fehlt.«

»Hoffentlich hat Claxton den Verlust zu beklagen«, erwiderte Evan grinsend.

Ellis kniff amüsiert die Augen zusammen. »Ich glaube, das ist der Name, den Marguerite genannt hat. Warum hoffen Sie denn, dass es ihn getroffen hat?«

»Weil er fast unausstehlich ist.«

»Nur fast?« Ellis riss die Augenbrauen in die Höhe und Evan musste schmunzeln.

»Ich bin Ihnen für Ihren Besuch sehr dankbar, aber Sie müssen aufhören, mich zum Lachen zu bringen. Alles, was über ein schwaches Lächeln hinausgeht, verursacht mir schlimme Kopfschmerzen.« Er legte die Hand an seine Stirn.

»Entschuldigung.« Ellis machte ein betretenes Gesicht. »Ich fürchte, ich habe Ihren Kopf vergessen. Sie sehen gar nicht wie ein Invalide aus.«

»Jedenfalls nicht von der Taille aufwärts«, entgegnete er. Marguerite hatte ihn ebenso sorgfältig angekleidet wie sein Kammerdiener in London – oberhalb der Taille.

»Meine Güte, was ist das denn unter der Bettdecke?«, fragte Ellis, während sich ihre Wangen rosa färbten. Sie sah weg. »Vergessen Sie es. Bitte vergessen Sie einfach, dass ich gefragt habe.«

Evan schmunzelte schon wieder. »Es macht mir nichts aus, Ihnen zu sagen, dass sich unter der Bettdecke oder dem Bettzeug nichts befindet. Es ist viel zu schwierig, sich anzukleiden, wenn man mit dem Fuß in einer Schiene feststeckt.« Der Marquess hatte den Kammerdiener Thompson, der Evan bei seiner Ankunft zugeteilt worden war, angewiesen, den Rest seiner Kleidung unterhalb der Taille einfach wegzuschneiden. Er hatte Evan auch so gut es ging gewaschen, wofür Evan dankbar war.

Zu spät ging Evan auf, dass er ihnen nichts von seiner Nacktheit hätte sagen dürfen. Ellis war noch immer errötet und sie konnte ihn nicht anschauen. Im Gegensatz dazu wandte Min den Blick nicht ab. Er konnte sich nicht vorstellen, was sie dachte, und fürchtete schon, sie schrecklich beleidigt zu haben.

Bevor er zu einer Entschuldigung ansetzen konnte, ergriff Ellis das Wort.

»Es tut mir leid, dass Sie nicht mit uns zum Teich kommen können.« Sie hatte ihre normale Farbe wiedererlangt.

»Sie wollen dorthin gehen?«, fragte er und war froh, dass dieser unbehagliche Moment vorüber war.

Ellis nickte. »Iona braucht Schutz vor diesen Halunken.«

»Ich halte das für eine gute Idee«, meinte Evan.

»Warum?«, fragte Min, die Arme vor der Brust verschränkt. »Was ist Ihnen denn zu Ohren gekommen?«

»Nicht mehr, als dass sie sehr hübsch ist, und anscheinend haben Claxton und Barswell gestern Abend um ihre Aufmerksamkeit konkurriert.«

»Nun, sie *ist* sehr hübsch«, antwortete Min. »Ich bin überrascht, dass Ihnen das gar nicht aufgefallen ist.«

»Ich kann mich nicht erinnern, ihr begegnet zu sein«, gab er mit einer leichten Grimasse zu.

»Natürlich erinnern Sie sich nicht. Sie hatten sich ja auch gerade den Kopf gestoßen.« Ellis schüttelte den Kopf über Min.

»Das stimmt vermutlich.« Sie schenkte Evan ein reumütiges Lächeln. »Iona hat mehr als nur ein hübsches Gesicht. Sie ist eine reizende Person, und wir haben uns bereits mit ihr angefreundet.«

»Dann sollten Sie auch zum Teich gehen«, meinte Evan. »Je mehr Schutz sie hat, desto besser ist es.«

Min hob das Buch vom Tisch auf. »Ich fürchte, ich kann mich unmöglich von der Fortsetzung der Geschichte losreißen, denn ich bin neugierig, was auf Schloss Udolpho als Nächstes passiert.«

Ellis ging auf die Tür zu. »Ich werde mich dann auf den Weg machen. Viel Spaß beim Lesen. Nach der Bootsfahrt komme ich dann vorbei, für den Fall, dass etwas Spannendes zu berichten ist.«

»Du bist noch nie eine Tratschtante gewesen«, rief Min entsetzt aus.

An der Tür drehte sich Ellis um und entgegnete: »Für Evan werde ich eine Ausnahme machen, und zwar wegen seines derzeitigen traurigen Zustands.« Sie winkte den beiden zu und verließ die Bibliothek.

Min rückte den Stuhl etwas näher an das Bett heran und setzte sich. Sie schlug das Buch auf.

Evan hob die Hand. »Bevor Sie anfangen, möchte ich Sie gern fragen, ob es Ihnen etwas ausmachen würde, wenn wir etwas anderes lesen? Ich fürchte, ich kann mit dem Melodrama einfach nicht weitermachen.«

Min seufzte erleichtert auf und legte das Buch beiseite. »Ich gebe zu, ich habe nur so getan, als wäre ich begeistert, weil ich dachte, dass Sie Freude daran haben. Ich hatte vergessen, *wie* schrecklich diese Geschichte ist. Ich habe sie vor Jahren gelesen.«

Er unterdrückte ein Lächeln. »Und ich habe so getan, als würde es mir gefallen, weil ich dachte, Sie wären fasziniert. Ihre Stimme klang beim Vorlesen ziemlich eifrig.«

Min lachte. »Nun, ich habe schon immer gerne ein wenig Dramatik beim Lesen mitspielen lassen oder bei einem Theaterstück mitgemacht. Ich hatte gehofft, dass die Hausparty eine Art Theaterstück eingeübt werden würde, aber ich kann mir nicht vorstellen, dass die anderen Junggesellen an einer solchen Unterhaltung teilnehmen.«

»Ich wüsste nicht, warum sie das nicht tun sollten«, entgegnete Evan. »Das sind alles Narren, und was sind Narren, wenn nicht gute Unterhalter?«

»Vielleicht schlage ich Lady Bath vor, dass wir ein Theaterstück aufführen, das zu Ihrer Unterhaltung hier aufgeführt werden kann.«

Evan schüttelte den Kopf, was er unverzüglich bedauerte. Eines Tages würde er sich vielleicht von selbst daran erinnern, dass er eine Gehirnerschütterung erlitten hatte. Wahrscheinlich wäre dies aber erst dann der Fall, wenn der Schmerz wieder abgeklungen war. »Nicht hier drin. Der Raum ist viel zu klein. Und zu rosa. Obwohl die Ergänzungen, die Sie heute mitgebracht haben, das Ambiente des Zimmers deutlich verbessert haben.«

Sie neigte den Kopf. »Ich bin eine sehr gute schwesterliche Freundin. Die beste, die Sie finden können, denke ich.«

Sie stand vom Stuhl auf und stellte das Buch in das Regal, aus dem sie es am Vortag genommen hatte. »Was sollen wir dann lesen?«

»Der Marquess dachte, *Waverley* würde mir gefallen.« Evan nickte in Richtung des Buches auf dem Tisch, auf dem am Vortag noch das Teeservice gestanden hatte. »Es handelt von einem jungen Soldaten während des Jakobitenaufstands.«

Min ging, um das Buch zu holen und warf ihm einen skeptischen Blick zu. »Das hört sich für mich nicht besonders spannend an, aber ich werde lesen, was immer Sie wollen.«

»Das ist sehr großzügig von Ihnen«, gab er zurück. »Aber Sie müssen ehrlich sein und mir sagen, wenn es Ihnen gar nicht gefällt.«

»Dann müssen Sie mir versprechen, dass Sie das auch tun. Meine Aufgabe besteht darin, Sorge dafür zu tragen, dass sich Ihr Zustand nicht noch durch Langeweile verschlimmert und das kann ich nicht, wenn Sie so tun, als hätten Sie Spaß daran.«

»Also schön«, lenkte er ein und streckte dabei seine Hand aus. »Lassen Sie uns ein Abkommen zwischen einem Gentleman und einer Lady treffen. Wir werden ganz offen zueinander sein.«

Sie ergriff seine Hand und schüttelte sie. In dem Moment, in dem sie sich berührten, verbanden sich auch ihre Blicke. Mit einem Mal war sich Evan seiner Nacktheit unter der Bettdecke sehr bewusst. Und wahrscheinlich war Min sich dessen genauso bewusst. Hatte sie wirklich ebenfalls an seine Nacktheit gedacht? Sein Körper war nun von einer jähen Hitze durchströmt und er hoffte nur, sein Gesicht wäre nicht ebenfalls feuerrot.

Es war Min, die den Blick zuerst abwandte und ihre Hand aus seiner zurückzog. Sie ließ sich auf dem Stuhl nieder und warf einen Blick auf seine Beine. »Haben Sie wirklich nichts unter dem Bettzeug an?«

Die anfängliche Unbeholfenheit war auf einmal wieder da, aber sie war um das Zehnfache verstärkt. Sie *hatte* also daran gedacht. In Wahrheit empfand er ja gar keine Unbehaglichkeit, sondern ihn hatte eine schockierende Woge des Verlangens ergriffen. Evan hatte plötzlich Angst vor den Dingen, die unter der verdammten Bettwäsche passieren könnten. »Warum fragen Sie mich das?« Klang seine Stimme gepresst?

»Weil ich neugierig bin, und gerade eben haben Sie versprochen, dass Sie ehrlich sein wollen. Sind Sie es also?«, fragte sie, ohne sich offenbar im Klaren darüber zu sein, dass Evan mit aller Kraft zu verhindern versuchte, dass sich die Bettdecke in ein Zelt verwandelte.

Als er ihr eine Antwort schuldig blieb, winkte sie ab. »Machen Sie sich nichts daraus, dass ich gefragt habe. Ich habe mir nur gedacht, dass es seltsam sein muss, nur halb angezogen zu sein, auch wenn man bedeckt ist. Aber keine Sorge, ich bin nur Ihre schwesterliche Freundin, und ich werde mir keine weiteren Gedanken darüber machen.« Das sagte sie zwar, doch verweilte ihr Blick dabei nicht auf seiner Leiste?

Evan war sich nun schmerzlich bewusst, dass er von der Taille abwärts nackt war, und er konnte gerade noch verhindern, dass sich unterhalb seiner Taille etwas sehr Unerwünschtes abspielte. Etwas Schockierendes und sehr Beunruhigendes. Min war seine schwesterliche Freundin, und solche Reaktionen waren keinesfalls angemessen.

Er schloss die Augen und betete, dass *Waverley* ihn gleich auf das Gründlichste von der schönen und nachdenklichen jungen Frau neben ihm ablenken möge.

KAPITEL 5

Min freute sich, Evan gleich mitzuteilen, dass sein Rollstuhl endlich angekommen war. Ein Diener namens Vargas schob den Rollstuhl, als er Min und Ellis in die Damenbibliothek begleitete. Evan saß in einem Sessel in der Nähe des Fensters, und sein verstauchter Knöchel war auf einen Schemel gestützt. Min war erfreut zu sehen, dass er vollständig bekleidet war. Gestern hatte er bloß einen dunkelgrünen Hausmantel getragen.

»Überraschung!«, rief Min freudig, als sie auf ihn zukamen. »Heute werden Sie endlich aus Ihrer blumigen Gruft entkommen.«

Evan setzte ein Lächeln auf, das strahlender nicht hätte sein können. »Der Rollstuhl ist endlich da! Ich hatte schon befürchtet, der Knocheneinrichter hätte mich vergessen.«

Min nahm seinen vollständig bekleideten Zustand zur Kenntnis. »Wie praktisch, dass Sie angezogen und bereit sind, Ihr Krankenzimmer zu verlassen.«

»Es ist wohl eher eine Gefängniszelle«, entgegnete er sardonisch. »Wohin gehen wir?«

»Da es regnet, haben sich alle im Salon zum Karten-spielen versammelt«, antwortete Ellis. »Ich habe gehört, dass möglicherweise ein Whist-Turnier abgehalten wird.«

»Großartig.« Evan lächelte und sah so glücklich aus wie seit seiner Verletzung nicht mehr.

Min deutete auf den Diener, der den Rollstuhl hielt. »Das ist Vargas. Er wurde beauftragt, Sie herumzu-schieben.«

»Ich bin Ihnen sehr dankbar«, richtete Evan mit großer Begeisterung das Wort an ihn. »Ich werde Ihre Hilfe brau-chen, um mich in den Rollstuhl zu hieven.«

»Natürlich, Mr. Price«, entgegnete der Diener, während Ellis Evan den Gehstock reichte, den der Marquess am Vortag hergebracht hatte.

Lord Bath hatte jemanden nach Frome geschickt, um den Gehstock dort zu erstehen. Der Stock war recht elegant, mit einem geschnitzten Holzgriff in Form eines Pferdekopfes, was sowohl aufmerksam als auch ironisch wirkte. Evan fand ihn höchst amüsant.

Evan nahm Ellis den Gehstock ab, während Vargas den Rollstuhl neben Evans Sessel schob. Der Diener griff dann Evans freien Arm und half ihm aufzustehen. Evan benutzte auch den Gehstock, um sich hochzustemmen. Nachdem er einen winzigen Schritt gemacht hatte, drehte sich Evan so, dass er mit dem Rücken zum Rollstuhl stand. Vargas half ihm, sich zu setzen, und hob dann seinen verstauchten Knöchel auf die Fußstütze, die am Stuhl befestigt war.

Ellis nahm Evans Gehstock und legte ihn auf den Sessel, den er gerade verlassen hatte.

»Sind Sie bereit, Mr. Price?«, fragte Vargas.

»Ich kann es kaum erwarten«, antwortete Evan eifrig. Der Diener schob ihn zur Tür.

Min und Ellis folgten Vargas, als er den Stuhl schob. Als

sie einige Minuten später den Salon betraten, wurde Evan mit Beifall und Jubel begrüßt.

»Ich danke Ihnen allen«, sagte Evan laut. »Ich bin überglücklich, mich in einem anderen Raum aufzuhalten.«

Min beugte sich zu ihm herunter und fragte: »Wo möchten Sie hingestellt werden?«

Er drehte ihr das Gesicht zu und durch diese Bewegung gelangte sein Mund ganz nah an ihren. Das hatte sie nicht beabsichtigt. Die Überraschung, die in seinem Blick aufflackerte, zeigte, dass auch er nicht damit gerechnet hatte. Min zog sich ein Stück zurück und wandte den Blick ab.

»Wo immer es angebracht ist«, antwortete er. Sein Blick wanderte zu dem Tisch mit den Erfrischungen und verengte sich zielstrebig. »Ich sehe da diese köstlichen Mandelkuchen, die ich so gerne mag.«

Die Marchioness näherte sich ihnen mit einem Lächeln. Min richtete sich auf.

»Mr. Price, es ist wunderbar, Sie außerhalb der Damenbibliothek zu sehen«, flötete Lady Bath. »Setzen Sie sich doch zu uns.«

Evan legte den Kopf ein wenig schräg. »Es wäre mir ein Vergnügen. Vargas, wenn es Ihnen nichts ausmacht?«

»Ganz und gar nicht, Mr. Price.«

Bevor Vargas Evan hinter der Marchioness herfahren konnte, beugte sich Min noch einmal zu ihm hinunter. Dieses Mal war sie allerdings darauf bedacht, einen respektvolleren Abstand einzuhalten. »Ich bringe Ihnen die Mandelkuchen.«

Evan drehte den Kopf und schenkte ihr ein umwerfendes Lächeln, das sie bis ins Mark spürte. *Warum spürte sie dies so tief?* »Was würde ich nur ohne Sie tun, Min?«

»Sind Sie nicht froh, dass sie das nicht herausfinden müssen?« Sie lächelte ihn an.

Er begegnete ihrem Blick. »Durchaus.«

Min stockte der Atem, ehe sie sich schwungvoll umdrehte und auf den Erfrischungstisch zuging.

Ellis schloss sich ihr an. »Er scheint bei bester Laune zu sein.« Sie blickte auf den Gehstock, den sie bei sich trug. »Was soll ich damit machen?«

»Du könntest die Halunken damit verjagen?«, scherzte Min.

Als sie am Tisch ankamen, flüsterte Ellis: »Da wir gerade von Halunken sprechen, Mr. Jarvis ist gerade auf dem Weg hierher.«

»Ist er ein Halunke?«, fragte Min.

»Er verkehrt jedenfalls mit Halunken. Er folgt Claxton und Lambton, als wäre er ihr Findelkind.« Ellis warf ihr einen entschuldigenden Blick zu. »Eigentlich scheint er recht nett zu sein.«

»Das ist er tatsächlich, aber du hast recht. Vielleicht will er nur einen Mandelkuchen.«

»Vielleicht.« Ellis warf ihr einen skeptischen Blick zu. »Obwohl ich es für wahrscheinlicher halte, dass er kommt, um mit dir zu sprechen, zumal er sich gestern Abend nach dem Essen im Salon in deine Nähe gesetzt hat.«

»Du hast wahrscheinlich recht«, sagte Min mit einem Seufzer.

Obwohl er mit den Halunken verkehrte, war Mr. Jarvis tatsächlich der am wenigsten schurkische der Junggesellen auf der Party. Das bedeutete trotzdem nicht, dass Min gern mehr Zeit mit verbracht hätte. Sie war nicht zu dieser Hausparty gekommen, um eine Verbindung anzubahnen, und seit Evans Verletzung hatte sie sich ganz und gar darauf konzentriert, ihn zu unterhalten. Es war für sie vollkommen einleuchtend, dass sie damit sowohl sich selbst als auch ihm einen Gefallen tat, denn so konnte sie sowohl den Halunken als auch Lady Baths Verkupplungsversuchen ausweichen. Allerdings musste sie zugeben, dass sie sich ein bisschen egoistisch vorkam.

Sie musste auch zugeben, dass sie die Zeit mit Evan genoss. Und das in einem größeren Maße, als sie erwartet hatte. Denn sie hatte gar nichts erwartet.

»Guten Tag, Lady Minerva«, begrüßte Jarvis sie.

Min war sich nicht sicher, wie alt er genau war, aber sie fragte sich, ob er vielleicht sogar ein Jahr jünger war als sie selbst. Viel älter war er jedenfalls nicht. Er hatte ein jugendliches Gesicht und einen Schopf dunkler Haare. Seine braunen Augen leuchteten mit eifriger Absicht.

»Guten Tag, Mr. Jarvis. Sind Sie wegen der köstlichen Mandelkuchen gekommen? Ich habe gerade welche für Mr. Price geholt.« Min legte drei davon auf einen Teller. Ellis ging auf die andere Seite des Tisches.

»Ich mag keine Mandeln«, antwortete Jarvis.

»Dann vielleicht die Zitronenkuchen?«

Jarvis rümpfte die Nase. »Ich fürchte, ich mag auch keine Zitrone. Haben Sie welche mit Johannisbeeren gesehen? Die fand ich genießbar.«

Min sah sich auf dem Tisch um. »Ich sehe keine, aber bestimmt können Sie ein Dienstmädchen bitten, Ihnen welche zu bringen.«

»Ach, das ist nicht so wichtig«, antwortete Mr. Jarvis. »Ich hatte gar keinem Kuchen haben wollen. Ich wollte Sie fragen, ob Sie mit mir spazieren gehen wollen.«

Min blickte zu den Fenstern, wo der Regen in einem gleichmäßigen Rhythmus gegen die Scheiben prasselte. »Ich wage zu behaupten, dass wir bei einem Spaziergang nass werden würden«, sagte sie lachend.

Mr. Jarvis' Wangen bekamen einen rosigen Farbton. »Ich meinte nicht draußen. Ich dachte, wir könnten eine Runde durch den Salon drehen oder vielleicht einen Abstecher in die Orangerie machen.«

Min war sich ziemlich sicher, dass sie ins Freie gehen mussten, um die Orangerie zu erreichen, doch sie entschied sich, ihn nicht darauf hinzuweisen, damit der arme Mann nicht wieder rot wurde. Sie wollte nicht, dass er sich unwohl fühlte.

»Ich weiß die Einladung zu schätzen«, sagte sie freundlich. »Aber nachdem ich diese Kuchen zu Mr. Price gebracht habe, möchte ich an dem Whist-Turnier teilnehmen. Werden Sie mitspielen?«

»Das werde ich. Vielleicht haben wir ja das Glück, zusammenzusitzen.« Mr. Jarvis warf einen Blick auf Evan, der jetzt mit den meisten Ladys der Hausparty Hof hielt. »Sie haben sich Mr. Price gegenüber sehr engagiert gezeigt. Wenn ich meine Aufmerksamkeit auf etwas anderes lenken sollte, hoffe ich, dass Sie es mir klar und deutlich sagen werden.« Der junge Mann wedelte kurz mit den Händen herum.

»Ich konzentriere mich auf Mr. Price als eine Freundin, die einem Freund nach einer schweren Verletzung zur Seite steht«, erklärte sie. Schwer war vielleicht ein wenig übertrieben, aber außer dem verstauchten Knöchel *hatte* er ja auch eine Gehirnerschütterung erlitten.

In Mr. Jarvis' Lächeln, das er ihr zur Antwort gab, lag ein Hauch von Erleichterung. »Das ist ermutigend zu hören. Es tut mir leid, dass wir keine Gelegenheit hatten, uns während der Party besser kennen zu lernen, aber ich werde nächsten Monat in Bath sein. Vielleicht können wir dann unseren Spaziergang machen.«

»Das wäre schön«, meinte Min, die ein wenig daran zweifelte, dass es dazu kommen würde. Wenn es jedoch dazu kommen sollte, würde sie seine Einladung annehmen. Sie würde nicht von vornherein davon ausgehen, dass er ein Halunke war, nur weil er sich auf der Party mit anderen Halunken unterhielt. Es war ja nicht so, als hätte er eine Wahl. Außerdem, stellte sich die Frage, ob sie nicht ebenso schuldig war, weil sie sich um Evan gekümmert hatte? Denn Evan war eindeutig ein Halunke.

»Ich freue mich schon darauf.« Er lächelte breit. »Ich glaube, ich *werde* mich jetzt auf die Suche nach den Johannisbeerkuchen machen. Sie haben mir richtig Lust auf sie gemacht.«

»Ich wünsche Ihnen viel Glück.« Min brachte den Teller zu Evan. Sie sah, dass Ellis sich mit Mrs. Ogilvie zu einer Sitzecke begeben hatte.

Evan war noch immer von mehreren Gästen umgeben, und die meisten von ihnen waren jung und weiblich. Einige der Ladys saßen, andere standen. Min hielt den Teller, anstatt die Gruppe zu unterbrechen. Lady Bath kündigte an, dass das Whist-Turnier bald beginnen würde. Die Gruppe zerstreute sich, und Min reichte Evan schließlich den Kuchenteller.

»Gott sei Dank«, brachte er theatralisch hervor. »Ich hatte schon befürchtet, Sie wollten die Kuchen für sich behalten.« Er verschlang einen Kuchen in zwei schnellen Bissen.

»Ich wollte Ihre Versammlung nicht unterbrechen«, entgegnete sie mit einem Augenzwinkern, als sie sich auf den Sessel neben ihm setzte.

Er schmunzelte, als er schluckte, und nahm dann den zweiten Kuchen in die Hand. »Mit einem Mandelkuchen in der Hand können Sie mich immer unterbrechen.«

»Alle haben Sie vermisst«, bemerkte Min. »Außerdem schienen Sie Spaß zu haben, Hof zu halten.«

Er schluckte den letzten Bissen des zweiten Kuchens hinunter. »Ich habe gesehen, dass Sie ein paar Minuten lang mit Mr. Jarvis geplaudert haben. Worum ging es da?«

»Er bat mich, wegen des Regens im Haus spazieren zu gehen. Ich habe abgelehnt.«

»Deshalb wirkte er enttäuscht«, stellte Evan mit einem Nicken fest, bevor er in seinen letzten Kuchen biss. Es war der bislang kleinste Bissen, als wolle er ihn auskosten.

»Ich wollte ihn nicht enttäuschen, aber ich hatte Ihren Teller bereits zusammengestellt«, erklärte sie. »Ich habe zugestimmt, nächsten Monat mit ihm in Bath spazieren zu gehen.«

»Und da sah er erfreut aus.« Evan sah sie nachdenklich an. »Ich würde sagen, Jarvis hat ein Interesse an Ihnen.«

»Wir kennen uns kaum«, meinte Min.

»Sie würden ihn besser kennen, wenn Sie nicht so viel Zeit mit mir verbringen würden«, bemerkte Evan.

Sie blinzelte ihn an. »Wollen Sie damit etwa sagen, Sie seien meiner Gesellschaft überdrüssig?«

»Keineswegs«, antwortete er in aller Eile. »Sie sind der Grund dafür, dass ich meinen Verstand nicht verloren habe.«

Min sah ihn verlegen an. »Ich bin froh, das zu hören, denn ich schäme mich nicht, zuzugeben, dass die Sorge um Sie mich davor bewahrt hat, Lady Baths Verkupplungsversuche abwehren zu müssen. Sie war sehr ungeheuerlich. Ich habe es Ihnen nicht gesagt, aber gestern wollte sie mich mit Barswell auf einen Botengang schicken, um Äpfel aus dem Obstgarten zu holen. Zum Glück hatte ich bereits versprochen, mit Ihnen Schach zu spielen.«

»Warum haben Sie das nicht erwähnt, als Sie zum Schachspielen gekommen sind?«

Min zuckte mit den Schultern. »Das weiß ich nicht so recht. Es schien nicht wichtig zu sein. Jedenfalls verliere ich lieber zum dritten Mal gegen Sie beim Schach, als mich gegen Barswells Flirtversuche zu wehren.«

»Er kann nicht so schlimm sein wie Claxton«, bemerkte Evan. »Es sei denn … Ist etwas passiert?« Er beugte sich zu ihr, sein Blick wurde härter. »Hat Barswell etwas Ungehöriges getan?«

»Nicht bei mir«, sagte Min und wunderte sich über Evans scharfe Reaktion. »Aber er ist trotzdem ein Halunke, und ich habe keine Lust, meine Zeit mit ihm zu verbringen. Ich habe gehört, dass er während der Hausparty zwanzig Pfund an Sir Rodney und weitere zehn Pfund an Mr. Harris verloren hat.«

»Ist es das Glücksspiel, das ihn zu einem Halunken macht, oder dass er schlecht darin ist?«, fragte Evan mi dem Anflug eines Lächelns.

»Das Glücksspiel. Obwohl man besser gut darin sein sollte, wenn man ihm schon frönen *muss*.« Sie warf ihm einen spitzen Blick zu. »Ich weiß, dass Sie spielen. Das habe ich zumindest gehört.«

»Das tue ich in der Tat, und auch wenn es arrogant klingt, dass ich sagen, dass ich gut darin *bin*«, antwortete Evan. »Wussten Sie, dass auf dieser Hausparty Wetten über die Spiele abgeschlossen werden, die zur Unterhaltung veranstaltet werden?«

Min starrte ihn an. »Das wusste ich nicht. Wie haben Sie das erfahren?«

»Lady Bath hat es mir gerade im Vertrauen gesagt.«

»Und was besagen diese Wetten?«, fragte Min.

»In erster Linie, dass Sie diese Hausparty ohne Verlobung oder gar einen Verehrer verlassen werden. Die Chancen dafür sind ja wirklich recht hoch. Die interessanteste Wette bezieht sich allerdings auf Claxton und die Frage, ob er Miss Ecclestone vor den Traualtar locken kann. Es gibt ein Gerücht, das besagt, dass er eine Erbin braucht.«

Min schüttelte den Kopf. »Miss Ecclestones Mitgift ist beachtlich, aber sie ist keineswegs eine Erbin.«

»So habe ich das ebenfalls verstanden. Sie stammt allerdings aus einer Adelsfamilie, und allein das könnte bereits genügen. Insbesondere, da Sie nicht verfügbar sind«, setzte er hinzu.

»Was meinen Sie denn damit?«

»Niemand glaubt hier daran, dass Sie ernsthafte Heiratsabsichten verfolgen. Sie sagen seit geraumer Zeit – inzwischen sind es vermutlich Jahre –, dass Sie an einer Ehe kein Interesse haben, also haben die meisten der Gäste daraus geschlossen, dass Sie nicht heiraten wollen.«

Min machte ein entschlossenes Gesicht. An seiner Behauptung war zwar nichts verkehrt, aber trotzdem hatte sie das Bedürfnis, ihren Standpunkt zu verteidigen. »Ich hätte dieses Interesse für den richtigen Mann, obwohl ich langsam zu der Annahme komme, dass er gar nicht existiert.« Sie kam langsam zu der *Annahme*? Sie war bereits so gut wie überzeugt,

»Aber Sie könnten Jarvis ja eine Chance geben«, schlug Evan vor. »Andererseits können Sie das vielleicht doch nicht, weil er ja nicht adelig ist. Ebenso wie ich. Ich kann mir vorstellen, dass Ihre Eltern von Ihnen erwarten, einen Mann mit Adelstitel zu heiraten, zumal Sheff erst kürzlich die Tochter einer Spielhöllenbesitzerin geheiratet hat.«

Min zog eine Grimasse. Für ihre Mutter war die Heirat ihres Bruders eine große Enttäuschung gewesen. Seltsamerweise schien ihr Vater es sich nach seiner anfänglichen Ablehnung nun doch anders überlegt zu haben. »Wahrscheinlich spüre ich schon einen gewissen Druck, eine vorteilhafte Partie zu machen, was auch immer das heißen mag. Allerdings werde ich mich damit nicht einfach begnügen.«

»Was werden Sie unternehmen, wenn der – wie Sie es nennen – Richtige nicht von Adel ist? Was geschieht, wenn er der Sohn eines Spielhöllenbesitzers oder eines Kaufmannes ist ... oder ein *Stallknecht*?«

Diese Unterhaltung streifte gefährlich nahe an Dingen, die Min lieber nicht besprechen wollte. Vornehmlich ging es dabei um die Frage, was ihr am wichtigsten war, und ein Titel war das ganz bestimmt nicht. Ihr ging es vielmehr um Liebe und Vertrauen, und allem voran wohl um Frieden. Glücklicherweise kehrte Lady Bath in dem Moment zurück und fragte, ob sie an dem Whist-Turnier teilnehmen wollten, das nun gleich beginnen sollte.

»Das Angebot kann ich nicht ablehnen, insbesondere nicht nach meiner Gefangenschaft«, bemerkte Evan. Er schaute Min mit fragend hochgezogener Augenbraue an. »Was sagen Sie dazu?«

Min sah Iona mit ihrer Mutter eintreten und lächelte in ihre Richtung. »Lassen Sie uns spielen.«

Vargas trat vor, um Evan zu einem der Tische zu rollen. Minerva ging, um Iona zu begrüßen, und gemeinsam suchten sie sich Stühle am selben Tisch.

Ihre Gedanken kreisten um das Gespräch mit Evan. Ganz gleich, was die Leute redeten, sie war noch immer für die Ehe offen. War es etwa verkehrt, dass sie gewisse Anforderungen hatte? War es falsch, sich Liebe zu wünschen und sich in dieser Liebe sicher zu fühlen? Und war es falsch, dass sie Abstand zu allem hielt, was dem nicht entsprach?

Zufälligerweise saß sie Mr. Jarvis gegenüber. Vielleicht sollte sie ihm wirklich eine ehrliche Chance geben. Stets war sie bemüht gewesen, ihre Bewerber ein wenig kennenzulernen, es sei denn, dass ihr Ruf von vornherein jenseits des Erträglichen war. Mr. Jarvis war gutherzig und er schien aufrichtig zu sein. Sie glaubte nicht, dass er ein Halunke war, der sich als freundlicher, bescheidener Gentleman tarnte.

Doch er löste rein gar nichts in ihr aus. Sie wurde ganz starr, denn das hatte sie noch nie davon abgehalten, Zeit mit ihren Verehrern zu verbringen. Wie sollte sich denn sonst etwas entwickeln, wenn sie ihnen keine Zeit schenkte?

Aus unerfindlichen Gründen hatte sie nun ihre Einschätzung geändert. Bei Mr. Jarvis war kein Funke übergesprungen und sie wusste, dass dies auch in Zukunft nicht passieren würde. Was war anders geworden, dass sie nun eine solche Gewissheit darüber hatte?

Ihr kam zu Bewusstsein, dass dies mit einer gewissen Erregung zusammenhing, die sie in letzter Zeit verspürte und zum ersten Mal waren da auch kleine, unerklärliche Schauer und ein kurzes blitzartiges Aufflammen von Hitze gewesen. Ihr Blick schweifte zum Nebentisch, wo Evan über etwas lachte, was Miss Ecclestone zu seiner Rechten sagte.

Er war die Quelle dieser Regungen. Dieser verflixte Evan Price.

~

Am späten Abend des folgenden Tages dachte Evan gerade darüber nach, ob er noch ein Kapitel aus *Waverley* lesen sollte, ehe er sich zur Ruhe begab. Er trug einen Hausmantel über seinem Nachthemd und war dank des Kammerdieners bereits bettfertig. Da Evan auf der Hausparty wieder in allgemeiner Gesellschaft war, benötigte er nun wieder Thompsons Hilfe anstatt Marguerites.

Evan verdankte seine neuerliche Teilnahme an der Hausparty dem Rollstuhl. Er musste sich nicht länger in der rosafarbenen Blumengruft verkriechen. Vargas hatte ihn gestern und heute Abend zum Dinner und an diesem Nachmittag sogar auf die Terrasse gefahren, um den anderen Gästen beim Federballspielen zuzusehen. Das machte zwar weniger Spaß, als wenn er selbst hätte spielen können, aber immerhin war dies besser, als in der geblümten Bibliothek zu sitzen und sich zu fragen, ob er einen weiteren Versuch wagen sollte, *Die Geheimnisse von Udolpho* zu lesen, um die Langeweile zu verscheuchen.

Beim Dinner hatte Evan den Gehstock benutzt, um sich aus dem Rollstuhl zu erheben und sich auf einen Stuhl am Tisch zu setzen. Sein Knöchel war gestern Abend noch sehr empfindlich gewesen, aber heute war er schon deutlich besser. Er hoffte, morgen den ersten Versuch wagen zu können, sich mit dem Stock fortzubewegen, anstatt den Rollstuhl zu benutzen.

Ein leichtes Klopfen an der Tür der Bibliothek lenkte seine Aufmerksamkeit in diese Richtung. Ihm war schleierhaft, wer dies um diese Zeit sein konnte. Es war ziemlich spät für Min, wenn sie es war, die ihn besuchen wollte.

»Herein«, rief er.

Die Tür wurde aufgestoßen, und Min trat ein. Wenn es auch schon spät war, war sie noch immer so gekleidet wie beim Dinner. Genauer gesagt trug sie ein atemberaubendes Kleid in einem dunklen Korallenrot. An ihrem Hals schimmerte eine Perlenkette, und die dazu passenden Ohrringe baumelten an ihren Ohren. Ihr Haar war elegant frisiert und ein edler Kamm mit Perlen und Diamanten war darin befestigt. Mit ihrer Schönheit stellte sie die Anwesenden, einschließlich der Gastgeberin, in den Schatten.

Er hatte damit ein objektives Urteil getroffen, denn jeder konnte Mins Schönheit sehen und bewundern. Möglicherweise steckte aber auch mehr dahinter, auch wenn er im Augenblick keine Zeit hatte, sich eingehender Gedanken darüber zu machen.

»Ich störe doch nicht, oder?« Sie kam auf seinen Sessel zu. Sie hatte die Tür nicht hinter sich geschlossen, aber sie hatte die Angewohnheit, sie so zu schwingen, dass sie fast geschlossen war.

»Überhaupt nicht, obwohl ich überrascht bin, Sie so spät hier zu sehen«, antwortete Evan. »Ist etwas nicht in Ordnung?«

Sie schüttelte den Kopf. »Die Jüngeren waren noch lange auf und haben Scharade gespielt, und ich konnte mich endlich davonstehlen.«

»Wie das?«, fragte er.

»Ich habe mich mit Kopfschmerzen entschuldigt.« Sie legte den Finger an die Lippen, während sie sich in ihren angestammten Sessel setzte, der schräg zu seinem stand. »Verraten Sie es niemandem.«

Evan schmunzelte. »Sie haben gar keine Kopfschmerzen.«

Auf eine sardonische Weise zog sie eine Augenbraue in die Höhe. »Mir tut der Kopf vom endlosen Flirten mit diesen Halunken weh.«

»Ich verstehe«, meinte Evan. »Aber warum sind Sie hergekommen? Ich bin überrascht, dass Sie sich nicht einfach zu Bett begeben haben.« Er legte den Kopf schief. »Was ist mit Ellis? Haben Sie sie dort gelassen?«

»Ach du liebe Güte, nein. Ellis hatte die Intelligenz, sich vor fast zwei Stunden zurückzuziehen. Und Iona folgte kurz darauf. Leider hatte sie, glaube ich, tatsächlich Kopfschmerzen.«

Evan dachte an Min, die mit den anderen Junggesellen und jungen Ladys Scharade spielte. »Ich wusste gar nicht, dass Sie Scharade spielen. Dann wäre ich vielleicht im Salon geblieben.«

»Warum sind Sie denn nicht dageblieben?«, fragte Min.

»Ich musste meinen Schuh ausziehen.« Er blickte auf seinen Knöchel. »Es ist zu eng mit dem Verband.«

»Ich kann immer noch nicht glauben, dass niemand

einen größeren Schuh als den Ihren hatte, den Sie sich hätten ausleihen können. Sie sind schon bettfertig, wie ich sehe.« Sie beäugte seinen Hausmantel. Obwohl dieser ihn vollständig bedeckte, kam ihm blitzartig zu Bewusstsein, wie er gekleidet war, was wirklich albern war, denn er hatte mit Min zusammengesessen, während er unter der Bettdecke halbnackt gewesen war. Und unter dem Hausmantel war er nicht nackt, also war das sicher besser.

»Sollen wir Schach spielen, wo Sie gerade hier sind?«, fragte Evan. »Heute Morgen hätten Sie mich um ein Haar geschlagen.«

Sie lachte. »Das habe ich eigentlich nicht, aber es ist nett von Ihnen, das zu sagen.« Sie stand auf, holte das Schachbrett vom großen Tisch und brachte es an den kleinen Tisch, der zwischen ihren beiden Sesseln stand.

Die Figuren hatten sich ein wenig bewegt, als sie das Brett hochgehoben hatte, also machten sie sich daran, sie zurechtzurücken. »Vielleicht sollte ich dieses Mal mit Schwarz spielen«, schlug sie vor.

»Das können Sie tun, wenn Sie wollen.« Evan zog den Bauern vor seinen König.

»Das war schnell«, bemerkte Min. »Ich war noch nicht bereit, anzufangen.«

»Sie können sich für Ihren Zug so viel Zeit nehmen, wie Sie brauchen. Das wissen Sie doch.« In der Tat hatte sie heute fast eine Viertelstunde für ihren letzten Zug gebraucht, bevor er sie mit seiner Dame schachmatt gesetzt hatte.

Es dauerte nur einen Moment, bis sie ihren Damenbauern zog. Evan zögerte kaum, bevor er einen seiner Springer zog. Min studierte das Brett einen Moment und zog ihren Springer.

»Sie werden schneller«, stellte er fest. »Und besser.«

»Ich *habe* diese Woche nicht zum ersten Mal Schach

gespielt. Es ist nur schon eine Weile her. Ich habe früher mit meinem Vater gespielt, als ich jünger war.«

Evan sah seinen nächsten Zug – sein Läufer würde den Springer festsetzen, den Min gerade gezogen hatte. Doch bevor er die Figur anheben konnte, drehte sie ihren Kopf in Richtung der Tür zur Hauptbibliothek.

»Haben Sie das gehört?«, fragte sie.

»Nein, was haben Sie denn gehört?«

»Ich dachte, ich hätte jemanden in der Bibliothek gehört.« Sie flüsterte, als ob sie sich nicht gerade in normalem Ton unterhalten hätten.

»Vielleicht ist dort jemand«, bemerkte Evan achselzuckend. »Da gehen ständig Leute ein und aus. Tatsächlich hat neulich spät in der Nacht jemand dort drinnen einen solchen Lärm gemacht, dass er mich geweckt hat.«

Ein knarrendes Geräusch kam von der anderen Seite der Tür. »Genau dieses Geräusch«, sagte Evan.

Sie blickte zurück in Richtung Bibliothek. »Was glauben Sie, was es ist?«

»Es klang wie knarrende Möbel.« Evan hatte diese Schlussfolgerung in der letzten Nacht gezogen, wie auch den Grund dafür – jemand hatte ein romantisches Schäferstündchen.

»Könnte jemand die Leiter dort verrücken, um ein Buch zu holen, das zu hoch oben ist, um es zu erreichen?«, überlegte sie.

Diese Möglichkeit war ihm gar nicht eingefallen. Was sagte es über seinen Charakter aus, dass er annahm, dieses Geräusch habe etwas mit einer sexuellen Begegnung zu tun? »Das könnte es sein.«

Ein weiteres Geräusch ertönte, als würde jemand stöhnen. Nun war Evan sich allerdings sicher, dass wer immer in der Bibliothek war, nicht nach einem Buch suchte.

Min stand auf und ging zur Tür der Bibliothek.

»Was haben Sie vor?«, fragte er und er war frustriert, dass er nicht einfach aufspringen und sie abfangen konnte, bevor sie in eine potenziell intime Szene platzte.

Sie blickte über die Schulter zu ihm zurück. »Glauben Sie, dort könnte jemand in Not sein?«

Hatte sie denn nicht kombiniert, was dort vor sich ging? »Nein, das glaube ich nicht.« Er umklammerte seinen Gehstock als sie die Tür erreichte.

»Vorsicht, Min, gehen Sie nicht einfach unangemeldet dort hinein.« Evan richtete sich auf und testete vorsichtig seinen linken Fuß, bevor er einen Schritt machte. Mehr als einen schwachen Schmerz verspürte er nicht, und das würde ihn nicht aufhalten. Aber Min hatte die Tür bereits geöffnet. Zum Glück hatte sie sie nicht weit aufgestoßen. Stattdessen hielt sie die Tür fest und spähte durch die kleine Öffnung. Er sah, wie ihre Züge zuckten und ihr Blick auf etwas fixiert war. Plötzlich schloss sie die Tür und drehte sich um, ihre Augen weiteten sich, als sie sah, dass er sich näherte.

»Was machen Sie da?«, fragte sie mit leiser Stimme.

»Ich wollte sehen, was Sie machen. Was haben Sie in der Bibliothek gesehen?«

Ihre Wangen wurden leuchtend rot. »Nur – oh, einerlei. Lassen Sie uns unser Spiel beenden. Sie sollten nicht umherlaufen.«

»Das hatte ich morgen sowieso versuchen wollen. Heute Abend ist zeitlich nahe genug dran«, sagte er. »Es tut kaum weh.«

»Sie wollen sich aber nicht noch einmal verletzen.« Sie trat an seine Seite und nahm seinen Arm. »Stützen Sie sich auf mich, damit Sie sich sicherer fühlen.«

»Ich weiß nicht, aber danke. Ich kann mir denken, was Sie in der Bibliothek gesehen haben, Min.«

Sie warf ihm einen Blick zu, als sie zu ihren Stühlen zurückkehrten. »Können Sie das?«

Er lächelte. »Das Knarren der Möbel zusammen mit dem Stöhnen lässt einen vernünftigen Schluss zu, und Ihre Reaktion hat meinen Verdacht bestätigt.«

»Oh.« Wieder wurde sie rot. »Nun, jetzt komme ich mir dumm vor, weil ich es nicht geahnt habe.«

»Nein, nicht. Ihre Sorge um jemanden, der vielleicht Hilfe braucht, ist wunderbar. Wen haben Sie gesehen? Ich werde es nicht verraten.«

»Es war Claxton.«

»Und mit wem war er zusammen?« Evan fragte sich, ob es morgen eine Verlobungsankündigung geben würde, bevor die Hausparty zu Ende war.

Sie zog ihre Augenbrauen in die Höhe. »Sie nehmen an, er war mit jemandem zusammen?«

Evan grinste, um sich das Lachen zu verkneifen. »Ich nehme an, er könnte sich selbst befriedigt haben. Obwohl ich hoffen würde, dass er solche Aktivitäten auf sein Schlafgemach beschränken würde.«

»So habe ich das nicht gemeint.« Ihr Gesicht flammte noch einmal auf.

»Mit wem war er zusammen?«, fragte er nach.

»Mit einem der Dienstmädchen.«

»Was haben die beiden gemacht?«, fragte er.

»Sie haben sich geküsst ... und ... egal.« Sie erwiderte seinen Blick nicht. »Das ist eine höchst unpassende Unterhaltung.«

Sie ließ seinen Arm los, als sie den Sitzbereich erreichten. Aber Evan setzte sich nicht. Er genoss es, zum ersten Mal seit mehreren Tagen aufrecht zu stehen. Er drehte sich, um ihr ins Gesicht zu sehen.

»Sind Sie durch das, was Sie da gesehen haben, beunruhigt?« Er konnte sehen, dass sie sich unwohl fühlte, was ihn überraschte. Er hatte sie für jemanden gehalten, der nicht so leicht aus dem Gleichgewicht zu bringen war. Sie war Sheffs Schwester, und sein Freund war etwas ausschweifend. Sie hatte immer den Eindruck gemacht, kultiviert zu sein, aber vielleicht bezog sich das nicht auf sexuelle Angelegenheiten. Und warum auch? Sie war die unverheiratete Tochter eines Herzogs. Sie sollte unschuldig sein. Dass er sie nicht für unschuldig gehalten hatte, sagte mehr über Evan und *seine* Haltung zu Ausschweifungen aus.

»Nun, so etwas habe ich noch nie gesehen«, sagte sie. »Mit einem Dienstmädchen zu tändeln beweist, dass Claxton ein Halunke ist.«

Evan blickte stirnrunzelnd in Richtung Bibliothek, als er einen unangenehmen Gedanken hatte. »War sie aus eigenem Antrieb dort?«

»Ah, sie schien … die Begegnung zu genießen. Sie hat ihn nicht weggestoßen oder so etwas.«

»Ich bin froh, das zu hören, sonst würde ich eingreifen. Manchmal ist die Grenze zwischen Schurke und Halunke recht schmal.«

»Würden Sie das wirklich tun?« Sie klang überrascht und vielleicht sogar beeindruckt.

»Das würde ich.« Evan glaubte nicht, dass es ihm etwas ausmachen würde, Claxton zu verprügeln, sollte die Notwendigkeit bestehen.

Sie verengte ihre Augen leicht. »Besteht die Möglichkeit, dass Sie kein Halunke sind?«

Evan lachte. »Vielleicht liegt diese Einschätzung im Auge des Betrachters.« Er ernüchterte und dachte, dass er sich nicht über die Dinge lustig machen sollte, die sie gerade gesehen hatte und sich deshalb vielleicht unwohl fühlte. »Es tut mir leid, wenn Sie durch das, was sie dort gesehen haben, irritiert sind. Ich hatte Sie ja davon abhalten wollen, die Tür zu öffnen, um zu verhindern, dass Sie sich in das Liebesspiel anderer einmischen. Ich habe nicht daran gedacht, welche Wirkung dies auf Sie haben könnte.«

»Und warum sollten Sie auch?« Sie holte tief Luft. »Es ist in Ordnung. Mir geht es gut. Wir sollten unser Spiel fortsetzen.«

»Sind Sie noch nie geküsst worden, Min?« Die Frage war ihm aus dem Mund entschlüpft, bevor er sich zügeln konnte. Sie hatte recht – dies *war* ein unangemessenes Gespräch, und doch konnte er es nicht lassen, es fortzusetzen.

Sie zögerte, aber nur kurz. »Einmal, vor einigen Jahren, in Weston. Ich war jung. Er war jung. Er war Waliser, um genau zu sein.«

»War er das?«, fragte Evan lachend. »Wir Waliser wissen, wie man küsst. Sollten Sie jemals beschließen, es ein zweites Mal zu versuchen, biete ich Ihnen gerne meine Dienste an.«

Verflixt nochmal. Hatte er ihr wirklich gerade angeboten, sie zu küssen? Wie kam er nur darauf?

Denn sie sprachen über das Küssen, und aus irgendeinem Grund schien es naheliegend, dies vorzuschlagen. Allerdings war es völlig unpassend.

Trotzdem nahm er das Angebot nicht zurück und bedauerte auch nicht, es gemacht zu haben.

Sie starrte ihn an, ihre Lippen spalteten sich. »Seien Sie nicht albern. Ich bin Ihre schwesterliche Freundin.« Sie lachte nervös.

Evan spürte eine Energie, die aus ihr kam und sie gleichzeitig umgab. Das war nicht nur Nervosität. In ihrem Blick war eine Andeutung von Vorfreude. Mit einem Mal wusste er, dass er sie küssen *wollte*. Während der ganzen Zeit, die sie zusammen verbracht hatten, hatte er

Momente der Anziehung und sogar des Verlangens verspürt. Er hatte sie zu ignorieren versucht oder sie einem anderen Grund zuzuschreiben – wie möglicherweise Dankbarkeit für ihre Hilfe oder Anerkennung für ihre Fürsorge. Aber so wie er jetzt vor ihr stand, und sein Blick fest auf ihren Mund gerichtet war, musste er sich eingestehen, dass mehr dahinter steckte. Er war neugierig, ob sie dasselbe empfand.

»Diese Beschreibung sagt mir nicht zu«, raunte er leise.

»Welche Beschreibung?«, fragte sie mit nahezu atemloser Stimme.

»Schwesterliche Freundin. Ich habe eine Schwester, und mit ihr ist es ganz anders als mit Ihnen.«

Abermals stieg ihr die Röte in die Wangen. »Aber wir sind wenigstens Freunde.«

»Wir sind mehr als das, glaube ich.« Er bewegte sich auf sie zu.

»Es ist sehr freundlich von Ihnen, mir einen Kuss anzubieten, Evan, aber ich brauche Ihr Mitleid nicht.« Stolz blitzte in ihren Augen auf. »Ich bin keine verwegene Halunkin, die sich fragt, wann sie wieder geküsst werden wird.«

»Nein, Sie sind keine Halunkin«, stimmte er ihr zu, obwohl ihm bei dieser Vorstellung mit einem Mal ganz heiß wurde.

»Es ist nicht so, dass ich niemanden küssen möchte«, fuhr Min fort. »Ich weiß nur, dass ich zuerst heiraten muss.«

»Und was ist, wenn der Mann, den Sie heiraten werden, ein schrecklicher Küsser ist? Das wäre eine Tragödie.«

Sie holte tief Luft. »Ja, das wäre es. Aber er könnte es sicher lernen.«

»Wer sollte ihn denn unterrichten?« Evan brannte

darauf, sie zu berühren, obwohl er das besser nicht tun sollte. »Sie etwa, mit Ihrer großen Erfahrung?«

Sie sah ihn mit einem erbosten Blick an. »Es gibt keinen Grund, unfreundlich zu sein.«

Er hielt seine freie Hand hoch. »Es ist nicht meine Absicht, grausam zu sein. Ich spreche lediglich die Wahrheit aus. Wenn Sie sich entscheiden, dass Sie Ihren Erfahrungsschatz auf diesem Gebiet erweitern möchten, gilt mein Angebot, ob heute Abend oder irgendwann in der Zukunft.« Er konnte nicht anders als diesen Wahnsinn fortzusetzen, und zu hoffen, dass sie auf sein Angebot eingehen würde. Vorzugsweise jetzt.

Sie stemmte die Hand in die Hüfte. »Wollen Sie damit etwa sagen, dass ich jeden Mann küssen sollte, den ich zu heiraten gedenke?«

»Das wäre nicht die schlechteste Idee.« Stimmte das? Sie war die Tochter eines Herzogs und die Schwester seines guten Freundes.

Sie lachte auf. »Sie versuchen, aus mir eine Halunkin zu machen. Ich werde mich nicht von Ihren Ausschweifung anstecken lassen.«

Er lachte. »Ein Halunke zu sein ist keine Krankheit. Flirten Sie nicht einmal, Min? Ich würde sagen, dass Sie während dieser Woche schon oft mit mir geflirtet haben.«

»Das war nicht meine Absicht«, entgegnete sie mit entsetztem Blick.

»Die meine war es auch nicht«, raunte er leise. »Ich entschuldige mich dafür, dass ich mich zu dieser unangemessenen Unterhaltung habe hinreißen lassen. Vielleicht sind wir uns in dieser Woche zu vertraut geworden.«

Daran würde er allerdings nichts ändern. Seine Verletzung und Mins Fürsorge hatten der lockeren Freundschaft, die sie einst geteilt hatten, eine völlig andere Qualität verliehen. »Das kann ich allerdings nicht bereuen.

Vielleicht bin ich ja doch ein Halunke.« Er musterte ihr Gesicht. »Ich weiß, dass Sie diese Woche vor allem deshalb so viel Zeit mit mir verbracht haben, um den anderen Junggesellen auszuweichen, aber ich bin Ihnen für jedes Wort dankbar, das Sie mir vorgelesen haben, und für all die Mandelkuchen, die Sie mir gebracht hast, und vor allem für die Geschenke in Blau und Braun.«

Ein Leuchten hatte sich in ihre Augen gestohlen, als sie ihn nun eingehend betrachtete. »Das mag ein Grund gewesen sein, warum ich mich für Ihre Gesellschaft entschieden habe«, sagte sie leise. »Aber es war mehr als das. Niemand braucht mich jemals. Es fühlte sich … gut an, nützlich zu sein.«

»Sie waren weit mehr als nützlich, Min. Ich glaube nicht, dass ich das ohne Sie durchgestanden hätte. Es fällt mir furchtbar schwer, mich ruhig zu verhalten – fragen Sie nur meine Mutter. Oder Gwen. Sie haben mir diese Zeit erträglicher gemacht.«

Min kam näher zu ihm, bis sie sich fast berührten. Evan stockte der Atem. Sie legte ihre Hand auf seine Brust. Sein Herz schlug heftig und schnell unter ihrer Handfläche.

»Ich glaube, … ich möchte, dass du mich küsst, Evan. Um der Erfahrung willen, an der es mir anscheinend mangelt.«

»Bist du sicher?«, flüsterte er, während das Verlangen in seinem Bauch – und tiefer – brodelte.

»Ich bestehe darauf.«

Ein Gefühl des Triumphs brauste durch seine Adern, als er seinen Mund auf den ihren senkte.

KAPITEL 6

Auf die überwältigenden Gefühle, die durch Evans Kuss entfesselt wurden, war Min vollkommen unvorbereitet gewesen. Das war nicht mit der Erfahrung zu vergleichen, die sie vor Jahren gemacht hatte. Und das war auch gut so. Dieser Kuss übertraf ihre Vorstellungskraft und änderte ihre gesamten Ansichten darüber auf das Gründlichste. Küssen war also doch nicht so schrecklich.

Er hatte seine warme Hand um ihren Hals geschmiegt und vermittelte ihr das Gefühl von Geborgenheit. Gleichzeitig war da aber auch ein Verlangen nach etwas, für das sie keine Worte hatte. Er strich mit seinem Daumen über ihren Kiefer und vertiefte den Kuss, während er den Mund ganz sanft über ihrem öffnete.

Sie wappnete sich für das, was nun gleich folgen würde. So weit war sie zumindest unterrichtet, wobei es wieder einmal ganz anders war als das, was sie in der Vergangenheit erlebt hatte. Er liebkoste ihren Mund mit seinen Lippen und drängte sie, den ihren zu öffnen, aber sie fühlte sich nicht bedrängt oder überfallen. Stattdessen wurde sie von einer Flut erregender Neugierde mitgerissen. Sie teilte ihre Lippen an seinen und wurde mit einem sofortigen, schockierenden Lustempfinden belohnt.

Seine andere Hand lag auf ihrem unteren Rücken, und er drückte sie fester, worauf ihre Körper enger zusammenkamen. Das überraschte sie, aber keinesfalls im negativen Sinne. Im Gegenteil, sie genoss die Berührung.

Dann glitt er mit seiner Zunge an ihren Lippen vorbei, und sie fühlte sich ermutigt, ihm mit ihrer eigenen zu begegnen. Dieser intime Austausch war keineswegs fade. Das Gegenteil traf schon eher zu, denn die Hitze, die in ihr aufstieg, breitete sich immer weiter aus. Das war Leidenschaft. Dies zu erleben hatte sie nicht erwartet. Aber gehofft hatte sie dies schon.

Evan ging langsam vor, indem er sie mit sanfter Präzision streichelte, während sein Mund dasselbe tat. Als sich ihre Zungen intensiver trafen, durchfuhr sie ein Schauer. Sie klammerte sich an seine Schultern, und er hielt sie fest, während sie überwältigt und verzweifelt zugleich war, dass diese Umarmung niemals enden sollte. Was, wenn dies hier das einzige Mal war, dass sie sich so fühlen würde?

Min tat es ihm gleich, indem sie ihre Zunge an seiner entlanggleiten ließ und ihren Kopf ein wenig neigte. Sie umklammerte seinen Nacken und verschränkte ihre Finger in dem dichten Haar an seinem Hinterkopf. Als sie sich noch fester an ihn drückte, spürte sie seine Erregung direkt über ihrem eigenen Geschlecht. Sie wurde sich der Empfindung dort bewusst. Es begann als schwaches Pochen der Lust, doch sehr bald konnte sie es überall in ihrem Körper spüren.

Evan gab einen tiefen Laut von sich und hob seinen Kopf von ihrem. »Weiter sollten wir wahrscheinlich nicht gehen«, raunte er leise.

Min ließ ihn los und trat einen Schritt zurück, als die

Realität sie wieder einholte. »Wir sollten vergessen, dass das passiert ist.«

Er schaute ihr in die Augen und nie hatte er ernster gewirkt, als er ihr dann antwortete. »Das werde ich nie vergessen, Min.«

Auch sie würde dies nicht vergessen. Sie wandte den Blick ab und murmelte »Gute Nacht«, als sie an ihm vorbeiging und die Bibliothek verließ. Sie rannte praktisch zur Treppenhalle.

Beim Hinaufgehen überlegte sie, ob sie zurückgehen und Evan in sein Bett helfen sollte, aber er schien mit dem Gehstock gut zurechtzukommen. Sie glaubte nicht, dass sie in der Lage wäre, noch einmal zurückzugehen. Tatsächlich war sie sich nicht sicher, wie sie ihm nach den Geschehnissen von eben, jemals wieder gegenübertreten konnte.

Sie wurde langsamer, als sie das obere Ende der Treppe erreichte, und presste ihre Hände an ihre heißen Wangen. Sie musste sich zusammenreißen, ehe sie ihr Schlafgemach erreichte. Wenn Ellis noch wach war, und das wäre sie mit Sicherheit, würde sie Mins Gesicht sehen und sich denken können, was geschehen war.

Wollte sie ihr nichts sagen?

Seufzend überlegte Min, ob sie etwas von dem Kuss verraten sollte. Es gab nur wenige Geheimnisse, die sie vor Ellis hütete. Eigentlich handelte es sich dabei nur um solche Geheimnisse, die sie in gewisser Hinsicht auch vor sich selbst hütete.

Als Min das Schlafgemach erreichte, fühlte sie sich bereits wieder mehr wie sie selbst. Zumindest waren ihre Wangen zum Glück nicht mehr so heiß, wie sie es gewesen waren. Sie öffnete die Tür, schlüpfte hinein und schloss sie leise hinter sich. Sie war sich immer noch nicht sicher, was sie sagen würde, wenn überhaupt.

Für Ellis war ein kleines Feldbett bereitgestellt worden, aber Min hatte sie eingeladen, das große Bett mit ihr zu teilen, da es weitaus bequemer war und es genug Platz für sie beide gab. Das taten sie normalerweise, wenn sie sich aus irgendeinem Grund ein Zimmer teilten.

Ellis lag bereits im Bett und las. Sie blickte von ihrem Buch auf, als Min hereinkam. »Hast du endlich beim Schach gewonnen?«

»Nein«, antwortete Min. »Ich habe stattdessen Evan geküsst.«

So viel dazu, das Geschehene zu verschweigen. Das war natürlich keine echte Möglichkeit gewesen. Natürlich würde Min Ellis von dem Kuss berichten.

Ellis legte das Buch auf den Tisch neben ihrer Bettseite und schlüpfte unter der Bettdecke hervor. Min ging zum Kleiderschrank und zog ihre feinen Schuhe aus.

»Mehr willst du nicht sagen? Das ist alles?«, fragte Ellis und stellte sich neben Min.

Min zuckte mit den Schultern, als sie den Perlenkamm aus ihrem Haar zog. »Da gibt es nichts zu sagen.« Sie wagte nicht, Ellis anzusehen, aber sie konnte sich ihren erstaunten Gesichtsausdruck vorstellen.

»Du kannst nicht nur das sagen und sonst nichts«, entgegnete Ellis. »Wie ist das passiert?«

»Es war nichts.« Min blickte zu Ellis, die sie mit zusammengepressten Lippen anstarrte.

Ellis verschränkte ihre Arme vor der Brust. »Dass du Evan küsst, kannst du nicht als Nichts abtun. Wenn du *irgendjemanden* küsst, ist das nicht einfach nichts.« Sie hielt inne. »Soll ich *ihn* fragen, was passiert ist?«

Min drehte sich zu ihr um. »Nein, auf keinen Fall darfst du darüber sprechen, weder mit ihm noch mit anderen. Wir werden vergessen, dass es passiert ist.« Allerdings hatte er ihr ausdrücklich gesagt, dass er genau das nicht tun würde. Min wusste, dass auch sie das nicht einfach vergessen konnte. Sie schob sich an Ellis vorbei, ging zum Frisiertisch und legte den Kamm darauf ab.

»Aber es ist passiert.« Ellis hatte sich umgedreht und war ihr ein Stück zum Frisiertisch gefolgt. »Wenn du nicht darüber reden willst, werde ich dich nicht zwingen, aber ich bin hier, um zuzuhören, wenn du etwas erzählen willst.«

»Danke.« Erleichtert ließ Min die Schultern sinken. »Würdest du mein Kleid aufknöpfen?« Sie drehte Ellis den Rücken zu, die sich sofort an die Arbeit machte.

In ein paar Minuten war Min bis auf ihr Hemd ausgezogen. Ellis stand mit wachsamen Blick beim Frisiertisch.

Min hielt es nicht mehr aus und warf die Hände in die Luft. »Ich bin so verwirrt. Er hat mich gefragt, ob ich jemals einen Mann geküsst habe.«

Ellis ging zu einem der beiden Sessel beim Kamin und setzte sich. »Hast du ihm von Samuel in Weston erzählt, vor all diesen Jahren?«

»Das habe ich.« Min trat zu ihr und setzte sich auf den anderen Stuhl. »Ich nehme an, das war der Grund, warum ich ihn gebeten habe, mich zu küssen.«

»Du hast ihn darum gebeten?« Ellis´ helle Augenbrauen schossen in die Höhe.

»Ja.« Min fröstelte. Im Kamin brannte ein kleines Feuer, und sie streckte ihre Hand aus, um etwas von der Wärme aufzunehmen. »Ich habe so lange geglaubt, dass ich vielleicht nicht zum Küssen geschaffen bin – oder für die Ehe. Ich habe den Kuss mit Samuel verabscheut.«

»Ich wusste, dass du dich nicht dafür interessiert hast.« Ellis runzelte die Stirn. »Mir war nicht klar, dass du es *verabscheut* hast. Manche Leute können einfach nicht gut küssen. Damit meine ich nicht dich, sondern Samuel«, stellte sie klar.

»Was, wenn ich die schlechte Küsserin bin?« Min hatte diese Angst noch nie mit jemandem geteilt. »Ich hatte angenommen, dass mit mir etwas nicht stimmt.«

Ellis beugte sich vor und streckte die Hand aus, um Mins zu berühren. »Oh, Min, es ist alles in Ordnung mit dir. Wie kommst du denn darauf?«

»Ich weiß, dass du jemanden geküsst hast und es hat dir sehr gefallen. Persephone hat einen Mann geküsst, bevor sie Wellesbourne kennengelernt hat, und sie hat es genossen. Warum nicht ich?«

»Wie ich schon sagte, es könnte einfach sein, dass Samuel ein schrecklicher Küsser war.« Ellis tätschelte Mins Hand, bevor sie sich in ihrem Sessel zurücklehnte. »Das hat gar nichts mit dir zu tun.«

»Aber glaubst du nicht, dass ich es dann noch einmal mit einem anderen Mann versuchen wollen würde, damit ich einen guten Kuss erleben kann?«, fragte Min. »Stattdessen habe ich es vermieden. Ehrlich gesagt wollte ich Samuel gar nicht küssen, aber ich dachte, dass ich es einmal ausprobieren wollte. Es hat mir nicht gefallen, und ich hatte keine Lust, es noch einmal zu versuchen.«

»Ich kann verstehen, dass du das Küssen vermeiden willst, bis der richtige Mann auftaucht. Ist das bei Evan auch so gewesen?«

»Ja.« Die Antwort überraschte Min, aber eigentlich hätte sie damit rechnen müssen. Sie hatte ihn küssen *wollen*. Sie hatte eine prickelnde Vorfreude verspürt, die sie noch nie zuvor erlebt hatte. »In den letzten Tagen habe ich angefangen, mich in seiner Nähe irgendwie anders zu fühlen. Mein Herz klopft und ich habe ein Flattern im Bauch.« Sie strich sich mit der Hand über ihre Körpermitte.

»Das klingt, als würdest du dich zumindest zu ihm

hingezogen fühlen«, stellte Ellis lächelnd fest. »Könnte es mehr als das sein?«

Min richtete ihren Blick auf Ellis. »Fragst du mich etwa, ob ich mich verliebe?« Min schüttelte den Kopf. »Wir sind *Freunde*. Ich kann mir nicht vorstellen, mit Evan verheiratet zu sein. Er ist Gwens Bruder.«

»Aber du fühlst dich zu ihm hingezogen«, meinte Ellis. Auf Mins Nicken hin fügte sie hinzu: »Ich gebe zu, dass ich mich gefragt habe, ob du dich nicht vielleicht doch zu Frauen hingezogen fühlst.«

Min blinzelte sie an. »Das habe ich mir überlegt, denn wenn ich dir und den anderen zuhörte, wie sie über das Küssen oder die Gefühle unserer Freundinnen für ihre Männer plauderten, konnte ich das einfach nicht verstehen. Noch nie habe ich etwas Ähnliches empfunden. Nicht einmal ansatzweise.« Min blinzelte sie an. »Du weißt, was ich meine, nicht wahr? Du hast ein oder zwei junge Männer geküsst.«

»Zwei«, antwortete Ellis.

»Ich erinnere mich an den Sohn des Schusters in dem einen Sommer, als wir im Beacon Park waren«, sagte Min. »Immer wieder bist du in die Stadt gegangen, um ihn zu treffen. Du schienst in ihn verliebt zu sein. Was war das für ein Gefühl?«

»Es war genau so, wie du es beschreibst.« Ellis lächelte, ihr Blick wurde wärmer. »Herzflattern und ein rasender Puls, eine wunderbare Hitze. Dazu noch Aufregung, wenn ich zu ihm ging. Geht es dir mit Evan auch so?«

Diese prickelnde Vorfreude, die Min in seiner Gegenwart spürte. »Ja. Was hat das zu bedeuten?«

»Ich beschreibe die Lust«, sagte Ellis freimütig. »Im Nachhinein betrachtet, war es das, was ich mit Jacob geteilt habe. Es war keine Liebe.«

»Bei Evan ist es auch keine Liebe. Ich nehme an, es könnte Lust sein.«

»Vielleicht bist du einfach aufgewacht«, schlug Ellis mit einer Handbewegung vor. »Aus welchem Grund auch immer, ist es Evan gelungen, etwas in dir zu wecken. Und da ihr befreundet seid, finde ich es genial, dass du das Gefühl hattest, du könntest ihn bitten, dich zu küssen, und sei es nur, um zu sehen, wie es ist.« Sie sah Min eindringlich an. »Und wie war es?«

Min kaute auf der Innenseite ihrer Lippe. Sie hatte Angst, etwas zu sagen. »Es war schön«, sagte sie leise.

Aber »schön« war keine Beschreibung für den Wirbel der Gefühle, der noch immer in ihr rumorte und die Aufregung, von der Ellis gesprochen hatte, war sehr lebendig in Min. Allerdings war die Hausparty fast vorbei, und obwohl sie Evan vielleicht nächsten Monat in Bath sehen würde, war es undenkbar, das sie so weitermachen, wie sie es hier auf der Hausparty taten.

»Ich sehe, dass du dir Sorgen machst«, bemerkte Ellis. »Warum?«

Min zog eine Schulter hoch. »Ich weiß wohl nicht, wie ich mich jetzt ihm gegenüber verhalten soll. Wir waren uns einig, dass wir vergessen, was passiert ist.« Das konnte sie aber nicht.

»Aber du kannst nicht.«

»Zumindest nicht gleich«, seufzte Min. »Ich bin froh, dass die Hausparty fast vorbei ist – noch ein Tag. Evan geht es gut genug, um sich selbständig zu bewegen, also muss ich morgen keine Zeit mit ihm verbringen. Er braucht mich nicht, um ihn abzulenken oder zu unterhalten.«

Ellis zog eine Augenbraue hoch. »Man könnte sagen, dass er dich nie gebraucht hat. Aber du hast ihm trotzdem

Gesellschaft geleistet. Hast du dir einmal überlegt, warum?«

»Ich wollte nur eine gute Freundin sein«, entgegnete Min und fand, dass sie ein wenig abwehrend klang. Eine Stimme in ihrem Hinterkopf sagte ihr, dass da vielleicht noch mehr dahintersteckte. Aber nein, das konnte nicht sein – Evan war der Bruder ihrer Freundin. Außerdem war er ein Halunke und zu diesem Zeitpunkt nicht an einer Ehe interessiert.

»Ich habe noch eine letzte Chance auf dem Heiratsmarkt«, sagte Min entschlossen. »Dem muss ich in Bath meine volle Aufmerksamkeit widmen.«

Ellis legte den Kopf schief, ihre Augen verengten sich leicht. »Du hast doch nicht nur Verehrer abgelehnt, weil sie Halunken waren, oder?«

»Nein«, flüsterte Min. »Diejenigen, die keine Halunken waren, haben nichts in mir ausgelöst. Ich wollte auf keinen Fall in einer Ehe ohne Liebe oder … Leidenschaft gefangen sein.«

»Das ist nicht nur verständlich, sondern auch bewundernswert.« Ellis schenkte ihr ein ermutigendes Lächeln. »Ich weiß, dass meine Meinung in dieser Angelegenheit nur wenig zählt, aber so ist es.«

»Deine Meinung wird mir immer wichtig sein«, versicherte Min mit Nachdruck.

Ellis lächelte kurz. »Glaubst du wirklich, dass du in Bath einen Ehemann finden wirst?«

»Nein«, antwortete Min ehrlich. »Aber ich habe eine leise Hoffnung. Eigentlich hatte ich ja aufgegeben, aber jetzt, wo ich weiß, dass ich Leidenschaft empfinden kann, halte ich es für möglich, dass es irgendwo den richten Mann für mich gibt. Sollte ich diesen Mann in Bath nicht finden, werde ich ins Kloster gehen.«

»Wenn du ihn nicht findest, ist das doch kein Fehlschlag, Min.«

Min wusste, was ihre Freundin ihr damit sagen wollte – dass Mins Unvermögen, einen Ehemann zu finden, nicht auf ihr eigenes Verschulden zurückzuführen war. Es war nicht als Versagen zu werten, dass sie eine Ehe ohne Liebe und Leidenschaft nicht wollte. Einen Mann zu heiraten, für den sie weder das eine noch das andere empfand, wäre für sie das eigentliche Versagen.

Ellis erhob sich. »Du kannst nicht in ein Kloster gehen. Wir wollen eine Schule für Mädchen gründen, wenn du dich erinnerst.«

»Oh, ja, natürlich.« Min grinste, als sie aufstand und zur Kommode ging, um ihr Nachthemd herauszunehmen.

Die beiden Freundinnen hatten schon seit geraumer Zeit mit dem Gedanken gespielt, eine Schule zu eröffnen, doch in Wahrheit durfte Min so etwas als Tochter eines Herzogs nicht tun. Oder war das vielleicht doch möglich? Ihr Vater hatte sich in letzter Zeit verändert. Er bedrängte sie nicht mehr auf dieselbe Weise wie ihre Mutter.

Min zog ihr Nachthemd an und ging zum Bett, neben dem Ellis stand.

»Was auch immer passiert, werde ich bei dir bleiben, solange du es willst«, gelobte Ellis.

Min umarmte sie fest, denn sie war für ihre Unterstützung und Liebe dankbar. Sie hatte niemanden auf der Welt, dem sie mehr Vertrauen entgegenbrachte. »Ich danke dir, Ellis. Ich wüsste nicht, was ich ohne dich tun würde.«

»Dann ist es ja gut, dass du das nie herausfinden musst.«

KAPITEL 7

Vor etwas mehr als einer Woche war Min in Bath im Haus ihrer Mutter angekommen. Es handelte sich um ein charmantes Reihenhaus mit Steinfassade am Circus. Es war seltsam, sich vorzustellen, dass dies der neue ständige Wohnsitz ihrer Mutter wäre und die Herzogin nicht in das Henlow House in London oder den Beacon Park in Bedfordshire zurückkehren würde. Doch es war zum Besten so. Wenn ihre Eltern auch einander auswichen, sobald sie sich zufällig zur gleichen Zeit in der gleichen Residenz befanden, war es doch für alle eine sehr angespannte Situation. Vollkommen getrennte Haushalte würden für dauerhaften Frieden sorgen.

Nun, vielleicht nicht gerade *Frieden*. In dessen Genuss würde zumindest Min nicht kommen, da ihre Mutter immer stärker auf ihre Heirat drängte. Derzeit war sie wegen Min frustriert, weil die Dinge auf der Longleat Hausparty nicht zufriedenstellend gelaufen waren.

Lady Bath hatte Mins Mutter in einem Brief geschrieben, dass Min einen Großteil der Hausparty damit verbracht hatte, dem verletzten Evan Gesellschaft zu leisten. Die Herzogin hatte unter Hinweis auf die verpassten Gelegenheiten mit potenziellen Verehrern auf Longleat verärgert reagiert. Allerdings schien Mutter heute eine gewisse Bereitschaft zu zeigen, ihren Fokus zu ändern. Der Grund dafür war wahrscheinlich der erste Ball der Saison, der heute Abend stattfinden würde.

Die Herzogin war in Mins Schlafgemach gekommen, um das Kleid auszuwählen, das Min heute Abend tragen sollte. Zusammen betrachteten sie die drei neuen Abendkleider, die gerade von der Modistin gebracht worden waren. Mins Mutter bestand stets darauf, dass sie zu jeder Saison neue Kleider bekam, und diese drei waren erst der Anfang. Ihre Mutter hatte ein Abonnement für die Upper Rooms erworben, und das bedeutete, dass Min jede Woche zwei Bälle besuchen müsste, von dem der eine am Montag und der andere am Donnerstag stattfinden würde. Der elegantere Ball fand donnerstags statt, und heute war Donnerstag.

Sie würde Dutzende von Abendkleidern bekommen, denn Mins Mutter duldete es nicht, dass sie dasselbe Kleid zweimal trug. Das war einfach übertrieben, aber Mins Versuche, sie davon zu überzeugen, dass sie ganz bestimmt hier die Kleider tragen könnte, die sie im Frühjahr in London getragen hatte, waren gescheitert.

Ellis hatte das Glück, dass ihre Anwesenheit nicht erforderlich war – weder bei der Auswahl von Mins neuer Garderobe noch bei der Teilnahme an den Bällen. Um endgültig mit der Vergangenheit zu brechen, hatte die Herzogin verkündet, dass das Abonnement für die Upper Rooms Ellis nicht einschloss. Min war empört, doch ihre Proteste waren ebenso erfolglos im Sande verlaufen, wie ihre Beschwerden über die unnötige Erweiterung ihrer Garderobe.

Nie hatte Mins Mutter einen Hehl daraus gemacht,

dass sie Ellis missbilligte, was seit jeher ein Ärgernis für Min gewesen war. Die Herzogin hatte nicht gewollt, dass Mins Vater Ellis nach dem Tod ihrer Eltern in ihrem Haushalt aufnahm. Dabei spielte es nicht einmal eine Rolle, dass die Familie von Ellis' Vater und die Familie des Herzogs seit Generationen befreundet waren.

Nicht, dass Min anfangs von der Haltung ihrer Mutter etwas geahnt hätte, denn damals als Ellis als Mins Gefährtin zu ihnen kam, war sie gerade erst fünf Jahre alt gewesen. Tatsächlich konnte sich Min kaum an eine Zeit erinnern, in der Ellis nicht in ihrem Haushalt gelebt hatte. Damit war Ellis für Min wie eine Schwester, auch wenn ihre Mutter Ellis wie einen Eindringling behandelte.

»Du solltest unbedingt das elfenbeinfarbene Kleid tragen, finde ich«, bemerkte ihre Mutter und deutete auf das Kleid, das in der Mitte hing. Daneben hing eines in einem dunklen Rosa und einem Narzissengelb. Diese Farben hier zusammen zu sehen, rief in Min die Erinnerung an Evans Blumengruft auf Longleat wach. Sie unterdrückte ein Lächeln.

Min bevorzugte Rosa, aber sie hatte schon vor langer Zeit gelernt, vor einem Kampf mit ihrer Mutter sorgfältig abzuwägen. Letztendlich war es Min egal, welches Kleid sie heute Abend trug.

Die Herzogin fuhr fort: »Die Farbe zeigt, dass es dir mit der Ehe ernst ist. Sie steht für Reinheit und Unschuld und für die Bereitschaft, eine Ehefrau zu werden. Ich glaube wirklich, dass die Zeit endlich gekommen ist, Min. Ich weiß, wie wichtig es für dich ist, den richtigen Bräutigam zu finden, und ich glaube, du wirst ihn hier in Bath endlich finden.«

»Ich wünschte, ich hätte deine Zuversicht, Mama.« Min war nur froh, dass wenigstens Jo in Bath war und einige der Bälle besuchen würde, da Ellis nicht dabei sein konnte.

Es war schade, dass keine ihrer anderen Freundinnen nach Bath hatte kommen können. Persephone und Tamsin waren auf ihren Landgütern, und Gwen hatte zwar vorgehabt, mit Somerton herzukommen, aber sie hatte einen Brief geschickt und sich krank gemeldet.

»Das solltest du.« Ihre Mutter warf ihr einen ernsten Blick zu. »Heute Abend möchte ich, dass du den Viscounts Barswell und Spilsby besondere Aufmerksamkeit schenkst. Das wird der Kampf der Viscounts«, fügte sie lachend hinzu. »Halte dich aber von Viscount Claxton fern. Er ist ein Glücksjäger.«

»Ich habe Claxton auf Longleat kennengelernt«, sagte Min. »Ich kann dir versichern, dass ich kein Interesse an ihm habe. Wer ist Spilsby?«

»Das ist Mr. Eberforce. Er *war* Mr. Eberforce«, korrigierte ihre Mutter. »Er hat im Sommer die Viscountcy seines Onkels geerbt. Ist das nicht herrlich?«

Min war mit Eberforce bekannt, und er war ein Schakal. Er hatte Mins Freundin Gwen, die Evans Schwester war, im Frühjahr bei Almack's gedemütigt. Wieder beschloss Min, keinen Streit mit ihrer Mutter anzufangen. Stattdessen würde Min sich alle Mühe geben und sich von Eberforce fernhalten. Oder Spilsby. Plötzlich musste sie lachen.

Ihre Mutter sah sie argwöhnisch an. »Was ist?«

Einen perfekteren Titel als Spilsby hätte Mr. Eberforce kaum erben können, denn er hatte die arme Gwen zum Gespött gemacht, als sie bei Almack's gestolpert war und dabei ihr Orgeat auf Eberforces greller Weste verschüttet hatte. Um ehrlich zu sein, war das die beste Verwendung von Almack's scheußlichem Getränk, denn es verwandelte Eberforces ebenso scheußliches Kleidungsstück in eine erträglichere Farbe.

»Ich habe mich nur an etwas Lustiges erinnert, das Mr.

Eberforce, genauer gesagt Lord Spilsby, im letzten Frühjahr gesagt hat«, log Min. Ihre Mutter würde der Ironie von Spilsbys neuem Titel nichts Lustiges abgewinnen können. Min konnte es jedoch kaum erwarten, es Ellis zu erzählen, die sehr amüsiert sein würde.

»Das ist ermutigend«, meinte ihre Mutter mit Begeisterung.

»Ich habe auf Longleat einen netten Gentleman getroffen – Mr. Jarvis«, fügte Min hinzu. »Ich sagte ihm, ich würde in Bath mit ihm tanzen.«

Die Herzogin runzelte die Stirn. »Ich habe keine Ahnung, wer das ist. Trödel nicht mit ihm herum. Du musst dich auf die Männer konzentrieren, die deiner würdig sind.«

»Sind die von dir erwähnten Männer meiner würdig?«, fragte Min, die der Ansicht war, dass Spilsby ihrer nicht würdiger sei als eine Schnecke. Eigentlich würde sie eine Schnecke noch erträglicher als ihn finden.

»Ja«, antwortete ihre Mutter etwas ungeduldig.

»Was macht sie denn meiner würdig?« Min sollte ihre Mutter besser nicht auf diese Weise anstacheln, aber sie fühlte sich so aufmüpfig, wie sie es an diesem Nachmittag wagen würde.

»Ihre Titel und ihr gesellschaftliches Ansehen«, entgegnete ihre Mutter mit einem Anflug von Verzweiflung. Dann leuchteten ihre Augen auf, und sie klatschte in die Hände. »Ich weiß nicht, ob er diesen Herbst nach Bath kommen wird, aber du könntest auch den Earl of Banemore in Betracht ziehen.«

Min verhinderte gerade noch, dass ihr die Kinnlade herunterfiel. Unter keinen Umständen würde sie Bane *jemals* in Betracht ziehen. Er hatte ihre liebe Freundin Pandora Barclay gründlich ruiniert. Min hoffte, dass er nicht nach Bath kommen würde, da Pandora hier bei ihrer Tante lebte. Pandora nahm nicht am Heiratsmarkt teil – Banes Übertretung mit ihr hatte dafür gesorgt, dass sie nicht die geringsten Aussichten hatte, obwohl sie die Tochter eines Barons und die Schwester einer Herzogin war. Es war wirklich schockierend, dass Mins Mutter diesen Bane als Ehemann für sie vorschlug, aber eigentlich hätte sie gar nicht schockiert sein müssen. Die Herzogin würde über seine außerordentliche Unzulänglichkeit hinwegsehen, denn er war ja schließlich der Erbe eines Herzogtums.

»Er wird sich eine neue Frau suchen«, meinte ihre Mutter zuversichtlich. »Sein Vater ist krank, also wird erwartet, dass Bane das Herzogtum erben wird. Eine neue Ehe einzugehen und einen Erben zu zeugen, wird für ihn sicher an vorderster Stelle stehen.«

Ihre Mutter sollte sich nicht anmaßen, darüber Bescheid zu wissen, worin Banes Prioritäten bestanden. Vor zwei Jahren hatte er sich in Weston mit Pandora getroffen, während er offenbar bereits mit der Frau verlobt war, die er schließlich geheiratet hatte. Seine *Priorität* war eindeutig nicht Pandora gewesen. Unglücklicherweise war Banes Frau bei der Geburt gestorben und auch das Kind. Min verabscheute den Mann, aber eine solche Tragödie hätte sie ihm niemals gewünscht.

Als Min wieder einmal überlegte, ob sie ihrer Mutter Widerstand entgegenbringen sollte, erkannte sie, dass sie im Umgang mit ihr oft den Weg des geringsten Widerstandes ging. Eine andere Haltung war die Mühe einfach nicht wert. In diesem Fall glaubte Min jedoch etwas anderes.

»Mama, ich muss dir sagen, dass ich den Earl of Banemore niemals in Betracht ziehen werde. Da du von Unwürdigkeit gesprochen hast, würde ich behaupten, dass er meiner absolut *nicht* würdig ist, wenn man sein früheres Verhalten bedenkt.«

Die Herzogin winkte ab. »Wenn du den kleinen Skandal mit dieser dummen Gans in Weston meinst, ist dies längst Geschichte.«

Zorn brauste in Min auf. »Diese dumme Gans ist die Schwester der Herzogin von Wellesbourne. Sie ist auch eine sehr gute Freundin für mich, die ich während unseres Aufenthalts in Bath besuchen werde. Es ist weder für sie noch für uns alle eine alte Geschichte, die wir Zeuginnen seiner Niedertracht geworden waren. Sie glaubte, er würde sie heiraten. Er hat sie in die Irre geführt. Es tut mir leid, was ihm widerfahren ist, aber er ist schrecklich, und ich würde ihn nie heiraten, also vergiss dies einfach.«

Die Herzogin sah Min mit zusammengekniffenen Augen an und stemmte eine Hand in die Hüfte. »Meine Liebe, ich muss dir sagen, dass du über den Punkt hinaus bist, an dem du wählerisch sein kannst. Der Grund, warum du nur diese beiden Viscounts und jeden anderen, den wir hier in Bath aufstöbern könnten, zur Auswahl hast, besteht darin, dass niemand mehr glaubt, dass du es mit der Ehe ernst meinst. Deine besseren Aussichten sind Vergangenheit. Einige von ihnen haben in der vergangenen Saison sogar geheiratet, und das hast du einfach versäumt. Ich wage zu behaupten, dass du den nächsten Heiratsantrag annehmen musst, der dir angeboten wird.«

»Auch wenn es Mr. Jarvis ist?«, fragte Min süßlich.

Die Herzogin atmete aus und warf die Hände hoch. »Mach dich nicht lächerlich. Du musst jemanden mit einem Titel wählen.«

Min wurde durch die Ankunft der Haushälterin vor weiteren Diskussionen bewahrt.

»Es tut mir leid, dass ich störe«, sagte Mrs. Barker.

»Lord und Lady Shefford sind eingetroffen. Sie warten unten in der Bibliothek.«

»Danke, Mrs. Barker.« Die Herzogin schnitt eine Grimasse, bevor sie Min anschaute. »Wir sollten sie begrüßen gehen.« Sie verließ das Schlafzimmer ihrer Tochter.

Min folgte ihrer Mutter und freute sich darauf, ihren Bruder und seine Frau zu sehen. Jo war auch Mins gute Freundin und erwartete im neuen Jahr ein Kind. Die Aussicht, Tante zu werden, war sehr aufregend, zumal Min einige Zweifel daran hatte, dass sie jemals heiraten und selbst Kinder haben würde.

Sie folgte ihrer Mutter in die Bibliothek. Jo saß in einem Sessel, und Sheff stand neben ihr.

»Ich bin so froh, dich zu sehen«, sagte Min. Sie eilte hinüber, um Jo zu umarmen, die aufstand, als Min sich ihr näherte. Während sie sich umarmten, spürte Min die Wölbung an ihrem Bauch und blickte zwischen ihnen hinunter. »Fühlst du dich gut?«, fragte sie lächelnd.

Jo nickte. »Recht gut, danke. Dein Bruder trägt Sorge dafür.« Sie blickte zu Sheff hinüber, der zwar nicht lächelte, aber Stolz und Freude ausstrahlte, die zumindest für Min unverkennbar war. Sie hatte ihren Bruder noch nie so glücklich gesehen und freute sich sehr für ihn.

»Seid ihr gerade in Bath angekommen?«, fragte die Herzogin.

»Gestern«, antwortete Sheff. »Wir haben ein Haus in Portland Place gemietet«, antwortete Sheff. »Es ist gut ausgestattet, und der Butler sorgt für einen geordneten Haushalt.«

»Das ist sehr erfreulich«, meinte die Herzogin. »Endlich habe ich das Personal vervollständigt, und ich hoffe, dass die Dinge nun, da wir vollzählig sind, reibungsloser ablaufen werden. Werdet ihr heute Abend den Ball besuchen?« Sie warf einen Blick auf Jos Umfang.

Sheff rückte näher an Jo heran. »Nein, aber ich habe ein Abonnement abgeschlossen. Ich möchte Min unterstützen.« Er lächelte seine Schwester an.

Ihre Mutter neigte den Kopf. »Das ist sehr nett von dir, Sheff. Deine Schwester braucht jede Unterstützung, die sie bekommen kann. Ich fürchte, ihr läuft die Zeit für den Heiratsmarkt davon. Dies ist ihre letzte Chance. Leider sind die Möglichkeiten hier in Bath nicht sehr groß. Es muss eben genügen. Ich bin zuversichtlich, dass sie einen Mann finden wird, der ihrer würdig ist.« Sie warf Min einen spitzen Blick zu, bevor sie zu Jo schaute. Die unausgesprochene Botschaft war klar: Sheff hatte sich niemanden ausgesucht, der würdig war, und Min durfte nicht denselben Fehler begehen.

»Ihr müsst mich entschuldigen«, bat die Herzogin. »Ich habe eine Besprechung mit der neuen Köchin.« Sie verließ die Bibliothek, und es war, als würde die Luft im Raum heller werden.

»Ich bitte um Entschuldigung«, murmelte Min zu Jo. »Du brauchst nicht mehr hierher zu kommen. Ich kann dich besuchen.«

Jo schenkte ihr ein Lächeln. »Ist schon in Ordnung, ich kann deine Mutter ertragen.«

Sheff sah zu Min. »Wir hatten gehofft, du könntest mit uns einen Spaziergang machen, um Vater zu besuchen. Sein Haus ist gleich drüben am Catharine Place.«

Min fühlt sich überrascht. Ihr war bekannt gewesen, dass ihr Vater nach Bath kommen wollte, doch über den Zeitpunkt hatte sie nichts Genaues gewusst. Ihre Mutter würde wütend sein und es war zu hoffen, dass sich die Wege ihrer Eltern nicht kreuzen würden. Das war wahrscheinlich utopisch, denn Bath war nicht sehr groß.

»Lasst mich nur meinen Hut und meine Handschuhe holen«, bat Min. »Und Ellis – wenn sie mitkommen will.«

»Kannst du Ellis bitte nicht einladen?«, fragte Sheff. Sein Gesichtsausdruck wirkte unsicher oder vielleicht mit Unbehagen behaftet.

Min fand seine Bitte seltsam. »Warum?«

»Du wirst den Grund verstehen, wenn wir bei Vater sind.«

Das quittierte sie mit einem leichten Stirnrunzeln, während sie versuchte, sich zu fragen, warum Ellis' Anwesenheit nicht erwünscht war. Doch dann holte sie schnell ihren Hut und ihre Handschuhe. Ein paar Minuten später verließen sie zu dritt das Haus und gingen vom Circus in die Brock Street in Richtung Crescent, in der Pandoras Tante wohnte. Davor würden sie jedoch rechts abbiegen, um zum Catharine Place zu gelangen.

»Jetzt sei bitte nicht gleich schockiert«, meinte Sheff. »Vater lebt hier nicht allein.«

Min verdrehte kurz die Augen. »Mrs. Welbeck ist bei ihm?« Das war seine neue Geliebte, die er diesen Sommer in Weston kennengelernt hatte. Sheff hatte gesagt, ihr Vater sei verliebt.

Min hatte sie noch nicht kennengelernt. »Ich kann immer noch nicht glauben, dass er eine Geliebte hat, die es nun schon länger als einen Monat mit ihm aushält.«

»Mrs. Welbeck scheint anders zu sein.« In Sheffs Augen funkelte es. »Aber Vater hat sich auch verändert.«

»Das hast du erwähnt«, antwortete Min.

»Er trinkt fast keinen Tropfen mehr«, fuhr Sheff fort. »Mrs. Welbeck und er unternehmen gerne Spaziergänge auf dem Lande. Mit ihren Hunden.«

»*Unser* Vater tut so etwas?« Min war verblüfft.

Sheff schmunzelte. »Ich weiß, das ist schwer zu glauben.«

Als sie sich dem Haus ihres Vaters näherten, war es Jo, die Min sanft am Arm berührte. »Wir haben dir etwas Wichtiges zu sagen, wenn wir ankommen, und ich möchte nur, dass du weißt, dass du so reagieren darfst, wie du dich fühlst, und ich bin hier, um dich zu unterstützen.«

Min war alarmiert.

»Mach dir keine Sorgen«, beruhigte Sheff seine Schwester. »Es ist nichts Schlimmes – na ja, ich meine, es ist schon ein bisschen schlimm, aber wir kommen schon zurecht.«

Min musste stehen bleiben, denn ihr Magen hatte sich verkrampft. »Vater will sich von Mutter scheiden lassen, nicht wahr? Hat er Beweise für den Ehebruch gefunden?«

»Wir haben keine Kenntnis von irgendwelchen Scheidungsplänen.« Sheffs Stirn verfinsterte sich. »Obwohl ich verstehen kannst, warum du so etwas denkst. Ich frage mich, ob Vater eine Scheidung in Betracht gezogen hat.« Er runzelte die Stirn ein wenig und seine Züge waren nachdenklich. »Er könnte … Mehr werde ich nicht sagen, bis wir hineingegangen sind. Das Haus ist gleich da drüben.« Er wies auf das nächste Reihenhaus.

Ein freundlicher Butler namens Jurgens begrüßte sie und führte sie in den Salon im Obergeschoss. Mins Vater, der Herzog von Henlow, erhob sich aus seinem Sessel, als sie eintraten. Er sah sehr gut aus. Seine Nase hatte ihre typische Rötung verloren, und sein Mittelteil schien etwas geschrumpft zu sein.

»Meine liebe Minnie«, sagte er lächelnd und streckte ihr die Arme entgegen. Das hatte er seit Jahren nicht mehr getan. Sie ging auf ihn zu und ließ sich in seine Arme sinken. Sie schloss die Augen, während sie ihre Wange an seine Brust lehnte. Für einen flüchtigen Moment war sie wieder acht Jahre alt.

Als sie sich dann trennten, betrachtete er sie einen Moment. »Du siehst gut aus. Wie war Longleat?«

»Es war ganz erträglich, Papa.« Sie wollte keine Höflichkeiten austauschen, wenn eine wichtige Enthüllung im Raum stand. »Was ist diese kritische Sache, die du mir sagen musst?« Min blickte von ihrem Vater zu Sheff und wieder zu ihrem Vater zurück.

»Lasst uns Platz nehmen.« Ihr Vater kehrte zu dem Sessel zurück, den er frei gemacht hatte, während Sheff und Jo sich zusammen auf das Sofa setzten. Min nahm auf dem Sessel neben ihrem Vater Platz, der gegenüber von Jo und Sheff stand.

Die drei sahen sich an, und Min verlor allmählich die Geduld. »Ich fange an, mir Sorgen zu machen.«

»Was ich jetzt sage, betrifft Ellis«, ergriff ihr Vater langsam, fast zögernd das Wort. »Wir haben einige Informationen über sie in Erfahrung gebracht, die wichtig und überraschend sind. Es geht um ihre Abstammung.«

Mins Puls beschleunigte sich bei der Erwähnung von Ellis' Abstammung. Die Eltern, die sie großgezogen hatten, bis sie neun Jahre alt war und dann starben, hatten sie adoptiert. Die Identität ihrer wahren Eltern war nicht bekannt – zumindest Ellis oder Min nicht.

Im Laufe der Jahre hatten viele Leute den Herzog in Verdacht, Vater von Ellis zu sein, weil er sie als Waise in seinem Haushalt aufgenommen hatte. Die Verachtung der Herzogin für ihre Anwesenheit bestärkte diese Vermutungen noch, aber der Herzog hatte immer wieder darauf bestanden, das er nicht ihr Vater sei. Und da er gerade gesagt hatte, dass die gerade gemachte Entdeckung überraschend war, hatte die Information eindeutig nichts mit ihm zu tun.

»Was habt ihr herausgefunden?«, fragte Min, deren Körper starr vor Anspannung war.

Jo seufzte. »Es gibt keine einfache Art, das zu sagen. Ellis ist meine Halbschwester.«

Von allen Dingen, auf die Min gefasst gewesen wäre, gehörte dies nicht dazu. Sie starrte Jo an und versuchte, sich einen Reim darauf zu machen. »Ich habe viele Fragen.«

»Dessen bin ich mir sicher«, bemerkte Sheff. »Wir wollen versuchen, das zu erklären. Ich glaube, viele haben angenommen, dass Ellis die Tochter einer der Geliebten unseres Vaters ist.«

Min nickte und sah zu ihrem Vater. »Aber sie ist nicht deine Tochter.«

»Nein, das ist sie nicht, wie ich auch immer beteuert habe.« Das Gesicht des Herzogs verzog sich vor Sorge. »Sie ist aber auch deine Halbschwester.«

Das ließ nur eine Erklärung zu… Sie starrte Sheff an. »Unsere Mutter ist *Ellis'* Mutter?«

Sheff presste die Lippen zusammen und hielt den Kopf schräg.

Mins Gesichtszüge erschlafften vollständig und sie gab einen unzusammenhängenden Laut von sich, als ihr für einen langen Moment die Worte fehlten.

Was Sheff darüber gesagt hatte, dass ihr Vater eine Scheidung in Betracht ziehen könnte, ergab einen Sinn. Wenn Ellis die Tochter ihrer Mutter war, musste die Herzogin eine Affäre gehabt haben, während sie mit Mins Vater verheiratet war. Und da Jo Ellis' Halbschwester war, bedeutete das, dass die Herzogin eine Liaison mit Jos Vater gehabt haben musste. Und dann besaß Mutter die Dreistigkeit, Min über den Wert von Menschen aufgrund ihrer gesellschaftlichen Stellung zu belehren! Nach Mutters eigenen Maßstäben war Jos Vater »unwürdig«, aber sie hatte ihren Mann trotzdem mit ihm betrogen und ein Kind gezeugt.

Min lehnte sich in ihrem Sessel zurück, als sie schließlich den Mund wieder zubekam. Es würde einige Zeit dauern, bis sie dies alles richtig begreifen würde. Sie dachte an Ellis. Was würde Ellis denken? Was würde sie *unternehmen?*

Wann immer Ellis das oft wiederholte Gerücht zu Ohren kam, dass der Herzog ihr Vater sei, wies sie es stets unverzüglich zurück. Vor Jahren hatte er ihr mit Nachdruck deutlich gemacht, dass er nicht ihr Vater sei, und es war ihr einerlei, was andere sagten, denn sie glaubte ihm. Min war der Annahme, dass Ellis dies tat, weil er sie immer in ihrer Familie willkommen geheißen hatte, während die Herzogin – Ellis′ eigentliche Mutter – sie schrecklich behandelt hatte. Ellis fühlte eine starke Loyalität zu ihm.

Sie würde am Boden zerstört sein.

Aber andererseits war da auch die Freude darüber, dass Ellis Mins Halbschwester war. Das brachte sie zum Lächeln.

»Diese Reaktion hatte ich eigentlich nicht erwartet«, bemerkte Mins Vater und runzelte die Stirn, während er Min studierte.

»Ich dachte nur, wie schön die Gewissheit ist, dass Ellis sich nicht nur wie meine Schwester anfühlt. Sie *ist* meine Schwester. Das wird das Einzige sein, was sie glücklich machen wird«, fügte Min hinzu. Sie warf allen einen finsteren Blick zu. »Warum sagt ihr mir das zuerst anstatt ihr?«

»Wir hielten es für das Beste, wenn du es im Voraus weißt, damit du dich auf das vorbereiten kannst, was auf dich zukommt, wenn wir Ellis gemeinsam die Wahrheit sagen«, erklärte Jo. »Wenn ich Ellis wäre, wäre ich dankbar, jemanden an meiner Seite zu haben, von dem ich weiß, dass er sich um mich sorgt.«

Min nickte. Das war sinnvoll. »Wer weiß es noch?«

»Niemand«, antwortete Sheff. »Das schließt Jos Vater und unsere Mutter ein. Nun, Mutter weiß es natürlich, aber sie weiß nicht, dass *wir* es wissen.«

Jo zog eine leichte Grimasse. »Mein Vater weiß nicht einmal, dass es ein Kind gibt, geschweige denn, wer dieses Kind sein könnte.«

»Wie furchtbar«, flüsterte Min leise und schüttelte den Kopf. »Es fällt mir schwer, die Mutter, die mich großgezogen hat, mit dieser Person in Einklang zu bringen, die Ehebruch begangen und eine Tochter in die Welt gesetzt hat, die sie so schlecht behandelt hat.«

Das Verhältnis zwischen Min und ihrer Mutter hatte sich den letzten Jahren verschlechtert, da die Herzogin in Hinsicht auf Mins Heiratsverpflichtung immer drängender geworden war. Dennoch hatte Min sie geliebt und geglaubt, dass ihre Mutter das Beste für sie wollte. Inzwischen hatte sie jedoch nur Wut auf sie, denn sie fühlte sich von ihr aufgrund der Art und Weise verraten, wie sie ihr eigenes Fleisch und Blut behandelt hatte. Es war für Min unverzeihlich, dass ihre Mutter zwei Töchter in ihrem Haushalt hatte, die sie so unterschiedlich behandelte.

Im Laufe der Jahre waren so viele Dinge zusammengekommen – angefangen mit den enormen Unterschieden in ihren Kleiderschränken, oder dem Umstand, dass Ellis' Zimmer nicht nur viel kleiner war als Mins, sondern sich auch noch im selben Stockwerk wie die der Bediensteten befand, oder zuletzt sogar der Verzicht auf den Erwerb eines Abonnements für Ellis. Warum nur war Ellis in jeder Hinsicht ausgeschlossen worden? Sie hätte sehr leicht in die Familie aufgenommen werden und die gleichen Chancen wie Min haben können. Sie hätte Mins »Adoptivschwester« sein sollen und nicht ihre Begleiterin.

»Warum hasst sie Ellis so sehr?«, flüsterte Min.

»Weil ich ihr keine andere Wahl gelassen habe, als Ellis in den Haushalt aufzunehmen«, sagte der Herzog.

Min blinzelte ihn an. »Du wusstest, dass Ellis ihre Tochter ist?«

»So ist es. Bis vor kurzem wusste ich nicht, wer ihr Vater war, aber ich wusste, dass deine Mutter ein Kind hatte und es war nicht von mir. Wir hatten aufgehört, ein Bett zu teilen, nachdem dein Bruder geboren war.«

Min erstarrte. »Heißt das, du bist auch nicht mein Vater?«

»Nein, nein«, versicherte ihr Vater ihr. »Nachdem Ellis bei ihren Adoptiveltern untergebracht war, was ich koordiniert habe, fühlte sich deine Mutter verpflichtet, mir ein weiteres Kind zu schenken, und ich bin froh, dass sie es getan hat, denn das bist du, meine schöne Minnie.«

»Warum hast du sie nicht dazu gebracht, Ellis als Mitglied der Familie aufzunehmen, anstatt nur in den Haushalt?«, wollte Min wissen. »Sie hätte alles bekommen sollen, was ich habe.«

Ihr Vater zog eine Grimasse. »Ich konnte deine Mutter nicht davon überzeugen, das zu tun. Allerdings hätte ich darauf bestehen sollen. Stattdessen habe ich ein Abkommen mit ihr getroffen – dass Ellis so lange bleiben darf, wie sie deine Gefährtin ist, aber nicht länger.«

»Warum hast du dieser Bedingung denn zugestimmt?« Min war so wütend auf ihn.

»Ich hatte immer noch die Hoffnung, dass deine Mutter und ich einen Weg zur Versöhnung finden könnten.« Er formte den Mund zu einem kurzen, traurigen Lächeln. »Ich habe deine Mutter viel länger geliebt, als ich das hätte tun sollen.«

»Du hattest eine furchtbare Art, dies zu zeigen«, konterte Min.

»Min, du weißt nicht alles über ihre Ehe«, warf Sheff ein.

Sie drehte den Kopf zu ihrem Bruder. »Dann erzähl es mir.«

Sheff sah ihren Vater an, und er war es, der antwortete. »Ich habe deine Mutter geheiratet, weil ich sie über alle Maßen liebte, Minnie. Aber sie hat meine Zuneigung nicht erwidert. Sie hat mich wegen meines Titels geheiratet, und als wir verheiratet waren, hat sie mir das auch deutlich gemacht. Sie hasste meine forsche Art, während sie vorgab, in mich verliebt zu sein. Dennoch versuchte ich, sie für mich zu gewinnen – allerdings ohne Erfolg. Ich war einsam und beschloss, dass ich, da ich einmal ein Halunke war, immer ein Halunke sein werde. Ich bin nicht stolz darauf, wie ich mich im Laufe der Jahre benommen habe, doch für lange Zeit war mein Herz einfach gebrochen.«

Min zitterte jetzt. Innerhalb einer Viertelstunde hatte sich ihre Welt, so wie sie sie kannte, völlig verändert. Sie konnte kaum glauben, was ihr in dieser kurzen Zeit alles offenbart worden war. Und sie konnte sich nicht vorstellen, wie Ellis reagieren würde.

»Wir müssen es Ellis so schnell wie möglich sagen«, verkündete Min. »Aber wir gehen heute Abend auf den Ball in den Upper Rooms.«

»Wir wollten es ihr und meinem Vater gemeinsam sagen«, meinte Jo. »Er ist hier in Bath. Wir haben ihn eingeladen, damit wir es ihnen sagen können. Dann können die beiden einander kennenlernen.«

»Was ist, wenn Ellis das nicht will?« Min wollte nicht, dass Ellis in eine Lage gebracht wurde, mit der sie nicht einverstanden war. »Wir dürfen sie auf keinen Fall zu etwas zwingen.«

»Da stimme ich zu.« Jo sah Sheff an. »Vielleicht sollten wir es ihnen nicht zusammen sagen.«

»Ich glaube, das wäre das Beste«, sagte Min. »Wir müssen es Ellis morgen sagen.«

Eigentlich wollte sie keine Minute damit warten, aber es würde nicht mehr lange dauern, bis Min mit den Vorbereitungen für den Ball beginnen müsste. Sie war auch einverstanden, dass sie alle zusammen sein mussten, um Ellis die Neuigkeit zu eröffnen, und zwar weit weg vom Hause ihrer Mutter. »Wir sollten es hier tun.«

»Ja, natürlich«, stimmte Sheff zu. »Morgen Nachmittag.«

Mins Gedanken überschlugen sich. Sie wusste nicht, wie sie das Geheimnis bis dahin vor Ellis bewahren sollte. Immer, wenn sie dachte, dass sie Ellis etwas nicht erzählen wollte, tat sie es am Ende doch, so wie letzte Woche auf Longleat, nachdem sie Evan geküsst hatte. Ausgerechnet dieses Geheimnis vor Ellis zu hüten, würde zu einer Qual ausarten.

Min rieb sich mit der Hand über die Stirn. »Ich weiß nicht, wie Ellis darauf reagieren wird.«

»Sie wird sehr traurig sein«, meinte Jo sanft. »Aber wir sind ja für sie da.«

»Ich nehme an, dass sie anschließend nicht länger im Haushalt deiner Mutter bleiben will«, bemerkte der Herzog. »Sie kann gerne hierher kommen.«

Min Magen zog sich zusammen. »Nein, sie wird bestimmt nicht mehr bei uns bleiben wollen«, brachte sie leise hervor, denn das bedeutete, dass Min von nun an allein wäre. Das Leben, das sie geliebt und für selbstverständlich gehalten hatte, war nun vorbei. Ihre Gedanken kreisten darum, was sich Ellis wohl wünschen würde. Würde sie immer noch eine Schule für Mädchen leiten wollen?

Min sah zu ihrem Vater. »Du musst ihr geben, was sie will. Das hat sie verdient.«

Er nickte. »Ich stimme zu. Aber ich glaube nicht, dass sie eine Saison haben oder sich auf dem Heiratsmarkt einen Ehemann suchen will. Das würde zu viele Fragen aufwerfen, nachdem sie schon so lange deine Gefährtin ist.«

Min bezweifelte, dass Ellis an diesen Dingen interessiert war und das nicht nur, weil die Leute davon ausgehen würden, dass der Herzog ihr Vater war.

»Die Wahrheit über Ellis' Abstammung darf außerhalb unserer Familie nicht bekannt werden«, betonte Sheff. »Niemand darf wissen, dass Ellis das Kind von Jos Vater und unserer Mutter ist. Sie muss weiterhin deine Gefährtin sein. Sie ist die Waise von Freunden unserer Familie.«

»Ich glaube nicht, dass sie weiterhin meine Begleiterin sein will. Ich kann mir vorstellen, dass sie so weit wie möglich von unserer Mutter – ihrer Mutter – Abstand haben möchte.« Das Gleiche wünschte sie Min für sich selbst.

»Ich kann eine Mitgift für sie festsetzen«, schlug der Herzog vor. »Es ist sehr gut möglich, dass sie einen Ehemann findet, wenn sie einen will. Weißt du, was sie will, Min?«

»Das kann ich nicht sagen«, antwortete Min. »Das ändert alles. Ich weiß nicht, ob sie wissen wird, was sie will. Ich glaube nicht, dass ich es wüsste.«

Aber Min war nicht in Ellis' Lage. Sie hatte mit der unliebsamen Aussicht zu kämpfen, dass sie heiraten würde. Insbesondere jetzt, nach der herzzerreißenden Offenbarung ihres Vaters, wollte sie niemanden heiraten, den sie nicht bedingungslos liebte oder der sie nicht ebenso liebte.

Inzwischen wusste sie allerdings, dass sie zumindest Leidenschaft empfinden konnte, was dazu führte, dass sie den Gedanken, aus diesem Grund zu heiraten, zumindest tolerierte. Evan war der einzige Mensch, bei dem sie diese Leidenschaft empfand. Sie verdrängte ihn aus ihren Gedanken. Jetzt war nicht der richtige Zeitpunkt dafür.

»Wie sieht denn unser Plan für morgen aus?«, fragte der Herzog.

»Wir werden uns morgen Nachmittag hier treffen«, antwortete Sheff. »Früh, vor der angesagten Stunde in Sydney Gardens.«

Min wollte lachen. Als ob sie oder Ellis in den Sydney Gardens spazieren gehen wollten, nachdem Ellis dann gerade die Neuigkeit erfahren hätte.

»Ist alles in Ordnung mit dir, Min?«, fragte Jo vorsichtig, und auf ihrem Gesicht zeichnete sich ein Ausdruck liebevoller Fürsorge ab.

»Nicht so richtig«, antwortete Min. Es würde schwer werden, mit Ellis zusammen zu sein ohne ihr die Wahrheit zu sagen.

Der morgige Nachmittag konnte nicht früh genug kommen.

KAPITEL 8

$\mathcal{E}$van liebte Bath mit seinen herrlichen Ausblicken auf die Hügel und dem sich in langen Kurven dahinschlängelnden prächtigen Fluss Avon. Er wünschte nur, er könnte auf Merlin reiten. Das arme Pferd vermisste ihre Ausritte unzweifelhaft, aber noch mehr vermisste Evan sie. Merlin war derzeit in den Stallungen untergebracht, die zum Haus seiner Mutter gehörten und in dem Evan wohnte. Es befand sich am Catharine Place und war während der letzten Jahre von ihr gemietet worden.

Heute Abend begleitete Evan seine Mutter zu den Upper Rooms, in denen der erste Ball der Saison stattfinden sollte. Zwar würde er nicht tanzen, da er noch immer auf seinen Gehstock angewiesen war, aber er konnte sich nach dem Rückschlag, den er am letzten Tag der Hausparty erlitten hatte, recht gut bewegen. Natürlich hatte er es übertrieben und als Konsequenz war er dann noch einige Tage auf Longleat zur Erholung geblieben, ehe er dann nach Bath gekommen war.

»Es ist seltsam, diesen Ball ohne deine Schwester zu

besuchen«, bemerkte Evans Mutter, als sie aus der Kutsche stiegen und zum Eingang gingen.

Evan sah zu seiner dunkelhaarigen, eleganten Mutter hinüber. Catriona Price war eine beliebte Gastgeberin der feinen Gesellschaft von Cardiff, Bath und London. »Solange du nicht erwartest, dass ich mich ebenfalls binde, da Gwen ja nun verheiratet ist.«

Mutter und Sohn blieben stehen, und warteten, während andere vor ihnen eintraten. Sie warf ihm einen gespielt empörten Blick zu. »Natürlich erwarte ich, dass du heiratest. Du bist der einzige Sohn deines Vaters, und es ist an dir, den Familiennamen weiterzuführen. Ich erwarte jedoch nicht, dass du das in nächster Zeit tun musst.« In ihrem Tonfall schwang eine Spur von Enttäuschung, aber auch von Resignation mit.

Obwohl Evans Vater keinen Adelstitel innehatte, war seine Position als Lord Commissioner of the Treasury überaus angesehen. Und es bestand immer die Möglichkeit, dass ihm irgendwann ein Titel oder ein Ritterschlag verliehen werden würde. Trotzdem nahm Evans Vater das Familienerbe sehr ernst. Sein eigener Vater und sein Großvater waren vor ihm ebenfalls schon Amtsträger gewesen.

Evan fragte sich, ob seine Mutter nicht ganz ehrlich war, was ihre Erwartungen anging. »Warum hast du ein Abonnement für die Upper Rooms abgeschlossen, wenn du keinen Partner mehr für Gwen finden musst?«

»Mir gefallen die Upper Rooms sehr«, antwortete sie, während sie ein Stück weitergingen. »Und ich genieße es, allen meinen gut aussehenden Sohn zu präsentieren.«

»Mich *präsentieren*?« Das klang keineswegs so, als würde sie nichts von ihm erwarten. »Was erhoffst du dir, Mama?«, fragte er leise, damit niemand sie belauschen konnte.

»Deinem Ruf würde es nicht schaden, wenn er ein

wenig aufpoliert würde«, antwortete sie flüsternd. »Versprich mir bitte, dass du dich während deines Aufenthalts in Bath nicht skandalös verhalten wirst.«

Evan spannte sich an. Seine Mutter hatte jedes Recht, dies von ihm zu fordern, denn er wohnte unter ihrem Dach. Ganz zu schweigen von der allgemeinen Meinung, dass er sich in London skandalös verhalten hatte. Er hätte wirklich darauf gefasst sein sollen, dass sie den Eindruck verbessern wollte, den die Leute von ihm hatten.

Er verspürte einen starken Drang, seine Person zu verteidigen und die Wahrheit zu gestehen, aber er hatte Roger helfen wollen, sowohl um eine Schuld zu begleichen als auch um ihrer Freundschaft willen. Evan würde keinen großen Schaden nehmen, während Roger vielleicht ruiniert wäre. Manch einer würde sagen, er hätte es nicht besser verdient, aber Evan fällte nur ungern Urteile über andere Menschen. Jeder machte Fehler, und Roger hatte eine Chance verdient, aus seinem Fehler zu lernen.

Möglicherweise war Evan aber doch nicht so immun, wie er angenommen hatte. »Ich werde mich sehr anständig benehmen, Mama. Ist mein Ruf wirklich derart in Mitleidenschaft gezogen?«

»Da wir nicht London sind, kann ich das nicht genau sagen. Der letzte Brief deines Vaters enthielt Andeutungen, dass dort Klatsch und Tratsch kursiert.« Sie schürzte die Lippen und schüttelte leicht den Kopf. »Sprechen wir nicht davon.«

Evan tat es leid, dass seine Mutter deswegen ein gewisses Unbehagen empfand. Es war seine Angelegenheit, für etwas einzustehen, das sich negativ für ihn auswirken könnte, doch er hatte niemals gewollt, dass seine Familie davon betroffen war.

Sie betraten die Eingangshalle, wo sie vom Zeremonienmeister begrüßt wurden. Nachdem seine Mutter ihren

Umhang an der Garderobe abgeben hatte, machten sie sich auf den Weg in den Ballsaal, wo das erste Set bereits im Gange war.

Als Evan sich im Ballsaal umsah, musste er feststellen, dass er nach Min Ausschau hielt. Er brauchte einen Augenblick, bis er sie gefunden hatte, aber da war sie und tanzte ausgerechnet mit Barswell. Er war überrascht, das zu sehen, denn auf Longleat hatte sie auf seine Avancen scheinbar nicht eingehen wollen.

»Es ist eine Schande, dass du nicht tanzen kannst«, bemerkte Evans Mutter. »Wie schnell verliere ich dich an den Kartenraum?«

Evan lachte. »Auf jeden Fall nach dem Dinner, vielleicht auch ein bisschen früher.« Da es noch fast zwei Stunden bis zum Dinner im Tea Salon waren, wollte Evan keine Versprechungen machen.

»Das wird reichen, nehme ich an«, antwortete sie, bevor sie von mehreren Müttern und ihren Töchtern belagert wurden.

Als das nächste Set begann, waren Evan und seine Mutter wieder allein, da die jungen Ladys bereits Tanzpartner dafür gefunden hatten. Evan beobachtete, wie Min mit Eberforce tanzte, einem durch und durch verachtenswerten Kerl, der Evans Schwester beleidigt hatte. Evan war verstimmt, dass Min mit ihm tanzte, aber er dachte bei sich, dass sie wahrscheinlich keine andere Wahl gehabt hatte, wenn er sie um den Tanz gebeten hatte.

»Hast du gehört, dass Eberforce jetzt Viscount Spilsby ist?«, fragte Evans Mutter, die offensichtlich Evans Blickrichtung gefolgt war.

»*Spilsby?*« Evan drehte seinen Kopf zu seiner Mutter und lachte. »Was für ein irrsinnig passender Name, denn Gwen hatte ihn bei Almack's mit Orgeat überschüttet.« Evan war immer noch wütend, dass er an jenem Tag nicht dabei gewesen war, um sie zu verteidigen. Aber sein Freund Somerton, mit dem Gwen jetzt verheiratet war, hatte diese Aufgabe auf bewundernswerte Weise gemeistert.

Evans Mutter lachte. »Daran habe ich gar nicht gedacht. Aber du hast recht. Es ist sehr passend. Ich muss sagen, dass ich ihn überhaupt nicht mag.«

»Weil du eine Frau mit Geschmack bist.« Evan gab sich Mühe, kein mürrisches Gesicht zu machen, als er Min in den Armen dieses Schurken sah. Auch Min war eine Frau mit Geschmack, und sie war zudem eine junge Lady, die zur Heirat gedrängt wurde.

Evan bedauerte, dass er nicht tanzen konnte, denn dann hätte er Min um einen Tanz bitten können. Bei der Gelegenheit hätte er dann verlangen können, ihm zu erklären, warum sie ihre Zeit ausgerechnet mit dem verdammten Spilsby verbrachte. Evan lachte leise in sich hinein, als er an den Namen des Mannes dachte und sich fragte, ob er das in Zukunft immer tun würde.

Es sollte ihm egal sein, mit wem Min tanzte – sie waren Freunde und nichts weiter. In der Tat fragte er sich, ob sie jetzt keine richtigen Freunde mehr waren. Seit ihrem Kuss am Tag vor Ende der Party waren die Dinge zwischen ihnen ein wenig steif gewesen.

An diesem Tag hatte er seine neu gewonnene Mobilität genutzt, um sein Pferd zu besuchen, Billard zu spielen und sich sogar kurzzeitig dem Rasenbowling hinzugeben. Rückblickend fragte er sich, ob er sich nur deshalb so angestrengt beschäftigt hatte, um damit die Tatsache zu überdecken, dass Min ihn nach dem Frühstück nicht besucht hatte, wie jeden einzelnen Tag zuvor. Tatsächlich hatten sie dann am Abend vor dem Dinner nur ein paar kurze Worte miteinander gewechselt, und am nächsten

Tag hatte er sie nicht mehr gesehen, bevor sie von Longleat abgereist war.

Vielleicht hegte sie einen Groll auf ihn. Er hoffte nur, ihre Freundschaft wäre nicht ruiniert. Es kam ihm sehr gelegen, dass sie heute Abend hier war, denn dies bot ihm die Gelegenheit, mit ihr zu sprechen. Ganz bestimmt wollte er nicht, dass sich ihr Verhältnis verschlechterte.

»Ich glaube, ich muss mich setzen, Mama«, meinte Evan.

Seine Mutter drehte sich zu ihm um, und auf ihrer Stirn zeichneten sich Sorgenfalten ab. »Ja, das hättest du wahrscheinlich schon längst tun sollen. Wenn du in den Kartenraum gehen willst, werde ich dich nicht aufhalten.«

»Ich treffe dich zum Dinner im Tea Salon«, versprach er und verließ den Ballsaal, nachdem er Min einen letzten Blick zugeworfen hatte.

Außerhalb des Ballsaals überlegte Evan, wie er sich Min nähern und mit ihr unter vier Augen sprechen könnte. Er musste davon ausgehen, dass sie jedes Set tanzen würde, was bedeutete, dass er seine beste Chance während des Dinners hätte. Bis dahin würden wahrscheinlich noch zwei weitere Sets getanzt werden, und so wäre er besser dran, wenn er seine Gelegenheit im Kartenraum abwartete.

Nach dem Ende seines letzten Spiels vor dem Dinner verließ Evan den Kartenraum – obwohl er weit in Führung lag – und kehrte in den Ballsaal zurück. Er wollte Min beim Verlassen des Saals erwischen.

Sie war in dem elfenbeinfarbenen Kleid allerdings nicht so leicht zu erkennen, denn viele andere junge Ladys trugen denselben Farbton. Schließlich entdeckte er sie, wie sie mit Jarvis die Tanzfläche verließ. Anstatt zu ihrer Mutter zu gehen, strebte sie auf den anderen Eingang zu.

Evan musste sich beeilen, um sie einzuholen. Er bewegte

sich so schnell, wie sein verletzter Knöchel zuließ, was wahrscheinlich schneller war, als ihm guttat. Diese Gelegenheit konnte er sich jedoch nicht entgehen lassen. Kurz nachdem das Paar durch die andere Tür entschwunden war, gelang es ihm, die andere Tür zu erreichen.

Mit einem großen Schritt, der den Schmerz in seinem Knöchel aufflammen ließ, griff er mit der freien Hand nach ihr und tippte ihren Arm an. Sie drehte sich um, zog die Brauen ungeduldig zusammen, und ihre Miene schien zu sagen, dass sie ihn am liebsten anfahren würde.

»Evan«, sagte sie und ihre Stimme klang ein wenig atemlos, während sie ihr Gesicht entspannte.

Evan hatte hingegen das Gefühl, als würde ihm die Luft aus den Lungen gepresst. Wie hatte er vergessen können, wie schön sie war? Nein. Er hatte das Ausmaß seiner Reaktion auf sie vergessen – oder es vielleicht vorher gar nicht erkannt. Sie war atemberaubend, von ihrem satten zobelbraunen Haar über das fesselnde Grau ihrer Augen bis hin zum eleganten Schwung ihres Halses, wo er in ihr Schüsselbein überging.

Plötzlich befand sich Evan wieder in der rosa Damenbibliothek auf Longleat, mit Min in seinen Armen, die ihn küsste, bis er kaum noch geradeaus sehen konnte. »Guten Abend, Lady Minerva. Könnten wir einen kurzen Spaziergang unternehmen?« Er war stolz auf sich, weil er seiner Stimme einen normalen Klang zu geben vermochte, ohne durch ihre Anwesenheit in Aufregung zu geraten. Was er schockierenderweise in einem hohen Maße war.

Für einen kurzen Moment wirkte sie überrascht, und er hielt die Luft an, als er abwartete, ob sie annehmen würde. Schließlich nahm sie seinen Arm. »Sie scheinen sich gut zu bewegen.«

»Ich tue mein Bestes. Ich fürchte, ich habe es am letzten

Tag der Party übertrieben und musste vier weitere Tage in Longleat bleiben, um mich zu erholen.«

Sie zog eine Grimasse. »Sie mussten vier weitere Tage in der rosa Gruft verbringen?«

Er lachte. »So war es und obendrein ohne Ihre Gesellschaft. Das war noch schrecklicher, wenn Sie sich das vorstellen können.«

Sie lächelte, und er spürte eine große Erleichterung, doch viel zu rasch war sie wieder ernüchtert. Er spürte ihre innere Anspannung – ihr Mund war verkrampft und ihr Körper war starr. Sie gingen in den Vorraum, und er führte sie in eine schummrige Ecke.

Sie sah ihn stirnrunzelnd an. »Das scheint unangebracht zu sein. Ich muss in den Tea Salon gehen, bevor meine Mutter merkt, dass ich verschwunden bin.«

»Sie werden nicht vermisst«, versprach er. »Wir führen nur eine kurze Unterhaltung.« Ihr Verhalten war kühl, sogar eisig. Er hätte sie niemals küssen und ihre Freundschaft ruinieren dürfen. »Es tut mir so leid, Min. Ich wollte Sie nie verärgern oder unsere wunderbare Freundschaft belasten, die ich so viel mehr schätze, als ich mir je hätte vorstellen können. Innerhalb weniger Tage in Longleat sind Sie meine beste Freundin geworden.«

Sie blinzelte ihn an und für einen Moment wirkte sie ein wenig verwirrt. »Sie brauchen sich nicht zu entschuldigen. Was zwischen uns passiert ist, gehört der Vergangenheit an. Wir beide haben uns darauf geeinigt, den Vorfall zu vergessen, und genau das tue ich.«

Ihre Erregung war jedoch eindeutig zu erkennen. Darüber hinaus konnte er sich nicht erinnern, dass sie eine Vereinbarung getroffen hatten. Er erinnerte sich sogar an seine Worte, als er ihr gesagt hatte, dass er sich für immer an ihren Kuss erinnern würde. »Ich hatte gehofft, wir würden noch Freunde sein.«

»Das sind wir.«

Er trat näher an sie heran, wobei er seine Stimme leise hielt. »Warum scheinen Sie dann verärgert zu sein?«

Sie seufzte. »Ich bin nicht auf Sie wütend. Es geht um etwas anderes. Ich kann nicht darüber sprechen.« Sie sah über ihre Schulter, und Evan runzelte die Stirn.

»Sind Sie sicher, dass nicht ich der Urheber bin?«, wollte er wissen. »Sie können mir die Wahrheit sagen. Ich hasse den Gedanken, dass ich der Verursacher sein könnte.«

»Das sind Sie nicht«, fuhr sie ihn an, und das Eis in ihren Augen schmolz, als ihre Wut aufflammte.

»Ich verstehe.« Er war zwar froh, unschuldig zu sein, aber trotzdem hätte er den Grund für ihre Gereiztheit zu gern gewusst. »Kann ich Ihnen irgendwie behilflich sein? Es gefällt mir nicht, Sie so aufgebracht zu erleben. Irgendetwas scheint nicht in Ordnung zu sein.«

Sie wischte sich mit der Hand über die Stirn. »Das sollte ich Ihnen eigentlich nicht sagen, aber ich kann die Last nicht tragen. Ich habe heute von meinem Vater und meinem Bruder eine erschütternde Nachricht erhalten.« Sie sprach sehr leise.

»Ihr Vater ist hier?« Evan hatte gewusst, dass Sheff und seine neue Braut Jo in Bath sein würden, aber dass auch der Herzog von Henlow herkommen würde, war ihm neu.

»Ja, er hat ein Haus am Catharine Place bezogen. Mit seiner Geliebten«, fügte sie mit leicht in die Höhe gezogenen Augenbrauen hinzu.

»Dort wohne ich auch. Das Haus meiner Mutter steht am Catharine Place.«

»Ich hatte vergessen, dass sie dort ein Haus gemietet hat«, murmelte Min. »Nun, ich war heute Nachmittag mit Sheff und Jo dort und habe die schockierendste aller Neuigkeiten erfahren. Ich sollte es Ihnen wirklich nicht sagen. Niemand darf je davon erfahren. Ich habe es nicht einmal Ellis gesagt, und sie ist die einzige Person, die es wissen *muss*.«

Evan kam jetzt zu Bewusstsein, dass er Ellis nicht im Ballsaal gesehen hatte. »Wo ist Ellis?«

Min presste die Lippen zusammen, als sich ihr Blick erneut vor Wut verdunkelte. »Meine Mutter hat kein Abonnement für sie erworben. Sie wollte nicht, dass Ellis mich während der Bälle ablenkt. Sie ist darauf bedacht, dass ich nach Möglichkeit bis Ende des Monats einen Ehemann gefunden habe.«

»Das kann nicht angenehm sein.«

»Nein, das ist es nicht. Noch schlimmer ist allerdings, was ich heute Nachmittag erfahren habe, nämlich dass meine Mutter auch Ellis' Mutter ist.«

Evan umklammerte vor Schreck seinen Gehstock. Das war in der Tat eine große Neuigkeit. »Ellis ist nicht auch die Tochter Ihres Vaters, nehme ich an.« Wäre sie es, wäre sie nicht Mins Gefährtin, sondern ihre Schwester.

Min erklärte – sehr leise –, wie ihre Mutter eine ehebrecherische Affäre ausgerechnet mit Jos Vater gehabt hatte und ein Kind die Folge war. Mins Vater hatte natürlich von dem Kind gewusst, aber nicht, wer der Vater war, und hatte die Adoption des Kindes mit Freunden der Familie arrangiert. So hatte Seine Gnaden auf Ellis' Leben Einfluss genommen, und viele Leute, darunter auch Evan, hatten angenommen, dass Ellis die Tochter einer seiner Geliebten sei, was angesichts der Vorliebe Seiner Gnaden für außereheliche Affären das Naheliegende war.

Min geriet immer mehr in Rage, je mehr sie erzählte. Evan umklammerte seinen Gehstock, um sie nicht in seine Arme zu ziehen. Zum Schluss sagte sie ihm, dass Ellis morgen im Beisein von ihnen allen die Wahrheit erfahren würde.

»Ich kann verstehen, warum Sie nicht wollen, dass jemand diese Dinge erfährt. Seien Sie versichert, dass ich niemals auch nur ein einziges Wort davon verrate.« Er traf ihren Blick, als ihn ein überraschendes Gefühl von Wärme überkam. »Ich fühle mich geehrt, dass Sie mir dieses Geheimnis anvertrauen und ich bin froh, dass ich Ihnen ein Freund sein darf. Das ist das Mindeste, was ich nach Ihrer Betreuung auf Longleat tun kann. Ohne Sie wäre ich verloren gewesen.« Das war die volle Wahrheit. Er hatte befürchtet, ihre Freundschaft hätte Schaden genommen, doch allem Anschein nach war das Band, das sie auf der Hausparty geschmiedet hatten, stärker als je zuvor.

»Ich bin erleichtert, dass ich jemandem dieses Geheimnis anvertrauen kann. Sie sind genau in dem Moment aufgetaucht, als ich Sie gebraucht habe«, sagte sie mit einem Lächeln, das die Verbindung, die er zu ihr empfand, noch verstärkte.

»Das freut mich.«

Ihr Lächeln verblasste, und ein düsterer Ausdruck trat in ihre Augen. »Es ist eine Qual, dieses Geheimnis vor Ellis zu hüten. Ich bin eigentlich erleichtert, dass sie heute Abend nicht hier bei mir ist, denn das wäre zu schwierig.«

»Ist es falsch, dass ich Sie umarmen möchte?«, fragte er sanft.

»Nein.« Ihre Augen fanden die seinen. »Wenn es möglich wäre, würde ich Ihre Einladung gerne annehmen.«

»Seien Sie versichert, dass ich das tun werde, sobald ich dazu in der Lage bin.« Es konnte ihm nicht früh genug sein.

Ein weiteres kleines Lächeln umspielte ihre Lippen. »Ich freue mich schon darauf.«

Evan wünschte sich, sie hätte das nicht gesagt. Er hatte sich bereits allein darauf gefreut, doch das Wissen um ihre

Erwartungsfreude versüßte ihm die Vorfreude um ein Vielfaches.

Sie blickte in die Richtung zurück, aus der sie gekommen waren. »Ich muss in den Tea Salon gehen. Ich danke Ihnen für Ihre Diskretion in dieser Angelegenheit.«

Er legte einen Finger an seine Lippen. »Ihr Geheimnis ist bei mir sicher. Oder besser gesagt, Ellis´ Geheimnis.«

»Es ist ein Familiengeheimnis«, entgegnete Min düster. »Um ehrlich zu sein, hat sich durch diese Neuigkeit alles für mich verändert. Noch weiß ich nicht so genau, wie ich mich fühle. Ich kann die Nähe zu meiner Mutter jedenfalls nicht ertragen, und dann kann ich ihr noch nicht einmal sagen, warum.«

»Gedenken Sie, ihr zu sagen, was Sie wissen, nämlich dass sie Ellis´ Mutter ist?«

»Irgendwann habe ich wohl keine andere Wahl, denn so etwas kann ich nicht ewig für mich behalten, insbesondere, wenn man die viele Zeit bedenkt, die wir in den nächsten Wochen miteinander verbringen werden. Aber darüber habe ich heute noch nicht mit meinem Bruder oder meinem Vater gesprochen. Das werde ich morgen nachholen und sie um ihren Rat bitten.«

»Möglicherweise werden Sie dann lieber bei Ihrem Vater und seiner Geliebten bleiben wollen«, meinte Evan trocken.

Sie stieß ein hohles Lachen aus. »Das habe ich auch schon überlegt, obwohl dies meine Aussichten auf dem Heiratsmarkt gewiss nicht verbessern würde. Im Moment weiß ich allerdings nicht, ob mich das überhaupt interessiert.«

Dann verabschiedete sie sich und eilte davon. Er sah ihr nach, wie sie in den Korridor entlanglief und dann in den Tea Salon einbog. Ihre letzte Aussage war ihm noch frisch im Gedächtnis. Er konnte nachvollziehen, warum sie nach den Neuigkeiten, die sie heute erfahren hatte, ihr Interesse am Heiratsmarkt verloren hatte, doch andererseits fragte er sich auch, ob noch mehr dahintersteckte.

Ein anderer Teil von ihm war neugierig, warum er diese Gedanken hatte. Hatte er auf eine gewisse Zuneigung gehofft, die sie für ihn hegte? Streng rief er sich in Erinnerung, dass sie Freunde waren. Er hatte keine Heiratsabsichten, wenn der Kuss mit Min auch eine göttliche Erfahrung gewesen war. Er würde ihr treuer Freund bleiben und sie nach besten Kräften unterstützen. An etwas anderem wäre sie ohnehin nicht interessiert.

Evan nahm den gleichen Weg wie Min, indem er zum Korridor zurückkehrte und sich dann dem Tea Salon zuwandte. Bevor er jedoch die erste Tür erreichte, erkannte er eine vertraute Gestalt in der Nähe des Achtecks – Harriet Dalton!

Sein Puls raste, und er duckte sich schnell in den Tea Salon, bevor Mrs. Dalton ihn entdecken konnte. Dass seine angebliche Geliebte, also der Grund, warum er sich von London fernhalten musste, ihn hier entdeckte, war das Letzte, was er gebrauchen konnte. Oder schlimmer noch, wenn sie sich ihm nähern würde.

Was, um alles in der Welt hatte sie in Bath zu suchen?

~

Min hatte sich den ganzen Morgen über gedrückt. Sie hatte in ihrem Zimmer gefrühstückt, um nicht mit Ellis zusammenzutreffen, denn es war zu schwer, die Wahrheit zu kennen und zum Schweigen verdammt zu sein. Als die Mittagsstunde gerade vorbei war, beschloss Min, dass es nun ungefährlich war, sich aus ihrem Schlafzimmer zu wagen.

Bald würde sie Ellis zu einem Spaziergang einladen,

und sie würden zum Haus ihres Vaters gehen, wo Min endlich aufhören konnte, ihr gestern erworbenes Wissen länger für sich zu behalten. Sie hatte das Gefühl, als trüge sie die Last des Geheimnisses schon viel länger mit sich herum.

Als Min auf dem Weg zur Treppe den Salon passierte, rief ihre Mutter nach ihr. Min blieb auf der Schwelle stehen und sah ihre Mutter am Fenster sitzen, wo sie ihre Korrespondenz las.

»Ja, Mutter?« Min bemühte sich, in ihrer Stimme keine Emotionen mitschwingen zu lassen. Das war zu schwer, da sie ihr in Wahrheit vorwerfen wollte, wie schrecklich sie ihre andere Tochter jahrelang behandelt hatte.

»Du hast dich den ganzen Morgen rar gemacht«, meinte ihre Mutter verärgert.

Ellis war nicht der einzige Grund für Mins selbst auferlegte Isolation. Nach dem, was sie nun wusste, hatte sie noch weniger Lust, Zeit mit ihrer Mutter zu verbringen. Der gestrige Abend war schon anstrengend genug gewesen, als sie den Ball mit ihr ertragen musste. Zum Glück hatte Min sie eigentlich nur während des Dinners erdulden müssen. Sogar da hatte sie das Glück, dass andere Damen und deren Töchter dabei waren. Min hatte nicht einmal neben ihrer Mutter sitzen müssen.

Allerdings war Min abgelenkt, weil Evan nur ein paar Tische weiter mit seiner Mutter gesessen hatte. Immer wieder hatte Min in seine Richtung geschaut, und irgendwann hatten sich ihre Blicke getroffen. Sie war von einer Hitzewallung erfasst worden, die sie allerdings auf die Verlegenheit schob, dabei erwischt worden zu sein, wie sie ihm Blicke zuwarf. Sie wusste jedoch, dass mehr dahintersteckte.

Sie hatte gehofft, der Kuss wäre vergessen, aber als er sie im Korridor am Arm berührte und sie beide sich dann in eine Ecke zurückgezogen hatten, war ihr Herz vor Erwartung gerast. Es war nicht so, dass sie erwartet hatte, vor aller Augen in den Upper Rooms von ihm geküsst zu werden. Es war nur so, dass es aufregend war, wieder in seiner Nähe zu sein.

Er hatte auch beruhigend auf sie gewirkt, denn wie er sehr richtig bemerkt hatte, war sie sehr aufgeregt gewesen. Wahrscheinlich hätte sie ihm Ellis' Geheimnis nicht erzählen sollen, doch sie konnte nicht sagen, dass sie dies bereute. In dem Moment, in dem sie ihm das Geheimnis anvertraut hatte, war ihr gleich wohler zumute gewesen. Und er hatte sich so verständnisvoll und wunderbar verhalten. Sie war sehr froh, dass ihre Freundschaft intakt war.

Die Herzogin schnippte mit den Fingern und riss Min aus ihrer Träumerei. »Was ist heute mit dir los?« Die Lippen ihrer Mutter waren dünner als sonst, und in ihre Stirn waren tiefe Furchen gegraben. Min konnte nicht übersehen, dass ihre Mutter sich über etwas ärgerte, und damit wollte sie nichts zu tun haben.

»Ich war nach dem Ball gestern Abend müde, nehme ich an«, entgegnete Min schlicht und einfach. »Ich habe jedes Set getanzt, wenn du dich erinnerst.«

»Ich erinnere mich und das war auch nicht anders zu erwarten. Du wirst auf jedem Ball, den wir hier in Bath besuchen, jedes Set tanzen.« Die Herzogin schlug mit der Handfläche auf die Armlehne ihres Stuhls, was Min zusammenzucken ließ. Das war ein ungewöhnlich zorniges Verhalten ihrer Mutter. »Wusstest du, dass dein Vater hier ist?«

Min war sich nicht sicher, ob die Frage ihrer Mutter ein Trick war. Min könnte mit Nein antworten, denn das wäre die einfachste Möglichkeit, oder sie könnte zugeben, dass sie ihn gestern zusammen mit Sheff und Jo besucht hatte, was die Herzogin sicherlich erzürnen würde. Aber wenn sie es bereits wusste und Min so tat, als hätte sie ihn nicht besucht, könnte das noch schlimmer enden.

»Ja, ich wusste, dass er hier ist«, antwortete Min in einem gleichmütigen Ton. »Ich habe ihn gestern mit Sheff besucht.«

»Warum hast du mir das nicht gesagt?«

Min zog eine Augenbraue in die Höhe, denn die Antwort schien offensichtlich zu sein. »Weil ich wusste, dass du nicht erfreut sein würdest.«

Ihre Mutter holte tief Luft. »Hast du die Hure auch gesehen?«

Min nahm an, dass ihre Mutter Mrs. Welbeck, die Geliebte ihres Vaters, meinte. »Nein, ich habe Mrs. Welbeck nicht getroffen«, antwortete Min und gab der »Hure« damit einen Namen. »Du darfst da nicht mehr hingehen«, befahl die Herzogin wütend. »Du darfst nicht einmal den Hauch eines Skandals riskieren.«

»Ist es wirklich ein Skandal, dass Papa eine Geliebte hat?«, fragte Min mit einem leichten Lachen, das keinen Humor besaß. Er hatte viele Geliebte und Liebschaften gehabt, und sie waren kein Geheimnis.

»Sei nicht so schnippisch«, fuhr ihre Mutter sie an. »Dein Vater ist ein wandelnder Skandal. Es ist schon schlimm genug, dass ich jetzt *hier* wohnen muss.« Sie stand auf und schritt zum Kamin. »Kann ich denn keine Ruhe haben?«

Min beobachtete ihre Mutter misstrauisch. »Ich dachte, du *wolltest* hier wohnen.«

Ihre Mutter antwortete mit einem bissigen Lachen. »Glaubst du, ich habe es mir ausgesucht, aus Henlow House auszuziehen? Und auch, in die Witwenbude verbannt zu werden, wenn ich auf Beacon Park bin? Nicht, dass ich mich dort überhaupt willkommen fühle.«

Min hatte nicht gewusst, dass es nicht die Entscheidung ihrer Mutter gewesen war, hier in Bath zu leben. Doch nun, da sie davon wusste, konnte sie ihrem Vater es nicht verübeln, dass er diese Regeln aufgestellt hatte, falls er es tatsächlich getan hatte.

»Warum muss er in Bath sein?«, zeterte die Herzogin weiter, während sie wütend auf und ab ging und dabei wild mit den Armen gestikulierte. »Er wusste, dass ich mit dir hier sein würde, und trotzdem ist er mit seiner Dirne gekommen. Das ist unverzeihlich. Hat er mir im Laufe der Jahre nicht schon genug zugemutet?«

Min musste sich auf die Zunge beißen, um nicht laut herauszuschreien, was sie am Vortag erfahren hatte. Die Heuchelei ihrer Mutter war erschütternd.

Dann blieb ihre Mutter abrupt stehen. Sie holte tief Luft und schloss kurz die Augen. Als sie gleich darauf die Luft wieder ausstieß, richtete sie ihren Blick auf Min. »Genug davon. Wir müssen uns auf dich konzentrieren. Wir gehen heute noch in die Sydney Gardens. Du musst mit Spilsby spazieren gehen. Ich weiß aus zuverlässiger Quelle, dass er es ernst meint mit dem Werben um dich. Mit einem Spaziergang heute und einem weiteren Tanz auf dem Ball am Montag könntest du nächste Woche um diese Zeit verlobt sein.«

»Ich werde Spilsby nicht heiraten!«, rief Min empört aus. »Er war sehr unhöflich zu Lady Somerton, die eine gute Freundin von mir ist. Ihm fehlt es an Charakter.« Er war wirklich noch schlimmer als ein Halunke.

Ihre Mutter runzelte die Stirn. »Aber du hast gestern Abend mit ihm getanzt. Ich nahm an, das bedeutet, dass es dir ernst damit ist, ihn zu akzeptieren.«

»Ich habe im Laufe der Jahre mit unzähligen Gentlemen getanzt, nur um dir zu gefallen. Das bedeutete nicht, dass ich an einer Brautwerbung interessiert war.«

»Du hattest nie ernsthaft die Absicht, einen von ihnen zu heiraten?«, fragte die Herzogin ungläubig. »Das ist idiotisch. So dumm kannst du doch nicht sein.«

Mins Zornesausbruch kam schnell und war dem ihrer Mutter ebenbürtig oder übertraf ihn vielleicht sogar. »Ich bin überhaupt nicht dumm, Mutter. Ich habe einfach versucht, die Tochter zu sein, die du dir gewünscht hast. Aber die Wahrheit ist, dass ich nicht heiraten will, wenn ich nicht absolut sicher bin, dass ich glücklich sein werde. Ich möchte auf keinen Fall so unglücklich sein wie du.«

Die Herzogin richtete sich auf, ihre Hand flatterte zu ihrem Hals. »Was immer du damit meinen magst? Ich bin eine Herzogin und genieße hohes Ansehen in der Gesellschaft. Ich habe zwei wunderbare Kinder großgezogen, und obwohl das eine nicht so gut geheiratet hat, wie es hätte heiraten können, wird das andere gut genug heiraten. Ich bin eine gute Mutter gewesen, wenn auch nicht ganz erfolgreich.«

»Hör dir selbst zu«, wütete Min. »Du misst deinen Erfolg als Mutter an den Ehen deiner Kinder, und nicht daran, ob sie glücklich sind oder geliebt werden. Warum hast du Vater geheiratet? Ich muss mich fragen, ob du ihn jemals geliebt hast.«

»Ich habe dir schon einmal gesagt, dass Liebe für eine Heirat nicht notwendig ist. Wenn ihr Glück habt, wird sie sich mit der Zeit einstellen, und wenn nicht...« Die Herzogin zuckte mit den Schultern. »Wenn man gut geheiratet hat, spielt das keine Rolle.«

Min starrte die Frau an, die sie aufgezogen hatte. Wieso hatte Min nie erkannt, wie kalt sie war? »Mir ist das keinesfalls egal. Nicht, dass es dich interessiert.«

»Du bist heute sehr unangenehm«, beschwerte sich ihre Mutter mit finsterem Blick. »Nachdem ich dir bereits erklärt habe, wie ich von deinem Vater gedemütigt werde, kann ich nicht glauben, dass du mich so behandelst.«

»Hör einfach auf!« Min schrie fast, als sie schließlich vor ihrer eigenen Wut kapitulierte. »Ich habe genug von deiner Heuchelei.«

»Wie meinst du das?«, fragte die Herzogin und runzelte verwirrt die Stirn.

»Als ob du das nicht wüsstest«, fauchte Min. »Nun, *ich* weiß alles, Mutter. Ich weiß, dass du Vater in der Vergangenheit untreu warst. Ich weiß, dass du das Kind eines anderen Mannes geboren hast, und ich weiß, dass es Jos Vater war, Rowland Harker. Ich habe nie verstanden, warum du Jo so sehr verachtest.« Min schüttelte den Kopf. »Es war nicht nur die Tatsache, dass ihre Mutter eine Spielhölle besitzt. Da war etwas viel Heimtückischeres, und dasselbe kann man auch über Ellis sagen. Du hast sie nie geduldet, geschweige denn gemocht. Deine extreme Abneigung gegen sie hat bis jetzt nie einen Sinn ergeben.«

Das Gesicht der Herzogin hatte die Farbe von Schnee angenommen. »Sag es nicht.« Ihre Stimme war tief, fast wie ein Knurren.

»Was soll ich nicht sagen?« Min hob absichtlich ihre Stimme an. Sie wollte die Wahrheit laut und deutlich aussprechen. »Dass Ellis deine Tochter ist? Dass sie meine Halbschwester ist? Dass du sie gehasst hast, weil Papa darauf bestanden hat, dass du sie in deinem Haushalt leben lässt? Durch sie wurdest du täglich erinnert. An den Fehler, den du gemacht hast. Habe ich das richtig verstanden, Mutter? Ich glaube, ich durchschaue dich jetzt.«

Die Herzogin sah aus, als ob sie in Ohnmacht fallen würde. Obwohl Min ihrer Mutter nichts hatte antun wollen, konnte sie kein Mitleid aufbringen.

»Woher weißt du das?«, fragte ihre Mutter angespannt.

»Ist das wichtig?« Min verbarg ihre Bitterkeit nicht.

»Ich weiß es. Sheff weiß es, Jo weiß es, und natürlich weiß es Papa. Er hat es immer gewusst. Er ist der Grund, warum Ellis eine Familie hat, so wie sie ist.«

»Was hat Ellis gesagt?«, fragte die Herzogin misstrauisch.

»Noch nichts, denn wir haben es ihr nicht gesagt. Aber das werden wir, und du wirst daran nicht teilhaben. Ich wäre sogar froh, wenn du nichts mehr mit uns zu tun hättest.« Min drehte sich auf dem Absatz um und stolzierte aus dem Salon.

Die momentane Freude darüber, dass sie sich bei ihrer Mutter entlastet hatte, verflog, als sie Ellis die Treppe zum zweiten Stock hinaufeilen sah, wo sich ihr Schlafzimmer befand. Hatte sie etwas mitbekommen? Das musste sie. Min hatte sehr laut gesprochen.

Min wurde flau im Magen.

Sie rannte Ellis hinterher und hielt auf dem Treppenabsatz inne, als sie sie in Richtung ihres Schlafzimmers eilen sah. »Ellis, warte!« Min holte mehrmals tief Luft und versuchte, ihr rasendes Herz zu beruhigen.

Ellis drehte sich langsam um. Sie war nicht ganz so blass wie ihre Mutter, aber sie war nah dran. Zum ersten Mal erkannte Min Spuren der Ähnlichkeit, die sie mit der Herzogin und miteinander teilten. Sie erkannte, dass Ellis mehr nach ihrem Vater als nach ihrer Mutter schlug, und das war eine Tatsache, für die sie in den kommenden Tagen und Jahren wahrscheinlich dankbar sein würde. Sie hatte sein blondes Haar, und die Form ihres Gesichts ähnelte dem seinen. Doch das Blau ihrer Augen gehörte zu ihrer Mutter – wobei Ellis′ Augen allerdings viel wärmer waren. Gerade jetzt schien allerdings ein Sturm darin zu toben.

»Du hast gehört, was ich unten gesagt habe«, ergriff Min das Wort, die sich vorstellen konnte, wie Ellis sich fühlen musste. Ihr Gesicht war zu einer Grimasse geformt, als sie dann einen Schritt nach vorne machte.

Abwehrend hielt Ellis ihre Hand hoch. »Komm bitte nicht näher. Ich möchte allein sein.«

»Das verstehe ich«, entgegnete Min sanft. »Es tut mir sehr leid, dass du es auf diese Weise erfahren hast. Ich wollte dich zu einem Spaziergang zum Haus meines Vaters am Catharine Place einladen. Sheff und Jo werden dort sein, und wir hatten vor, es dir gemeinsam zu sagen. Erst gestern habe ich es selbst erfahren. Wir könnten immer noch hingehen.«

Ellis stand nur da und starrte Min an.

»Sag etwas. Bitte.« Min fühlte sich grauenvoll.

»Ich weiß nicht, was ich sagen soll.« Ellis' Stimme hatte einen hohlen Klang. »Ich will sie nicht mehr sehen.« Es bestand keine Notwendigkeit, genauer auszuführen, wen Ellis mit »sie« meinte. »Was soll ich nur tun?«

Min brach das Herz. So gern wollte sie ihre Freundin umarmen. Nein, ihre Halbschwester. »Du musst sie nicht mehr sehen«, versprach Min in einen vehementen Tonfall. »Du musst nicht hierbleiben. Du kannst in das Haus meines Vaters oder in Sheffs ziehen. Ich bringe dich hin, wenn du willst.«

»Ich möchte jetzt allein sein«, bat Ellis leise.

»Wir alle unterstützen dich«, sagte Min zu ihr. »Sheff, Jo, Papa …«

»Was ist mit Mr. Harker?«, fragte Ellis zögernd. »Meinem Vater.«

»Er weiß noch nichts von dir«, antwortete Min. »Ihm ist nichts davon bekannt, dass er noch ein Kind hat.«

Ellis schlug sich die Hand vor den Mund. Sie vollführte eine halbe Drehung. »Bitte, lass mich jetzt allein, Min.«

Es war eine Qual, Ellis' Schmerz mitansehen zu

müssen. »Du glaubst mir doch, dass ich es nicht wusste, oder?«, fragte Min.

»Ich glaube dir, aber du musst mir bitte nachsehen, dass ich im Augenblick nicht die Herzensgüte aufbringe, mir darüber Gedanken zu machen, was du oder irgendjemand sonst in diesem Moment denkt oder fühlt.«

»Natürlich nicht«, entgegnete Min schnell. »Sag mir einfach, was ich tun kann, was auch immer das ist. Ich werde für dich da sein, wann immer du mich brauchst.«

Ellis drehte sich um und floh in ihr Zimmer, wobei sie die Tür hinter sich schloss. Min drehte sich um und presste die Hand auf ihren Mund, um ihr Schluchzen zu unterdrücken. Sie ging die halbe Treppe hinunter, ehe sie sich auf eine der Stufen sinken ließ.

Lange Zeit saß sie einfach da, während ihr still die Tränen über die Wangen liefen. Ihr Blick ging ins Leere, während sie sich vorzustellen versuchte, was Ellis gerade durchmachen musste. Die Wahrheit über ihre Herkunft zu erfahren, war schon schwer genug, doch es war einfach schrecklich, sie auf diese Weise erfahren zu müssen.

Das war alles Mins Schuld.

KAPITEL 9

Evan saß in dem kleinen Wohnzimmer, das neben dem Vestibül des Hauses seiner Mutter lag, und las noch einmal den Brief, der gerade für ihn abgegeben worden war. Er stammte von Mrs. Dalton, die er gestern Abend auf dem Ball zwar von Ferne gesehen, aber der er zum Glück nicht wirklich gegenübergestanden hatte. Dieses Glück hatte ihn allerdings jetzt verlassen, denn sie bat ihn, sich mit ihr um die Ecke zu treffen. Und zwar gleich jetzt.

Als Evan seine Mutter in das Vestibül kommen sah, schob er den Brief rasch unter seinen Oberschenkel. Er hatte ihr verschwiegen, dass er Mrs. Dalton gestern Abend auf dem Ball gesehen hatte. Es war auch nicht auszuschließen, dass seine Mutter die Frau ebenfalls entdeckt und sich entschlossen hatte, darüber zu schweigen. Jedenfalls wollte Evan Mrs. Dalton nicht zur Sprache bringen.

Seine Mutter zog ihre Handschuhe an und trat ins Wohnzimmer. »Ist alles in Ordnung?«, fragte sie.

»Das ist es«, versicherte Evan ihr.

Sie zog ihre dunklen Augenbrauen zusammen. »Du

wirkst nachdenklich. Ich bin sicher, dass du es leid bist, dich nicht richtig bewegen zu können. Mir ist bewusst, dass du viel lieber auf deinem Pferd reiten oder durch Sydney Gardens spazieren würdest.«

»Das stimmt allerdings. Wohin gehst du?«

»Ich möchte eine Freundin am Queen Square besuchen. Mrs. Beckwith, wenn du dich an sie erinnerst.« Sie lächelte ihn an. »Es ist sehr schön, dich hier zu haben. Du wünschst dir wahrscheinlich, dass du in London wärst, aber ich habe viel Freude an unserer gemeinsamen Zeit.«

Tatsächlich war er im Moment überraschend zufrieden, sich hier in Bath aufzuhalten, und das schrieb er der Anwesenheit von Min und seiner Mutter zu. »Das bin ich auch, Mama. Ich wünsche dir einen schönen Besuch bei Mrs. Beckwith.«

Sobald seine Mutter das Haus verlassen hatte, zog Evan den Brief unter seinem Oberschenkel hervor. Verflixt, er wollte dieses ganze Debakel einfach vergessen. Aber jetzt war Mrs. Dalton hier in Bath und verlangte von ihm, dass er sich so schnell wie möglich mit ihr um die Ecke traf.

Evan konnte nur hoffen, dass seine Mutter auf dem Weg nach draußen nicht mit Mrs. Dalton zusammengestoßen war. Obwohl er sich keinesfalls mit dieser Frau treffen wollte, musste er Sorge dafür tragen, dass sie sich zukünftig von ihm fernhielt. Vielleicht sollte er sogar verlangen, dass sie Bath verließ. Das war keinesfalls die korrekte Art und Weise, um einen Skandal zu begraben.

Mit finsterem Gesicht, erhob sich Evan unter Zuhilfenahme seines Gehstocks vom Stuhl und zog seinen Hut und seine Handschuhe im Vestibül an. Draußen schaute er sich verstohlen um, als ob jemand darauf warten würde, ihn mit der Frau zu erwischen, mit der er angeblich eine Affäre gehabt hatte. Er bewegte sich so schnell er konnte, was offenbar zu schnell war, denn sein Knöchel fing schon wieder an zu schmerzen, noch bevor er Mrs. Dalton erreichte.

Wartend stand sie mit ineinander verschränkten Händen an der Ecke der Church Street. Zumindest hoffte er, dass sie es war. Er war Mrs. Dalton nur ein einziges Mal begegnet, und er konnte sich nur noch daran erinnern, dass sie blond war. Als bei seinem Näherkommen Erleichterung in ihren Zügen aufflackerte, wusste Evan, dass es die richtige Frau war.

Er genehmigte sich einen Augenblick Zeit, um sie zu betrachten, in der Hoffnung, dass er sich besser an sie erinnerte, obwohl er hoffte, dass sie beide sich nie wieder begegnen würden. Mrs. Dalton war Mitte dreißig und außerordentlich attraktiv, mit dunkelblondem Haar und strahlend blauen Augen. Sie besaß eine kurvenreiche Figur, die sehr verlockend wirkte, aber Evan hatte sich vor einigen Jahren auf eine einzige Affäre mit einer verheirateten Frau eingelassen und er hatte kein Interesse daran, diese Erfahrung zu wiederholen. Es war vielleicht seltsam, dass sein Ruf weitaus schlechter war als sein wahres Verhalten, was ihm allerdings nur wenig ausmachte, da ihn dies davor bewahrte, ein gefragter Kandidat auf dem Heiratsmarkt zu sein.

»Danke, dass Sie sich mit mir treffen«, ergriff Mrs. Dalton besorgt das Wort. »Ich war mir nicht sicher, ob Sie kommen würden.«

»Das hätte ich eigentlich auch nicht tun sollen.« Evan schwächte seine Gereiztheit nicht ab. »Als ich Sie gestern Abend in den Upper Rooms gesehen habe, war ich schockiert. Warum um alles in der Welt sind Sie nach Bath gekommen?«

Sie blinzelte mit ihren langen hübsch geschwungen Wimpern, als hätte sie diesen Effekt eingeübt. »Ich bin gekommen, um Sie zu treffen. Mir ist zu Ohren gekommen, dass Sie den Herbst hier mit Ihrer Mutter verbringen.«

»Und sie hielten es für einen gute Idee, dabei zu stören?«, fragte Evan mit einem Stirnrunzeln. »Ich habe London aus dem Grund verlassen, dass sich die Aufregung um unsere Affäre legt. Um ehrlich zu sein kann ich mir nicht vorstellen, warum Sie mich überhaupt aufsuchen. Wir haben keine gemeinsame Vergangenheit – und schon gar keine Zukunft.«

Sie rang die Hände und erbleichte. »Es hat eine ganz schreckliche Entwicklung gegeben. Ich wusste nicht, an wen ich mich sonst wenden könnte. Sie waren so hilfsbereit und haben alles für Rogers Rettung getan. Mein Mann zürnt mir immer noch wegen der Affäre und er denkt über eine Scheidung nach.«

Evan war froh, seinen Spazierstock bei sich zu haben, auf den er sich stützen konnte, denn er fühlte sich, als hätte man ihm plötzlich den Wind aus den Segeln genommen. Käme es zu einer Scheidung, müsste ihr Mann, Sir Abraham, vor Gericht beweisen, dass sie ihm untreu gewesen war. Er würde Evan verklagen, was dann einen Prozess wegen kriminellen Ehebruchs nach sich ziehen würde. Das würde sie – und Evan – vollkommen ruinieren.

»Das dürfen Sie nicht zulassen«, stieß Evan hervor, den die Wut übermannte. »Ich kann in so eine Sache nicht hineingezogen werden. Ich habe Ihnen doch gar nichts getan.« Das entsprach allerdings nicht ganz der Wahrheit. Er hatte die Schuld für eine Tat auf sich genommen, die er nicht begangen hatte, und dafür musste er jetzt einen hohen Preis bezahlen.

Sie fuhr fort, die Hände zu ringen, und ihre Gesichtszüge waren vor Aufregung gezeichnet. »Das weiß ich. Ich bedauere, dass es so weit gekommen ist. Vielleicht hätten Sie Roger die Konsequenzen tragen lassen sollen.«

Evan erkannte keinen Sinn darin, Mrs. Dalton oder gar Roger zu beschimpfen. Am liebsten hätte er sich in diesem Augenblick selbst dafür gescholten, sich eingemischt zu haben, indem er die Schuld für Rogers Übertretung auf sich genommen hatte.

Evan hatte sich jedoch seinem Freund verpflichtet gefühlt. Evan hatte einmal an einem Abend in Cambridge zu tief ins Glas geschaut und war in den Fluss gefallen. Wäre Roger nicht zur Stelle gewesen, dann wäre er wahrscheinlich ertrunken. Doch der ebenfalls reichlich betrunkene Roger hatte Evan aus dem Fluss gezerrt und ihm das Leben gerettet.

Als sich ihm dann die Gelegenheit bot, sich für Rogers gute Tat zu revanchieren, hatte Evan diese ergriffen, ohne an die Konsequenzen für sich selbst zu denken. Ihm war gar nicht in den Sinn gekommen, dass Sir Abraham zu Evans Vater gehen und ihm alles erzählen könnte. Evan hatte seine Hoffnung darauf gesetzt, dass die Angelegenheit schnell und schmerzlos im Sande verlaufen würde.

Das Gegenteil war der Fall. Es war schon schlimm genug, den Zorn seines Vaters zu ertragen, aber jetzt könnte alles noch viel schlimmer werden. Evan konnte unmöglich erlauben, dass seine Eltern die Schande eines Prozesses wegen Ehebruchs aushalten mussten.

Evan lenkte seine Frustration auf Mrs. Dalton. »Sie müssen Ihren Mann überreden, das nicht zu tun. Mit allen Mitteln.«

»Das habe ich versucht«, entgegnete sie fast weinerlich. »Ihm schien es einerlei zu sein, dass ich Schaden nehmen würde, und ich glaube, das ist auch seine Absicht. Allerdings wird dies auch unseren Kindern schaden. Zum Glück ahnen sie zu diesem Zeitpunkt noch nichts davon.«

Evan drehte den Kopf und wandte den Blick von ihr ab, während sich seine Gedanken überschlugen. »Sie müssen es einfach noch einmal versuchen.« Dann lenkte er seinen Blick wieder auf sie. »Kehren sie nach London zurück, oder gehen sie in ein Kloster oder so.«

Sie starrte ihn an. »Das kann doch nicht Ihr Ernst sein.«

»Nein, das ist es nicht wirklich.« Er stieß einen frustrierten Atemzug aus. »Ich weiß nicht, was ich unternehmen soll. Sie dürfen aber auf keinen Fall mehr mit mir sprechen. Wir dürfen keinesfalls zusammen gesehen werden, und ich würde es sehr begrüßen, wenn Sie Bath ganz verlassen. Ich halte mich hier auf, um Distanz zu dem Skandal zu wahren, an dem ich nicht einmal beteiligt war. Dass Sie hier in Bath sind, macht alles nur noch schlimmer. Bitte versprechen Sie mir, dass Sie sofort nach London zurückkehren.«

Sie nickte. »Das werde ich. Aber was wird sein, wenn Abraham nicht auf mich hören will? Was ist, wenn er die Klage einreicht?«

Evan konnte nur beten, dass ihr Mann von diesem Schritt absehen würde. Er würde dem Mann ja selbst schreiben, wenn er glaubte, dass dies etwas helfen könnte, doch das wagte er nicht. Sein Vater hatte ihm jedenfalls gesagt, dass der Mann außer sich vor Wut war. Er hatte Evan zu einem Duell herausfordern wollen, was sein Vater allerdings gerade noch abwenden konnte, weil die beiden so unterschiedlichen Alters waren. Ganz zu schweigen davon, dass Evan in seiner Geschicklichkeit mit dem Schwert und der Pistole nahezu unschlagbar war.

Er traf Mrs. Daltons tiefblauen Blick. »Sie müssen mir mitteilen, ob er Klage erheben wird. Versprechen Sie das?«

Sie nickte.

Evan musste Roger schreiben und ihm mitteilen, was geschehen war. Er wollte seinen Freund keinesfalls einem strafrechtlichen Prozess wegen Ehebruchs aussetzen, aber es gab eine Grenze dessen, was Evan für ihn zu tun bereit war. Sein Gewissen plagte ihn, wenn er daran dachte, dass Roger sein Leben riskiert hatte, um das von Evan zu retten. Beide hätten sie sehr wohl ertrinken können. Außerdem war es Winter gewesen, und das Wasser eiskalt. Es war ein kleines Wunder, dass sie den Weg zurück in ihr Quartier gefunden hatten, ohne zu erfrieren oder schwer krank zu werden.

Evan hoffte, dass es Mrs. Dalton gelingen würde, die Dinge mit ihrem Mann zu klären. Das musste sie einfach. »Bitte informieren Sie mich über die Fortschritte, die Sie machen«, bat Evan.

»Ich hatte nichts Schriftliches festhalten wollen«, antwortete sie mit sorgenerfülltem Blick. »Deshalb bin ich persönlich hergekommen. Ich sollte Ihnen überhaupt nicht schreiben.«

»Bitte werden Sie jetzt nicht übermäßig gewissenhaft.« Evan presste die Lippen aufeinander. »Seien Sie einfach kryptisch, denn ich weiß ja, wovon Sie sprechen. Ist das in Ordnung?«

Sie nickte noch einmal. »Danke, dass Sie mit mir gesprochen haben.«

»Das werde ich aber nie wieder tun.« Evan drehte sich um und schlenderte zum Catharine Place zurück. Unglücklicherweise traf er direkt mit Sheff zusammen, nachdem er den engen Platz betreten hatte.

»Guten Tag, Evan. Mit wem hast du gerade gesprochen?«, fragte Sheff, der mit einem Blick aus seinen dunkelblauen Augen an Evan vorbei die Straße entlangschaute.

Als Evan den Kopf drehte, war er froh zu sehen, dass Mrs. Dalton bereits fort war. »Jemand, den ich gestern Abend in den Upper Rooms getroffen habe«, log Evan.

»Kommst du gerade von einer Verabredung?«, fragte Sheff mit einem Augenzwinkern.

Verflixt. Dass Sheff dachte, er hätte sich mit Mrs. Dalton zu einem Rendezvous getroffen, konnte er gerade überhaupt nicht gebrauchen. Seiner Überlegung nach kannte Sheff die Frau nicht, was allerdings nicht hieß, dass er sich nicht irgendwann an sie erinnerte. Evan wurde sich seiner zunehmenden Sorge über eine bevorstehende Katastrophe bewusst – und das aus gutem Grund.

»Auf keinen Fall«, entgegnete Evan mit einer Spur zu viel Vehemenz. »Ich war spazieren und bin ihr begegnet. Wir haben nur ein paar Worte gewechselt.«

Sheff blickte auf Evans Fuß hinunter. »Wie geht es dem Knöchel?«

»Es dauert ewig, bis er vollständig geheilt sein wird«, antwortete Evan, während er seine Nervosität zu unterdrücken versuchte. Hoffentlich schob Sheff dies auf Evans Stimmung aufgrund seiner Verletzung zurück, falls er etwas davon bemerkte. Evan versuchte, das Gespräch von sich abzulenken. »Ich bin froh, dass ich dich treffe. Ich wollte Jo und dich nicht stören.«

Sheff nickte vage und formte den Mund zu einem leichten Flunsch. Er hatte die Stirn gerunzelt, als würde er sich Sorgen machen. Nach Mins Offenbarung von gestern Abend konnte Evan den Grund dafür ahnen, doch er verlor selbstverständlich kein Wort darüber. Stattdessen fragte er: »Wie geht es Jo?«

»Es geht ihr gut.« Nun entspannten sich Sheffs Gesichtszüge, und er lächelte, während ein fast liebevoller Ausdruck in seine Augen trat.

Evan konnte sich ein Schmunzeln nicht verkneifen. »Wie ich sehe, bekommt dir die Ehe immer noch sehr gut.«

»In der Tat«, antwortete Sheff. »Sie ist so erstaunlich. Niemand hätte je vorausgesagt, dass ich einmal verheiratet sein würde, geschweige denn so glücklich, und ich obendrein noch Vater werde.«

»Ja, wenn ich auch gestehen muss, dass mir der letzte Teil ein wenig Angst macht.«

»Jo weiß, was sie tut, da bin ich sicher. Das tut sie immer.« Sheff sah ihn mit einem durchdringenden Blick an. »Tu dir unbedingt selbst einen Gefallen, Mann, und heirate die klügste Frau, die du finden kannst. Insbesondere, wenn sie dich Dinge fühlen lässt, die du nie für möglich gehalten hast.«

Unweigerlich musste Evan an Min denken. Er vermisste es, sie täglich zu sehen. Es war schockierend, wie rasch sie zu einem festen Teil seines Daseins geworden war, und wie sehr er sich auf sie verlassen hatte. Dabei ging es ihm nicht um die Dinge, die sie aus Fürsorge für ihn tat, sondern um ihren Humor, ihren Charme und, ja, ihre Intelligenz.

»Wie geht es deiner Schwester?«, fragte Evan und hoffte dabei gelassen zu klingen.

»Es geht ihr recht gut.« Nun war die Sorge wieder in Sheffs Gesichtszüge zurückgekehrt. Wahrscheinlich drehten sich seine Gedanken um Min und Ellis, was Evan verstand. Ihm ging es ebenso. »Mir ist zu Ohren gekommen, dass du und Min viel Zeit zusammen auf Longleat verbracht habt, nachdem du dich am Knöchel verletzt hattest.«

»Ja, ich hatte das Glück, dass sie mir behilflich war. Aber ich wage zu behaupten, dass es ihr dabei in erster Linie darum ging, Lady Baths Kuppelei mit den anderen Halunken auf der Party zu entkommen«, fügte Evan lachend hinzu.

»Die ›anderen‹ Halunken.« Sheff zog eine Augenbraue in die Höhe. »Das heißt, du bezeichnest dich ebenfalls als Halunken.«

»Sollte ich das nicht?«, fragte Evan. »Deinen Gaunereien vor deiner Hochzeit kann ich natürlich nicht das Wasser reichen, das ist mir klar, aber ich glaube, ich habe den Ruf eines verwegenen Gentlemans.«

»Soweit ich das gehört habe, bist du inzwischen ein wenig darüber hinaus«, bemerkte Sheff mit einer Spur Neugierde.

Evan konnte sein Zusammenzucken gerade noch verhindern. Wusste Sheff von Evans angeblicher Affäre mit Mrs. Dalton? »Was hast du denn gehört?«

Sheff zog eine Schulter hoch. »Bloß ein Gerücht über dich und eine verheiratete Frau.«

»Du solltest nicht alles glauben, was du hörst«, konterte Evan, dessen Frustration von vorhin wieder hochkam.

Sheff nickte. »Mir ist bekannt, auf welche Weise Gerüchte eskalieren können. Bist du deshalb nicht in London? Ich habe mich wirklich gefragt, warum du so lange fort warst, das muss ich zugeben, aber vermutlich liegt das auch an deiner Verletzung.«

»So ist es.« Mehr wollte Evan nicht dazu erwidern.

Sheff bedrängte ihn glücklicherweise nicht. »Ich bin dir dankbar, dass du Min gestattet hast, sich um dich zu kümmern, damit sie der Kuppelei der Marchioness entkommen konnte. Min war dir sicher auch dankbar. Du magst gewisse Ansätze zu einem Halunken haben, aber bei meiner Schwester vertraue ich dir.«

»Warum vertraust du mir?«, fragte Evan, der dabei versuchte, nicht daran zu denken, dass er Sheffs Schwester geküsst hatte. Deshalb sollte Sheff ihm nicht im Geringsten vertrauen.

»Da ich dich jetzt bereits eine ganze Weile kenne, glaube ich von dir nicht, dass du diese Grenze überschreiten würdest. Darüber hinaus duldet meine Schwester ein solches Verhalten nicht. Wenn sie sich in deiner Gegenwart sicher genug gefühlt hat, um ihre Zeit auf Longleat mit dir zu verbringen und sich um dich zu kümmern, kann ich mir wohl kaum anmaßen, etwas anderes zu denken. Es ist schön, dass du ihr Freund bist. Sie braucht Freunde, denn das Leben wird sich sehr schnell für sie ändern.« Sheff schüttelte den Kopf. »Verzeih bitte, dass ich in Rätseln spreche. Ich kann meine Behauptung derzeit nicht näher ausführen.«

»Es ist alles in Ordnung«, meinte Evan daraufhin, denn er wusste genau, wovon Sheff sprach.

Sheff ließ den Blick zum Haus seines Vaters schweifen, das nur wenige Meter von dem Haus entfernt lag, in dem Evans Mutter residierte. »Du musst mich entschuldigen«, meinte Sheff schnell, bevor er seinen Weg fortsetzte.

Evan schaute ihm nach und sah eine junge Frau in der Residenz des Herzogs ankommen. Es war Ellis, und sie war allein.

Was ging hier vor sich? Wollten sie Ellis nicht über ihre Herkunft aufklären? Und wenn dem so war, wo war Min? Evan konnte nicht verhindern, sich um sie – alle – Sorgen zu machen und hoffte, es würde alles gut werden.

~

Ellis war fort.

Nach ihrer Flucht gestern in ihr Zimmer, hatte es nicht lange gedauert, bis sie zum Haus von Mins Vater gegangen war. Ein Diener ihres Vaters war einige Zeit später erschienen, um Min eine Nachricht von Ellis zu überbringen und einen Teil von Ellis' Sachen abzuholen. In der Nachricht stand nur, dass Ellis Bath verlassen würde und keine Gesellschaft wünschte. Sie entschuldigte sich bei Min, weil sie sie weder sehen oder sprechen wollte, und sie hoffte auf ihr Verständnis. Sie hatte auch geschrieben, dass sie allein sein wollte.

Min hatte einen Großteil von Ellis' Sachen zusammengepackt und sie zusammen mit einer schriftlichen Nachricht dem Diener mitgegeben. Sie hatte Ellis geschrieben, sie solle sich so viel Zeit nehmen, wie sie brauchte. Sie hatte auch geschrieben, dass sie für sie da sein würde, sobald Ellis bereit war.

Min konnte nur hoffen, dass dieser Tag nicht mehr allzu fern war, doch genau das war ihre Befürchtung. Ellis musste mit so vielem fertigwerden. Ihr ganzes Leben entsprach nicht dem, was sie sich vorgestellt hatte. Min fühlte sich ähnlich wie Ellis, doch natürlich war es für Ellis viel schlimmer.

Und nun war Min mit ihrer Mutter hier allein. Es waren zwar Hausangestellte da, doch die kannte sie kaum. Min wollte ihre Mutter nicht sehen, weshalb sie weder gestern Abend zum Dinner noch heute zum Frühstück hinuntergegangen war.

Sie hatte jedoch genug davon, hier festzusitzen, und so zog sie ein Ausgehkleid an, schnappte sich ihre Handschuhe und ihren Hut, ehe sie dann die Treppe hinunterging. Als sie das Vestibül betrat, teilte ihr Warner, der Butler, mit, dass soeben eine Lieferung eingetroffen sei.

»Es ist ein Paket aus Cardiff«, führte Warner weiter aus und deutete auf die verpackte Schachtel auf dem Tisch.

Min wusste genau, was sich darin befand, und sie würde es so schnell wie möglich abliefern – vielleicht schon morgen. Jetzt war sie auf dem Weg zum Crescent, um Pandora aufzusuchen. »Würden Sie das bitte in mein Wohnzimmer bringen?«, bat sie den Butler mit einem Lächeln.

Warner, ein sanftmütiger Mann in den Vierzigern, nickte. »Natürlich, Lady Minerva. Und darf ich sagen, wie gut es ist, Sie unten zu sehen? Wir hatten befürchtet, Sie seien krank.«

»Wir‹?« Min nahm an, dass er damit sich selbst und das restliche Hauspersonal meinte. »Es geht mir gut, danke. Ich weiß Ihre Besorgnis zu schätzen. Ist meine Mutter hier?« Eigentlich war ihr das egal, doch sie hielt es für klug, zumindest zu wissen, wo sich ihre Mutter aufhielt.

»Ja. Auch sie hat sich in ihren Privaträumen aufgehalten.«

Min hoffte, sie würde noch geraume Zeit dort bleiben. »Ich mache einen Spaziergang zum Crescent, um eine Freundin zu besuchen.«

Warner neigte den Kopf. »Auf ein baldiges Wiedersehen, Mylady.«

Min trat in den grauen Oktobertag hinaus. Es war nicht kalt, aber es war auch nicht warm. Auf dem Weg zum Crescent schlug sie ein flottes Tempo an, und in weniger als zehn Minuten war sie am Ziel.

Beim Haus von Pandoras Tante klopfte Min an die Tür. Der Butler öffnete.

»Guten Tag, Lady Minerva«, begrüßte er sie mit einem Lächeln. »Wie schön, Sie zu sehen.«

»Guten Tag, Harding. Ich freue mich auch, Sie zu sehen. Ist Pandora zu Hause?«

»Ja, kommen Sie doch herein.« Der Butler ließ sie eintreten und schloss die Tür. Er nahm ihr Hut und Handschuhe ab und führte sie die Treppe hinauf in den Salon.

Pandora saß mit ihrer Tante Lucinda an einem Tisch beim Fenster. Als Min den Raum betrat, leuchteten Pandoras Augen auf und lächelnd erhob sie sich. »Min, ich bin so froh, dich zu sehen.« Sie ging auf Min zu, und die beiden Freundinnen umarmten sich.

»Es tut mir leid, dass ich dich nicht früher besuchen

konnte«, entschuldigte sich Min, als sie auseinandergingen. »Meine Mutter hat mich mit den Vorbereitungen für die Saison in Atem gehalten.«

»Das ist deine letzte Chance auf dem Heiratsmarkt«, bemerkte Pandora mit einem sardonischen Glitzern in den Augen.

Es war ein wahrer Jammer, dass Pandora nie die Gelegenheit zuteil geworden war, sich am Heiratsmarkt zu beteiligen. Mit ihrem glänzenden blonden Haar und ihren umwerfenden blaugrünen Augen war sie ein wahrer Diamant erster Güte.

Tante Lucinda erhob sich vom Tisch. Obwohl die Frau bereits vierzig war, erschien sie Min jünger. Ihr hellbraunes Haar wies noch nicht einmal einen Hauch von Grau auf. »Es ist schön, Sie zu sehen, Minerva. Ich hoffe, es geht Ihnen gut.«

»Sehr gut, danke.«

»Ich werde euch zwei allein lassen, damit ihr euch austauschen könnt.« Lucinda sah zu Min. »Bitte grüßen Sie Ihre Mutter von mir.«

Min wollte schon erwidern, dies nicht zu tun, doch dann hätte sie den Grund dafür erklären müssen und das wollte sie nicht – nicht vor Lucinda. Sie hatte die feste Absicht, Pandora alles zu erzählen. Es war nur richtig, dass die anderen Mitglieder ihres ‚Regeln für Halunken Clubs‘ das wissen sollten. Aber was, wenn Ellis damit nicht einverstanden wäre?

Min überlegte einen Augenblick, ob sie gar nichts sagen sollte, aber wie sollte sie dann erklären, warum Ellis fort war?

Nachdem Lucinda aus dem Raum gegangen war, setzte sich Pandora auf das Sofa und klopfte sanft auf den Platz neben sich. »Komm, erzähl mir, wie es auf dem ersten Ball war.«

Min setzte sich neben ihre Freundin. »Es war gut«, antwortete sie ein wenig geistesabwesend, denn ihre Gedanken wanderten unweigerlich zu Ellis.

»Das klingt nicht unbedingt ermutigend.« Pandora runzelte die Stirn. »Kann es sein, dass du gar nicht auf dem Heiratsmarkt sein willst?«

»Ich weiß gar nicht mehr, was ich will«, platzte es aus Min heraus. »Alles ist ein völliges Desaster.« Sie war nur froh, dass ihr keine Tränen in den Augen brannten. Gestern hatte sie so viel geweint. Es war kein Wunder, dass sie keine Tränen mehr hatte.

Pandora konnte trotzdem sehen, wie aufgewühlt ihre Freundin war. Sie nahm Mins Hand. »Was ist los?«

Min erzählte ihr alles über ihr spektakuläres Familiengeheimnis und endete damit, wie Ellis Bath verlassen hatte.

Voller Unglauben hörte Pandora ihr zu. »Und du weißt nicht, wo Ellis jetzt ist?«

Min schüttelte den Kopf. »Das weiß nur mein Vater, und er will es nicht sagen, weil Ellis es ihm verboten hat. Von uns will sie niemanden sehen oder sprechen, und das gilt auch für ihren richtigen Vater.«

»Jos Vater, meinst du?«, fragte Pandora.

»Ja, aber er kennt die Wahrheit nicht, und wir haben beschlossen, ihm alles zu verschweigen, bis Ellis entschieden hat, was sie unternehmen will.«

Pandora sah sie mitleidig an. »Was für ein Schlamassel. Es tut mir so leid für Ellis. Ich wünschte, ich könnte ihr schreiben.«

»Das kannst du. Gib mir dann den Brief, und ich bringe ihn zu meinem Vater, damit er ihn an sie schickt. Du kannst den Brief aber auch direkt in seinem Haus am Catharine Place abliefern lassen.«

»Meinst du, es stört sie, dass ich das Geheimnis kenne?«, fragte Pandora.

»Darüber habe ich mir auch schon Gedanken gemacht, aber ich hatte auch das Gefühl, es dir sagen zu müssen. Wie hätte ich sonst erklären sollen, warum Ellis fort ist und warum ich so aufgewühlt bin? Selbst wenn ich dieses Geheimnis heute vor dir hätte verbergen wollen, kann ich mir nicht vorstellen, dass ich dazu in der Lage gewesen wäre.« Min zog eine Schulter hoch. »Vermutlich hätte ich dich nicht besuchen dürfen, aber das wollte ich unbedingt – auch wenn diese Sache nicht passiert wäre.«

»Natürlich hättest du das getan. Dein mangelndes Interesse am Heiratsmarkt überrascht mich nicht«, meinte Pandora. »Ich kann mir vorstellen, dass du überhaupt nicht in der Stimmung für die Brautwerbung bist.«

Nein, das war Min keinesfalls. Trotzdem kam Min nicht umhin, an Evan und den Kuss zu denken, den sie ausgetauscht hatten. Das war zwar keine Brautwerbung, aber Min musste sich eingestehen, dass sie gegen eine Wiederholung dieses Kusses nicht das Geringste einzuwenden hätte. Denn sie hatte Sorge, dass sie nie wieder einen Mann küssen würde. Nie wieder. »Ich fühle mich allein«, flüsterte sie.

»Du bist nicht allein.« Pandora zog sie in ihre Arme, und so hielten sie sich einen langen Moment lang fest. »Aber ich weiß genau, wie du dich fühlst.«

Natürlich wusste sie das. Pandora hatte sich ausgegrenzt gefühlt, nachdem sie mit Bane erwischt worden waren. Auch sie war damals nicht allein gewesen, doch jetzt verstand Min sie.

»Danke. Du bist so eine liebe Freundin.« Min schniefte, als sie auseinandergingen. »Ich möchte eigentlich nicht mehr bei meiner Mutter bleiben, aber ich kann auch nicht zu meinem Vater gehen. Seine Geliebte ist bei ihm.«

»Ja, Tante Lucinda hatte davon gehört. Du kannst hier bleiben«, lud Pandora sie ein. »Du bist hier immer willkommen. Andererseits bin ich mir nicht ganz sicher, ob es vorteilhaft für dich ist, bei einer Außenseiterin wie mir zu wohnen, insbesondere, wenn du auf der Suche nach einem Ehemann bist.«

»Du bist keine Außenseiterin«, sagte Min fest. »Deine Tante ist hier in Bath sehr beliebt und geachtet, und das hat dir in den letzten Jahren geholfen. Ist es nicht so?«

Min verabscheute den Gedanken, dass Pandora noch immer darunter zu leiden hatte, von den Leuten schlecht behandelt zu werden. Einige hatten sie direkt geschnitten, nachdem Bane sie im Stich gelassen hatte, und Pandora war eine Art Einsiedlerin geworden. Das war sie immer noch. Ein Abonnement für die Upper Rooms hatte sie jedenfalls nicht.

»Ist dein Bruder nicht in der Stadt?«, fragte Pandora. »Könntest du bei ihm und Jo bleiben?«

Daran hatte Min auch gedacht. »Ich bin mir nicht sicher, ob ich sie stören will, da sie gerade erst geheiratet haben. Aber vielleicht ist das die beste Lösung, oder ich sollte einfach nach Beacon Park fahren. Ich bin mir nicht sicher, ob es einen Sinn hat, in Bath zu bleiben.«

»Nun, abgesehen davon, dass du Zeit mit mir verbringst«, gab Pandora mit einem strahlenden Lächeln zu bedenken, das Min ein leises Lachen entlockte. »Ich nehme an, deine Mutter hat ein Abonnement für die Upper Rooms gekauft, nicht dass du es nutzen müsstest.«

»Das hat sie. Du hast recht, dass ich nicht in der Stimmung bin, mich umwerben zu lassen, aber das wird sie nicht beeindrucken. Sie ist fest entschlossen, mich diesen Herbst heiraten zu sehen. Sie ist schon fast verzweifelt. Sie hat verlangt, dass ich Spilsby in Betracht ziehe.« Min erklärte Eberforces neuen Namen, und da Pandora von Gwens Begegnung mit ihm bei Almack's wusste, fand sie das ebenso amüsant wie Min.

»Du hast dich der Fuchtel deiner Mutter in der Vergangenheit erfolgreich entzogen«, meinte Pandora. »Das Gleiche schaffst du wieder.«

Min schenkte ihr einen vorsichtigen Blick. »Sie hat jemanden vorgeschlagen, der noch unmöglicher ist als Spilsby.«

»Wer ist noch unmöglicher als er?«, fragte Pandora kichernd.

Min zog eine Grimasse. »Bane. Meine Mutter glaubt, er wird sich bald eine neue Frau suchen.«

Pandora gab einen angewiderten Laut von sich. »Ich kann mir nur vorstellen, wie empört du warst.«

»Ganz recht«, antwortete Min. »Und das habe ich ihr auch gesagt.«

»Ich hoffe, Bane wird niemals die Dreistigkeit besitzen, nach Bath zu kommen«, meinte Pandora verächtlich, »er weiß, dass ich hier wohne.«

Min war überrascht, das zu hören. »Woher weiß er, wo du wohnst?« Bane hatte die letzten paar Jahre in Nordengland verbracht.

»Weil er mir vor ein paar Wochen einen Brief geschickt hat. Ich weiß nicht, woher er wusste, wo ich wohne, aber vermutlich hat er die Information von einem seiner Freunde, vielleicht sogar deinem Bruder.«

Min schnappte nach Luft. »Das ist möglich. Sheff hat ihn vor einigen Monaten besucht. Was stand in dem Brief?«

Pandora zuckte mit den Schultern. »Ich habe keine Ahnung, denn ich habe ihn verbrannt. Warum sollte ich lesen wollen, was er zu sagen hat? Ich wünsche ihm nichts Schlechtes, vor allem nicht nach dem, was er durchgemacht hat, nachdem er Frau und Kind verloren hat, aber ich habe mich weiterentwickelt. Ich muss nicht akzeptieren, dass er sich in mein Leben einmischt.«

»Nein, das musst du nicht«, stimmte Min ihr zu. »Du *hast* dich weiterentwickelt.« Sie zögert kurz. »Hast du jemals Angst vor dem Alleinsein?«, fragte sie dann.

»Am Anfang hatte ich das schon, aber jetzt nicht mehr.« Pandoras Stimme klang selbstbewusst, und Min zweifelte nicht an ihren Worten. »Mir hat auch geholfen, dass ich in den letzten zwei Jahren bei meiner Tante gewohnt habe. Sie ist relativ jung zur Witwe geworden und hat mir gezeigt, wie angenehm es ist, unabhängig zu sein.«

Min konnte sich vorstellen, dass dies reizvoll sein könnte. Lucindas Status als Witwe war allerdings nicht mit Pandoras zu vergleichen, die eine ruinierte Jungfer war.

»Du weißt, dass ich mich dem Schreiben gewidmet habe«, bemerkte Pandora fast schüchtern. Min nickte, und Pandora sprach weiter. »Ich habe ein Manuskript an einen Verleger in London geschickt, doch du darfst niemandem etwas davon verraten. Das ist ein Geheimnis. Nicht einmal meine Tante weiß davon.«

Min verzog das Gesicht zu einer Grimasse. »Ich finde es überraschend, dass du mir zutraust, dein Geheimnis zu hüten, nachdem ich dir alles über Ellis erzählt habe.«

Pandora winkte ab. »Es gibt keine Geheimnisse zwischen uns beiden und unseren Freundinnen. Ich meinte damit, dass du niemandem außerhalb unserer Gruppe davon erzählen darfst.«

»Dem ‚Regeln für Halunken Club‘, meinst du?«

»Du hast einen Namen für uns gefunden?«, fragte Pandora erstaunt.

»Das war nicht ich«, antwortete Min. »Wir haben ein neues Mitglied, Miss Iona Shaughnessy. Sie hat dem Club einen Namen gegeben, nachdem Ellis und ich ihr davon erzählt haben. Im vergangenen Monat haben wir sie auf Longleat kennengelernt, bevor wir nach Bath gekommen sind. Ich habe Iona eingeladen, nächsten August mit uns nach Weston zu kommen.«

»Reisen wir denn trotz allem nach Weston?«, sinnierte Pandora. »Was, wenn du bis dahin verheiratet bist?«

»Die gleiche Frage habe ich mir in den letzten Jahren auch gestellt«, meinte Min mit einem Augenzwinkern. »Allerdings bin ich weiterhin unverheiratet. Vielleicht brauchen wir in Wahrheit ja einen Club für Jungfern, mit dir, mir und Ellis als Mitglieder. Das gilt für den Fall, wenn Ellis sich entscheidet, eine Jungfer zu bleiben. Mein Vater hat ihr eine Mitgift in Aussicht gestellt, falls sie heiraten möchte.«

»Das ist sehr großzügig von ihm«, freute sich Pandora. »Ich kenne deinen Vater ja nur durch deine Berichte über ihn, und ich finde es überraschend zu hören, wie unterstützend er sich gegenüber Ellis und in dieser ganze Situation verhält.«

»Nun, es war mein Vater gewesen, der sie nach dem Tod ihrer Adoptiveltern in unseren Haushalt gebracht hat. Meiner Ansicht hat er diese Verantwortung für sie übernommen, weil meine Mutter das nicht getan hat. *Und immer noch nicht tut*«, ergänzte Min mit einer Spur von Verachtung in ihrer Stimme.

»Genau so ist es.« Pandora lächelte sanft. »Ich kann nur sagen, dass der Herzog das Verhalten eines Schurken der schlimmsten Sorte an den Tag legt. Allerdings scheint er sich Ellis gegenüber anders zu verhalten.«

»In gewisser Weise schon«, antwortete Min mit einem Nicken. »In den letzten Monaten hat er sich deutlich verändert. Zu seiner neuen Geliebten scheint er die wahre Liebe zu empfinden. Ich hoffe, dass sie dauerhaft ist.«

»Also hat sich dein eigener Vater vielleicht rehabilitiert«, bemerkte Pandora lachend. »Dabei besagen unsere

Regeln, dass wir einem Schurken niemals trauen dürfen, sich zu ändern.«

Min machte ein mokantes Gesicht. »Angesichts des Erfolgs, den unsere mit Halunken verheirateten Freundinnen zu verzeichnen haben, die unsäglich glücklich sind, muss ich mir die Frage stellen, ob unsere Regeln nicht dazu aufgestellt worden sind, um gebrochen zu werden.«

Auf Pandoras Stirn zeichneten sich düstere Schatten ab. »Allerdings nur mit dem richtigen Gentleman. Davon gibt es glaube ich nicht so viele.«

»Da hast du leider recht. Deshalb bin ich bislang auch unverheiratet geblieben.« Min kam unweigerlich Evan in den Sinn. Er war überhaupt nicht so ein schlimmer Halunke wie andere. Tatsächlich schien eine Rehabilitierung für ihn nicht ausgeschlossen zu sein.

»Der verzweifelt angestrengten Bemühungen deiner Mutter zum Trotz«, bemerkte Pandora. »Wie war die Hausparty auf Longleat?«

»Einfach alle der anwesenden Junggesellen waren Halunken oder jedenfalls fast alle«, höhnte Min. »Ich bin der Meinung, dass Mr. Jarvis der am wenigsten Schurkische von allen war. Evan Price war auch auf der Hausparty. Er führte einen seiner Tricks auf dem Pferd vor – nun, um genau zu sein, waren es mehrere – und fiel dabei vom Pferd.«

Pandora machte große Augen. »Ist er wohlauf?«

»Er hatte sich bei dem Sturz eine Gehirnerschütterung und einen verstauchten Knöchel zugezogen, doch derzeit ist er hier in Bath und humpelt mit einem Gehstock herum, was ihn viel schneidiger aussehen lässt, als das eigentlich der Fall sein dürfte.«

»Das klingt ganz zutreffend auf ihn«, meinte Pandora kichernd. »Ich kenne Evan kaum, und habe ihn nur über gemeinsame soziale Kontakte in Weston getroffen, aber er scheint mir jemand zu sein, der ohne jede Unterstützung auskommt, um attraktiv oder beliebt zu sein. Persey hat ihn einige Male in ihren Briefen erwähnt. Er scheint sich in London großer Beliebtheit zu erfreuen.«

Persey war Pandoras ältere Schwester Persephone, die Herzogin von Wellesbourne, die auch eine von Mins besten Freundinnen war. Vor Jahren hatten sie alle sich in Weston kennengelernt, und der ‚Regeln für Halunken Club' existierte nur, weil sie Freundinnen geworden waren.

Min sann kurz darüber nach, ob sie Pandora von ihrem Kuss mit Evan erzählen sollte, doch dann entschied sie, dass sie dieses Erlebnis wirklich vergessen sollte. Es würde ihr nicht im Geringsten helfen, sich weiter darüber Gedanken zu machen und darüber zu reden.

»Weißt du, warum Evan hier in Bath ist?«, fragte Pandora.

»Er ist glaube ich zu Besuch bei seiner Mutter. Sie hat sich für den Herbst hier ein Haus gemietet.«

Pandora runzelte die Stirn. »Ich war davon ausgegangen, das hätte sie getan, um Gwen auf der Suche nach einem Ehemann zu helfen.« Gwen konnte nicht als die eleganteste junge Lady bezeichnet werden, und ihre Mutter hatte es für das Beste gehalten, dass sie am Heiratsmarkt in Bath und nicht in London teilnahm. Nachdem jedoch ein zweiter Herbst in Bath ohne Heiratserfolg geblieben war, hatte Gwen ihre Mutter im letzten Frühjahr davon überzeugt, es auch in London zu versuchen. »Und jetzt ist Gwen verheiratet.«

»Jetzt versucht sie glaube ich, Evan zu verheiraten«, meinte Min. »Allerdings hat er gesagt, dass er für die Ehe noch nicht bereit ist.«

»Hast du mit ihm darüber gesprochen?«

Min zog eine Schulter hoch. »Nachdem er sich verletzt

hatte, verbrachte ich viel Zeit mit ihm auf Longleat. Er brauchte eine Person, die ihm Gesellschaft leistete, und ich hatte es vorgezogen, mich von den Halunken und auch von Lady Baths Verkupplungsversuchen fernzuhalten.«

Pandoras Augen blitzten humorvoll. »Das ist brillant. Ein Jammer, dass er deiner Hilfe jetzt nicht bedarf, denn dann könntest du dies als Ausrede benutzen, um der Kuppelei deiner Mutter zu entkommen.«

Wie wunderbar das klang, und zwar nicht nur als eine Ausrede. Viel lieber wäre Min wieder auf Longleat bei Evan als hier bei all diesem Durcheinander. »Eigentlich will ich wirklich nur Ellis finden und mich vergewissern, dass es ihr gut geht. Mir ist aber auch klar, dass sie jetzt erst einmal Zeit braucht, um sich an ihre neue Situation zu gewöhnen. Die brauchen wir alle, aber sie am meisten. Ich wünschte nur, wir hätten dies gemeinsam durchstehen können.«

Pandora sah sie mitfühlend an. »Du hast mich gefragt, ob ich Angst vor dem Alleinsein habe. Hast du davor Angst?«

»Die hatte ich früher, glaube ich, nicht, denn ich hatte immer Ellis. Und jetzt ist sie weg ...« Min bestätigte mit ihren Worten den hohlen Schmerz, der sich seit dem Vortag in ihrer Brust festgesetzt hatte. »Ja, das habe ich, glaube ich.« Ohne Ellis fühlte sich Min hilflos. Das Haus ihrer Mutter war nicht mehr ihr »Zuhause«.

Wieder griff Pandora nach Mins Hand und drückte sie.

Min rang sich ein Lächeln ab und verdrängte ihren Trübsal. »Erzählst du mir von dem Manuskript, das du geschrieben hast?«

»Es wäre mir ein Vergnügen«, antwortete Pandora mit einem breiten Lächeln.

Min war für die Ablenkung dankbar. Denn sobald sie zu ihrer Mutter zurückkehrte, wäre sie wirklich allein.

KAPITEL 10

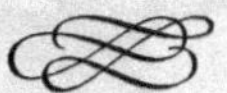

Nachdem inzwischen ein weiterer Tag vergangen war, schmerzte Evans Knöchel von Zeit zu Zeit immer noch. Zwar war er nicht mehr permanent auf seinen Gehstock angewiesen, aber am Ende des Tages fühlte er sich wund und fand ihn dann sehr hilfreich. Gestern hatte er es allerdings mit dem Laufen übertrieben und anstatt seine Mutter auf ihrem Kirchgang zu begleiten saß er nun in dem kleinen Arbeitszimmer im Erdgeschoss des Hauses seiner Mutter. Seinen Fuß hatte er dabei mit einem Kissen auf einem Hocker abgestützt.

Als er gerade in einer Zeitung aus London blätterte, klopfte es an die Tür, die einen Spalt breit offen stand. »Herein«, rief er aus.

Der Butler öffnete die Tür ganz und trat über die Schwelle. »Sie haben einen Besucher.« Der Mann wirkte ein wenig unbehaglich.

»Stimmt etwas nicht?«, fragte Evan.

Nun zog der Butler sein Gesicht zu einer Grimasse. »Es handelt sich um eine junge Lady, und sie ist ganz allein gekommen – Lady Minerva Halifax.«

»Ach ja. Sie ist eine Freundin von mir. Sie ist sogar eine sehr gute Freundin meiner Schwester, und ihr Bruder ist einer meiner engsten Freunde. Wir sind alle untereinander befreundet. Dass sie zu Besuch kommt, ist gar nichts Ungewöhnliches. Sie kennt ja auch meine Mutter.« Evan fiel auf, dass er vielleicht ein bisschen zu viel erklärte. »Führen Sie sie bitte herein.«

Evan stand auf. Wenngleich er vor seinem Butler das Gegenteil behauptete, überraschte es ihn in Wahrheit doch sehr, dass Min ihn aufsuchte. Für eine junge Lady war es ganz bestimmt ungewöhnlich, einen Gentleman zu besuchen. Dabei war »ungewöhnlich« wahrscheinlich eine Untertreibung. So etwas wäre in London einfach unerhört, doch hier waren sie in Bath, und Min machte gerade eine schwere Zeit durch.

Dann erschien sie in der Tür. In ihrem apricotfarbenen Kleid, das mit elfenbeinfarbenen Verzierungen versehen war, sah sie einfach atemberaubend schön aus. Ihre Haube, die in der gegenteiligen farblichen Kombination gehalten war, wirkte sehr reizvoll. Das dunkle Braun ihres Haars bildete einen unübertroffenen Kontrast zu dem hellen Elfenbein.

»Mir ist bewusst, dass ich Sie eigentlich nicht aufsuchen sollte«, bemerkte Min. »Aber ich habe etwas für Sie und das wollte ich Ihnen persönlich übergeben.«

Dann bemerkte er das Paket, das sie bei sich trug. »Was ist das?«

Sie kam zu einem kleinen Tisch, der in einigem Abstand zu dem Sessel stand, in dem er sich niedergelassen hatte und legte das Paket darauf.

Evan trat zu ihr. »Was ist das?«

»Öffnen Sie es und finden Sie es heraus«, meinte sie lächelnd.

Erwartungsvoll rieb er sich die Hände. »Das ist sehr

aufregend.« Er löste die Schnur und zog das Papier auseinander. »Oh«, hauchte er, als er die hölzerne Schachtel sofort erkannte. Er drehte den Kopf zu Min und ihm stand fast der Mund dabei offen. »Sie haben doch nicht …«

Sie antwortete mit einem leichten Schulterzucken und lächelte in gespielter Unschuld.

Er öffnete die Schachtel und sog den Atem ein, als er ein wunderschönes Paar Reitstiefel von seinem Lieblingsstiefelhersteller darin entdeckte. »Die sind wunderschön. Sie sind genauso wie diejenigen, die der Knocheneinrichter ruiniert hat.«

»Ich habe das Gleiche gedacht«, bemerkte Min. »Ich habe genau um diese Stiefel gebeten, als ich an Mr. Davis in Cardiff schrieb.«

»Ich kann kaum glauben, dass Sie das getan haben«, flüsterte Evan. »Ich bin sprachlos.«

Er starrte auf die Stiefel und wollte sie schon anprobieren, doch das wagte er nicht, solange sein Knöchel noch nicht vollständig wiederhergestellt wäre. »Ich wünschte nur, ich könnte wieder reiten. Ist es erbärmlich, dass ich mein Pferd vermisse und den Rausch der Kunststücke, die wir zusammen vollbracht haben?« Er blickte zu Min und erkannte eine warme Sympathie in ihrem Blick.

»Das ist es überhaupt nicht«, entgegnete sie sanft. »Ich weiß, wie sehr Sie sich Ihre Rückkehr in Ihr normales Leben herbeisehnen.«

Genau so war es. »Leider bin ich noch nicht so weit, um wieder in den Sattel zu steigen. Auf keinen Fall werde ich riskieren, dass man mir meinen Stiefel ein weiteres Mal abschneidet.« Er zog eine Grimasse und dann lächelte er sie an. »Das war sehr großherzig von Ihnen, Min.«

»Das war das Mindeste, was ich nach dem Vorfall auf Longleat für Sie tun konnte. Sie haben ja nur versucht, die

Leute zu unterhalten, und sehen Sie nur, wie Sie deshalb leiden mussten.«

»Es hätte viel schlimmer kommen können«, gab er zurück. »Wenn Sie zum Beispiel nicht auf Longleat gewesen wären.«

Eine leichte Röte zeigte sich auf ihren Wangen und sie wandte den Blick ab. »Ich wünschte, wir wären noch dort.«

War der Grund dafür die Sache mit Ellis oder wollte Min ihre gemeinsam verbrachte Zeit, die in dem besten Kuss seines Lebens gegipfelt hatte, noch einmal erleben? »Ich habe mich schon gefragt, wie es Ihnen geht«, meinte Evan. »Neulich habe ich Sheff getroffen. Wir standen gerade zusammen, als Ellis beim Haus Ihres Vaters ankam. Wie hat sie die Nachricht aufgenommen?«

»Sehr schlecht.« Min wirkte verzweifelt. »Das ist ganz allein meine Schuld. Zufällig hat sie gehört, wie ich meine Mutter wegen ihrer Untaten angeschrien habe. Ich warf ihr ihre Tat und ihr Verhalten gegenüber Ellis während all der Jahre vor. Auf eine schlimmere Art und Weise hätte Ellis die Wahrheit nicht erfahren können.«

Evan trat dichter an Min heran, ohne jedoch nach ihrer Hand zu greifen. »Das muss schrecklich für Ellis gewesen sein – und für Sie.«

»Eigentlich denke ich nicht, dass sie mir die Schuld gibt, doch sie hatte auch nicht mit den anderen reden oder einen von ihnen sehen wollen.« Etwas Dunkles umschattete Mins Augen und ihre Stirn war vor lauter Kummer gefurcht. »Kurze Zeit später ist sie abgereist. Das muss der Zeitpunkt gewesen sein, an dem Sie Ellis zu meinem Vater haben gehen sehen. Sie beschloss, Bath zu verlassen, doch wohin sie gegangen ist, weiß ich nicht. Nur mein Vater weiß Bescheid.«

»Nun sind Sie also mit Ihrer Mutter allein. Wie ist das

für Sie?« Nur zu gut konnte er sich vorstellen, dass dies gar nicht gut war.

Min schüttelte sich leicht. »Wir weichen uns aus. Keine von uns beiden nimmt ihre Mahlzeiten im Speisezimmer ein. Jedenfalls tue ich das nicht. Ich verbringe die meiste Zeit in meinem Schlafzimmer, mit Ausnahme von gestern, als ich Pandora besucht habe. Das war eine schöne Abwechslung. Allerdings kann ich meiner Mutter nicht ewig aus dem Weg gehen.«

»Morgen Abend findet ein Ball statt«, bemerkte Evan. »Werden Sie daran teilnehmen?«

»Das möchte ich nicht, jedenfalls nicht mit ihr zusammen.« Min hob kurz die Hand. »Einen Sinn sehe ich sowieso nicht darin. Ich habe keinerlei Lust zu tanzen oder heiter zu sein und zu lachen, oder gar herauszufinden, ob ich mit jemandem harmoniere. Mr. Jarvis war der einzige Gentleman, der nicht eindeutig als Halunke einzustufen ist, mit dem ich in der letzten Zeit getanzt habe. Nun ja, er entspricht leider nicht meinen Anforderungen.«

»Was sind denn Ihre Anforderungen?«, fragte Evan, doch dann hob er abwehrend die Hand. »Darauf müssen Sie mir nicht antworten.«

»Mir ist klar, dass ich das nicht muss, aber ich werde Ihnen antworten. Sie wissen wahrscheinlich, dass ich keinerlei Lust habe, einen Halunken zu heiraten.«

Evan nickte. »Mir ist sogar bekannt, dass Sie und ihre Freundinnen bestimmte Regeln für Halunken haben.«

»Die haben wir. Allerdings könnten diese Regeln offenbar für den richtigen Gentleman gebrochen werden.« Sie warf ihm einen schelmischen Blick zu. »Fragen Sie einfach Ihre Schwester.«

»Ich muss meine Schwester gar nicht fragen«, entgegnete er. »Mir hatte Somertons Interesse an ihr überhaupt nicht gefallen, und somit habe ich volles Verständnis für

Ihre Vorbehalte gegenüber jedem, der auch nur einen Anflug von einer Neigung zum Halunken zeigt.«

»Das gilt auch für Sie«, betonte sie mit Nachdruck.

Er lächelte, doch sehr rasch wurde er wieder ernst. »Das ist mir bekannt. Allerdings frage ich mich langsam, ob es nicht an der Zeit ist, diesen Ruf abzulegen. Meines Glaubens ist er wenig vorteilhaft für mich.«

Überraschung blitzte in ihren hellgrauen Augen auf. »Soll das etwas heißen, dass Sie zu einer Heirat bereit sind?«

»Nicht so schnell«, antwortete er lachend. »Wir sprechen hier über Ihre Anforderungen an einen Ehemann. Was verlangen Sie sonst noch, einmal abgesehen davon, dass er kein Halunke ist?«

Sie biss sich auf die Innenseite ihrer Lippe, was Evan verleitete, auf ihren Mund zu starren. Das weckte natürlich seine Erinnerung an ihren Kuss. Dies hatte wiederum das Erwachen seines Wunsches zur Folge, sie erneut zu küssen. Das erregte ihn am ganzen Körper und rief eine scharfe Reaktion unterhalb seines Hosenbundes hervor. Wenigstens trug er dieses Mal keinen Hausmantel und somit standen seine Chancen besser, dass sie von seiner Reaktion nichts bemerkte.

»Bis vor kurzem war ich mir meiner anderen Bedürfnisse nicht so ganz sicher«, entgegnete sie langsam. »Seit jeher hatte ich mir für meine Ehe Liebe gewünscht, doch ich fürchtete, dass dies unmöglich sein könnte. Wenn Eltern einander verabscheuen, ist es nicht leicht, darauf zu vertrauen, dass man selbst eine Ehe führen kann, in der beide einander zugeneigt sind – um gar nicht von einer tiefen und dauerhaften Liebe zu reden. Allerdings sehe ich, dass dies möglich ist. Persey führt diese Ehe mit Wellesbourne. Ihre Schwester führt sie mit Somerton. Tamsin führt sie mit Droxford. Unglaublicherweise führt Sheff sie jetzt auch mit Jo. Aber kann Amors Pfeil wirklich öfter als vier Mal treffen?«, fragte sie lachend.

Evan stimmte in ihr Lachen ein. »Das scheint unwahrscheinlich. Aber es ist nicht verkehrt, sich Liebe zu wünschen, Min, und es ist auch nicht falsch, auf sie zu warten.«

»Ich danke Ihnen dafür, dass Sie das sagen.« Min drehte sich von ihm weg und sah ihn nicht mehr an, während sie weitersprach. »Ich dachte, ich könnte mich vielleicht mit Leidenschaft zufrieden geben, anstatt mit wahrer Liebe. Ich war aber keineswegs sicher, ob ich zu diesem Gefühl fähig war, bis Sie mich dann auf Longleat geküsst haben.« Sie sah ihn nervös an. Ihr Blick traf gerade lange genug auf seinen, dass er einen sinnlichen Schimmer darin erkennen konnte. »Nun fürchte ich aber, dass ich das nie wieder fühlen werde. Ich bin mir nicht sicher, ob ich etwas anderes akzeptieren will.«

Evan musste schlucken. Sie war sich nicht sicher gewesen, ob sie Leidenschaft empfinden konnte, ehe sie beide sich geküsst hatten. Ihm fiel nichts Erregenderes ein, was eine Frau zu ihm sagen könnte. Sein Schaft war jetzt ganz hart, und er musste sich sehr anstrengen, um sie nicht in seine Arme zu ziehen und diese Empfindung zu erwidern.

»Vermutlich werden Sie dann jeden Verehrer küssen müssen«, schlug er ihr vor und versuchte, eine gewisse Nonchalance zu bewahren, damit er nicht kopfüber in einen dunklen Abgrund der Begierde stürzte.

»Sie wissen doch, dass ich das nicht tun kann«, konterte sie ein wenig erbost.

»Warum nicht?«, provozierte er sie. »Und sagen Sie mir nicht, ich würde versuchen, sie zu einer Schurkin zu machen. Das liegt ganz und gar nicht in meiner Absicht, was sie auch ganz genau wissen. Ich versuche, nur, Ihnen zu helfen, das zu finden, was Sie sich wünschen, und was Sie auch verdienen.«

Sie sah ihn an, und ihre Blicke trafen sich. »Oder Sie könnten mich einfach wieder küssen.«

Evan holte tief Luft. »Ist das Ihr Ernst? Obwohl ich meinen Ruf gern wiederherstellen möchte, fürchte ich, dass ich Ihnen Ihre Bitte nicht abschlagen kann. Wenn mich das zu einem unverbesserlichen Halunken brandmarkt, dann soll es so sein.«

Ihre Nasenflügel blähten sich leicht, und sie warf einen Blick auf die offene Tür. »Ist Ihre Mutter hier?«

»Nein, sie ist in die Kirche gegangen.« Er schluckte, sein Körper pulsierte vor Erregung. »Möchten Sie, dass ich die Tür schließe, Min?«

»Ja.«

Mit zwei Schritten war Evan an der Tür, und verdammt sollte sein Knöchel sein.

Nachdem er die Tür fest geschlossen hatte, drehte er sich zu ihr um. Sie stand neben dem Tisch mit den prachtvollen Stiefeln, die sie ihm mitgebracht hatte. Ihr Gesicht wirkte heiter, aber ihre Augen waren dunkel und eine Vielzahl von Emotionen tobte darin, die er nicht genau definieren konnte. Mit Ausnahme von einer: Verlangen.

Er wollte behutsam vorgehen und den Moment auskosten. Er durchquerte den Raum und trat vor sie hin. Dann legte er seinen Arm um ihre Taille und zog sie zu sich heran. Ihre Blicke trafen sich für einen winzigen Moment, bevor er seinen Mund auf ihren senkte. Mit der anderen Hand hielt er ihr Gesicht umfasst, während er ihre Lippen in einem feurigen Kuss eroberte.

Sie klammerte sich an seine Schulter, während sie sich an ihn schmiegte. Mit ihrer anderen Hand griff sie unter seinen Frack und drückte sie gegen seinen unteren Rücken.

Wenn Evan es ernst damit meinte, seinen Ruf wirklich ändern zu wollen, sollte er das nicht zulassen. Doch er fühlte sich vollkommen machtlos, Min zu widerstehen, die obendrein eine Frau war, die ihn nicht einmal in Versuchung führen sollte. Ganz abgesehen davon, dass sie die Schwester seines Freundes war, war sie auch noch die Tochter eines Herzogs. Er konnte sich absolut keine Hoffnung auf eine Zukunft mit ihr machen.

Warum nicht?

Das hatte eine leise, aber eindringliche Stimme in seinem Hinterkopf gefragt.

Ihr Bruder hat eine Frau geheiratet, die nicht die geringsten Aussichten darauf hätte haben sollen, den Erben eines Herzogtums zum Ehemann zu bekommen.

Diese leise Stimme hatte einen guten Einwand vorgebracht.

Evan schickte seine Gedanken zur Ruhe und widmete sich dem Kuss mit Min. Sie schmeckte wie Honigkekse und duftete nach Veilchen. Er wusste immer noch nicht, wie Veilchen riechen, aber er kannte Mins Duft, den er über die Maßen genoss.

Min fühlte sich in seinen Armen himmlisch an, als wäre sie dafür geschaffen, sich perfekt an ihn zu schmiegen. Sehnlichst wünschte er sich, ihre Kleidungsstücke abzulegen, die sie voneinander trennten, und ihre seidige Haut an seiner eignen zu spüren.

Mit zunehmender Leidenschaft tanzten ihre Zungen immer verwegener miteinander. Evan legte ihr eine Hand in ihren Nacken und stützte sie, während er ihren verführerischen Mund erforschte. Sie grub ihre Finger in seine Schulter, während ein leises Stöhnen aus ihrer Kehle drang.

Evan küsste ihren Kiefer, während ihre Finger an seinem Nacken hochwanderten und sich dann in seinem

Haar am Hinterkopf verflochten. Er zog ihren Kopf sanft zurück, damit ihr Hals seinen Küssen besser ausgesetzt war.

Sie trug einen Spencer, der bis zu ihrem Hals geschlossen war. Er hob seine Hand, um das Oberteil zu öffnen, als das Schließen der Haustür an seine Ohren drang.

Seine Mutter war zurückgekehrt.

Abrupt ließ er von Min ab und trat einen Schritt zurück. »Ich glaube, meine Mutter ist zu Hause«, flüsterte er heiser.

Mins Wangen waren gerötet, und ihre Lippen geschwollen, während sie sehr schnell atmete. Es war nicht ganz ein Hecheln, aber nahe dran, und das Geräusch brachte Evan zur Verzweiflung. Er musste alles unter Kontrolle bringen, bevor er seiner Mutter gegenübertrat.

»Ich kann sie so nicht begrüßen.« Mins Augen waren groß, als sie ihre behandschuhten Hände auf ihre geröteten Wangen presste.

»Atme tief durch. Ich werde ihr sagen, dass du auf dem Weg nach draußen warst und es eilig hast.«

Min nickte. »Ich entschuldige mich, dass wir wegen mir in diese Lage geraten sind.«

»Deine Entschuldigung ist abgelehnt«, erwiderte er, um dann seinem eigenen Rat folgend tief Luft zu holen. »Mit meinem größten Respekt«, fügte er mit einem Lächeln hinzu.

Ein Lachen prickelte in ihrem Mund, doch nur kurz. »Ich muss gehen.«

Das musste sie bedauerlicherweise. Evan wollte sich gar nicht erst ausmalen, was hätte passieren können, wenn seine Mutter nicht nach Hause gekommen wäre. Und doch konnte er seine Fantasiebilder nicht aus seinem Kopf vertreiben. Er sah Min auf dem Tisch liegend. Die Stiefel würde er einfach beiseite schieben – oder auch auf den Boden fegen – und ihre Röcke anheben. Mit seinen Händen und seinem Mund würde er sie an den Abgrund der Leidenschaft locken, nach der sie sich so sehr sehnte. Dann würde er sie darüber hinaus treiben, bis sie seinen Namen schrie.

Und den gesamten Haushalt alarmierte.

Vielleicht war es besser, dass seine Mutter gekommen war.

Rasch öffnete er die Tür für sie. »Nach Ihnen.«

Als sie an ihm vorbeiging, nahm er erneut ihren Duft wahr. Für einen kurzen Moment schloss er genießerisch die Augen.

Innerlich rief er sich selbst zur Ordnung, damit er aufhörte, sich ausgerechnet von dem Verhalten ablenken zu lassen, das er ändern wollte, und folgte Min in die Eingangshalle, wo seine Mutter gerade Alton, dem Butler, ihren Hut und ihre Handschuhe übergab.

»Guten Tag, Lady Minerva«, wurde sie von seiner Mutter mit neugierigem Blick begrüßt. »Alton sagte, Sie seien hier.«

»Ja, sie hat mir die Stiefel mitgebracht. Ich hatte sie gebeten, sie bei meinem Stiefelmacher in Cardiff zu bestellen.« Seine Mutter sollte seiner Meinung nach besser nicht erfahren, dass Min sie als Geschenk gekauft hatte. »Sie war sich nicht sicher, wo du wohnst, als sie an Mr. Davis schrieb, also ließ sie sie zu ihrer Mutter schicken.«

»Das war nett von ihr«, bemerkte Evans Mutter und dankte Min mit einem Lächeln. »Danke, meine Liebe. Jetzt wissen Sie ja, dass dies dasselbe Haus ist, das ich in den letzten Jahren mit Gwen gemietet hatte.«

»Genau«, antwortete Min. Was hätte sie auch sonst sagen sollen.

Evan ging, um die Haustür zu öffnen. »Du musst Lady

Minerva entschuldigen, denn sie hat die Stiefel nur auf ihrem Weg zu einem anderen Ziel hier abgegeben.«

»In der Tat.« Min nickte Evans Mutter zu. »Es ist immer schön, Sie zu sehen, Mrs. Price.«

»Gleichfalls, Lady Minerva.« Seine Mutter sah Min nach, als sie sich entfernte.

Evan schloss die Tür hinter Min. Seine Hoffnungen, dem Blick seiner Mutter zu entkommen, wurden allerdings enttäuscht. Sie zog eine Augenbraue in die Höhe und der Butler entschwand.

»Es muss dir klar sein, dass es unpassend ist, wenn Lady Minerva dich aufsucht«, meinte sie.

»Ja, aber du wohnst doch auch hier. Sie könnte ebenso gut dich besucht haben.« Er zuckte mit den Schultern.

Seine Mutter schürzte die Lippen. »Du musst auf der Hut sein, Evan. Du bist bereits in einen Skandal in London verwickelt.«

Evan biss die Zähne zusammen. »Der bald vergessen sein wird.« Das hoffte er wenigstens. Er hatte Roger geschrieben, sobald er zu Hause angekommen war, nachdem er Mrs. Dalton und dann Sheff getroffen hatte. Rogers Antwortschreiben erwartete er innerhalb der nächsten Tage, wie auch eine Nachricht von Mrs. Dalton, hinsichtlich ihrer Anstrengungen, ihren Mann umzustimmen, ehe dieser für sie alle den Ruin ihres Lebens herbeiführte.

»Das hoffe ich.« Seine Mutter klang kaum überzeugt. Sie musterte ihn eingehend. »Ist da etwas zwischen dir und Lady Minerva? Auf Longleat habt ihr viel Zeit miteinander verbracht und jetzt dieser Besuch hier. Das ist merkwürdig.«

»Wir sind nur Freunde, Mama. Vielmehr ist Lady Minerva mit Gwen befreundet, und ihr Bruder ist ein guter Freund von mir. Es ist ganz natürlich, dass wir auch befreundet sind, aber auf eine Art wie Brüder und Schwestern.« Dabei kam ihm die verflixte Beschreibung von Mins *schwesterlicher Freundin* in den Sinn.

»Das ist vermutlich eine Erklärung. Sie ist eine hübsche junge Frau«, bemerkte seine Mutter. Sie schenkte ihm ein kleines Lächeln. »Ich hätte nichts dagegen, wenn du sie heiraten würdest.«

»Hoffentlich sagst du das nicht, weil ihr Vater ein Herzog ist.«

»Es tut der Sache keinen Abbruch«, antwortete sie. »Aber wie ich schon sagte, finde ich sie reizend. Ehrlich gesagt, würde ich mich freuen, wenn du Interesse an *einer* Heirat zeigen würdest. Ich gehe zum Tee nach oben in den Salon, falls du mir Gesellschaft leisten willst.«

»In einer Weile vielleicht.« Evan wollte lieber in sein Arbeitszimmer zurückkehren, um dort die Stiefel zu bewundern, die Min ihm geschenkt hatte. Dabei konnte er sich auch an das Gefühl ihrer Lippen auf seinen erinnern.

Als er zum Arbeitszimmer zurückkehre, dachte er über die Frage nach, die seine Mutter ihm gestellt hatte. Er hatte sie angelogen, denn zwischen Min und ihm spielte sich ganz eindeutig *etwas* ab. Was war das aber genau?

Sie hatte zu ihm gesagt, dass sie aus Leidenschaft heiraten würde, und diese bestand unzweifelhaft zwischen ihnen. Wäre er ebenfalls dazu bereit? Er erkannte, dass er bislang nicht gründlich darüber nachgedacht hatte, was er von einer Braut oder der Ehe erwartete. Das hatte er einfach vor sich hergeschoben.

Nun stand dies allerdings an vorderster Stelle seiner Gedankengänge. Wie auch Mins Anforderungen an die Ehe, die sie klar beschrieben hatte. Abgesehen von der Leidenschaft, die sie erwähnt hatte, wollte sie auch keinen Schurken zum Ehemann haben. Evan konnte an sich arbeiten, damit er keiner mehr war. Dass er seinen Ruf verbessern wollte, hatte er ja bereits beschlossen. Falls Sir Abraham ihn wegen kriminellen Ehebruchs verklagte, würde das allerdings schwierig werden.

Min hatte es ganz bestimmt nicht verdient, mit einem weiteren Skandal in Verbindung gebracht zu werden. Evan hatte sich wirklich in eine prekäre Lage manövriert, indem er versucht hatte, Roger zu schützen. So konnte er Min keinesfalls den Hof machen, selbst wenn er wollte. Jedenfalls nicht, bevor die Sache mit Mrs. Dalton aus der Welt wäre.

Wahrscheinlich war dies ohnehin eher nebensächlich. Min hielt ihn für einen Halunken – das hatte sie gerade gesagt. Und einen Halunken würde sie ohnehin nicht heiraten.

KAPITEL 11

Gestern, nachdem Min die Stiefel zu Evan gebracht hatte, war sie zum Haus ihrer Mutter zurückgekehrt und zu dem Schluss gekommen, nicht länger mit ihrer Mutter unter einem Dach leben zu können. Zusammen mit dem Dienstmädchen hatte sie einen Teil ihrer Garderobe und all ihre persönlichen Sachen gepackt und war dann mit ihrem Gepäck zu Sheff und Jo gefahren. Für ihre Mutter hatte Min eine Nachricht hinterlassen.

Hier im Haus ihres Bruders fühlte Min sich zwar etwas besser, aber insbesondere wegen Ellis, wo immer sie auch sein mochte, fühlte sie sich weiterhin unruhig. Dadurch, dass sie Evan erneut geküsst hatte, war die Sache keinesfalls leichter geworden.

Jetzt, wo sie erkannte, dass Leidenschaft für sie erreichbar war, wünschte sie sich mehr davon. Und gestern wäre es fast so weit gewesen, als seine Mutter heimgekehrt war. Das war Min sehr peinlich gewesen.

Eigentlich hätte sie Evan gar nicht erst aufsuchen dürfen und sie fragte sich, ob seine Mutter eine Bemerkung dazu gemacht hatte. Mrs. Price schien Min nicht verurteilt zu haben, aber es war schwer, das mit Sicherheit zu behaupten. Min hatte sich über die allgemeinen Konventionen hinweggesetzt und sich entschieden, auf die Schicklichkeit keine Rücksicht zu nehmen. Die Ausrede, dass sie »Freunde« waren, zählte nicht.

Min schüttelte die Gedanken an Evan und seine Mutter ab, die sie vielleicht provoziert hatte, negativ über sie zu denken. Sheff und Jo würden bereits auf sie warten, da sie zum Ball in den Upper Rooms aufbrechen wollten. Als sie die Treppe hinunterkam, traf sie die beiden in der Eingangshalle.

»Du siehst prächtig aus, Jo«, schwärmte Min und begutachtete Jos leuchtend blaues Kleid.

»Danke. Es ist das einzige Abendkleid, das mir noch passt, ohne dass mein momentaner Zustand schrecklich auffällig wäre.« Jo strich mit der Hand über ihren runden Bauch.

»Wir könnten die Modistin besuchen, bei der ich letzte Woche war«, schlug Min vor. Schon einmal hatte sie Jo zu einer Modistin begleitet – als Jo und Sheff im letzten Frühjahr eine vorgetäuschte Verlobung eingegangen waren.

»Das ist eine brillante Idee, Min.« Sheff warf seiner Frau einen vielsagenden Blick zu. »Bitte streite nicht. Ich weiß, dass du nur ungern exorbitant viel Geld für deine Garderobe ausgibst, aber selbst du musst mir zustimmen, dass sich dies zu diesem Zeitpunkt nicht vermeiden lässt. Und auch in den nächsten paar Monaten nicht.«

Jo seufzte. »Du hast recht.« Sie sah Min mit einem Lächeln an. »Ich würde mich freuen, wenn du mich zur Modistin begleiten würdest. Das ist zwar nicht gerade meine Lieblingsbeschäftigung, aber du bist viel besser im Auswählen der richtigen Sachen.«

»Sollen wir gehen?« Sheff nickte dem Butler zu, der ihnen daraufhin die Tür öffnete.

Als alle in der Kutsche Platz genommen hatten, wandte sich Sheff an die beiden Frauen. »Wie werden wir heute Abend mit der Viper umgehen? Ganz bestimmt werden wir sie treffen.«

Min zog eine Augenbraue hoch. »Du nennst sie immer noch so?«

Am Vortag hatte Sheff beschlossen, ihrer Mutter diesen Beinamen zu verleihen. Er zog eine Schulter hoch. »Warum nicht? Er passt.«

»Können wir sie nicht einfach direkt schneiden?«, fragte Min.

»Vermutlich könnte Jo das tun, aber können wir das mit unserer eigenen Mutter machen?« Sheff grinste. »Es gibt nur einen Weg, das sicher zu wissen.«

Jo schürzte ihre Lippen. »Das könnt ihr nicht tun. Sie ist eure Mutter, und wahrscheinlich gibt es schon Gerüchte darüber, dass Min ihren Haushalt verlassen hat. Du musst wenigstens herzlich sein.«

»Sie ist vielleicht gar nicht da«, überlegte Min, obwohl sie bezweifelte, dass das der Fall wäre. Ihre Mutter war eine Meisterin darin, vorzugeben, es wäre nichts geschehen, und dieses Verhalten würde sie sicherlich auch fortsetzen, wenn das Gebäude um sie herum in Flammen stünde.

»Wir werden einfach versuchen, ihr aus dem Weg zu gehen«, meinte Sheff

Als die Kutsche sich den Upper Rooms näherte, warf er stirnrunzelnd einen Blick aus dem Fenster. »Es scheint einen kleinen Stau zu geben. Wir waren ohnehin schon spät dran, aber ich denke, ihr könnt damit rechnen, dass ihr das erste und vielleicht sogar das zweiten Set verpasst.

Oder zumindest den Anfang davon.« Er warf Min einen entschuldigenden Blick zu. »Das tut mir leid, Min.«

»Du brauchst dich nicht zu entschuldigen«, antwortete Min. »Es interessiert mich nicht, wenn ich alle Sets verpasse.«

Sheff legte den Kopf schief. »Wenn du nicht tanzen willst und wir unsere Mutter nicht sehen wollen, warum besuchen wir dann den Ball?«

»Weil wir das sollten«, antwortete Jo verärgert. »Warum weiß ich eigentlich mehr darüber, was erwartet wird, als ihr beiden? Das ist euer gesellschaftlicher Kreis, und nicht meiner.«

»Das ist jetzt auch dein Kreis«, konterte Sheff lachend.

»Nun, wir sind für den Ball angezogen und fast da, also können wir auch hingehen«, meinte Min. »Ich denke allerdings, dass dies vielleicht mein letzter Ball in dieser Saison sein wird. Ich sehe keinen Sinn darin, diese Bälle weiter zu besuchen, auch wenn die Herzogin ein Abonnement für mich gekauft hat. Ich werde meine Zeit in Bath damit verbringen, eure Gesellschaft zu genießen und Pandora zu besuchen.«

»Oh, ich würde sie gerne kennenlernen«, meldete sich Jo eifrig zu Wort.

Min lächelte. »Das musst du auch, denn sie hat deine Regeln für Halunken gestickt. Vielleicht können wir sie morgen besuchen.«

Wie erwartet erreichten sie den Ballsaal in der Mitte des ersten Sets. Min betrachtete den großen rechteckigen Raum, der von mehreren prächtigen Kristallleuchtern erhellt wurde.

»Sie ist dort drüben«, stellte Sheff fest und nickte zur anderen Seite des Ballsaals.

Keine der beiden Frauen brauchte eine Erklärung, wer »sie« war.

Min blickte in diese Richtung und erkannte die Herzogin, doch dann wandte sie sich rasch ab, bevor sie Blickkontakt aufnehmen konnten. Stattdessen richtete sie ihren Blick auf eine Gruppe junger Frauen, die sich versammelt hatten. »Ich frage mich, was da drüben los ist.«

Also gingen sie in diese Richtung.

»Es ist Evan«, bemerkte Sheff lachend.

Jo zog erstaunt eine Augenbraue in die Höhe. »Mir war nicht klar, dass er deine Krone des Halunkenkönigs erben will.«

»Ich bin mir nicht sicher, ob das seine Absicht ist.« Sheff zuckte mit den Schultern. »Jedenfalls hat seine Knöchelverstauchung viel Sympathie und Interesse wachgerufen. Meiner Vermutung nach gilt es als ziemlich verwegen, sich bei einem gefährlichen Kunststück zu verletzen.«

Min schnaubte. »Es war ja nicht so, dass er ein Tier gerettet oder etwas Heldenhaftes getan hätte.« Sie merkte, dass sie fast boshaft klang. Und warum?

Weil es ihr nicht im Geringsten passte, ihn inmitten einer Schar junger Damen zu sehen.

Das Set endete, und die Frauen um Evan begannen sich zu zerstreuen. Spilsby näherte sich Min mit einem Lächeln, obwohl sein Gesicht verkniffen wirkte. Min war neulich nicht begeistert gewesen, mit ihm zu tanzen, weshalb sie heute auch nicht die Absicht hatte, noch einmal mit ihm zu tanzen, zumal ihre Mutter versuchte, zwischen ihnen etwas anzubahnen.

»Guten Abend, Lady Minerva«, sagte Spilsby. Er trug eine absolut grässliche Weste – ein leuchtendes Erbsengrün mit überladener Goldstickerei. »Sie heute Abend hier anzutreffen hatte ich nicht erwartet.« Er neigte den Kopf in Sheffs Richtung. »Shefford.«

»Spilsby, ja?«, fragte Sheff mit einem Stirnrunzeln. »Ich

müsste Ihnen vermutlich zu Ihrem Erbe gratulieren, doch das werde ich nicht tun.«

Min verkniff sich ein Lächeln und stahl sich einen Blick zu Jo, die das Gleiche tat.

Spilsby blinzelte, ehe sein Blick vor Empörung finster wurde. Er richtete seine Aufmerksamkeit auf Jo. »Guten Abend, Lady Shefford. Ich freue mich, Ihre Bekanntschaft zu machen.«

»Guten Abend, Lord Spilsby.« Jo sah zu Sheff, der sich bemühte, den neuen Viscount nicht mit einem finsteren Blick zu bedenken.

Spilsby richtete seinen kleinäugigen Blick erneut auf Min. »Sie müssen mir für später einen Tanz aufheben, Lady Minerva.«

»Leider werde ich heute Abend nicht tanzen«, antwortete Min und wünschte sich, sie könnte »aus Versehen« Punsch auf seine hässliche Weste schütten. »Aber ich danke Ihnen.«

»Ich war der Annahme, es ginge Ihnen besser, da Sie ja hier sind, aber vielleicht ist das noch nicht der Fall.« Spilsby hatte seine Überraschung zum Ausdruck gebracht, Min hier zu sehen, und jetzt das. Worauf um alles in der Welt spielte er an?

»Mir geht es gut, danke«, entgegnete Min mit einem Anflug von Verärgerung. »Wie kommen Sie denn darauf?«

Spilsby blinzelte sie an. »Mir war zu Ohren gekommen, Sie seien erkrankt. Die Herzogin hatte dies als Grund genannt, warum Sie heute Abend nicht anwesend waren, aber nun sind Sie ja hier.«

»Was hat Ihnen die Herzogin erzählt?«, fragte Sheff, wobei er die Augen leicht zusammenzog.

»Sie sagte, Lady Minerva sei krank und habe sich in Ihr Haus zurückgezogen, um die Herzogin vor einer Ansteckung mit der Krankheit zu bewahren.« Spilsby lächelte

Min noch einmal an. »Aber wie ich sehe, geht es Ihnen sehr gut.« Er ließ seinen Blick über sie gleiten, als wolle er seine Einschätzung damit noch unterstreichen.

Min scherte sich nicht um die Art und Weise, wie er sie betrachtete. »So ist es. Wenn auch nicht gut genug, um zu tanzen.« Damit griff sie die praktische Erklärung ihrer Mutter einfach auf.

»Nächstes Mal also«, meinte Spilsby mit einer Selbstsicherheit, die er eigentlich nicht haben sollte. »Sie müssen mich entschuldigen, ich habe eine Tanzpartnerin für dieses Set.« Mit diesen Worten schlenderte er davon.

»Ich kann nicht glauben, dass unsere Mutter allen Ernstes von dir erwartet, ihn in Betracht zu ziehen«, murmelte Sheff und rümpfte die Nase.

»Ich habe ihr unmissverständlich gesagt, dass ich gar nicht daran denke«, entgegnete Min.

Evan trat zu ihnen. »Guten Abend, Sheff, Lady Shefford, Lady Minerva.«

»Müssen Sie mich Lady Shefford nennen?«, fragte Jo.

»Hier in den Upper Rooms wird das erwartet«, erwiderte Evan mit einer Geste seiner behandschuhten Hand.

Min versuchte, nicht daran zu denken, wie er ihren Kopf gehalten hatte, während er sie küsste. Und dann abbrechen musste.

»Das klingt so pompös«, murmelte Jo, während sie sich kräftig Luft zufächelte. »Es ist sehr warm hier drin.«

»Heute war ein erstaunlich warmer Tag«, bemerkte Evan. »Ich bin heute Nachmittag sogar in Sydney Gardens spazieren gegangen. Ich muss gestehen, dass ich gehofft hatte, Sie dort anzutreffen.« Er sprach niemanden speziellen in der Gruppe an, doch sein Blick traf sich mit Mins, und sie war sich sicher, dass er diese Worte an sie richtete.

Sie konnte jedoch das Gefühl der Gereiztheit nicht abschütteln, das sie überkommen hatte, als sie ihn inmitten all der jungen Damen erblicken musste. Was war los mit ihr? War das Eifersucht? Noch nie war sie auf jemanden eifersüchtig gewesen, schon gar nicht wegen einem bisschen Aufmerksamkeit für einen Gentleman.

Jo sah zu Sheff. »Würde es dir etwas ausmachen, mich ein paar Minuten nach draußen zu begleiten? Ich bin zu überhitzt.«

»Natürlich nicht.« Sorgenvoll zog Sheff die Augenbrauen zusammen. »Min, willst du mit uns kommen?«

»Sie kann hier bei mir bleiben«, bot Evan an.

Min warf ihm einen zweifelnden Blick zu. Was führte er im Schilde? Wollte er sie wieder in eine schattige Ecke entführen? Das wäre nicht privat genug, um sie zu küssen. Warum dachte sie überhaupt an so etwas? Weil sie seit gestern an nichts anderes mehr denken konnte, wenn sie sich nicht gerade um Ellis Sorgen machte oder über den Umgang mit ihrer Mutter grübelte.

»Ist das für dich akzeptabel?«, fragte Sheff.

Min sollte mit Sheff und Jo nach draußen gehen, aber sie konnte sich die Gelegenheit nicht entgehen lassen, ein wenig Zeit allein mit Evan zu verbringen. Sie schüttelte ihre Irritation ab. »Ja.«

»Wir werden nicht lange weg sein«, versprach Jo und wedelte wie wild mit ihrem Fächer. »Ich brauche nur einige Minuten Abkühlung.«

Sheff begleitete sie aus dem Ballsaal.

Evan drehte sich zu Min. »Wollen Sie hier stehen bleiben? Oder sollen wir einen Spaziergang durch die anderen Räume machen?« Er bot ihr seinen Arm an.

»Da meine Mutter hier drin ist, werde ich mich für Letzteres entscheiden.« Sie nahm seinen Arm.

Sie verließen den Ballsaal und betraten das Achteck.

»Warum wurden Sie von all diesen jungen Damen

umschwärmt?«, fragte Min. »Haben Sie ihnen von Ihrer Begegnung mit dem Tod auf Longleat erzählt?«

Evan lachte. »Eine von ihnen hat mich tatsächlich danach gefragt, aber ich glaube nicht, dass irgendjemand annimmt, ich wäre dem Tode nahe gewesen. Oder doch?«

»Nein, natürlich nicht. Ich habe nur gescherzt.« Sie sah zu ihm hinüber, als sie den Korridor entlang auf die Eingangshalle zu schlenderten. »Warum sind Sie heute Abend überhaupt wieder hier? Sie können doch gar nicht tanzen.«

»Ich mache meine Mutter glücklich. Sie hat ein Abonnement gekauft, und ich glaube, sie vermisst ihre Besuche mit Gwen auf den Bällen. Sie tanzen auch nicht. Warum sind Sie denn hier?«

»Ehrlich gesagt, weiß ich das gar nicht. Sheff und Jo hatten geplant, am Ball teilzunehmen, und wir dachten, es würde den Klatsch über unsere Familie beruhigen, wenn wir alle kämen.«

»Wahrscheinlich ist das nicht die schlechteste Idee. Mir tut das alles so leid«, beteuerte Evan. »Ignorieren Sie Ihre Mutter einfach.«

»Was haben Sie gehört?«, fragte sie.

»Nur, dass Sie offenbar nicht mehr bei Ihrer Mutter wohnen. Und dass Sie möglicherweise krank sind.« Er warf ihr einen Blick zu, als sie die Eingangshalle erreichten. »Ich wusste natürlich, dass das nicht stimmt.«

»Das haben Sie aber nicht gesagt, oder?«

Sie drehten sich um und kehrten den Weg zurück, den sie gekommen waren. »Nein, natürlich nicht. Dann müsste ich ja erklären, warum ich das weiß, und ganz bestimmt werde ich niemandem sagen, dass Sie mich gestern besucht haben.«

Min schnitt eine Grimasse. »Ich habe mir Sorgen

gemacht, dass Ihre Mutter schlecht von mir denkt, weil ich das getan habe.«

»Das ist nicht der Fall«, versicherte Evan ihr entschieden.

Eine junge Frau kam aus dem Achteck auf sie zu. Sie schien ein oder zwei Jahre jünger als Min zu sein. Sie hatte hellblondes Haar und runde braune Augen, die auf Evan gerichtet waren. Sie war zierlich, stand aber mit zurückgenommenen Schultern da. »Mr. Price.«

Evan warf einen Blick auf Min, dann richtete er seine Aufmerksamkeit auf die junge Frau. Er wirkte verwirrt.

»Guten Abend«, sagte Min, um das unangenehme Schweigen zu brechen.

»Ja, guten Abend«, fügte Evan hinzu.

»Erinnern Sie sich nicht an mich?« Die junge Frau richtete ihre Frage mit erheblicher Missbilligung an Evan.

Evan runzelte leicht die Stirn. »Sollte ich?«

Die hübsche Blondine holte tief Luft, ihre dunklen Augen blitzten. »Sie sind ein furchtbarer Halunke! Ich erinnere mich genau, dass wir uns im letzten Frühjahr begegnet sind, aber ich dachte, Sie würden sich ebenfalls an unsere Begegnung erinnern.«

Evans Züge waren zu einer Grimasse verzogen. »Ich fürchte, ich weiß es nicht«, sagte er entschuldigend. »Ich kann mir die Namen und Gesichter der Leute schlecht merken, also verzeihen Sie mir bitte, wenn ich mich nicht an Sie erinnere.«

»Oder dass Sie mich geküsst haben«, zischte sie nun.

Min nahm die Hand von Evans Ärmel. Die Eifersucht, die sie zuvor gespürt hatte, kochte in ihr hoch, und ihr Herz begann wild zu pochen.

»Dies ist kein angemessenes Gespräch«, sagte Min zu der jungen Frau, bevor sie Evan mit zusammengekniffenen Augen ansah.

Evan begegnete Mins Blick mit einer leicht panischen Miene. »Verzeihen Sie mir«, murmelte er. Er richtete seine Aufmerksamkeit wieder auf die junge Frau. »Sind Sie sicher, dass ich das gewesen bin?«

Nun stieg ihm auch noch die Röte ins Gesicht und Min hatte fast Mitleid mit ihm. Sie glaubte ihm tatsächlich, dass er sich nicht an diese arme junge Frau erinnerte.

Die Augen der jungen Frau schienen jetzt Feuer zu spucken. »Natürlich, ich bin mir sicher. Es fällt mir nicht schwer, mich an Namen oder Gesichter zu erinnern oder an die Art und Weise, wie Sie mit mir sprachen und mich in den Garten lockten, wo Sie mich auf die Wange küssten.«

»Jetzt erinnere ich mich«, erwiderte Evan grimmig. »Ich bitte um Entschuldigung, Miss.«

»Miss Forsythe«, gab die junge Frau scharf zurück. »Sie brauchen sich meinen Namen allerdings nicht mehr zu merken, denn wir werden uns nie wieder sprechen. Sie sind ein Halunke Sir.« Sie sah Minerva an. »Wenn er Ihnen den Hof macht, sollten Sie vor ihm davonlaufen.«

»Das macht er nicht. Und ich weiß sehr wohl, dass Mr. Price ein Halunke ist.« Sie sah ihn mit einem bösen Blick an.

»Das bin ich eigentlich nicht«, protestierte Evan. »Nicht mehr.«

»Glauben Sie ihm nicht«, riet Miss Forsythe, und ihre Lippen kräuselten sich. »Halunken ändern sich nie.« Damit drehte sie sich um und schlenderte davon.

Sie hatte eine der Regeln für Halunken zitiert, ohne es zu wissen. Min warf Evan einen säuerlichen Blick zu. »Wie viele junge Damen hast du geküsst?«

»Nicht sehr viele«, sagte er schnell. »Aber die Anzahl ist auch nicht null.«

»Wie ist es möglich, dass du nicht mehr wusstest, wer

sie war?« Min wollte am liebsten auf seinen verletzten Knöchel treten. Das wollte sie nicht wirklich, aber sie war außerordentlich beunruhigt.

»Ich habe bereits erklärt, dass ich mir Namen und Gesichter schlecht merken kann. Wenn ich eine Person treffe, erinnere ich mich oft nicht an sie. Ich habe vielleicht den Namen schon einmal gehört, aber ich kann mir weder ihr Gesicht merken, noch würde ich die Person wiedererkennen, wenn ich sie wieder treffen würde. Manchmal sehe ich auch jemanden und denke, er kommt mir vage bekannt vor, aber ich könnte mich nicht einmal dann an seinen Namen erinnern, wenn mein Leben davon abhinge.«

Min sah ihn mit vor Erstaunen hochgezogener Augenbraue an. »Sie scheinen nie ein Problem damit zu haben, sich an mich oder meinen Namen zu erinnern.«

»*Sie* sind anders.« Seine Stimme war tief und heiser und entlockte Min eine Reaktion, auf die sie im Moment lieber verzichtet hätte.

»Aber eigentlich bin ich nur eine weitere junge Frau, die Sie geküsst haben«, bemerkte Min spöttisch. »Falls Sie sich wirklich ändern wollen, um nicht weiter als Halunke bekannt zu sein, sollten Sie vielleicht aufhören, Frauen zu küssen, die Sie nicht zu heiraten gedenken.«

Sie drehte sich auf dem Absatz um und schlenderte den Korridor entlang. Sie wusste gar nicht, warum sie so erzürnt war. Was ging sie das an, wen er küsste oder ob er sich an die betreffende Dame erinnerte? All das hatte nichts mit ihr zu tun.

Aber er hatte sie als anders bezeichnet und sie wusste sie, dass er es auch so gemeint hatte. Er war der einzige Junggeselle, den sie als Freund erachtete, und der einzige Mann, der jemals ihre Leidenschaft geweckt hatte. Was auch immer zwischen ihnen war … zumindest für sie war es einzigartig.

Als sie die Eingangshalle erreichte, blieb sie kurz stehen. Dort stand ihre Mutter.

»Ich habe nicht erwartet, dich hier zu sehen, Minerva«, sagte sie kühl.

Min gab sich keinerlei Mühe, ihr Temperament zu zügeln, das Evan bereits angestachelt hatte. »Das dachte ich mir schon, da du den Leuten erzählt hast, ich sei krank.«

Die Herzogin kniff die Augen zusammen. »Was hätte ich denn sonst sagen sollen? Dass du einen Wutanfall bekommen hast und zu deinem Bruder gezogen bist?«

»Einen *Wutanfall*? Das glaubst du?« Min kochte innerlich bereits vor Wut, aber jetzt hatte sie das Gefühl, als würde sie gleich in die Luft gehen. »Du musst mich entschuldigen, Mama. Ich möchte gehen, bevor ich etwas sage, was ich später bereue.«

»Ja, bitte tu das. Wir können hier keine Szene machen. Die Dinge sind so schon schlimm genug. Ich erwarte, dass du morgen nach Hause kommst.«

»Warum?«, fragte Min verblüfft. »Ich will keine Zeit mit dir verbringen und mich schon gar nicht deinen Heiratswünschen fügen.«

»Das wirst du müssen«, beharrte ihre Mutter. »Ich habe deinem Vater heute Nachmittag eine Nachricht geschickt, in der ich ihm mitteilte, dass deine Chance, einen Ehemann zu finden, fast zunichte sind. Er hat prompt geantwortet, und mir sein Einverständnis übermittelt, dass ich alles daran setze, dich zu verheiraten.«

Min stand der Mund offen. Was hatte das zu bedeuten? Wollte auch ihr Vater darauf bestehen, dass sie heiratete?

»Keiner von euch beiden kann mich zur Heirat zwingen«, brachte Min zähneknirschend hervor.

»Vielleicht nicht, aber wenn du keine Ehe eingehst, werden wir für dich verantwortlich sein.« Sie schaute Min von oben herab an, was viel Geschick erforderte, da sie wahrscheinlich einen Zentimeter kleiner war. »Ich glaube nicht, dass einer von uns das will. Du hast deutlich gemacht, dass du nicht mehr mit mir leben willst, und ich kann mir nicht vorstellen, dass du bei deinem Vater und seiner Dirne wohnen wirst. Es mag für dich in Ordnung sein, für eine kurze Zeit bei Sheff und seiner Frau zu bleiben, aber sie werden bald Eltern, und sie werden dich auch nicht mehr ewig um sich haben wollen«, sagte sie hochmütig. »Es ist an der Zeit, dass du deinen eigenen Weg gehst, und das kannst du nur mit einem Ehemann tun. Ich habe dir schon viel zu lange zu viel Unabhängigkeit zugestanden. Morgen kehrst du nach Hause zurück. Am Donnerstag gehst du auf den Ball, tanzt nach allen Regeln der Kunst und lässt verlauten, dass du sehnlichst auf einen Heiratsantrag wartest.«

Die ganze Zeit über, die ihre Mutter gesprochen hatte, war Mins Körper immer angespannter geworden, bis sie sich fühlte, als bestünde sie aus einem Knoten. »Du könntest mir am Donnerstagabend auch ein Schild umhängen, auf dem die Bieter aufgefordert werden, ihre Gebote abzugeben.«

»Wenn es nicht furchtbar töricht wäre, würde ich genau das tun.« Mit einem letzten, hochmütigen Blick ging sie an Min vorbei in den Ballsaal zurück.

Min musste sich anstrengen, damit ihr der Mund nicht offen stand. Es war, als ob ihre Mutter nun, da ihr Geheimnis über Ellis gelüftet war, alle Künstlichkeit fallen gelassen hätte. Im Nachhinein erkannte Min jedoch, dass die Erwartungen ihrer Mutter schon lange eine Frechheit gewesen waren. Min hatte sie einfach akzeptiert, weil sie es für ihre Pflicht gehalten hatte, gut zu heiraten und die

Forderungen ihrer Mutter zu erfüllen. In Wahrheit ging es der Herzogin um ihre eigenen Wünsche und Bedürfnisse. Dabei nahm sie auf niemanden Rücksicht, und das schloss ihre beiden Töchter ein.

Wütend ging Min zur Tür. Wenn Jo und Sheff nicht draußen wären, würde sie einfach zu ihrem Haus laufen. Doch gerade als sie die Tür erreichte, standen die beiden vor ihr.

»Ich muss nach Hause«, platzte Min heraus.

»Oh, das trifft sich gut«, antwortete Sheff. »Jo fühlt sich immer noch nicht wohl, und ich muss sie nach Hause bringen. Bist du sicher, dass es dir nichts ausmacht, schon zu gehen?«

»Es macht mir nicht das Geringste aus«, versicherte Min ihm. »Ich bin gerade der Viper begegnet. Es dürfte dir nicht schwerfallen, dir vorzustellen, wie bereit ich bin, nach Hause zu gehen.«

»Ich verstehe.« Sheff runzelte die Stirn. »Das kannst du mir alles in der Kutsche erzählen.«

Das wollte Min allerdings nicht. Sie wollte ihm nicht alles haarklein berichten, was ihre Mutter gesagt hatte, oder wie schrecklich sich Min wegen ihrer Worte fühlte, denn ihre Mutter hatte recht. Min hatte keinen Platz mehr. Sie konnte nirgendwo mehr hin, außer zum Altar.

～

Den Tag nach dem Ball hatte Evan mit schlechter Laune verbracht. Er hatte versucht, Min zu treffen und war zu Sheffs Haus gegangen, um sie dort aufzusuchen, aber dieser hatte Evan mitgeteilt, dass Min zum Haus ihrer Mutter zurückgekehrt war. Dann hatte er gefragt, warum Evan gekommen war, worauf Evan munter geantwortet hatte: »Nur so.« Sheff hatte diese Antwort scheinbar nicht ganz zufriedenstellend gefunden, aber Evan hatte sich schnell aus dem Staub gemacht.

Am Abend hatte Barswell ihn dann zusammen mit einigen anderen Gentlemen in ein Wirtshaus eingeladen. Evan hatte die Einladung dankend angenommen – und viel zu viel getrunken. Zum Glück hatte Barswell Evan auf dem Heimweg geholfen, denn mit einem noch nicht ausgeheiltem, verstauchten Knöchel zu laufen, während er betrunken war, erwies sich selbst mit Hilfe eines Stocks fast als ein Ding der Unmöglichkeit.

Auch heute noch war er wegen des Vorfalls mit Miss Forsythe – ihr Name hatte sich in sein Gehirn eingebrannt – und Min schlechter Laune. Zu gern hätte er sich noch einmal bei Min entschuldigt, doch im Haus ihrer Mutter wollte er sie nicht aufsuchen.

Allerdings war auch nicht ausgeschlossen, dass Evan einfach nur ein Feigling war. Er fürchtete, ihre Freundschaft könnte Schaden genommen haben.

Dass dieser Schaden nicht irreparabel war, konnte er wirklich nur hoffen.

Darüber hinaus war Evan frustriert, weil noch kein Brief von Mrs. Dalton angekommen war. Er konnte sich einfach nicht entscheiden, ob das eine gute oder eine schlechte Nachricht war. Während er an seinem Schreibtisch im Arbeitszimmer saß, überlegte er ihr zu schreiben, um sich nach der Situation mit ihrem Mann zu erkundigen.

In dem Moment kam seine Mutter ins Arbeitszimmer und unterbrach seine Überlegungen, was ihm sehr willkommen war. »Ich habe dich heute Morgen beim Frühstück vermisst«, eröffnete sie das Gespräch. »Wie ich gehört habe, bist du gestern Abend ziemlich spät nach Hause gekommen. Ist alles in Ordnung?«

»Aber sicher. Es war nur ein geselliger Abend mit

einigen Freunden. Gehst du aus?« Ihm war aufgefallen, dass sie einen Hut trug.

»Ja.« Sie lächelte ihm beruhigend zu. »Ich freue mich zu hören, dass es dir gut geht. Gestern schienst du nicht du selbst gewesen zu sein, und ich frage mich, ob irgendetwas nicht stimmt.«

»Ich habe nur genug davon, verletzt zu sein«, gab er mit einem Stirnrunzeln zurück.

»Das weiß ich.« Nun sah sie ihn mit dem Mitgefühl einer Mutter an. »Du solltest vielleicht noch einmal einen Arzt zu Rate ziehen.«

»Ich beabsichtige, ihn im Laufe der Woche aufzusuchen«, entgegnete Evan. »Hoffentlich wird er mir die Erlaubnis erteilen, meine normalen Beschäftigungen wieder aufzunehmen, insbesondere das Reiten.«

»Ich hoffe, dass du dann von weiteren waghalsigen Aktionen absiehst.« Nun schaute sie ihn mit mütterlicher Bestürzung an.

»Das kann ich nicht versprechen«, gab er lächelnd zurück. In der Tat konnte er es kaum erwarten, zu seinem – wie Min es nannte – normalen Leben zurückzukehren. Das schloss natürlich auch seine »waghalsigen Aktionen« ein.

»Dann lass dir besser noch eine Weile Zeit damit. Zumindest so lange, bis du vollständig geheilt bist.« Seine Mutter zog einen Flunsch. »Kannst du das deiner armen Mutter versprechen?«

»An dir ist nichts arm, Mama. Aber ja, das verspreche ich, denn ich will dich ja glücklich machen.«

Sie seufzte und strich ihren Rock glatt. »Ich werde in die Sydney Gardens gehen. Willst du mich begleiten? Ich gehe mit Mrs. Bainton von nebenan. Eigentlich sollte ich mich beeilen. Ich glaube, sie wartet bereits auf mich.«

»Ich werde mit euch kommen.« Als Evan ihr in die

Eingangshalle folgte, sah er, dass die Post zugestellt worden war. Vielleicht hatte Mrs. Dalton geschrieben.

»Ich komme gleich nach«, versprach Evan. »Ich will erst die Post lesen.«

»In Ordnung, mein Lieber«, antwortete sie, während sie ihre Handschuhe anzog.

Nachdem sie gegangen war, sah Evan die Briefe durch. Von Mrs. Dalton war nichts dabei, aber es gab einen Brief von Roger.

Evan öffnete den Brief und überflog den Inhalt. Roger war über die Aussicht auf einen Prozess wegen Ehebruchs sehr beunruhigt. Was er auch sein sollte, denn das würde den Ruin seiner Karriere bedeuten. Roger schrieb, dass er die Affäre mit Mrs. Dalton zutiefst bedauerte und er beklagte, dass diese Liebschaft unglaublich kurz gewesen sei. Sie beide hätten sich nur zwei Mal getroffen, weshalb ihm dies ungerecht zu sein schien.

Evan betrachtete den Brief mit finsterem Blick. Ihm gegenüber war die ganze Angelegenheit noch ungerechter. Er hatte sich mit Mrs. Dalton *gar* nicht zu einem Schäferstündchen getroffen. Wenn sie ihren Mann nicht überreden konnte, von der Einreichung einer Klage abzusehen, brauchte Evan einen Plan. Wahrschlich würde er seinen Vater um Rat fragen müssen. Sicherlich wäre sein Vater nicht gerade erfreut darüber, dass Evan gelogen und die Schuld für etwas auf sich genommen hatte, was er gar nicht getan hatte. Andererseits vermutete Evan aber auch, dass er Verständnis dafür haben würde. Sein Vater war ein Mann mit festen Prinzipien und von einer hohen Integrität, und Evan hatte sich immer sehr bemüht, ihm nachzueifern.

Warum küsst du dann junge Ladys in Gärten, ohne dich zu erinnern, wer sie sind, und trinkst zu viel in Wirtshäusern mit einer Gruppe von wohlbekannten Halunken, wenn du doch eigentlich deinen Gefühlen für Min auf den Grund gehen willst?

Die Stimme in seinem Kopf wuchs sich insbesondere seit dem Ball neulich Abend zu einer großen Ablenkung aus.

Wie von Zauberhand erblickte er Min durch das Fenster. Scheinbar war sie auf dem Weg zum Haus ihres Vaters. Ohne nachzudenken, schnappte Evan seinen Hut und stürzte ins Freie. Als er in einen Laufschritt verfiel, um sie abzufangen, trat er unglücklich auf seinem verletzten Fuß auf, und ein Schmerz schoss durch seinen Knöchel.

Er stieß einen Fluch aus, während er allerdings versuchte, den Schmerz zu ignorieren, als er sie einholte. »Guten Tag, Min.«

Sie drehte sich um, als er einen letzten Schritt zu ihr hinkend zurücklegte, und blickte auf seinen Knöchel hinunter. »Haben Sie sich wieder verletzt?«

»Es geht mir gut.« Er wollte nicht über seine Verletzung sprechen und auch nicht über seinen Eifer, den er an den Tag gelegt hatte, um sie zu einzuholen, womit er sich törichterweise mehr Schmerzen zugefügt hatte. »Ich bin froh, Sie zu sehen. Ich habe Sie gestern bei Ihrem Bruder besuchen wollen, doch er teilte mir mit, dass Sie zu Ihrer Mutter zurückgekehrt seien. Ich bin über Ihren Entschluss überrascht.«

»Ich habe Ihnen nichts zu sagen.« Damit drehte sie sich in Richtung des Hauses ihres Vaters um.

Evan berührte sie kurz am Arm. »Warten Sie. Bitte!«

Sie blieb stehen und drehte sich zu ihm um. »Was auch immer Sie zu sagen haben, fassen Sie sich bitte kurz, denn ich bin auf dem Weg zum Haus meines Vaters.«

»Das kann ich sehen«, sagte Evan. »Ich möchte mich für neulich Abend entschuldigen.«

»Bei mir müssen Sie sich für gar nichts entschuldigen.

Sie sollten sich bei Miss Forsythe für Ihren schurkischen Umgang mit ihr entschuldigen.«

»Es war ein Flirt«, brachte Evan mit einer Grimasse hervor und ihm wurde bewusst, wie schrecklich das klang. »Ich erinnere mich jetzt an unsere Begegnung. Sie hatte gefragt, ob wir im Garten spazieren gehen könnten. Dann hat sie mich tatsächlich um diesen Kuss gebeten, und…«

»Das kann ich kaum glauben«, entgegnete Min.

»Warum nicht? Sie haben mich doch auch gebeten, Sie zu küssen.« Sobald die Worte aus seinem Mund waren, wünschte er, er hätte sie nicht gesagt. Das mochte zwar stimmen, aber es schien keineswegs richtig, dies zum derzeitigen Zeitpunkt zur Sprache zu bringen.

Min sah ihn aus schmalen Augen an. »Das entspricht der Wahrheit, nehme ich an. Wollen Sie damit sagen, dass Sie normalerweise nicht die Angewohnheit haben, junge Frauen in Gärten zu küssen?«

»In der Regel nicht. Nein.« Er zuckte mit den Schultern. »Ich flirte gerne, Min. Es gefällt mir, Frauen zum Lächeln zu bringen, damit sie sich gut fühlen, also schmeichle ich ihnen. Ich gebe ihnen das Gefühl, etwas Besonderes zu sein.«

»Haben Sie das auch bei mir gemacht?«, fragte sie leise.

»Ja.« Obwohl es weitaus natürlicher gewesen war. Es war so einfach für ihn, Min zum Lächeln zu bringen – und so lebenswichtig wie das Atmen. »Aber da ist noch mehr. Wir haben eine Verbindung – oder zumindest haben wir eine Freundschaft.« Er verstummte abrupt, das er sich fragte, ob es darüber hinaus noch mehr gab.

Sie drehte sich zum Haus ihres Vaters. »Ich muss jetzt wirklich gehen.«

»Ich kann es nicht ertragen, wenn Sie mir zürnen, Min. Ich habe beschlossen, ein anderer zu werden. Ich werde nicht mehr flirten, und ich werde keine Küsse mehr stehlen.«

»Nicht einmal von mir?« Sie schaute ihn nicht an.

»Nicht einmal von Ihnen.«

Sie warf ihm einen Blick zu, der von Skepsis geprägt war. »Glauben Sie wirklich, dass Sie dazu imstande sind?«

Ihr Blick hatte ein wenig von seiner Strenge verloren, was seine Hoffnung weckte, dass er vielleicht ihren Zorn durchbrechen könnte. »Ich werde mir alle Mühe geben«, entgegnete er. »Sie machen es mir allerdings sehr schwer. Sie können nicht auch den Wunsch verspüren, mich küssen zu wollen. Das ist nicht hilfreich.«

Ihr Blick wanderte zum Haus ihres Vaters. »Vielleicht sollten wir keine Zeit mehr miteinander verbringen. Allem Anschein nach geraten wir dabei zu sehr in Versuchung.«

Obwohl er ihr nicht widersprechen konnte, wollte er sich gar nicht vorstellen, sie nicht wiederzusehen. »Jeden Tag mit Ihnen zu verbringen wie es auf Longleat unsere Gewohnheit war, vermisse ich wirklich. Ich dachte, das hat auch Ihnen gefallen.«

»So war es.« Sie blickte ihn noch einmal an. »Doch auch dort hatten wir der Versuchung nicht widerstehen können.«

»Ich verspreche, unsere Freundschaft aufrecht zu erhalten und mehr nicht.« Darum würde Evan sich jedenfalls bemühen. »Vielleicht treffen wir uns später in den Sydney Gardens. Ich werde in Kürze zu meiner Mutter stoßen, die dort spazieren geht.«

»Heute wird leider nichts daraus«, sagte sie. »Mein Vater hat etwas mit uns zu besprechen. Vielleicht passt es ja morgen.«

Evan konnte die Vorfreude in seiner Brust aufkommen spüren. »Das hoffe ich sehr.«

Als ihre Blicke sich trafen, verfingen sie sich ineinander. Min wandte den Blick zuerst ab und setzte ihren Weg zum Haus ihres Vaters fort.

Evan sah ihr nach, bis sie aus seinem Blickfeld verschwunden war. Dann drehte er sich um und ging zum Haus seiner Mutter zurück. Sein Knöchel schmerzte zu sehr, um seine Mutter zu den Sydney Gardens zu begleiten.

Als er seine Unterhaltung mit Min noch einmal Revue passieren ließ, konnte er nicht genau benennen, was sich gerade abgespielt hatte, oder worauf er sich eingelassen hatte. Er hoffte allerdings, dass er sie morgen wiedersehen würde.

Für den Fall, dass ihm sein Knöchel dann noch immer Schwierigkeiten machte, würde er es einfach aushalten. Min war die Qualen wert.

Min war zwischen ihrer Empörung und dem Gefühl, sich von all seinen Worten geschmeichelt zu fühlen, hin- und hergerissen. Entweder war er ein ausgekochter Halunke oder er war unglaublich charmant. Im Zweifelsfall würde sie vorerst für ihn stimmen.

Sie schüttelte die Gedanken an die Begegnung mit ihm ab und betrat das Haus ihres Vaters, während Jurgens ihr die Tür aufhielt. Der Butler begrüßte sie mit einem Lächeln. »Seine Gnaden, seine Lordschaft und ihre Ladyschaft sind oben im Salon.«

»Danke, Jurgens.« Min reichte ihm ihren Hut und ihre Handschuhe, bevor sie die Treppe nach oben ging.

Sheff und Jo saßen zusammen auf dem Sofa, während ihr Vater beim Kamin stand. Er sah ein wenig aus dem Konzept aus, und Falten hatten sich um seinen Mund gebildet. Sein Kiefer war verkrampft.

»Guten Tag, Min. Wie läuft es mit Mutter?«, fragte Sheff.

»So angespannt, wie du dir vorstellen kannst.« Min

setzte sich in einen der Sessel, die beim Sofa standen. Sie schaute zu ihrem Vater hinüber. »Papa, willst du dich nicht setzen?«

»Einen Moment noch.« Er winkte mit der Hand. »Sheff, rede du zuerst.«

Min wurde das Gefühl nicht los, dass sie in eine angespannte Situation geraten war und alle anderen weitaus mehr wussten als sie selbst. Sie war hergekommen, weil sie diesen Ort als einen Zufluchtsort vor ihrer Mutter gehalten hatte, doch jetzt hatte sie das Gefühl, dass sie auf der Hut sein musste. Jo warf ihr einen mitfühlenden Blick zu, was die Sache nicht besser machte.

»Das scheint keine gute Nachricht zu sein«, meinte Min. »Sagt mir einfach, was los ist.«

»Wir kehren nach London zurück«, antwortete Sheff. »Jo möchte lieber zu Hause sein. Nun, nicht in dem Haus, in dem sie früher gewohnt hat, sondern in London.« Sheff stieß verärgert die Luft aus. »Du weißt, was ich meine.«

Min nickte. »Ja.« Sie konnte nachvollziehen, warum Jo nach London heimkehren wollte. Jo war noch nie weit von London entfernt gewesen. Zudem war sie frisch verheiratet und erwartete ein Kind. Außerdem war sie eine Countess und eines Tages würde sie einmal eine Herzogin sein. Das waren viele große Veränderungen auf einmal.

»Mein Vater möchte ebenfalls gern zurückkehren, denn Bath ist für seinen Geschmack zu ruhig«, brachte Jo mit einer Grimasse hervor. »Du bist herzlich eingeladen, mit uns zu kommen.«

Min war über sich selbst überrascht, dass sie die Chance nicht ergriff, doch die Worte ihrer Mutter über Jo und Sheff, die Min nicht ewig bei sich haben wollten, hallten in ihrem Herzen wider. Min glaubte das zwar nicht so ganz, aber trotzdem wollte sie sich nicht in das gerade begonnene Eheleben einmischen. Das ließe sich allerdings nicht umgehen, denn die beiden würden in Henlow House wohnen, das Mins Zuhause in London war. Obwohl es sich ohne Ellis nicht wie ein Zuhause anfühlen würde.

Min wusste immer noch nicht, wo Ellis war.

»Ich glaube, ich bleibe hier in Bath«, antwortete Min.

Darauf blinzelten Sheff als auch Jo überrascht.

Min zuckte mit den Schultern. »Das ist schockierend. Ich weiß. Aber Mutter und ich gehen uns aus dem Weg. Ich kann ihre Gegenwart noch eine Weile ertragen. Vielleicht entscheide ich mich aber doch, eher früher als später nach London zurückzukehren«, fügte sie hinzu.

»Wann immer du willst, bist du herzlich willkommen«, meinte Sheff zu ihr. »Nicht, dass du eine Einladung brauchst. Henlow House ist ebenso dein Zuhause wie das unsere. Eigentlich ist es mehr dein Zuhause, da ich den letzten Jahren ja im Albany gewohnt habe.«

»Das stimmt zwar, aber deine Zukunft liegt dort, und meine allerdings nicht.« Min hatte keinen blassen Schimmer, wo ihre Zukunft einmal liegen würde, und das machte ihre Unruhe nur noch schlimmer. Sie blickte zu ihrem Vater. »Hast du mich deshalb heute herbestellt?«

»Nicht ganz.« Jetzt endlich setzte sich ihr Vater in den Sessel, der dem ihren am nächsten stand. Er ließ den Blick von ihr zu Sheff wandern und dann wieder zurück, ehe er dann das Wort ergriff. »Meine Nachricht ist weitaus beunruhigender, fürchte ich. Lange habe ich darüber nachgedacht und diesen Schritt hatte ich eigentlich nie tun wollen, weil er mir heuchlerisch vorgekommen war. Dennoch bin ich inzwischen zu dem Schluss gelangt, dass wir nur diesen einzigen Weg haben, um alle Frieden finden zu können.« Er holte tief Luft. »Ich werde die Scheidung von eurer Mutter beantragen.«

»Was?«, platzte Sheff heraus und beugte sich vor. Tief zog er die Brauen über seine Augen, als er ihren Vater anstarrte. »So schlecht die Dinge auch zwischen Mutter und dir stehen, kannst du das nicht tun.«

»Das *kann* ich tun«, entgegnete der Herzog gelassen. »Mir ist bewusst, dass es nicht leicht werden wird und ein Aufruhr zu erwarten ist. Ich kann aber nicht einfach so weitermachen wie in den letzten Jahren. Das habe ich dir zu verdanken, Sheff.«

»Schieb mir nicht die Schuld zu«, entgegnete Sheff scharf.

Jo nahm seine Hand und drückte sie fest an sich. Min wünschte sich die gleiche Art von Unterstützung, oder überhaupt irgendeine Unterstützung. Sie vermisste Ellis wirklich schrecklich.

»Denk an Min.« Sheff sah sie mit einem wütenden Blick an, aber sie wusste, dass sich sein Zorn nicht gegen sie richtete. »Das wird ihre Heiratschancen vollends zunichtemachen. Es spielt keine Rolle, dass du ein Herzog bist. Das wird ein furchtbarer Skandal werden.«

»Das ist mir durchaus bewusst.« Ihr Vater schenkte Min ein entschuldigendes Lächeln. »Ich werde nichts unternehmen, bevor du nicht verheiratet bist. Trotzdem würde ich es sehr begrüßen, wenn du bald heiraten würdest.«

Das musste der Grund gewesen sein, warum er dem Drängen ihrer Mutter zugestimmt hatte, sie zu verheiraten. Ihm war daran gelegen, dass sie möglichst schnell einen Ehemann fand, damit er einen Skandal auslösen konnte. Falls er dies vor ihrer Heirat in Angriff nähme, würde ihr Wert auf dem Heiratsmarkt auf Null sinken. Dass ihr Vater überhaupt ins Auge fasste, sie in eine solche Lage zu bringen, bewies ihr wieder einmal, welchen Rang sie in dieser Familie einnahm. Den untersten.

»Denkst du, ich könnte mit den Fingern schnippen und einen Ehemann herbeizaubern?«, fragte Min kühl.

Er formte die Lippen beinahe zu einem Lächeln, das aber eher wie ein Grinsen ausfiel. »Es gab eine Zeit, meine Liebe, da hättest du die freie Wahl unter den Gentlemen gehabt.«

Gab. Diese Zeit gehörte offenbar der Vergangenheit an. Wie sie es verabscheute, daran erinnert zu werden. Als hätte sie versagt, weil sie sich nicht mit weniger als ihren Anforderungen zufrieden geben wollte. »Ich fand sie alle unzulänglich. Du musst mir verzeihen, wenn ich mich nicht an jemanden binde, ohne mir völlig sicher zu sein, dass ich ihn ein Leben lang lieben werde. Gerade du solltest doch Verständnis dafür haben, würde ich erwarten.«

Der Herzog zuckte zusammen, was Min eine kleine Genugtuung verschaffte. »Natürlich verstehe ich das«, sagte er leise.

Min hatte das Gefühl, als hätte man sie ins offene Meer geworfen. Sie dümpelte in den Wellen dahin und wirbelte mit den Händen, um ihren sinkenden Körper über Wasser zu halten. Ihr Herz schlug schneller, als geriete sie tatsächlich in Atemnot.

»Hast du dir das wirklich gut überlegt, Papa?«, fragte sie.

»Eine ausgezeichnete Frage«, lobte Sheff. »Du würdest eine Klage gegen Jos Vater einreichen?«

Jo erbleichte. »Bitte tun Sie das nicht«, flehte sie den Herzog an, während Sorgenfalten auf ihrer Stirn sichtbar wurden und sie Sheff noch fester zu umklammern schien.

Ihr Vater warf ihr einen kummervollen Blick zu. »Ich möchte deinen Vater eigentlich gar nicht mit hineinziehen, Jo, aber ich kann leicht beweisen, dass die Herzogin mit ihm untreu war.«

Der Skandal der darauf folgen würde, und der Jo, ihren Vater und Ellis sowie ihre eigene Familie betraf, nahm in Mins Gedanken Gestalt an. Gerade zu einer Zeit, in der Jo und Sheff nie glücklicher waren, wäre das einfach furchtbar. Ellis war wahrscheinlich noch immer damit beschäftigt, die Wahrheit über ihre Abstammung zu begreifen, und dann würde die gesamte feine Gesellschaft auch noch über jedes anzügliche Detail herziehen.

Min drückte ihre Hand an ihre Wange. »Du kannst Ellis nicht einbeziehen, Papa. *Das kannst* du *nicht*.«

»Das will ich auch gar nicht.« Der Herzog stand auf und schritt zum Kamin und wieder zurück. »Aber ich habe gar keine andere Wahl. Verstehst du mich denn nicht? Deine Mutter hat mir fast dreißig Jahre lang das Leben zur Hölle gemacht. Bislang hatte ich mich damit abgefunden, aber jetzt nicht mehr.«

Sheff warf ihm einen erbosten Blick zu. »Du hattest dich damit ›abgefunden‹, indem du dich auf jede erdenkliche Weise selbst verwöhnt hast. Du bist keinesfalls unschuldig, und ja, es ist *unglaublich* heuchlerisch von dir, eine Strafanzeige gegen den Liebhaber deiner Frau zu stellen. Was ist mit all deinen Liebhaberinnen?«

»Das ist der Gipfel der Heuchelei«, platzte Min heraus und verschränkte die Arme vor der Brust. Sie sah zu Jo hinüber, die den Blick auf ihren Schoß gerichtet hatte, während sie tief ein- und ausatmete.

Sheff ließ ihre Hand los, legte seinen Arm um sie und drückte sie an seine Seite. Er blickte den Herzog an. »Du hast Jo aufgeregt.«

»Das weiß ich.« Ihr Vater schien zumindest aus dem Konzept zu sein. »Ich habe euch alle verärgert, und das tut mir sehr leid. Ich habe versucht, diese Ehe und den Hass eurer Mutter auf mich zu nehmen, aber endlich habe ich eine Liebe gefunden, die erwidert wird. Es schmerzt mich sehr, dass ich das nicht öffentlich sagen kann.«

»Du beabsichtigst also, uns alle leiden zu lassen«, knurrte Sheff mit tiefer, zorniger Stimme. »Dein Plan ist es, dich von Mutter scheiden zu lassen, die ganze Familie in einen nicht zu entschuldigenden Skandal zu stürzen und dann Mrs. Welbeck zu heiraten? Du glaubst, du darfst sie in der Gesellschaft vorführen, als ob du uns nicht allesamt ruiniert hättest. Das ist unglaublich egoistisch von dir.«

Dies traf die Sache auf den Punkt, dachte Min, und sie war froh, dass Sheff die richtigen Worte gefunden hatte. Wieder einmal lastete ein überwältigender Druck auf ihr, sich zu verheiraten. Sie hatte keine andere Wahl. Sie konnte ihren Vater verstehen, der sich gefangen fühlte. Min empfand dasselbe. Allerdings konnte ihr Vater auch wie bisher mit Mrs. Welbeck Umgang pflegen. Das wäre akzeptabler als eine Scheidung von Mutter und eine Heirat mit Mrs. Welbeck. Es ergab keinen Sinn, doch anderseits ergab überhaupt nichts Sinn für Min. Nicht mehr.

Abrupt stand sie auf. »Ich stimme dir zu, dass du egoistisch bist, Papa, aber ich weiß nicht, wie wir dich davon abbringen sollen, diesen Plan in die Tat umzusetzen. Lange Zeit habe ich dir die Schuld für den Zwist in unserer Familie angelastet, doch inzwischen habe ich erkannt, dass es größtenteils Mutters Schuld war. Wie dem auch sei. Dieser Schritt wird allein dein Verschulden sein, nicht dass es in meinem Fall eine Rolle spielt. Es ist meine Pflicht, zu heiraten. Dann gehöre ich nicht mehr zu dieser Familie, sondern zu der meines Mannes. Ich verurteile, dass du Ellis und ihrem wirklichen Vater, den sie noch nicht einmal kennengelernt hat, so etwas antust.«

Mit diesen Worten stürmte Min aus dem Salon und eilte die Treppe hinunter. Als sie sich Hut und Handschuhe anzog, holte Jo sie ein.

»Komm mit uns zurück nach London«, flehte Jo. »Du musst nicht hierbleiben.«

Min knüpfte die Schleife ihres Huts. »Ich weiß, das

muss ich nicht, aber ich muss heiraten. Da es hier geeignete Junggesellen gibt, kann ich es auch hier versuchen.« Sie hatte keine andere Wahl. Wenn sie jetzt nicht heiratete, würde sie nie wieder eine Chance bekommen. Nicht nach dem Plan, den ihr Vater in die Tat umsetzen wollte. So viel zu ihrem Wunsch, aus Liebe heiraten zu wollen. Aller Wahrscheinlichkeit nach würde sie am Ende in einer unglücklichen Ehe feststecken.

Jo sah erschüttert aus. »Das tut mir so leid, Min. Ich finde es einfach nicht gerecht, dass ich die Verheiratete bin, obwohl ich nie vorhatte, das einmal zu sein.«

Min schenkte ihr ein kleines Lächeln. »Ich bin sehr froh, dass ihr beide, mein Bruder und du, euch gefunden habt. Niemals würde ich dir dein Glück missgönnen.« *Das könnte allerdings jemand anderer getan haben,* dachte sie gleich darauf.

»Wir sehen uns noch einmal, bevor ihr nach London fahrt.« Min umarmte ihre Schwägerin kurz und verließ dann das Haus.

Als Min den Bürgersteig entlanglief, wurde sie von ihren Emotionen überwältigt. Als sie sich Evans Haus näherte, ging sie langsamer. Ihrer Verärgerung von vorhin zum Trotz sehnte sie sich danach, ihn zu besuchen und mit ihm zu sprechen, um ihm zu erzählen, was gerade passiert war. Er würde sie trösten, und bestimmt würde sie sich dann besser fühlen. So sehr sie das auch wollte, konnte sie ihn unmöglich ein zweites Mal in seinem Haus besuchen. Eiligen Schrittes ging sie an seinem Haus vorbei und biss sich auf die Lippe, damit sie nicht zitterte.

Mehr als alles andere wünschte sie sich Ellis bei sich. Ihr Fortgang hatte eine klaffende Lücke in Mins Dasein hinterlassen.

Min konnte ihrer Mutter im Augenblick nicht gegenübertreten. Stattdessen würde sie zu Pandora gehen.

Zum Glück hatte sie Pandora. Min hoffte nur, dass sie nicht anfangen würde zu weinen, bevor sie ankam.

~

Pandora erkannte in dem Moment, in dem sie Min begrüßte, dass ihre Freundin Trost brauchte. Sie ließ Tee und Kuchen in das gemütliche Wohnzimmer neben ihrem Schlafzimmer bringen und stützte Min buchstäblich unter dem Arm, als sie sie die Treppe hinauf begleitete. Beide zogen ihre Schuhe aus und machten es sich in zwei Sesseln bequem. Min berichtete ihr all die Dinge, die in ihrer Familie vor sich gingen, und sie machte kaum eine Pause, um Luft zu holen. Pandora umarmte sie, und danach tranken sie Tee und aßen zu viel Kuchen.

»Glaubst du wirklich, dass dein Vater eine Scheidung durchsetzen wird?«, fragte Pandora.

»Er wirkte sehr entschlossen.« Min rief sich den Gesichtsausdruck ihres Vaters in Erinnerung und sie dachte an die Willenskraft in seinem Blick. »Er begreift meiner Ansicht nach nicht, was für eine Tortur er uns allen damit auferlegt.«

»Wie kann er seine Pläne nur in die Tat umsetzen?«, murmelte Pandora mitfühlend.

Min war zwar wütend auf ihn, doch sie verstand ihn auch zum Teil. »Es fällt keineswegs schwer, seine Gefühle zu verstehen oder sogar mit ihnen zu sympathisieren. Allerdings ist es vollkommen ungerecht, dass dies die einzige Möglichkeit ist, eine Verbindung zu beenden, die besser gar nicht erst zustande gekommen wäre.«

Pandora schüttelte den Kopf. »Es ist furchtbar, wie Menschen und insbesondere Frauen, unter unglücklichen Ehen zu leiden haben.«

Min fühlte sich als junge Frau vollkommen gefangen. »Inzwischen habe ich noch mehr Angst denn je, in einer Ehe festzustecken, die ich gar nicht will. Wenn ich allerdings nicht heirate, bevor mein Vater Klage erhebt, werden meine Chancen, überhaupt eine Ehe einzugehen, sehr gering sein.«

Pandora machte ein entsetztes Gesicht. »Das würde er doch nicht tun, oder?«

»Das wird er nicht, hat er gesagt, aber ich habe das Gefühl, dass das nicht sicher ist, insbesondere deshalb, weil Ellis fort ist.« in den letzten Wochen hatte sich Mins Leben vollkommen gewandelt und sie wusste nicht, wann wieder Ruhe einkehren würde.

»Vielleicht ist es gar nicht so schlimm, auf das Heiraten zu verzichten«, gab Pandora zu bedenken. »Aber ich verstehe, warum du deshalb so aufgeregt bist. Ich war am Boden zerstört, nachdem Bane meine Chancen auf eine Heirat zunichtegemacht hatte.« Sie schürzte kurz ihre Lippen. »Trotzdem kann ich Bane nicht die alleinige Schuld daran geben. Ich hätte es besser wissen müssen, als mich von meinen Gefühle verleiten zu lassen. Bane hat mich schließlich nicht gezwungen, ihn zu küssen.«

»Mrs. Lawler ist die wahre Schuldige.« Min bezog sich damit auf die überaus aufdringliche Frau in Weston, die Zeugin von Banes und Pandoras Umarmung geworden war und dann allen davon erzählt hatte.

Dasselbe hatte Mrs. Lawler dann mit Tamsin und Droxford versucht. Mit dem Unterschied, dass Droxford Tamsin geheiratet hatte. Erfreulicherweise hat die kompromittierende Situation zu einer Liebesheirat geführt. Die beiden hatten Glück. Min befürchtete, dass ihr dieses Glück nicht beschieden sein würde.

»Richtig. Mrs. Lawler trägt die Schuld daran«, stimmte Pandora zu. »Aber wir hätten ihr keinen Anlass für ihr

Gerede geben sollen. Ich will eigentlich damit sagen, dass es gar nicht so furchtbar ist, eine Jungfer zu sein. Es gibt sogar vieles, was für diesen Status spricht.«

Min lachte leise. »Du hast leicht reden. Du hast deine Tante, die dich unterstützt.«

Pandoras Eltern, Lord und Lady Radstock, hatten große Hoffnungen in die Heirat ihrer Tochter gesetzt. Angesichts ihrer Schönheit und ihres Charmes hatten sie erwartet, dass sie sehr gut heiraten würde, und sie hatten ihre ältere Schwester bereits abgeschrieben. Aber sehr zum Entsetzen ihrer Eltern war es Persey, die einen Herzog geheiratet hatte.

Weder Persey noch Pandora hatten noch Kontakt zu ihren Eltern, denn diese hatten sich nie wirklich dafür interessiert, was mit ihren Töchtern geschah, solange ihre Heirat die Kasse ihres Vaters aufbesserte. Lord und Lady Radstock waren Geizkragen, und der Baron war verschuldet. Perseys Ehemann Wellesbourne hatte zwar Sorge dafür getragen, dass sie wieder zahlungsfähig waren, aber er weigerte sich, sie weiter zu unterstützen. Das Paar hatte seinen Lebensstil drastisch ändern müssen.

»Sie hat dich auch gern und war in den letzten zwei Jahren ebenso eine Mutter für dich wie eine richtige Mutter.« Min hatte niemanden, auf den diese Beschreibung passen würde.

Pandora lächelte sanft. »Ich habe Glück, das weiß ich. Wie ich auch weiß, dass du keine Tante Lucinda hast. Aber du hast Orte, die du aufsuchen kannst. Dein Vater hat viele Grundstücke. Du könntest sogar auf Grove in Weston leben.«

Min versuchte, sich ein Leben als alte Jungfer in dem verschlafenen Dorf am Meer vorzustellen. Obwohl sie sich stets auf die Wochen freute, die sie jeden Sommer dort verbrachten, konnte sie sich nicht vorstellen, nicht wenigstens einen Teil des Jahres in London zu verleben. Ihr gefiel das geschäftige Treiben in der Stadt und sie würde einfach zu vieles vermissen.

Ihr ging auch auf, dass sie zwar das Glück hatte, die Tochter eines Herzogs zu sein, aber nicht den Luxus, ihr Leben so weiterzuführen wie bisher. Es gäbe keine Einladungen zu Hauspartys wie der auf Longleat für sie, wenn sie nicht eine potenzielle Braut oder verheiratet wäre. Zudem würde sie gänzlich aus der feinen Gesellschaft ausgegrenzt werden, nachdem ihr Vater Klage gegen Jos Vater eingereicht hatte. Min war noch immer fassungslos, dass er das Jo antun würde. Und auch Ellis.

Min schlug mit der Hand auf die Armlehne des Stuhls. »Ich bin so wütend auf meinen Vater.«

»Ich weiß.« Pandora streckte die Hand aus und tätschelte kurz Mins Hand. »Wenn du dich entscheidest, eine Zeit auf Grove in Weston zu verbringen, begleite ich dich, falls du willst.«

»Ich bin sicher, dass Mrs. Ogilvie als unsere Anstandsdame mitkommen kann.«

Pandora lachte. »Glaubst du, Jungfern brauchen Anstandsdamen? Warum sollten wir uns die Mühe machen? Irgendwann können wir doch selbst Begleiterinnen und Anstandsdamen werden.« Sie wackelte mit den Augenbrauen, als wäre dies eine erheiternde Nachricht.

Min war nicht unbedingt erpicht darauf, eine Begleiterin oder eine Anstandsdame zu werden. Sie erkannte, dass sie fest damit gerechnet hatte, einmal zu heiraten. Sie war überzeugt gewesen, dass der richtige Gentleman irgendwann ihren Weg kreuzen würde. Jetzt musste sie allerdings akzeptieren, dass es vielleicht nicht dazu kam. Ihre Zeit war beinahe abgelaufen.

»Du könntest auch eine Weile hier bei uns wohnen«, bot Pandora mit einem aufmunternden Lächeln an. »Lass dir gesagt sein, dass du eine Jungfer als Freundin hast, die auf dich wartet, falls du dich für ein Leben als Jungfer entscheidest.«

»Ich muss gestehen, dass du mir das Dasein als Jungfer verlockend darstellst. Aber vermisst du nicht …« Min brach ab, als ihr die Röte in die Wangen stieg.

Pandora zog ihre hellen Augen brauen zusammen. »Vermisse ich was nicht?«

»Dass du die Leidenschaft in der Ehe nicht mehr erleben wirst. Ich glaube, das würde ich vermissen.«

Pandoras blaugrüne Augen leuchteten auf und sie beugte sich ein wenig zu Min vor. »Ich werde dir etwas gestehen. Genau darüber habe ich mir Sorgen gemacht. Und dafür gebe ich Bane wirklich die Schuld, denn wenn er mich nie geküsst hätte, wüsste ich ja gar nicht, was ich überhaupt versäume. Aber verflixt, es war einfach wunderbar, und das wusste ich dann. Die letzten beiden Jahre war ich dann darüber traurig, dass ich nie erleben würde, was als Nächstes passiert.« Sie straffte die Schultern und blickte Min nun direkt in die Augen. »Ich freue mich, dir mitteilen zu können, dass ich eine Lösung für dieses Problem gefunden habe.«

Min schnappte nach Luft. »Was hast du unternommen?«

»Du darfst natürlich niemandem etwas davon sagen, und damit meine ich auch unseren ‚Regeln für Halunken Club‘. Nicht einmal Persey habe ich ins Vertrauen gezogen. Ich denke nicht, dass sie schlecht über mich urteilen würde, doch über diese Dinge will ich mich nicht in einem Brief äußern.« Pandora formte die Lippen zu einem kleinen, geheimnisvollen Lächeln. »Kürzlich habe ich die Nacht mit einem Diener aus einem benachbarten Haushalt verbracht.«

»Wie das? Und wo?« Min starrte ihre Freundin an.

»Erzähl mir alles. Na ja, besser nicht alles, aber so viel, wie du willst.«

Pandora lachte. »Er hat Sorge dafür getragen, dass wir die Nacht in einer Kammer über dem Marstall seines Hauses verbringen konnten. Die Umgebung war nicht sonderlich romantisch, doch ich kann sagen, dass dies dem Ereignis nicht geschadet hat.«

»Es war ein Ereignis?«, hakte Min nach.

»Du verstehst schon, was ich meine«, entgegnete Pandora kichernd.

»Und hat es deinen Hoffnungen entsprochen?«

Pandora lächelte. »Ja, ganz bestimmt. Du solltest es auch versuchen – nicht unbedingt mit einem Diener, obwohl dagegen natürlich gar nichts einzuwenden ist – doch wenn sich eine Gelegenheit auf ein leidenschaftliches Zwischenspiel für dich bietet, solltest du sie unbedingt ergreifen. Du musst nur vorsichtig sein, damit dabei kein Kind gezeugt wird. Es gibt Möglichkeiten, dies zu vermeiden.«

Die ersten Gedanken kreisten bereits in Mins Verstand. »Woher hast du gewusst, dass du dich auf so etwas mit dem Diener einlassen wolltest?«

Pandora zog eine Schulter hoch. »Ich fand ihn äußerst attraktiv. Seit letztem Frühjahr war ich ihm öfter beim Spazierengehen begegnet, wenn er den Hund des Nachbarn ausführte. Gelegentlich gingen wir auch zusammen. Ich fand ihn charmant und amüsant.«

»Du hast dich also zu ihm hingezogen gefühlt. Du wolltest von ihm geküsst werden … und andere Dinge.«

»Ja.« Pandora runzelte die Stirn. »Kommt es dir merkwürdig vor, dass ich mich zu einem Diener hingezogen fühle?«

Min hatte das ungute Gefühl, dass ihre Freundin glaubte, sie würde über sie urteilen. »Ganz sicher nicht«, antwortete Min eilig. »Dass du zu einem Mann eine solche Anziehung empfindest, kommt mir wunderbar vor. So etwas habe ich bei noch keinem gefühlt.« *Bis vor kurzem.*

Pandora riss die Augen kurz auf. »Nicht? Siehst du nicht manchmal einen Mann auf der anderen Seite des Ballsaals und denkst: ›Oh, er ist attraktiv. Ich frage mich, wie es wäre, mit ihm zu flanieren oder ihn sogar zu küssen‹?«

»Solche Dinge habe ich wohl schon *gedacht*«, gab Min langsam zu. »Doch bisher habe ich noch nie überwältigenden Drang nach körperlicher Nähe verspürt. Bis vor kurzem.« Diesmal sprach sie den letzten Gedanken laut aus.

Pandoras Augenbrauen schossen in die Höhe. »Was hat sich ereignet?«

»Nachdem ich einige Zeit mit einem gewissen Gentleman verbracht habe, musste ich feststellen, dass ich mich zu ihm hingezogen fühlte. Ich habe ihn sogar geküsst, und es war schön.« Min schüttelte den Kopf. »Nein, schön ist ein überaus unpassendes Wort für das, was es war.«

Pandora grinste. »Ist es Evan Price?«

Min schnappte nach Luft. »Woher hast du das gewusst?«

»Das war nur eine Vermutung, denn ich habe euch ja nicht zusammen gesehen. Aber ich weiß, dass ihr auf Longleat einige Zeit verbracht habt, also hielt ich diese Möglichkeit wahrscheinlich, da er ja auch in Bath ist.« Pandora musterte sie einen Augenblick. »Fühlst du dich immer noch zu ihm hingezogen?«

Min nickte.

»Und fühlt er sich zu dir hingezogen?«

»Ich denke schon. Als wir uns auf Longleat geküsst haben, war es danach sehr unbehaglich zwischen uns geworden. Neulich haben wir uns dann wieder geküsst.

Auch da wurde es unangenehm, was aber zum Teil an einer jungen Frau in den Upper Rooms lag, die behauptet hatte, Evan habe sie im letzten Frühjahr geküsst. Evan konnte sich nicht an das Ereignis erinnern. Eigentlich erinnerte er sich überhaupt nicht an sie.«

Pandora schnalzte mit der Zunge. »Nun, das ist wirklich das Verhalten eines Halunken. Er ist also meiner Vermutung nach kein Kandidat zum Heiraten.«

»Er gibt sich Mühe, sich zu ändern«, entgegnete Min, die erstaunt erkannte, wie sie ihn in Schutz nahm.

Pandora lachte. »Nun, haben wir da nicht eine Regel für Halunken? Traue niemals einem Halunken, sich zu ändern.«

Min seufzte. »Mir will diese Regel einfach nicht mehr aus dem Kopf gehen. Ich kann auch nicht einfach über die uns bekannten Halunken hinwegsehen, die sich verändert *haben*, als sie unsere Freundinnen heirateten. Mein eigener Bruder hat sich über die Maßen gebessert. Wenn ihm das gelingt, ist jeder dazu in der Lage.«

»Dem kann ich so nicht zustimmen«, wandte Pandora ein. »Dass es für einen so ausschweifenden Mann wie Bane noch Hoffnung gibt, kann ich nicht glauben.«

»Damit hast du wahrscheinlich recht«, lenkte Min ein. »Evan ist allerdings lange nicht so schlimm wie Bane, jedenfalls nach dem zu urteilen, was ich über ihn weiß.«

»Hat Evan Interesse an einer Heirat bekundet?«, fragte Pandora.

»Nein.«

»Wenn er also darüber spricht, sich ändern zu wollen, würde er das dann nicht aus einem bestimmten Grund tun?«

Min zuckte mit den Schultern. »Ich gehe davon aus, dass er sich einfach ändern will. Wirkt das Ganze durch seinen Enthusiasmus nicht noch ehrlicher? Das tut er nicht, um mich oder eine andere Person für sich einzunehmen.«

»Leider bin ich nicht die Richtige, die dir in dieser Angelegenheit Ratschläge erteilen kann.« Pandora rutschte auf ihrem Sessel hin und her. »Ich traue keinem einzigen Exemplar des anderen Geschlechts. Was wünschst du dir von Evan, wenn überhaupt?«

Min lehnte sich in ihrem Sessel zurück und holte tief Luft. »Ich weiß ja nicht, was ich eigentlich will. Nur weil ich ihn gerne küsse, heißt das nicht, dass ich ihn heiraten will. Ich habe keine Garantie, dass wir ein glückliches Paar werden.«

»Diese Garantie kann niemand haben«, meinte Pandora daraufhin düster. »Irgendwann muss man sich entscheiden, ob man das Risiko eingehen will oder nicht.«

»Würdest du das jemals tun, wenn sich die Gelegenheit für dich bietet?«, fragte Min.

»Unter keinen Umständen.« Pandoras Antwort kam wie aus der Pistole geschossen und mit beachtlicher Vehemenz. »Allerdings habe ich eine furchtbare Situation durchgemacht und die Konsequenzen ertragen müssen. Man hat mich direkt geschnitten. Und man hat mich verhöhnt.«

»Und du hast es überlebt«, stellte Min fest.

»Das habe ich, doch nun bin ich eine Jungfer ohne jede Hoffnung auf eine Heirat, die ich eigentlich erwartet hatte. Das war eine gehörige Abwandlung dessen, was ich mir für mein Leben vorgestellt hatte.« Pandoras Tonfall war sachlich, doch Min blutete noch immer das Herz für das Los ihrer Freundin. »Doch aller Widrigkeiten zum Trotz *habe* ich überlebt und blühe fast auf. Dir wird es ebenso ergehen.« Pandora lächelte. »Du wirst die Scheidung deines Vaters überleben, meine ich damit. Du wirst dich nur entscheiden müssen, auf welche Weise du sie überstehen willst. Willst du dich überstürzt einem Ehemann ausliefern oder willst du dich allein durchs Leben schlagen? Welche Entscheidung du auch immer triffst, werde ich dir beistehen und dich unterstützen.«

»Danke«, entgegnete Min. »Zwar weiß ich noch nicht, was ich machen werde, doch es hilft mir darüber zu sprechen.«

Pandora zog ihre Augenbrauen in die Höhe und warf Min einen frechen Blick zu. »Wenn du auch noch keine anderen Entscheidungen triffst, könntest du eine leidenschaftliche Begegnung mit Evan erwägen.«

Min lachte. »Ich bin mir nicht sicher, ob ich dieses Wagnis eingehen würde.«

»Hattest du dich nicht sehr wohl gefühlt, als du ihn geküsst hast? Ich habe den Eindruck, dass du eine schreckliche Zeit durchmachst. Erst das, was mit Ellis passiert war, und dann die Belastung, dass du bei deiner Mutter leben musst. Jetzt kommt auch noch die Sache mit deinem Vater hinzu. Ich halte es nicht für falsch, dir eine wunderbare Erinnerung zu schaffen, die nur dir gehört.«

So hatte Min das noch gar nicht gesehen. »Hast du das auch mit dem Diener gemacht?«

»Ganz bestimmt«, versicherte Pandora ohne Bedauern. »Das würde ich auch wieder tun. Nicht, dass ich das plane«, fügte sie lachend hinzu.

Pandora hatte Min jede Menge Denkanstöße gegeben. Aber Min hatte nicht viel Zeit zum Nachdenken. Ihre Zeit wurde immer knapper, und sie musste sich schnell entscheiden, welche Richtung sie einschlagen wollte, ehe sie der Wahlmöglichkeit beraubt wurde.

KAPITEL 13

während des gesamten Vormittags hatte Evan sich auf die Begegnung mit Min am Nachmittag in Sydney Gardens gefreut. Dann wurden seine Hoffnungen aber zunichtegemacht, als er eine Nachricht von ihr bekam, die besagte, dass sie am Nachmittag nicht spazieren ging. Am Abend würde sie jedoch auf dem Ball in den Upper Rooms sein.

Evan würde den Ball unter keinen Umständen versäumen.

Ehe er aber die Treppe hinaufgehen und seine Mutter über seine Pläne informieren konnte, die darüber sicher erfreut wäre, brachte Alton die Post ins Arbeitszimmer. Endlich war ein Brief von Mrs. Dalton eingetroffen. Evan riss den Umschlag auf und überflog den Inhalt mit wachsender Frustration.

Ihr Mann weigerte sich standhaft, auf ihre Bitten einzugehen, von einer Scheidung abzusehen. Er hatte sie aus seinem Haus verbannt – deshalb konnte sie einen offenen Brief über die Angelegenheit schreiben – und sie wohnte jetzt bei ihrer Schwester. Evan verspürte Mitleid mit der armen Frau. Es war nicht von der Hand zu weisen, dass sie einen Fehler begangen hatte, aber diese Strafe war eindeutig übertrieben.

Evan legte den Brief beiseite und sein Blick ging ins Leere, während sein Verstand und sein Bauch in Aufruhr waren. Eigentlich sollte er sich unverzüglich auf den Weg nach London machen und sich um diese Angelegenheit kümmern. Er musste mit seinem Vater sprechen. Vielleicht würde es seinem Vater gelingen, Sir Abraham zur Vernunft bringen.

Andererseits wollte er Min nicht verlassen und die Sache, die sich zwischen ihnen entwickelt hatte, nicht unterbrechen. Solange diese schreckliche Geschichte wie ein Damoklesschwert über seinem Kopf schwebte, konnte er aber auch nicht mit ihr weitermachen.

Er konnte nicht sagen, wie lange er dort gesessen und über seine Möglichkeiten nachgedacht hatte, als der Butler wiederkam, um ihm mitzuteilen, dass Sheff angekommen war.

Evan schüttelte seine Benommenheit ab und erhob sich. »Schicken Sie ihn herein.«

Sheff betrat das Arbeitszimmer, und Evan konnte die dunkle Wolke sofort erkennen, die über seinem Freund schwebte.

»Guten Tag, Sheff«, begrüßte Evan ihn. »Du erweckst nicht gerade den Eindruck des glücklich verheirateten Mannes und werdenden Vaters, den ich in letzter Zeit gesehen habe.«

»Das bin ich auch weiterhin«, brachte Sheff unwirsch hervor. »Aber ich bin auch ein durch und durch erzürnter Sohn.«

Evan kannte die Vorliebe des Duke of Henlow für Dinge, die Klatsch und Tratsch zur Folge hatten. Sich mitten in der Saison mit seiner Mätresse in Bath einzurichten, war ein Paradebeispiel dafür. Wie bei ihm nicht anders zu erwarten, ging das Gerücht, dass sein Verhalten weniger schockierend und eigentlich lediglich interessant war. War der Herzog überhaupt noch imstande Empörung hervorzurufen?

»Verdammt, was hat dein Vater jetzt schon wieder angestellt?«, fragte Evan. Er wies mit einer Geste auf die Sitzgruppe und kehrte zu seinem Sessel zurück.

Sheff setzte sich ihm gegenüber und fuhr sich mit der Hand durchs Haar. »Nun hat er vollkommen den Verstand verloren. So schrecklich sein Verhalten schon seit Jahren ist, verblasst alles im Vergleich zu seinem nächstem Coup dagegen.«

Vielleicht gab es ja doch Spielraum für einen Schock. »Das klingt ominös.« Unverzüglich musste Evan an Min denken und er stellte sich die Frage, wie sich dies auf sie auswirken könnte.

»Er beabsichtigt, sich von unserer Mutter scheiden zu lassen«, verkündete Sheff wobei er die Lippen vor Empörung krauste.

Evan stockte der Atem. »Das *ist* furchtbar.«

»Das ist abscheulich!« Sheffs Stimme war lauter geworden. »Hast du eine Vorstellung, wie furchtbar das allen schaden wird? Er wird Jos Vater verklagen. Ich bin vollkommen außer mir. Ich kann nicht glauben, dass er meiner *Frau* so etwas antun würde.«

»Das ist tatsächlich jenseits von Gut und Böse. Was ist mit deiner Schwester?« Evan wusste, dass Mins Ruf dabei Schaden nehmen würde. Er drängte seinen aufwallenden Ärger nach Kräften zurück, damit Sheff keinen Verdacht schöpfte.

»Das wird ihre Heiratschancen zunichtemachen.« Sheff warf die Hände in die Luft. »Ich kann nicht begreifen, wie mein Vater imstande ist, Min das anzutun. Es ist unverzeihlich. Nun hat er die Ehe mit meiner Mutter fast dreißig Jahre lang ertragen. Warum muss er sie unbedingt auflösen? Die Antwort darauf ist, dass er die Liebe wiederentdeckt hat, und seine Liebe endlich erwidert wird.«

Trotz allem, was der Herzog zu tun gedachte, freute Evan sich auch für ihn. »Deine Eltern waren nicht glücklich. Es ist eine Schande, dass sie nicht getrennte Wege gehen konnten.«

»Da gebe ich dir recht, aber sie *können* getrennt leben und einander aus dem Weg gehen.« Sheff seufzte. »Ich fühle mit meinem Vater und habe sogar für seinen Wunsch Verständnis, seine Liebe zu Mrs. Welbeck öffentlich zu manifestieren. Ich will mir gar nicht vorstellen, wie es sein muss, wenn ich Jo nicht heiraten dürfte, und unsere Beziehung im Verborgenen bleiben müsste.«

Evan hatte mit ihnen allen Mitgefühl, aber ganz besonders mit Min. Natürlich konnte er nicht umhin, an seine eigene Situation mit Mrs. Dalton zu denken und daran, wie schädlich dieser Skandal für seine Familie werden könnte. Er hatte sich Gedanken darüber gemacht, wie verärgert seine Eltern wären, aber hatte er wirklich einmal überlegt, wie tief dies seine Mutter treffen musste? Sie war eine beliebte Gastgeberin, und ihr Leben, wie sie es bislang gekannt hatte, wäre zunichtegemacht. Seine Schwester würde die Sache wahrscheinlich besser überstehen, da sie jetzt mit dem Viscount Somerton verheiratet war, aber auch ihnen könnte der Vorfall zumindest eine Zeit lang zum Nachteil gereichen. Evan musste die Angelegenheit zu einem Ende bringen.

Er hätte von Anfang an gar nicht erst eingreifen dürfen, um die Schuld auf sich zu nehmen. Doch er hatte seinem Freund helfen wollen und dabei hatte er das Risiko für seinen Ruf als minimal eingestuft. Er war ein Narr gewesen, als er glaubte, die Affäre würde als tollkühner Husarenstreich abgetan werden. Zudem war er nicht darauf gefasst gewesen, dass er gar nicht als tollkühn gelten wollte.

Er geriet in Versuchung, sich mit Sheff darüber auszutauschen, aber er wollte seinen Freund nicht noch mehr belasten. Jedenfalls nicht jetzt. Wie er inzwischen bemerkte, war ihm das auch noch peinlich.

»Es tut mir leid, dass ich dir das alles aufbürde«, entschuldigte sich Sheff. »Ich musste einfach mit einem Freund darüber reden, der nicht Jo ist. Sie ist sehr aufgewühlt, wie du dir vorstellen kannst, und ich möchte ihr nicht noch mehr Kummer bereiten, insbesondere nicht mit dem Baby. Wir haben beschlossen, morgen nach London zurückzukehren.«

»Habt ihr das? Fährt Min mit euch?«

Sheffs Blick bekam etwas Argwöhnisches. »Wir haben sie eingeladen, aber sie hat abgelehnt. Mein Vater hat ihr deutlich gemacht, dass sie so bald wie möglich heiraten muss. Allerdings hat er versprochen, die Scheidung so lange nicht einzuleiten, bis sie verheiratet ist.«

Evan stellte sich den enormen Druck vor, unter dem Min stehen musste. Sie musste furchtbar aufgeregt sein. Vielleicht war das der Grund, warum sie heute nicht spazieren ging. Aber sie würde ja zum Ball gehen.

Gab es einen besseren Ort für sie, um einen Ehemann zu finden?

Aus heiterem Himmel kam Evan der Gedanke, dass *er* dieser Ehemann sein könnte.

Er erwog, Sheff zu sagen, dass er eine Lösung für Min gefunden hatte. Evan interessierte es nicht, dass sein Schwiegervater die Familie in einen Skandal stürzen würde. Obwohl dies Evans sehr korrektem Vater ganz gewiss nicht einerlei wäre. Auch dann nicht, wenn der Mann ein Herzog war.

Evan wollte jedoch noch nichts davon sagen, bis er mit Min gesprochen hatte. Er sah Sheff stirnrunzelnd an. »Gibt es keine Möglichkeit, deinem Vater diese Sache auszureden?«

»Die scheint es nicht zu geben.« Sheff runzelte die Stirn. »Endlich hatte sich das Verhältnis zwischen meinem Vater und mir gebessert.«

»Und nun hat er sich gerüstet und beschlossen, für seine Liebe alles über den Haufen zu werfen«, meinte Evan.

Sheffs finsterer Blick wurde noch finsterer. »Willst du damit sagen, dass das Ganze etwas Romantisches hat?«

»Keinesfalls. Ich habe nur Mitgefühl für ihn in seiner Lage.«

»Das habe ich ebenfalls«, sagte Sheff mit einem Seufzer, und seine Gesichtszüge entspannten sich. »Es wird mir immer für ihn leidtun, dass er in einer hasserfüllten Ehe gefangen ist, aber er kann mit Mrs. Welbeck glücklich sein – auch in aller Öffentlichkeit. Es ist ja nicht so, als hätte er nicht schon früher Mätressen gehabt. Dass Mrs. Welbeck als eine weitere seiner vielen Mätressen gilt, will er aber keinesfalls. Für ihn ist sie etwas anderes, und auch das verstehe ich.«

»Was für ein verfluchter Schlamassel.« Evan hielt inne, bevor er fragte: »Denkst du manchmal, dass die Liebe diesen ganzen Aufruhr nicht wert ist?«

»Nachdem ich die Liebe am eigenen Leib erfahren habe, denke ich das nicht, sondern ich weiß es.« Sheff begegnete Evans Blick. »Sie ist jede Qual wert. Ich bin der Ansicht, dass ich die Beweggründe meines Vaters gut verstehen kann, aber so wie er für seine Liebe kämpfen wird, muss ich für meine kämpfen.«

Evan konnte erkennen, wie sehr Jo seinem Freund Sheff am Herzen lag. »Deine Liebe zu deiner Frau ist inspirierend. Wenn ein Halunke deiner Güte sich so grundlegend zum Guten verändern kann, dann gibt es auch für den Rest von uns Hoffnung.«

»Heißt das, du hoffst, deinem Ruf abzuschwören?«, fragte Sheff.

»Das habe ich in Erwägung gezogen«, entgegnete Evan gleichmütig.

»Ich ermutige dich, das schleunigst zu tun, bevor es noch schlimmer wird, nicht dass das zu befürchten steht. Aber als jemand, der ein perfekter Halunke war, bedaure ich mein Betragen.« Sheff schnitt kurz eine Grimasse, ehe er Evan aufmerksam ansah. »Gibt es noch einen anderen Grund, warum du nach Besserung trachtest? Mir ist aufgefallen, dass du immer wieder nach meiner Schwester fragst, und du hast auf dieser Hausparty übermäßig viel Zeit mit ihr verbracht. Sollte ich mir Sorgen machen?«

»Sorgen? Worüber?« *Vielleicht darüber, dass ich deine Schwester küsse?* »Ich schätze deine Schwester sehr. Ich betrachte sie als eine gute Freundin.« *Und ich möchte, dass sie mehr als das ist, um ehrlich zu sein.*

»Ist es nicht mehr als das?«, fragte Sheff.

»Das ist es nicht.« *Jedenfalls noch nicht.* »Wäre es denn schlimm, wenn dem so wäre?«

Sheffs Augenbrauen schossen in die Höhe. »Nicht unbedingt *schlimm*, aber überraschend. Es geht mich wirklich nichts an. Ich werde meiner Schwester nicht vorschreiben, wen sie heiraten soll, wie unsere Eltern das versuchen. Doch falls du dich ernsthaft für meine Schwester interessierst, musst du die Liebe ihres Lebens sein. Denn die braucht sie und sie hat sie auch verdient. Wenn du dazu nicht imstande bist, verschwende ihre Zeit nicht.«

Evan verstand. Er nickte.

»Ziehst du ernsthaft in Erwägung, ihr den Hof zu machen?« Sheff blinzelte ihn an.

»Das bleibt eine Sache zwischen deiner Schwester und mir, wenn es dir nichts ausmacht.« Die Wahrheit war allerdings, dass Evan es nicht wusste. Auf jeden Fall empfand er eine tiefe Zuneigung und er fühlte auch eine starke Anziehung zu ihr.

»Kluger Mann.« Sheff nickte ihm anerkennend zu. »Sie könnte es viel schlechter treffen als mit dir.«

Evan lachte. »Danke?«

Sie unterhielten sich noch ein paar Minuten, bevor Sheff aufstand, um sich zu verabschieden. Evan wünschte ihm eine gute Heimreise nach London und bat ihn, Jo herzlich zu grüßen.

Nachdem Sheff gegangen war, drehten sich Evans Gedanken ausschließlich um Min – sie war ihm nicht aus dem Kopf gegangen – und darum, wie es ihr wohl ging. Er wollte sie heute Abend unbedingt sehen. Um mit ihr über die Ehe zu sprechen.

Aber war das klug? Noch hatte er die Angelegenheit mit Mrs. Dalton nicht geklärt, und das sollte er wirklich tun, ehe er an eine Zukunft mit Min dachte. Nach allem, was sie inzwischen hatte durchmachen müssen, würde er nicht zulassen, dass ein Skandal sie berührte.

Wenn er klug wäre, würde er morgen ebenfalls nach London reisen.

~

Min hatte seit ihrem gestrigen Gespräch mit Pandora an nichts anderes gedacht als an die bevorstehenden Entscheidungen.

Sie war gedanklich so sehr damit beschäftigt, was sie als Nächstes tun sollte, dass sie beschlossen hatte, auf einen Spaziergang zu verzichten, um Evan zu treffen. Es gab einfach zu viel zu bedenken. Außerdem würde sie bei einem Treffen mit ihm wahrscheinlich dazu ermutigt, Pandoras Vorschlag in die Tat umzusetzen. Tatsächlich hatten sich viele von Mins Gedanken um eine Nacht mit Evan gedreht, und das ganz besonders vergangene Nacht, als sie versucht hatte zu schlafen. Begierde war in ihr aufgewallt, als sie sich seine Küsse und seine Berührungen in Erinnerung gerufen hatte – und sich dazu ausgemalt hatte, was sie sonst noch bei ihm fühlen würde.

»Ich glaube, das ist mein Lieblingskleid«, sagte Mins Mutter, als sie die kurze Strecke von ihrem Haus zu den Upper Rooms für den heutigen Ball zurücklegten.

Min blickte auf ihr rosafarbenes Ballkleid hinunter, das sie noch vor einer Woche gewählt hatte. Ihrer Mutter gegenüber erwähnte sie das nicht. Seit der gestrigen verblüffenden Enthüllung ihres Vaters hatte sie es vermieden, mit der Herzogin zu sprechen. In Wahrheit vermied Min es jetzt generell, überhaupt ein Wort mit ihr zu wechseln – und zwar schon seit der verheerenden Enthüllung über Ellis.

Der Aufruhr überstieg einfach das Maß, das eine Familie aushalten konnte.

Min hatte gestern Abend zum dritten Mal an Ellis geschrieben und den Brief von einem Diener zum Haus ihres Vaters bringen lassen, damit er ihn abschicken konnte. Sie hatte sich bei Ellis über die Scheidung beklagen wollen, doch dann darauf verzichtet. Ellis hatte ihre eigenen Probleme und brauchte nicht obendrein noch von Mins Problemen zu hören.

Stattdessen hatte sie Ellis geschrieben, wie sehr sie sie vermisste, dass es ihr gut ginge und sie auf ein baldiges Wiedersehen hoffte. Sie schrieb auch, dass sie einem

Heiratsantrag näher sei als je zuvor – nicht, dass bereits ein konkreter Kandidat zu nennen wäre.

Denn sie heiratete, bevor ihr Vater die Familie in einen Skandal stürzte.

Min stemmte sich mit den Schultern gegen die Rückenlehne. »Mutter, ich habe mich entschlossen, mit der gebotenen Eile zu heiraten. Aber die Wahl des Bräutigams ist meine und nur meine«, stellte sie mit fester Stimme klar. Wenn sie schon keine Liebe oder Leidenschaft haben konnte, so würde sie zumindest einen Bräutigam wählen, den sie respektieren konnte.

»Das freut mich zu hören«, sagte ihre Mutter. Sie lächelte sogar, was Min dazu veranlasste, mit den Augen zu rollen. »Ich erwarte, dass er aus einer adligen Familie stammt. Nach der Heirat deines Bruders ist es sehr wichtig, dass du eine gute Verbindung eingehst.«

Wichtig für wen? Min war verblüfft.

Die Herzogin fuhr fort: »Ich weiß, dass du Mr. Jarvis erwähnt hast, und obwohl er angenehm zu sein scheint, ist er nicht adlig. Du verdienst einen besseren Mann, und das weißt du auch, Minerva. Du bist die Tochter des Herzogs von Henlow. Du solltest den Erben eines anderen Herzogtums heiraten, oder einer Grafschaft, zumindest aber eine Grafschaft. Aber ich werde mich mit einem Viscount zufrieden geben.« Ein Anflug von Enttäuschung schwang in dem Atem mit, den sie nun ausstieß.

»*Du* willst dich zufrieden geben?«, fragte Min mit einem Blick voller Abscheu. »Meine Ehe hat nichts mit dir zu tun, und in Anbetracht deines eher mangelhaften Erfolgs mit der Ehe, verzeih mir, wenn ich deinen Beitrag überhaupt nicht hören will.«

Ihre Mutter wurde stutzig. »Du darfst auch nicht an Evan Price denken«, sagte sie, als ob sie nicht gehört hätte, was Min ihr gerade gesagt hatte.

Min musste sich zusammenreißen, um sie nicht anzu-starren. »Wie kommst du überhaupt auf ihn?«

»Weil ich gesehen habe, wie du mit ihm gesprochen hast, und ich weiß, dass du Zeit mit ihm verbracht hast – zu viel Zeit – auf Longleat.« Die Herzogin schniefte, als ob sie etwas Unangenehmes riechen würde. »Seine Familie ist in Ordnung, nehme ich an, aber wie gesagt, ist er ohne Titel. Außerdem ist sein Ruf nicht gerade … makellos. Was das angeht, wäre Mr. Jarvis die bessere Wahl. Aber wie gesagt, du solltest dich für keinen der beiden entscheiden.«

»Mutter, *hör auf*. Ich werde heiraten, wen ich will. Das gilt auch für Mr. Jarvis oder Mr. Price oder einen Schmied.« Die Kutsche kam zum Stehen, und Min war dankbar, dass sie aussteigen konnte.

Als sie auf dem Weg in das Gebäude waren, fragte sich Min, ob es ein Fehler war, heute Abend hierher zu kommen. Hatte sie tatsächlich gehofft, es würde sich ein neuer Gentleman zeigen? Jemand, in den sie sich sofort und unsterblich verlieben würde? Oder mit dem sie zumindest die gleiche Leidenschaft teilen konnte wie mit Evan?

Der Gedanke, heute Abend eine weitere Reihe von Tänzen ohne Ellis an ihrer Seite oder eines der anderen Mitglieder des Regeln für Halunken Clubs zu überstehen, war sowohl deprimierend als auch frustrierend. Wenigstens hatte sie Pandora, mit der sie sich unterhalten konnte, obwohl ihre Freundin natürlich nicht hier auf dem Ball war.

Sie betraten den Ballsaal, und zum ersten Mal fühlte sich Min unbehaglich. Sie dachte daran, wie es wäre, nie wieder an einer solchen Veranstaltung teilnehmen zu müssen, und sie glaubte nicht, dass es ihr etwas ausmachen würde. Zum Erreichen dieses Ziels gab es zwei Möglich-keiten. Als Jungfer würde sie keine Bälle mehr besuchen, wie Pandora es tat. Als Ehefrau könnte sie sehr wohl weiterhin an Bällen teilnehmen, aber mit ganz anderen Erwartungen.

Plötzlich blickte sie Jahre in die Zukunft und fragte sich, wie es wohl wäre, mit ihrer eigenen Tochter einen solchen Ball zu besuchen. Der Atem stockte ihr in der Lunge, als sie sich vorstellte, dass dieser Fall nie eintreten würde, wenn sie eine alte Jungfer wäre. Einen Moment lang konnte sie nicht atmen.

»Da kommt Lord Spilsby«, bemerkte ihre Mutter eifrig. »Ich weiß, er ist nicht deine erste Wahl, aber ich glaube, er hat sich verändert, seit er seinen Titel geerbt hat. Ich denke, du solltest ihm eine Chance geben.«

Spilsby, der wieder einmal eine grässliche Weste trug – diesmal in einem bräunlich-violetten Farbton, der an Verwesung denken ließ – erschien, bevor Min erklären konnte, dass sie nicht die Absicht hatte, dies zu tun. Er verbeugte sich. »Würden Sie mir die Ehre erweisen, das nächste Set mit mir zu tanzen, Lady Minerva?«

Min konnte nicht Nein sagen, insbesondere deshalb nicht, weil sie eine Regel gebrochen hatte, als sie ihn gestern Abend abgewiesen hatte. Allerdings hatte ihre Mutter ihr ungewollt einen Vorwand geliefert, als sie die Geschichte erfand, dass Min krank sei und bei Sheff bleiben müsse. War Min schuldig, weil sie das aufgegriffen hatte?

»Sicherlich«, antwortete Min mit einem gezwungenen Lächeln. Sie nahm seinen Arm und betrachtete das Profil seines langen Gesichts. Er hatte schüttere braune Koteletten, die sich entlang seines Kieferknochens bauschten. Manche Männer trugen Gesichtsbehaarung, um ein fehlendes Merkmal zu kompensieren. In Spilsbys Fall glaubte Min nicht, dass es genug Haare auf der Welt gab, um ihn anders als unsympathisch aussehen zu lassen.

Als sie ihre Plätze auf der Tanzfläche einnahmen, warf er ihr einen ernsten Blick zu. »Ich muss mich bei Ihnen entschuldigen, Lady Minerva. Ich verstehe, dass Sie mich wegen eines unglücklichen Vorfalls, der sich im letzten Frühjahr bei Almack's ereignet hat, verachten. Ich fürchte, ich habe auf einen Vorfall, in den eine Freundin von Ihnen verwickelt war, schlecht reagiert, und das war nicht gut von mir.«

Min warf ihm einen Blick zu. Sie vermutete, dass ihre Mutter ihn dazu angestiftet hatte, um seine Chancen zu erhöhen. Aber er hatte nicht die geringsten Chancen bei Min.

»Ich bin nicht diejenige, bei der Sie sich entschuldigen sollten«, entgegnete Min. »Das wäre Lady Somerton, aber ich wage zu behaupten, dass sie nicht mit Ihnen sprechen wird. Selbst wenn Sie einen Versuch wagten, würde ihr Mann Sie wahrscheinlich zur Rede stellen.«

Sie lachte, als hätte sie einen Scherz gemacht, aber das hatte sie nicht. Und angesichts des Schattens, der über Spilsbys Augen huschte, nahm sie an, dass er das auch genau wusste.

»Außerdem«, fuhr Min fort, »könnte man die Geschehnisse im Almack's entschuldigen, weil Sie vielleicht einfach einen schlechten Abend hatten. Aber für das Gerücht, das Sie später verbreitet haben, um Lady Somerton zu ruinieren, gibt es keine Entschuldigung. Das ist, fürchte ich, unverzeihlich.«

Er öffnete den Mund und zog die Brauen zusammen, aber Min hob eine Hand. »Ich glaube nicht, dass es da etwas zu besprechen gibt.«

»Ich würde es trotzdem gerne erklären«, sagte Spilsby mit gerötetem Gesicht. »Dürfte ich Sie morgen dazu aufsuchen?«

Sie wollte nicht, dass er sie aufsuchte, denn das würde

ihn nur ermutigen. »Nein, das ist für mich nicht akzeptabel. Dies wird sogar das letzte Mal sein, dass wir zusammen tanzen. Sie dürfen mich nicht mehr fragen, denn ich habe kein Interesse daran, Sie zu heiraten. Es wird kein Werben geben. Sie müssen Ihr Interesse in eine andere Richtung lenken.«

Spilsby riss die Augen auf, und seine Nasenlöcher blähten sich. Sein Kiefer krampfte sich zusammen, und um seinen Mund bildeten sich kleine Falten. Er glühte nicht gerade, aber er sah nicht erfreut aus. Die Musik setzte ein, und sie bewegten sich eher unbeholfen durch den Tanz.

Auf halbem Weg entdeckte Min Evan an der Wand. Er sah prächtig aus, sein dunkles Haar war so frisiert, dass ein paar Wellen über seine Stirn liefen. Er hatte seinen Gehstock nicht dabei, und Min stellte fest, dass sie dieses Accessoire vermisste. Es verlieh seiner Erscheinung etwas, das unbestreitbar attraktiv war. Doch Min fand ihn in jeder Situation gut aussehend – ob er nun gerade vom Pferd gestürzt war oder sich von einem Knocheneinrichter an seinem verletzten Knöchel behandeln ließ.

Jedes Mal, wenn sie ihn sah, schlug ihr Herz ein wenig schneller und ihr Wunsch, ihm nahe zu sein, nahm weiter zu. Sie wünschte, sie könnte mit ihm tanzen. Vielleicht bedeutete das Fehlen eines Gehstocks, dass er das konnte.

»Vorsichtig«, warnte Spilsby verärgert und unterbrach Mins Schwärmerei.

Min merkte, dass sie den Überblick verloren hatte, wohin sie sich eigentlich bewegen sollte. Sie reagierte nicht, sondern warf Spilsby nur einen schwachen Blick zu.

Sie entdeckte Evan wieder, und dieses Mal schaute er in ihre Richtung. Ihre Blicke trafen sich, und Min wusste in diesem Moment, dass sie das wollte, was Pandora vorgeschlagen hatte. Sie wollte diese eine Nacht für sich. Und sie wollte sie mit Evan Price.

KAPITEL 14

Evan bedauerte, dass er seinen Spazierstock in der Garderobe vergessen hatte, denn er hatte das Bedürfnis, den Pferdekopf zu packen und ihn wie ein Schwert zu schwingen, als er Min mit diesem Schurken Spilsby tanzen sah. Er hätte diesen Schuft damals, als er seine Schwester beleidigt hatte, zur Rede stellen sollen – zuerst, indem er sie für den versehentlichen Ruin seiner scheußlichen Weste verantwortlich machte, und dann noch einmal, als er ein Gerücht in die Welt gesetzt hatte, um sie zu ruinieren. Ihn mit Min zu sehen, verursachte Evan ein mulmiges Gefühl im Magen.

Die Tatsache, dass Min immer wieder in seine Richtung schaute, beruhigte ihn jedoch. Tatsächlich wirkte dies nicht nur beruhigend, sondern es erregte ihn sogar. In dem Moment, in dem der Tanz endete, ging Evan auf die beiden zu, um sie beim Verlassen der Tanzfläche abzufangen.

»Spilsby«, murmelte Evan zwischen zusammengebissenen Zähnen. Mehr brachte er nicht zustande, denn eigentlich wollte er dem Mann eine Ohrfeige versetzen.

Freudig wandte er seinen Blick zu Min. »Ich glaube, das nächste Set gehört mir, Lady Minerva.«

»Das stimmt wirklich«, entgegnete Min mit einem strahlenden Lächeln, das Evans Brustkorb anschwellen ließ.

»Kein Spazierstock heute Abend?«, fragte Spilsby und blickte auf Evans Bein.

»Nein«, entgegnete Evan frostig. Er erwiderte Spilsbys Blick. »Und Sie sollten dankbar sein.« Er bot Min seinen Arm an, die ein Lächeln zurückzuhalten schien.

»Leben Sie wohl, Spilsby«, sagte sie, als Evan sie davonführte. Da das nächste Set erst in einigen Minuten beginnen würde, konnte er sie wenigstens auf die gegenüberliegende Seite des Raumes führen, um weit von Spilsby entfernt zu sein.

Als sie außer Hörweite waren, fragte Min: »Haben Sie dem Viscount gerade auf subtile Weise Gewalt angedroht?«

Evan zog eine Schulter in die Höhe. »Das mag sein. Das ist nicht weniger, als er verdient, so wie er Gwen behandelt hat.«

»Ich bin ganz Ihrer Meinung. Ich bin froh, dass ich seine Anwesenheit nicht länger ertragen muss.«

»Ich hab Sie: ›Leben Sie wohl.‹ sagen hören.« Evan blickte sie an und verlor sich einen Moment lang in der Schönheit ihres Profils. Ihre Kieferpartie war exquisit. »Was haben Sie damit gemeint?«

»Er hatte mir morgen einen Besuch abstatten wollen.« Das bemerkte sie in einem Ton, der die Lächerlichkeit dieser Idee hervorhob. »Ich habe ihm allerdings unmissverständlich deutlich gemacht, dass ich nie wieder mit ihm tanzen werde, und er auch nicht mehr um mich werben wird, da ich kein Interesse an einer Heirat mit ihm habe.«

Evan grinste. »Bravo.«

»Sie hätten ihn auf der Tanzfläche hören sollen.« Min rollte mit den Augen. »Er hatte sich tatsächlich für sein Verhalten entschuldigen wollen, nachdem Gwen im Almack's gestolpert war und ihr Getränk über ihn verschüttet hatte.«

Evan verspürte eine neue Welle der Wut. Er drehte den Kopf und suchte mit Blicken nach Spilsby, wo auch immer dieser abgeblieben sein mochte. »Sagen Sie mir, dass er nicht wieder versucht hat, es meiner Schwester in die Schuhe zu schieben.«

»Meines Erachtens hat er sich nur bei mir einschmeicheln wollen, was er aber nicht schaffen wird. Ich habe ihm geantwortet, dass er sich nicht bei mir entschuldigen muss, sondern bei Gwen.«

»Ich sollte ihn dazu zwingen«, zischte Evan.

»Dann habe ich ihm erklärt, dass selbst dann, wenn Gwen sein schlechtes Benehmen an jenem Abend bei Almack's entschuldigen könnte, noch immer das Gerücht im Raum steht, das er über Gwen und Somerton in die Welt gesetzt hat. Und dieses Gerücht ist nicht zu entschuldigen.«

»Der Mann ist ein absoluter Stümper. Soll ich ihn nach draußen bitten?« Evan begleitete sie in die Mitte des Ballsaals, als das nächste Set begann.

»Welchen Sinn hätte das? Um ein Ärgernis zu sein?« Min hob ihre freie Hand und berührte seinen Unterarm. »Sie müssen tun, was Sie für das Beste halten, aber ich möchte nicht, dass Sie noch einmal verletzt werden.«

Evan lachte. »Ich will nicht arrogant klingen, aber wissen Sie eigentlich, wie gut ich schieße? Und auch mit dem Degen umgehen kann?«

Sie schenkte ihm einen mokanten Blick, als sie ihre Plätze für den Tanz einnahmen. »Ich habe gehört, dass Sie ein hervorragender Schütze sind und recht anmutig mit dem Degen umgehen können. Vielleicht führen Sie mir Ihr Können einmal vor, wenn Ihr Knöchel vollständig verheilt ist.«

Sie flirtete mit ihm, bei Gott, und Evan war furchtbar aufgeregt. »Das werde ich bei nächster Gelegenheit mit Freuden tun«, versprach er, auch wenn er wusste, dass ihm zumindest im Augenblick nur kurze Zeit mit ihr beschieden war. Er hatte sich darum zu kümmern, nach London zu kommen und die Sache mit Sir Abraham zu regeln. Wenn er anschließend nach Bath zurückkehrte, konnte er sich ganz auf Min konzentrieren und überlegen, ob er sie zu seiner Frau machen sollte.

»Vielleicht könnten Sie mir ja auch das Schießen beibringen.« Min nahm ihre Hand von seinem Arm, was äußerst enttäuschend war, aber leider unumgänglich, damit sie sich für den Tanz gegenüberstehen konnten. »Ich könnte mir vorstellen, dass das sehr unterhaltsam werden könnte«, fügte sie hinzu.

Ihre Blicke trafen sich, und er konnte nicht sagen, ob sie das nur sagte, um mit ihm zu flirten, oder ob sie tatsächlich an seinem Unterricht interessiert war. Er kam zu dem Schluss, dass dies ohnehin keine Rolle spielte. Um so viel Zeit mit ihr wie möglich zu verbringen, würde er alles tun, was auch immer der Anlass dafür sein mochte.

Nun war es an ihnen, zwischen den Reihen zu tanzen, doch auf halber Strecke knickte er mit dem Knöchel um. Blitzartig schoss der Schmerz sein Bein hinauf, und er biss sich auf die Wange, um nicht zu fluchen. Min trat näher und umklammerte ihn, stützte ihn, während er sein Gewicht auf sein rechtes Bein verlagerte.

Sie zog die Stirn in Falten, als sie ihn mit warmer Sorge ansah. »Oje, schon wieder Ihr Knöchel.«

»Er will einfach nicht ganz verheilen«, knurrte er. Morgen, ehe er die Stadt verließ, sollte er den Arzt konsultieren, doch dazu würde ihm die Zeit fehlen. Er wollte unverzüglich nach London aufbrechen, um sich um alles zu kümmern, damit er so schnell wie möglich nach Bath – und zu Min – zurückkehren konnte.

»Sie müssen sich setzen«, ordnete sie an. Die anderen Tänzer hielten in ihren Bewegungen inne, als Min Evan half, ihre Reihen zu verlassen.

Er humpelte neben Min her, als sie ihn aus dem Ballsaal in den Korridor führte. Es war zwar ganz bestimmt nicht seine Absicht gewesen, seine Verletzung wieder aufflammen zu lassen, aber er konnte er nicht sagen, dass ihm die Situation, in der er sich befand, etwas ausmachte.

»Setzen wir uns in den Tea Salon«, schlug sie vor. »Es werden nicht so viele Menschen dort anwesend sein, also können Sie Ihren Fuß in aller Ruhe auf einen anderen Stuhl legen, wenn es notwendig ist.« Sie führte ihn in eine Ecke und brachte ihm einen Stuhl von einem der Tische, damit er sich setzen konnte. »Wo ist Ihr Gehstock?«

»In der Garderobe, was nicht sehr hilfreich ist.«

Sie lächelte ihn an. »Ich werde ihn holen.«

»Später. Setzen Sie sich erst einmal zu mir, wenn es Ihnen nichts ausmacht.« Evan ließ sich auf dem Stuhl nieder und bewegte vorsichtig seinen Fuß, wobei er den Knöchel leicht drehte, um festzustellen, wie schlimm er sich verletzt hatte.

»Ich kann sehen, wie Sie zusammenzucken.« Min drehte den Stuhl neben ihm zu ihm hin und setzte sich. »Haben Sie sich vielleicht zu viel vorgenommen? Der Arzt hatte Sie davor gewarnt, Ihre Genesung zu überstürzen.«

»Ja, das hatte er. Und er hat mich sogar ein zweites Mal darüber belehrt, als er nach dem Ende der Hausparty auf Longleat zurückkam. Wenn sich mein Knöchel morgens gut anfühlt, belaste ich ihn wahrscheinlich zu sehr, das gestehe ich. Ich werde mir mehr Zeit zur Heilung lassen müssen.«

Sie sah ihn mit hochgezogenen Augenbrauen an. »Versprechen Sie mir, dass Sie den Gehstock immer benutzen werden? Sie können mir das Schießen nicht beibringen, wenn Sie nicht vollständig geheilt sind.«

»Das ist sicherlich eine ausgezeichnete Motivation.« Er schenkte ihr ein verschmitztes Lächeln. »Aber ich brauche keinen voll funktionsfähigen Knöchel, um Sie im Schießen zu unterweisen.«

»Sie können aber auch nicht tanzen«, stellte sie in einem reichlich herrischen Ton fest, den Evan mehr als nur ein wenig erregend fand.

»Ja, Eure Ladyschaft. Ich bereue es aber nicht, heute Abend mit Ihnen getanzt zu haben.« Die Zeit, die sie auf der Tanzfläche verbracht hatten, war zwar kurz, aber herrlich gewesen. Er hatte die Hitze in ihrem Blick und die verführerische Kraft ihrer Lippen genossen. Hatte sie eine Ahnung, wie sehr er sie begehrte?

Nein, das hatte sie natürlich nicht. Denn er hatte ja nichts gesagt. Allem Anschein nach war er doch nicht so ein großer Halunke.

»Ich bin froh, dass Sie das getan haben – ich meine, mit mir zu tanzen.« Ihre Lippen verzogen sich zu einem kurzen, aber herzerwärmenden Lächeln. »Das war das Erfreulichste, das ich seit ein paar Tagen erlebt habe.«

»Ich habe von der Sache mit ihrem Vater gehört. Sheff kam gestern zu mir. Es tut mir so leid, dass Sie sich zu allem Überfluss auch noch damit konfrontiert sehen.«

»Danke«, entgegnete Min leise. »Vater hat versprochen, dass er mit der Einreichung der Klage warten will, bis ich verheiratet bin, aber er möchte, dass ich bald heirate. Als ob ich mit einem Zauberspruch den Mann herbeizaubern könnte, den ich heiraten will – und er mich auch heiraten wird.«

»Jeder Mann sollte Sie heiraten wollen«, sagte er leise.

Am anderen Ende des langen, rechteckigen Raums saßen einige Leute, aber Evan und Min waren in ihrer Ecke allein. Evan war klar, dass er das Thema Heirat jetzt mir ihr ansprechen sollte.

»Ich habe etwas mit Ihnen zu besprechen«, sagte er im selben Moment, als sie sagte: »Ich würde gerne mit Ihnen über etwas sprechen.« Sie lachten beide.

»Sie zuerst«, meinte Evan und lächelte immer noch.

Sie verschränkte die Hände in ihrem Schoß und wirkte plötzlich nervös. Ihre Wangen färbten sich rosa, und sie konnte seinen Blick nicht voll erwidern. »Da ich noch niemanden gefunden habe, den ich heiraten möchte, und meine Familie in Kürze in einen Skandal verwickelt wird, habe ich mir überlegt, ob ich überhaupt heiraten will. Pandora hat mir deutlich gemacht, dass das Dasein einer Jungfer eine Option ist. Sie hat sich zwar nicht freiwillig dafür entschieden, aber sie ist nicht ganz unglücklich, und ich gebe zu, dass sie ein gewisses Maß an Freiheit genießt, das mir gefällt.«

»Sie denken darüber nach, eine Jungfer zu werden?«

»Ich denke über eine Zukunft nach, in der ich nicht heiraten werde. Darüber wollte ich mit Ihnen sprechen.«

Evans Neugierde war geweckt. »Wie kann ich Ihnen helfen?«

Sie legte ihre Handflächen in den Schoß und holte tief Luft. »Wenn ich nicht heirate, werde ich die leidenschaftliche Seite der Ehe vermissen. Das wäre mir nicht klar geworden, wenn wir uns nicht geküsst hätten, also danke ich Ihnen dafür.« Sie fixierte ihn mit ihrem Blick, und Evan wünschte sich nichts mehr, als in die Gefühle einzutauchen, die in ihren Augen glommen. »Jetzt weiß ich, dass ich die Leidenschaft voll auskosten möchte, und das würde ich gerne mit Ihnen tun.«

Evan wünschte sich sehnlichst, dass sie nicht mitten in diesem verdammten Tea Salon sitzen würden. Denn dann würde er ihr jede Facette der Leidenschaft zeigen, die sie empfinden konnte.

Ohne Rücksicht auf seinen Knöchel zu nehmen und trotz des fehlenden Gehstocks, sprang er von seinem Stuhl auf und ergriff Mins Hand. Er zog sie hoch und führte sie in eine Nische in der Ecke, die hinter einer Säule verborgen war. Zwar war es nicht ganz privat, aber für den Augenblick waren sie ein wenig abgeschirmt, zumal auf dieser Seite des Raumes niemand war.

»Evan, Sie sollten nicht auf Ihrem Knöchel stehen.«

»Zum Teufel mit meinem Knöchel«, murmelte er, bevor er ihr Gesicht umfasste und sie küsste.

Ihre Lippen schmiegten sich an seine, und die von ihr so sehnlichst herbeigewünschte Leidenschaft entbrannte zwischen ihnen. Ihre Zungen trafen in einem schillernden, erotischen Tanz aufeinander, der ihn in Flammen setzte. Er legte eine Hand auf ihren Rücken und presste ihren Körper an seinen. Mit der anderen Hand strich er über die bloße Haut an ihrem Schlüsselbein und ihrem Halsansatz. Er verfluchte seine Handschuhe und jedes andere Kleidungsstück, das sie trugen.

»Ist es das, was du willst?«, flüsterte er zwischen Küssen.

»Ja.« Mehr vermochte sie nicht zu sagen, denn er verschlang ihren Mund, während die Begierde durch seine Adern rauschte.

Dann löste er seine Lippen lange genug von ihren, um ihr zu antworten: »Gut, denn ich will dich mehr, als ich sagen kann. Mehr als ich jemals eine andere gewollt habe.«

Als Reaktion darauf zog sie an seinem Kopf und

brachte seinen Mund noch einmal zu ihrem heran. Sie grub die Finger in seinen Nacken und drückte ihn an sich.

Evan ließ seine Hand über ihre Brüste gleiten und umfasste sie durch den Stoff ihrer zu vielen Kleidungsstücke hindurch. Sanft schloss er seine Zähne um ihre Unterlippe und zog daran, bevor er seinen Mund über ihren Kiefer und ihren Hals bewegte.

»Nein.«

Dieses einzige Wort ließ ihn erstarren. »Du willst, dass ich aufhöre?«

»Nein«, raunte sie heiser. »Ich meine, das will ich nicht. Nicht ganz. Ich will mehr. Ich will alles, Evan. Zeig es mir. Bitte.«

Er stöhnte an ihrem Hals und es gelang ihm, sich zu stoppen, bevor er die Lippen um ihre Haut schloss und an ihr saugte, bis er sein Zeichen hinterließ. Alle Welt sollte wissen, dass Min zu ihm gehörte.

Evan drückte ihre Brust, was sie zu einem Keuchen veranlasste. »Ich wünschte, ich könnte dir jedes Kleidungsstück vom Leib reißen, Min.« Er küsste sie erneut und es war ein langer und feuriger Kuss bei dem er sie mit jeder Bewegung seiner Zunge und jedem Saugen seiner Lippen für sich beanspruchte.

Als er sich zurückzog, war er ebenso atemlos wie sie. »Heirate mich«, keuchte er.

Sie öffnete die Augen und starrte ihn an, wobei ein Lichtstrahl aus dem Tea Salon ihre Gesichtszüge erhellte. »Was? Nein, das verlange ich nicht von dir.«

Ein Geräusch in der Nähe ließ sie auseinanderfahren. Evan drehte sich um und schaute aus der Nische. Ein Diener erledigte etwas an einem Tisch.

Als Evan sich wieder zu Min umdrehte, glättete sie gerade ihren Rock. »Wir sollten zu unserem Tisch zurückkehren. Eigentlich solltest du nach Hause gehen und deinen Knöchel schonen.«

Evan hatte den Schmerz schon fast vergessen, der sich jetzt allerdings wieder bemerkbar machte, und er verlagerte sein Gewicht auf seine rechte Seite. Er drückte sich mit dem Rücken gegen die Wand und ließ Min an sich vorbeigehen, um aus der Nische zu treten.

Sie setzte sich nicht wieder an den Tisch.

Evan humpelte zu seinem Stuhl und nahm Platz.

»Ich hole jetzt deinen Gehstock«, kündigte sie ihm an.

»Warte einen Moment«, sagte er leise. »Ich habe meine Frage ernst gemeint.«

Sie sah ihn mit einer hochgezogenen Augenbraue an. »Ich kann mich nicht erinnern, dass du mir eine Frage gestellt hast.«

Das hatte er auch nicht getan. Überwältigt vom Verlangen hatte er seine Bitte als Befehl formuliert. »Nein, das habe ich nicht. Aber das werde ich, und zwar nicht in einer dunklen Nische in den Upper Rooms.« Er sah ihr in die Augen. »Ich *werde* dich fragen. Was wirst du sagen?«

»Solange du nicht fragst, kann ich dir keine Antwort geben.« Ihre Wangen waren von ihrer Zärtlichkeit noch immer leicht gerötet.

Evan sehnte sich danach, ihren ganzen Körper in einem Zustand der Erregung zu sehen – und das würde er.

»Ich muss morgen nach London fahren.« Ihm war die Überraschung auf die dann Enttäuschung in ihrem Blick folgte verhasst. »Ich werde nicht lange fort sein, aber es ist zwingend notwendig.« Er sollte ihr den Grund dafür erklären, aber er wollte diesen Moment nicht damit verderben, über seine Fehler zu sprechen. Bei seiner Rückkehr würde er ihr alles erzählen.

»Wie viel Zeit brauchst du denn?«

»Zwei Tage für die Hinreise, einen Tag für die Erledigung der dringenden Angelegenheit und zwei Tage für die Rückreise. Wenn das Wetter mitspielt. Hoffentlich regnet es nicht.«

»Wir sehen uns also wahrscheinlich am Dienstag?«

Es war so verdammt lange bis dahin. Und vielleicht noch länger, je nachdem, wie die Dinge mit Sir Abraham liefen. Evan war besonders frustriert, dass er nicht reiten konnte, was die Reise erheblich beschleunigt hätte. »Ja. Am Dienstag. Wenn ich früher zurückkehren kann, dann versichere ich dir, dass ich das tun werde. Dann werden wir uns unterhalten.«

»Aber ich würde lieber andere Dinge tun.« Ihr Blick schweifte über ihn, und sein Schaft, der sich endlich zu entspannen begann, wurde wieder hart.

»Min, schau mich nicht so an, es sei denn, du bist darauf vorbereitet, dass ich dich über meine Schulter werfe und zu mir nach Hause schleppe, wo ich dich gründlich schänden werde. Zum Teufel, vielleicht schaffen wir es gar nicht so weit, denn in der Kutsche werde ich meine Hände nicht von dir lassen können.«

»Wenn du nicht aufhörst zu reden, kann ich nicht mehr laufen, um deinen Stock zu holen«, sagte sie und klang wieder atemlos.

»Ich bitte um Entschuldigung. Ich wollte dich nicht aufhalten.« Er konnte sich nicht zurückhalten.

»Das ist es nicht. Meine Knie verwandeln sich bei deinen Worten zu Gelee. Ich könnte deinen Gehstock brauchen, um mich abzustützen – du kannst mich ja nicht über deine Schulter werfen«, fügte sie mit einem bösen Lächeln hinzu, das Evan leise aufstöhnen ließ.

»Hinfort, Frau. Du quälst mich.«

Sie schenkte ihm ein freches Lächeln. »Gut.«

Als er sie durch den Tea Salon gehen sah, grinste Evan vor sich hin. Er würde Himmel und Hölle in Bewegung

setzen, um so schnell wie möglich zu ihr zurückzukehren.

~

Evan verließ den Ball kurz nach ihrem Zwischenspiel in der Nische, und der Rest des Abends verging für Min quälend langsam. Zwischen dem ausdauernden Rausch von Evans Küssen und dem Schock darüber, dass er von Heirat sprach, konnte Min sich kaum auf das Tanzen konzentrieren. Sie hatte erwogen, ihre Mutter zu bitten, früher zu gehen, doch seit dem Dinner hatte sie die Herzogin nicht mehr gesehen. Und obwohl sie am selben Tisch gesessen hatten, war Mins Mutter in ein Gespräch mit ein paar anderen Ladys vertieft gewesen, darunter die schreckliche Wichtigtuerin Mrs. Lawler.

Min war froh, dass sie nicht mit ihrer Mutter reden musste, denn sie war zu sehr von den Gedanken an Evan überwältigt. Immer wieder musste sie an seine Hände auf ihrem Körper denken und daran, wie seine Zunge voller Leidenschaft in ihren Mund eingedrungen war. Ihr Körper hatte sich noch nicht wieder beruhigt. Sie bebte an dunk-len, geheimen Stellen und sehnte sich nach dem Moment, in dem sie wieder mit Evan allein sein konnte. Es stand außer Frage, dass sie ihn begehrte.

Doch dann war sie von seinem Gerede über eine Heirat aufgerüttelt worden. Er hatte sie nicht einmal gefragt. Stattdessen hatte er befohlen, dass sie ihn heiraten sollte. Bei der Art und Weise, wie er diese Worte vorgebracht hatte, war ihr ein Schauer über den Rücken gelaufen. Es war, als hätte er sich kaum beherrschen können, wobei dieser Mangel an Beherrschung ihretwegen zustande gekommen war. Das hatte etwas Dunkles und Erotisches.

Sie dachte, dass er ebenso ergriffen gewesen war wie

sie und deshalb von Heirat gesprochen hatte. Sie beide hatten miteinander geflirtet und es dann auf ein schwindelerregend gefährliches Niveau gebracht, indem sie über mehr davon in der Zukunft sprachen. Sie hatte ihn gebeten, ihr die Leidenschaft zu zeigen, die sie sich wünschte. Natürlich würde er glauben, dass sie heiraten sollten.

Vielleicht hatte er ihre Anforderungen vergessen – dass sie Liebe brauchte und sie sich nicht für weniger auf eine Heirat einlassen würde. Leidenschaft allein, die sie beide offenbar im Überfluss hatten, reichte einfach nicht. Bei seiner Rückkehr würde sie ihn an diese Tatsachen erinnern. Wenn er sich weigerte, ihr zu geben, was sie sich wünschte, ohne sie zu heiraten, würde sie enttäuscht sein, doch sie würde seine Entscheidung respektieren. Sie würde jedoch nicht auf das verzichten, was sie sich für eine Ehe vorstellte.

Es gefiel ihr gar nicht, dass er gehen wollte. Erst Ellis, dann Sheff und Jo, und jetzt Evan. Ihr wurde klar, dass sie ihn in eine Gruppe von Menschen aufgenommen hatte, die ihr sehr wichtig waren. Menschen, die sie liebte. Ihr Puls beschleunigte sich. Konnte sie Evan überhaupt lieben? Die Frage ging ihr den Rest des Abends nicht mehr aus dem Kopf.

Endlich ging der Ball zu Ende, und Min konnte heimkehren. Ihre Füße schmerzten ein wenig, als sie mit ihrer Mutter in die Kutsche stieg.

Die Herzogin richtete ihren Blick auf Min, als sich die Kutsche in Bewegung setzte. »Ich wünschte, du hättest nicht mit Mr. Price getanzt. Und noch mehr wünschte ich, du wärst nicht mit ihm im Tea Salon verschwunden, nachdem er sich offenbar verletzt hatte.« Ihr Stirnrunzeln war im schummrigen Licht der Kutsche deutlich zu sehen.

Min schaute aus dem Fenster in die Dunkelheit. »Was geschehen ist, ist geschehen, Mutter. Diese Dinge sind geschehen, und ich habe danach jedes Set weitergetanzt. Offensichtlich ist kein Schaden entstanden.«

»Nun, du darfst nichts mehr mit ihm zu tun haben, denn jetzt, wo die Nachricht von seinem Husarenstück nach Bath gelangt ist, *wird* er Schaden anrichten.«

»Husarenstück?« Min lenkte den Blick wieder zu ihrer Mutter.

Die Herzogin warf Min einen überlegenen Blick zu. »Ich habe dir doch gesagt, dass ich gehört habe, er könnte in einen Skandal verwickelt sein, und es hat sich herausgestellt, dass er eine Affäre mit einer verheirateten Frau namens Mrs. Dalton in London hatte.«

Das ergab keinen Sinn. »Wie kann er eine Affäre mit jemandem aus London haben, wenn er in Bath ist?« Min bemühte sich sehr, nicht mit den Augen zu rollen. Ihre Mutter versuchte wahrscheinlich nur, Ärger zu schüren.

»Mrs. Dalton war erst letzte Woche hier in Bath«, antwortete die Herzogin. »Ihre Affäre begann letzten Sommer, und man munkelt, dass ihr Mann, Sir Abraham, die Scheidung einreichen will. Du verstehst also, warum du nichts mit ihm zu tun haben solltest.«

Min fühlte sich von widersprüchlichen Gefühle erfasst. Einerseits wollte sie über die Ironie lachen, mit der ihre Mutter sie über das Risiko belehrte, dass die Verbindung mit einer Scheidung ruiniert sein könnte. Aber natürlich hatte die Herzogin keine Ahnung, was ihr Mann plante, und Min dachte auch gar nicht daran, ihr etwas davon zu sagen.

Andererseits wollte Min nicht glauben, dass Evan sie belogen hatte, indem er es unterließ, den Vorfall zu erwähnen. Warum sollte er ihr nichts von Mrs. Dalton erzählt haben? Gern wollte sie glauben, dass es sich um ein erfundenes, unwahres Gerücht handelte. Aber Mrs. Lawler war zwar eine schreckliche Klatschtante und eine entsetzliche Person, aber all die Dinge, die sie von sich gab, waren nachprüfbar. Soweit Min darüber Bescheid wusste, hatte sie noch nie eines der Gerüchte erfunden, die sie verbreitete.

Außerdem wollte Evan morgen nach London zurückkehren, um sich um eine dringende Angelegenheit zu kümmern. Ging es dabei um dieses Thema, um den Skandal einzudämmen? Das musste sie in Erfahrung bringen.

Ein Gefühl von Angst setzte sich in Mins Kehle und ihrem Brustkorb fest. Sie wollte nicht glauben, dass Evan sich derart schlecht benommen hatte oder er ihr nichts davon gesagt hatte. Doch er *war* ein Halunke und wie die Regeln besagten, konnte man von einem Halunken niemals erwarten, dass er sich änderte.

»Ich glaube, du musst dir das mit Spilsby noch einmal überlegen«, bemerkte ihre Mutter. Sie rümpfte die Nase. »Sonst musst du dich vielleicht mit dem Glücksjäger Claxton zufrieden geben. Immerhin hat er einen Titel.«

»Mutter, ich habe dir gesagt, dass *ich* mir meinen Mann aussuchen werde. Ich brauche deine Hilfe nicht.«

Die Herzogin zog ihre Augenbrauen zu einem V zusammen. »Es hat ganz den Anschein, denn du hast dich zu einem Mann hingezogen gefühlt, der völlig unpassend ist, obwohl ich dir gesagt habe, dass du dich nicht mit ihm abgeben sollst. Wirst du mir jetzt zuhören?«

Die Kutsche hielt vor dem Haus ihrer Mutter.

»Genug, Mutter.« Min gab sich keine Mühe, ihre Aufregung geheim zu halten. »Ich möchte nicht mehr mit dir darüber sprechen. Ich werde zu Vaters Haus weiterfahren. Ich werde heute Nacht dort schlafen.«

Der Kutscher öffnete die Tür, und ihre Mutter zögerte. Sie starrte Min mit ihrem hochmütigen Blick an. »Warum tust du alles, um sicherzustellen, dass du niemals heiraten wirst?«

Kühl erwiderte Min den Blick ihrer Mutter. »Wie ich dir bereits erklärt habe, hast du dafür gesorgt, dass die Ehe für mich nahezu vollkommen unattraktiv geworden ist. Dass du immer wieder versuchst, mich in die Ehe zu drängen, ist verwirrend und enttäuschend. Willst du wirklich, dass ich ein Leben wie deines führe?«

»Ich bereue mein Leben nicht«, entgegnete ihre Mutter. »Ich bin sehr glücklich als Herzogin mit einer angesehenen Position in der Gesellschaft.«

»Das genügt mir aber nicht«, sagte Min und reckte ihr Kinn in die Höhe. »Ich will ein glückliches Zuhause mit einem Mann, den ich liebe, und Kindern, die ich liebe und die mich hoffentlich auch lieben.«

Die Herzogin holte tief Luft. »Ich weiß nicht, warum du dich entschieden hast, so grausam zu mir zu sein, Minerva.«

Min starrte sie an. »Du beschuldigst *mich*, grausam zu sein? Nach allem, was du Ellis angetan hast, erwartest du obendrein, dass sich rein gar nichts geändert hat? Dir muss doch klar sein, dass ich dich in einem anderen Licht sehen würde, jetzt wo ich die Wahrheit kenne.«

»Genug davon.« Die Herzogin warf einen Blick auf den Kutscher, dessen Gesicht teilnahmslos geblieben war. Sie winkte Min. »Dann fahr zu deinem Vater, aber erwarte nicht, dass ich dein Dienstmädchen schicke.«

Die Herzogin stieg mit Hilfe des Kutschers aus der Kutsche.

»Das ist in Ordnung«, murmelte Min. »Es ist ja nicht so, dass es im Haus meines Vaters niemanden gäbe, der mir nötigenfalls aus dem Kleid helfen kann, und mein Haar kann ich auch selbst bürsten.«

Nachdem Mins Mutter ins Haus gegangen war, schaute

der Kutscher in den Innenraum zu Min. »Sie wollen also zum Haus Seiner Gnaden am Catharine Place?«

»Ja, bitte. Und wenn wir dort ankommen, müssen Sie noch ein paar Minuten warten. Sie müssen eine Besorgung für mich erledigen.« Sie sah ihn mit einem direkten Blick an. »Und das muss unter uns bleiben.«

Der Kutscher antwortete ihr mit einen verständnisvollen Blick. »Seien Sie versichert, Mylady, dass niemand im Haushalt sich die Mühe macht, Ihrer Gnaden etwas anzuvertrauen.«

Min lächelte. »Nun, das ist interessant zu wissen. Ich danke Ihnen.«

Er schloss die Tür, und gleich darauf waren sie auf dem Weg zum Catharine Place. Als sie dort ankamen, teilte Min dem Kutscher mit, dass sie gleich mit einer Nachricht zurückkehren würde, die er Mr. Evan Price, nur zwei Häuser weiter, übergeben sollte. Sie machte eine Geste in Richtung des Hauses von Evans Mutter.

»Sehr wohl, Mylady«, antwortete der Kutscher mit einem Nicken.

Min stürzte in das Haus ihres Vaters. Es war spät, und der Butler war nicht mehr auf seinem Posten, sodass ein Diener sie drinnen empfing. Sie teilte ihm mit, dass sie die Nacht hier verbringen würde. Er ging los, um einem Dienstmädchen Bescheid zu sagen, damit sie ein Schlafzimmer zweiten Stock vorbereitete.

Währenddessen ging Min ins Arbeitszimmer, um einen Bogen Papier zu suchen. Der Raum roch nach dem Parfüm ihres Vaters und erinnerte sie an die Zeiten, in denen sie ihn in seinem Arbeitszimmer in Henlow House besuchte. Damals war sie auf seinen Schoß geklettert, worauf er ihr dann eine Geschichte erzählte, bei der es meist um Meerjungfrauen ging, die sich am Ufer von Weston, nicht weit vom Grove, tummelten. Min hatte jeden Sommer, wenn sie auf Grove waren, nach diesen Meerjungfrauen Ausschau gehalten, bis sie alt genug geworden war, um zu erkennen, dass Meerjungfrauen gar nicht existierten.

Sie schüttelte die Erinnerung ab und schrieb eine kurze Notiz an Evan, in der sie ihn bat, sich mit ihr zu treffen. Es war nicht sonderlich privat, aber es war dunkel, also dachte Min, dass es keine Rolle spielte. Sie konnte es einfach nicht erwarten, die Wahrheit zu erfahren.

Sie nahm an, dass er gleich morgen früh abreisen würde, sodass sie dann keine Zeit mehr haben würde, mit ihm zu sprechen. Es musste also heute Abend sein. Sie ging wieder nach draußen und übergab dem Kutscher das Schreiben, und dann sah sie zu, wie er es zum Haus von Evans Mutter brachte.

Als der Kutscher zur Kutsche zurückkehrte, sah er, dass Min noch immer dort stand. »Sie müssen hineingehen, Mylady.«

»Das werde ich gleich tun. Es ist eine schöne Nacht, und vor dem Winter werden wir nicht mehr viele davon haben.« Sie schenkte ihm ein Lächeln und hoffte, dass er ihr nicht anbieten würde, bei ihr zu bleiben, während sie draußen blieb.

Dankbar wünschte er ihr einen guten Abend und ging wieder davon. Min eilte auf die Wiese und stellte sich unter einen Baum. Einige Minuten später erschien Evan vor dem Haus seiner Mutter und sah sich um. Min wusste genau, in welchem Moment er sie entdeckte, denn er stürmte vorwärts und hinkte leicht, als er auf sie zukam. Warum hatte er seinen Gehstock nicht dabei?

Als er näher kam, konnte sie sehen, dass seine Stirn gerunzelt war. »Min, was in aller Welt machst du um diese Zeit hier draußen?«

»Ich muss mit dir reden.« Sie blickte auf seinen Knöchel hinunter. »Wo ist dein Gehstock?«

»Im Haus. Ich habe mir nur genug Zeit genommen, um mir einen Frack überzuwerfen. Ich hielt es für dringend erforderlich, dass ich schnell zu dir komme«, fügte er trocken hinzu. »Was ist los?«

Min schlug die Hände vor sich zusammen. »Warum fährst du morgen nach London? Bitte lüge nicht.«

Sie sah sofort, dass er etwas verheimlichte. Schuldgefühle überschatteten seine Augen, und sein Kiefer spannte sich an. »Ich bin dort in einen Skandal verwickelt. Ich wollte dir nichts davon erzählen, bevor ich die Angelegenheit nicht geklärt habe.«

»Natürlich nicht«, sagte sie und fühlte sich völlig niedergeschlagen. »Du bist ein Halunke, und Halunken ändern sich nie.«

KAPITEL 15

»*H*alunken *können* sich ändern«, beharrte Evan. Die Verzweiflung in Mins Augen und in ihrer Stimme bereitete ihm größere Qualen als seine Knöchelverstauchung. »Du hast es erlebt. Dein Bruder hat sich verändert. Wellesbourne hat sich verändert. Somerton hat sich verändert.«

Min schien nicht einlenken zu wollen. »Du hattest eine Affäre mit dieser Mrs. Dalton, und sie war letzte Woche hier. Jetzt kehrst du nach London zurück. Für mich sieht es nicht so aus, als hättest du dich geändert.«

Evan seufzte und fuhr sich mit der Hand durchs Haar. »Lass uns dieses Gespräch nicht hier draußen führen. Wir laufen Gefahr, einen Skandal zu verursachen, wenn uns jemand zu dieser Stunde allein im Dunkeln stehen sieht. Können wir ins Haus des Herzogs gehen?«

Min schürzte die Lippen, dann schlenderte sie zum Haus ihres Vaters. Evan beeilte sich, mit ihr Schritt zu halten und ignorierte den Protest seines Knöchels. Min führte ihn die Treppe an der Vorderseite des Hauses hinunter in die untere Etage. Sie öffnete die Tür, ging hinein und überließ es ihm, sie zu schließen.

Sie standen in einem Korridor, der mit ziemlicher Sicherheit in die Küche führte, aber sie führte ihn nicht dorthin. Stattdessen schlüpfte sie in eine schmale Nische, in der an einer Seite Wein gelagert war. Sie verschränkte die Arme vor der Brust und blickte ihn erwartungsvoll an.

Er trat zu ihr in die Nische. Sie war so eng, dass sie sich nicht gegenüberstehen konnten, ohne sich fast zu berühren, insbesondere wenn sie die Arme verschränkte. Der Wein lagerte hinter Evan. »Ich habe dich nicht angelogen, Min. Ich wollte dir nur nicht sagen, was passiert ist, weil … es mir peinlich ist. Ich habe einen schrecklichen Fehler gemacht, und es ist nicht so, dass ich eine Affäre mit Mrs. Dalton hatte. Ich kenne die Frau kaum. Ich habe einem Freund geholfen.«

Mins Blick wurde schmal. »Erkläre dich.«

Evan erzählte ihr von Roger und warum er ihm helfen wollte. »Siehst du, ich konnte die Gelegenheit nicht ignorieren, seine Freundlichkeit zu erwidern.«

Ihre Gesichtszüge entspannten sich ein wenig, aber ihre Stirn blieb weiterhin gerunzelt. »Du hast also gestanden, dass du eine Affäre mit Mrs. Dalton hattest?«

»Ja, um Roger zu schützen. Ich dachte nicht, dass dies Folgen hätte, und dummerweise dachte ich, dass es den Leuten nicht so wichtig sein würde, da einige sowieso angefangen hatten, mich einen Wüstling zu nennen.«

»Und warum ist das so?«, fragte Min. »Ich weiß, dass du Miss Forsyth in einem Garten geküsst hast und dass du gerne flirtest. Das ist nicht *sehr* verwegen.«

»Das ist es, wenn man auch für gewagte Aktionen bekannt ist«, widersprach er mit einem gequälten Gesichtsausdruck. »Ich habe auch nichts getan, um diesen Ruf zu entkräften. Ich verkehrte mit Wüstlingen und Halunken, und die Wahrheit ist, dass ich gerne das Gefühl habe, dazuzugehören.« Plötzlich wurde ihm klar, dass er immer die Verbindung zu anderen suchte. Aus diesem Grund flirtete er auch mit den Frauen und deshalb war es ihm verhasst, etwas zu verpassen. Er mochte es, sich … dazugehörig zu fühlen. »Ich nehme an, ich habe es genossen, Mitglied in einer Gruppe zu sein, wie bei deinem Bruder und seinen Freunden in Weston.«

»Du hast also vorgegeben, ein Wüstling zu sein, um Freunde zu finden?«

»Das ist sehr vereinfacht. Ich habe mich angepasst und einen Platz gefunden.«

»Als Halunke.« Sie sah ihn kurz finster an. »Warum fährst du nach London?«

»Um diesen Schlamassel in Ordnung zu bringen.« Er strich sich mit der Hand über die Wange. »Mrs. Dalton kam nach Bath, um mir mitzuteilen, dass Sir Abraham vorhatte, mich wegen kriminellen Ehebruchs zu verklagen, um sich von ihr scheiden zu lassen. Ich schickte sie nach London zurück, um ihn von seinem Vorhaben abzubringen. Ihre Bemühungen waren jedoch erfolglos. Nun muss ich Sir Abraham die Wahrheit offenbaren.«

»Das solltest du auch. Eine Scheidung würde dich ruinieren«, brachte sie leise hervor. »Ich kann nicht glauben, dass du mir und Sheff zugehört hast, als wir darüber sprachen, dass unser Vater die gleiche Art von Klage einreichen will. Du hast keinen Ton gesagt.«

»Das ist für euch beide schon ein schreckliches Problem.« Evan sah sie mitleidig an. »Ich wollte es nicht noch verschlimmern, indem ich meine eigenen Probleme zur Sprache bringe.«

»Was ist mit deinem Freund?«, fragte Min. »Die Klage wird ihn ruinieren, zumal er Anwalt ist, denke ich.«

»Ich werde mit meinem Vater sprechen und hoffe, er

kann Sir Abraham zur Vernunft bringen. Es gibt keine Garantie, dass die Scheidung überhaupt vollzogen wird, warum also alle durch den Dreck ziehen?«

Min legte den Kopf schief. »Willst du damit sagen, dass Sir Abraham seiner Frau, die ihn betrogen hat, einfach verzeihen und so tun soll, als wäre alles in Ordnung?«

»So etwas in der Art«, erwiderte Evan. »Ich kenne die Einzelheiten ihrer Ehe nicht, aber Roger sagte mir, sie sei sehr unglücklich. Sir Abraham ist wesentlich älter als sie. Ich kann mir vorstellen, dass es … Bereiche gibt, in denen das eine Herausforderung sein könnte.«

»Ich bin geneigt, genauso empört zu sein wie Sir Abraham.« Min stieß ein missbilligendes Geräusch aus. »Aber ich habe auch mit einer Person Mitgefühl, die sagt, dass sie unglücklich ist. Verstehst du jetzt, warum mir die Ehe solche Angst macht?«

Er hatte von ihrer Neigung gewusst, über die Ehe nicht sonderlich begeistert zu sein, aber er hatte nicht erkannt, dass sie wirklich Angst hatte. »Ich verstehe dich.«

»Ich kann nicht glauben, dass du dieses Thema überhaupt ansprichst, so wie du es vorhin getan hast, als du mitten in dieser … Gaunerei stecktest. Es spielt keine Rolle, dass du die Affäre nicht hattest. Du warst in dieser Hinsicht nicht ehrlich. Außerdem weißt du, was ich in einer Ehe will, und das bietest du mir nicht.«

Er näherte sich ihr, sodass seine Brust fast die ihre traf. »Mir ist sehr bewusst, dass ich unüberlegt gehandelt habe, aber ich hatte vor, dir nach meiner Rückkehr alles zu sagen, sobald ich die Sache hinter mir hatte. Dann könnte ich in die Zukunft blicken – eine Zukunft, die ich mit dir zu verbringen hoffte. Ich würde frei sein, dir meine Liebe zu gestehen.«

Ihre Nasenflügel blähten sich leicht, aber sie wurde nicht ruhiger. Im Gegenteil, ihre Augen leuchteten vor

Empörung. »Du hast einen Skandal verursacht und mich belogen. Du hast selbst zugegeben, dass du mein Leben nicht noch komplizierter machen wolltest. *Du* hast diese Entscheidung für mich getroffen. Wie können wir eine Zukunft auf Täuschung und Egoismus aufbauen? Davon habe ich in meinem Leben schon viel zu viel erlebt.«

Evan fühlte sich, als wäre er wieder vom Pferd gefallen. Die Luft war aus seinen Lungen entwichen und er spürte so etwas wie Panik in sich aufsteigen. »Ich habe versucht, dich zu beschützen. Aber ich kann verstehen, warum du verärgert bist. Ich hätte ehrlich zu dir sein sollen, und ich hätte dir die Entscheidung überlassen müssen, ob wir Freunde bleiben können.« Er konnte nicht glauben, wie gründlich er die Sache vermasselt hatte. »Ich will dich nicht verlieren, Min. Das Gefühl der Zugehörigkeit, das ich spüre – es war nie stärker als mit dir.«

»Evan.«

Er stützte sich mit der Hand an der Wand hinter ihr ab. »Ich werde gehen, wenn du es mir sagst. Aber ich will nicht. Ich werde dir beweisen, dass mir nichts und niemand wichtiger ist als du.«

Sie sahen sich einen langen Moment lang in die Augen. Er hielt den Atem an und betete, dass sie ihn nicht wegschicken würde.

»Ich habe mich noch nie zu einem Mann so hingezogen gefühlt wie zu dir«, flüsterte sie. »Das macht mir Angst, glaube ich. Ich weiß nicht, was ich tun werde, wenn ich dich auch noch verliere.«

»Du wirst mich nicht verlieren«, schwor er. »Niemals.«

»Was ist mit heute Abend? Wirst du bleiben?«

Er senkte seinen Kopf, bis er seinen Mund in die Nähe ihres Ohrs gebracht hatte. »Was willst du von mir, Min?« Seine Lippen waren verlockend dicht an ihrer Haut. Er konnte das rasche Heben und Senken ihres Brustkorbs spüren und praktisch ihren Herzschlag in ihrem Nacken hören.

»Worum ich dich vorhin gebeten habe.« Sie griff mit beiden Händen um seine Taille unter dem Frack und zog ihn an sich.

Evan knabberte an ihrem Ohr und küsste dann ihren Hals, wobei er darauf achtete, sie nicht zu berühren, obwohl er das so dringend wollte. Sie hob ihr Kinn an und reckte ihren Hals in die Länge, damit er mehr Fläche zum Kosten hatte.

Sie krallte ihre Finger in seinen unteren Rücken, genau am Ansatz seines Hinterns. Evan stöhnte auf, bevor er ihren Mund mit einem heftigen Kuss eroberte. Er drückte sich fest an sie und kreiste mit seinen Hüften. Sie reckte sich ihm entgegen und zerrte an seinem Hemd.

Evan hielt es nicht mehr aus und musste sie fühlen, also streckte er seine Hand nach unten und zog ihren Rock hoch. Sie half ihm mit ihrer eigenen Hand, um die Stoffschichten anzuheben, und ihr Bein freizulegen. Sie hielt das Kleid und die Unterröcke fest, während er das obere Ende ihres Strumpfbandes fand. Er strich mit der Hand über ihre bloße Haut, und wanderte dann an ihrem Oberschenkel hinauf und nach hinten, wo er sie packte und ihr Bein hochhob. Er streichelte sie und seine Fingerspitzen schmiegten sich an ihren nackten Hintern.

Ihre Röcke waren nun zwischen ihnen eingeklemmt, was ihn frustrierte, da er sie an seinem Schaft spüren wollte. Das verstand sie scheinbar wie von selbst oder sie fühlte genau wie er, denn sie raffte die Röcke um ihre Taille. Sie waren immer noch zu sperrig, als dass er sich so nah an sie hätte drücken können, aber sie war jetzt offen für ihn.

»Stell deinen Fuß auf das Regal hinter mir«, befahl er

leise, und seine Stimme war so rau und gequält, wie er sich fühlte.

Sie kam seiner Aufforderung nach und stützte sich ab, damit Evan ihr Bein loslassen und seine Hand zwischen ihre Schenkel schieben konnte, wo er das weiche Nest ihrer Locken fand. Er strich mit seinen Fingern über ihre Schamlippen, und dann küsste er sie noch einmal lang und gründlich. Sie wimmerte und klammerte sich an seine Schulter, während sich ihre Hüften unter seinen Berührungen wie von selbst bewegten.

Er erhöhte seinen Druck und sein Tempo. Ihre Schenkel bebten. Während er seine Zunge tief in ihren Mund drängte, ließ er seinen Finger in ihre Öffnung gleiten. Sie zuckte, und er verlangsamte seine Bewegungen.

»Mehr«, verlangte sie zwischen zwei Küssen.

»Nicht hier.« Er nahm seine Hand zwischen ihren Beinen weg und führte ihr Bein nach unten, damit sie stehen konnte. »Wo ist dein Zimmer?«

Sie schaute zu ihm auf. Ihre Lippen waren vom Küssen geschwollen, ihre Augen dunkel und ihre Pupillen vergrößert. »Zweiter Stock. Wir können die Dienstbotentreppe nehmen. Aber ich weiß nicht, ob ich jetzt schon laufen kann.«

Er lächelte sie an. »Dann werde ich dich tragen.«

»Das kannst du nicht. Nicht mit deinem Knöchel.«

»Du wirst sehen, meine liebste Min, dass es nichts gibt, was ich nicht für dich tun würde.« Er schloss sie in seine Arme und trug sie aus der Nische.

~

Irgendwie war es Min gelungen, Evan zur richtigen Treppe zu dirigieren. Nach der ersten

Stufe hatte sie jedoch verlangt, dass er sie absetzte. »Ich werde keinesfalls die Verantwortung für weitere Verletzungen übernehmen«, sagte sie ihm.

»Wenn das bedeutet, dass du dich an meinem Bett um mich kümmerst, werde ich keinen Streit vom Zaun brechen.« Er grinste sie mit einem verführerischen Versprechen an, und sie konnte nicht widerstehen, ihn zu küssen.

Evan drückte sie mit einem Stöhnen an sich, und es dauerte einige Minuten, bis sie die Treppe weiter hinaufgingen.

Im zweiten Stock öffnete sie die Tür und führte ihn von der Dienstbotentreppe weg, dann erstarrte sie.

»Was ist?«, flüsterte er.

Sie drehte sich zu ihm um. »Ich bin mir nicht ganz sicher, welches Zimmer meines ist. Der Diener sagte, er würde es von einem Dienstmädchen vorbereiten lassen, aber dann ging ich hinaus, um dich zu treffen.«

»Sind wir in Gefahr, hier jemandem zu begegnen?«

»Vermutlich könnten wir einem der Bediensteten begegnen, aber mein Vater und Mrs. Welbeck sind im ersten Stock.«

»Wir werden vorsichtig sein«, sagte Evan und wackelte mit den Augenbrauen. »Was für ein Abenteuer.«

Er ging vor ihr her und zur ersten Tür. Es war ein Schlafzimmer, aber es schien nicht vorbereitet zu sein – es brannte kein Feuer, und das Bett war nicht vollständig bezogen.

»Nicht dieses«, flüsterte sie, bevor sie zum nächsten ging.

Das zweite Schlafzimmer war das richtige, denn es brannte ein frisch geschürtes Feuer darin. Und es gab Bettzeug. Es war rosa und geblümt.

Sie traten ein, und Evan kicherte, als er die Tür schloss.

»Deine Lieblingsdekoration«, stellte sie mit einem Lächeln fest, während sie ihre Handschuhe auszog und sie auf einen Stuhl neben dem Kamin fallen ließ. Sie drehte sich noch einmal zu ihm um und bewegte sich so, dass ihr Rock um ihre Knöchel wirbelte. »Und sie passt zu meinem Kleid, das du sicher verabscheust.«

»Ich habe überhaupt nichts gegen Rosa, wenn du es trägst.« Er bewegte sich auf sie zu. »Deine Lippen sind tatsächlich auf eine exquisite Weise rosa, was auch über deine Wangen zu sagen ist, insbesondere wenn ich dich küsse oder etwas Unanständiges sage.«

»Ich kann mich nicht erinnern, dass du etwas besonders Unanständiges gesagt hättest.«

»Ich habe ganz bestimmt viele unanständige Dinge *gedacht*, was ich auch in diesem Moment nicht lassen kann. Ich frage mich, was an dir noch rosa ist.« Er zog sie in seine Arme. »Ich freue mich darauf, das herauszufinden. Rosa könnte sehr wohl meine Lieblingsfarbe werden.«

Als er sie küsste, umfasste er ihren Nacken, wobei er seine Finger in ihrem Haar verflocht. Sie streckte die Hände nach ihrem Haar aus und fing an, die Haarnadeln herauszuziehen, die sie in der anderen Hand behielt, während sie die Strähnen löste. Er ergriff eine Strähne ihres befreiten Haares und zog sanft daran.

Dann hob er den Kopf und blickte auf sie herab, während sie die restlichen Nadeln entfernte. »Du bist so schön«, murmelte er.

Min legte die Haarnadeln auf einem Schminktisch mit Spiegel ab und schob sich die feinen Schuhe von den Füßen. Sie streifte ihre Ohrringe ab und legte sie neben die Nadeln.

Evan stand hinter ihr, und sie konnte im Spiegel sehen,

wie er seinen Kopf zu ihr geneigt hatte, während er ihr Haar liebkoste.

»Würdest du mir bitte die Kette abnehmen?« Sie hob ihre Hand und strich ihr Haar zur Seite.

Er erfüllte ihre Bitte, und ließ die Kette auf den Tisch fallen, wobei sein Arm den ihren streifte. Ihre Blicke trafen sich im Spiegel. »Gibt es sonst noch etwas, das ich lösen kann?«

»Die Haken an der Rückseite meines Kleides. Es sind nicht sehr viele.« Denn das Mieder war sehr kurz, und die Taille reichte fast bis zur Unterseite ihrer Brüste.

Evan berührte sie noch immer leicht mit seinem Arm. Er strich mit den Fingerspitzen über ihre Haut immer weiter über ihren Ellbogen hinaus, bis er auf den Ärmel ihres Kleides traf.

Sie erbebte an den Stellen, an denen er sie berührt hatte, denn es erinnerte sie an die Art und Weise, wie er seine Finger in dem kleinen Weinlager benutzt hatte. Ihre Scham kribbelte, als sie sich vorstellte, wie er das fortsetzte, was er begonnen hatte.

Er löste die Haken ihres Kleides, und Min schob das Mieder ein Stück nach vorn, damit sie ihre Arme herausziehen konnte. Sie ließ das Kleid um sich herum zu Boden gleiten und trat aus dem Kreis heraus, den es bildete, als es sich zu ihren Füßen bauschte.

Bevor sie sich nach dem Kleid bücken konnte, hatte Evan es bereits aufgehoben und trug es zum Stuhl, wo er es vorsichtig über die Rückenlehne drapierte.

»Du könntest eine Kammerzofe sein«, sagte sie, während sie ihren Unterrock aufknöpfte.

»Nur für dich.« Seine Augen funkelten verführerisch, als er seinen Frack auszog und ihn über ihr Kleid legte.

»Dann komm her und hilf mir.« Min schlängelte sich

aus ihrem Unterrock, und er beeilte sich, ihn ihr abzunehmen. Dann drehte sie ihm den Rücken zu, damit er die Schnürung ihres Korsetts lösen konnte.

Wieder nahm sie ihr Haar auf und strich es über ihre linke Schulter. Er zog an den Bändern, doch dann spürte sie seine Lippen in ihrem Nacken. Sie schloss die Augen, als er sie von ihrem Nacken bis zum oberen Rand ihres Unterkleids küsste und sein Mund ihre Wirbelsäule entlang wanderte. Er löste die Träger von ihren Schultern, dann schob er das Korsett an ihrem Körper hinunter und zog es ihr aus, um es dann wegzulegen.

Min drehte sich zu ihm um, als er wieder bei ihr ankam. Ohne seinen Krawattenschal war nun ein verlockendes Dreieck seiner fast olivfarbenen Haut für sie sichtbar geworden. Sie sehnte sich danach, seine Haut zu berühren und ihn an ihrem Körper zu spüren.

»Sollen wir jetzt ins Bett gehen?«, fragte sie.

»Wenn du willst.« Seine Stimme war heiser, sein Blick hungrig.

Sie ließ seinen Blick nicht los, während sie an die Bettkante trat und auf die Matratze stieg. Unsicher, was sie tun sollte, kniete sie dort, während er ihr nachfolgte und sich neben das Bett stellte. Min drehte sich um, um ihn anzusehen.

»Setz dich.« Er fasste sie um die Taille, als sie ihre Beine zu ihm drehte und sich flach auf die Bettdecke setzte. »Näher«, flüsterte er und zog sie zu sich heran. »Und schlinge deine Beine um mich.«

Sie öffnete ihre Beine, sodass er dazwischen stand. Dann schob er beide Hände in ihr Haar und hielt ihren Kopf fest, während er sie küsste. Seine Daumen streichelten über ihre Wangen, während er ihren Mund in Besitz nahm.

Min drückte ihre Handflächen auf seine Brust. Er war

warm, obwohl sein Hemd zwischen ihr und seiner Haut war. Begierig darauf, ihn direkt zu berühren, ließ sie eine Hand nach oben wandern und schob sie in seinen offenen Hemdkragen. Er ließ sie kurz los, damit er sein Hemd ausziehen konnte. Diesmal hob er das Kleidungsstück allerdings nicht vorsichtig auf und legte es zu den anderen Sachen auf den Stuhl. Er warf es beiseite und streckte gleich wieder die Hand nach ihr aus.

Er küsste sie und blickte ihr dann in die Augen. »Du musst mir sagen, wenn du willst, dass ich aufhöre. Oder wenn dir etwas nicht gefällt.«

»Was, wenn es mir doch gefällt? Was ist, wenn ich mehr will oder wenn ich … etwas will?«

Er formte die Lippen zu einem herzerwärmenden Lächeln. »Das musst du mir auch sagen. Am liebsten laut, aber wir wollen den Haushalt besser nicht auf meine Anwesenheit aufmerksam machen.«

»Nein, das wollen wir nicht«, murmelte sie. »Ich möchte bitte, dass du mit dem fortfährst, was du in dem kleinen Weinlager gemacht hast, bitte.«

Evan führte eine Hand zu ihrem Oberschenkel. Er fasste das Hemd, das sie dort noch bedeckte, und schob es bis zu ihrer Taille nach oben. »Das werde ich. Aber erst nachdem du mir einen Gefallen tust, denn ich möchte schon lange deine Brüste betrachten.«

»Das habe ich gar nicht gemerkt.« Min tastete nach dem Kordelzug am Halsausschnitt ihres Unterkleids und lockerte ihn. Mit dem Finger zog sie den Ausschnitt dann nach unten, um eine Brust freizulegen. »Ist das besser?«

Sein Blick ruhte auf ihrer entblößten Brust, und seine Lippen spalteten sich. »Wunderschön.« Er hob eine Hand zu ihrer Brust und umfasste sie.

Sie verspürte eine Empfindung die sie wie ein Blitz durchfuhr. Es war eine einfache Berührung, doch sie fühlte sich überall wie elektrisiert. Seine Fingerspitzen strichen über ihre Brustwarze, und sie spürte das direkt in ihrer Scham. Das Pochen, das bei ihrem Kuss in den Upper Rooms begonnen hatte, verstärkte sich. Sie keuchte.

Dann schloss er seine Finger um sie und drückte sanft zu. Das erzeugte keinen Schmerz, sondern nur ein eindringliches Verlangen, das gestillt werden musste.

»Mehr«, keuchte sie.

Er senkte den Kopf, um sie dort zu küssen, wo seine Hand gewesen war. Er streichelte ihre Haut mit seinen Lippen, während er sie festhielt. Dann schloss sich sein Mund um die Brustwarze, und er saugte an ihr.

Min hielt seinen Kopf fest umklammert, als ihre Welt aus den Fugen geriet. Sie schloss die Augen und gab sich den schwindelerregenden Empfindungen hin. Dann warf sie den Kopf in den Nacken und lehnte sich bald darauf zurück. Einen Moment später lag sie rücklings auf der Matratze und Evan beugte sich über sie. Er zog ihre Hüften dichter an die Bettkante, und sie spürte, wie er an ihre nackte Scham drückte.

Sie riss die Augen auf, und sah ihn an. Seine Augen waren zu Schlitzen verengt, als er seine Hüften an ihren kreisen ließ. So sehr es ihr auch gefiel, wie er ihre Brust berührte, fand sie dies hier noch viel besser.

Er schob ihr Unterkleid nach oben und gemeinsam zogen sie es über ihren Kopf. Wie bereits sein Hemd warf er es einfach zur Seite. Dann löste er ihre Strumpfbänder, zog ihr die Strümpfe aus und ließ sie auf den Boden fallen. Er rieb sich mit seinen Hüften an ihren und sie kam ihm entgegen, als sie seinen harten und langen Schaft spüren konnte, der sich gegen den Schritt seiner Hose wölbte.

Als er sich an ihr rieb, schloss sie wieder ihre Augen und stöhnte leise. Dann fühlte sie seinen Mund an ihrer anderen Brust und er zog an ihrer Brustwarze, sodass sie sich auf dem Bett aufrichtete. Sie klammerte sich an seinen Kopf und wimmerte, als die von ihr gesuchte Leidenschaft in ihrem Inneren tobte.

Ein weiteres Mal streichelte er ihre Scham, und seine Finger glitten wie auch vorher schon über ihre Schamlippen. Als er die Stelle an der Spitze berührte, erbebte ihr Körper vor Verlangen. Dann spürte sie, wie sich etwas in ihr aufbaute, und sie wusste, dass es die Erlösung war, von der Persey ihr erzählt hatte. Aber Persey hatte ihr nicht alles erzählt, weshalb Min auch nicht damit gerechnet hatte, was sie jetzt fühlte. Warum sollte sie auch, wenn kein Mann sie jemals auch nur im Geringsten erregt hatte?

Evan machte diesen Mangel an Erfahrung allerdings wieder wett. Min begann zu beben, und ihr Körper pulsierte von diesem überwältigendem Gefühl. Er wanderte mit seinem Mund zu ihrer anderen Brust und fuhr fort, ihre Scham zu liebkosen. Schließlich schob er seinen Finger in sie hinein, wie er es zuvor getan hatte, und das war es, wonach sie sich sehnte, was sie brauchte. Sie winkelte ihre Beine an und öffnete sich ihm ganz.

Sein Mund verließ ihre Brust, als er ihren Unterleib küsste. Immer tiefer zog er die Spur seiner Küsse, und sie konnte sich nicht vorstellen, wie er sich noch weiterwagen konnte. Genau das tat er allerdings, bis er mit dem Mund auf seine Hand traf. Er leckte an ihrer Scham während er seinen Finger in sie einführte und wieder zurückzog. Die Lust pulsierte immer stärker in ihr, und sie gab sich ihrem Körper hin, indem sie sich davon treiben ließ. Sie stieß ihre Hüften nach oben und warf ihren Kopf in den Nacken.

Evan packte sie an den Hüften, und seine Finger krümmten sich um ihren Hintern und gruben sich in ihre Haut. Er hielt sie fest, während er sie mit seinen Lippen und seiner Zunge an den Rand der Beherrschung brachte. Unfähig, Einfluss darauf zu nehmen, sich wie wild in eine unbekannte Erlösung zu stürzen, wälzte sie sich auf dem Bett hin und her. Er streichelte sie heftig und schnell, bis sich ihre Muskeln anspannten und sie explodierte.

Min rief seinen Namen, dann schlug sie sich die Hand vor den Mund, als ihr seine Worte wieder einfielen, dass sie die Hausgemeinschaft besser nicht alarmieren sollten. Sie wimmerte in ihre Hand, als eine Welle der Ekstase nach der anderen über sie hinwegbrandete. Evan hörte nicht auf, sie weiter mit Aufmerksamkeit zu überschütten, bis sie anfing, von den ungeahnten Höhen, die sie erreicht hatte, wieder zurückzufinden.

Sie rang nach Atem und schlug die Augen auf. Er stand neben dem Bett, den Blick fest auf sie gerichtet. Seine Lippen waren zu einem triumphierenden Lächeln geformt. »Ich sollte dich jetzt schlafen lassen.«

Er begann, sich wegzudrehen. Min setzte sich mühsam auf und hielt seinen Arm fest. »Warte. Du kannst nicht gehen.«

»Ich kann nicht über Nacht bleiben«, entgegnete er lachend.

»Aber das ist nicht alles.« Auf eine etwas übertriebene Art runzelte sie die Stirn. »Ich habe dir gesagt, dass ich alles will.«

Er machte ein angestrengtes Gesicht, denn er schien Schmerzen zu leiden. »Das sollten wir nicht tun.«

Min rutschte vom Bett und stellte sich vor ihn hin. Dann legte sie ihre Hände auf seine nackte Brust, und ihre Fingerspitzen streiften das dunkle Haar in der Mitte. »Ich werde dich nicht gehen lassen.«

Sie besann sich auf seine Worte von vorhin, als er ihr gesagt hatte, dass sie ihm sagen sollte, wenn sie wollte, dass er aufhörte. Vielleicht *wollte* Evan gehen. Sie nahm ihre Hände von ihm und ließ sie sinken. »Es sei denn, du willst gehen.«

»Das will ich nicht.« Seine Antwort war leise und heiser.

Sie traf seinem Blick. »Was willst du tun?«

»Böse, sündhafte Dinge.«

»Zeig sie mir.« Min nahm seine Hand, als sie zum Bett zurückkehrte.

»Bist du sicher?«

»Ich war noch nie sicherer.« Sie warf ihm einen Blick zu. »Du trägst zu viele Kleider, finde ich.«

»Ganz bestimmt.« Er riss sich die restlichen Kleidungsstücke vom Leib und setzte sich zu ihr aufs Bett.

Sie konnte nicht umhin, seinen Schaft anzustarren. »Darf ich dich berühren?«

»Gern.« Er streckte sich neben ihr auf der Seite aus, den Kopf auf die Hand gestützt, und sie drehte sich zu ihm um.

Zögernd legte sie ihre Finger um seinen Schaft. Seine Haut war weicher, als sie es sich vorgestellt hatte, was töricht war. Es war ja nicht so, dass er mit entblößtem Geschlecht herumlief und es den Elementen aussetzte. »Was du mit deinem Mund mit mir gemacht hast … Ist das etwas, was ich mit dir machen sollte?«

»Das könntest du«, sagte er langsam. »Aber vielleicht sollten wir erst einmal mit etwas … Einfacherem beginnen.«

Min streichelte seinen Schaft. »Kann es so kompliziert sein, deinen Schaft in meinen Mund zu nehmen? Gibt es da eine besondere Technik?«

»Ähm, nein. Vermutlich ist es ist ziemlich einfach.« Er schloss die Augen und stöhnte, als sie ihre Hand weiter über seinen Schaft bewegte.

»Das scheint dir zu gefallen«, bemerkte sie und genoss das Vergnügen, das ihm ins Gesicht geschrieben stand.

»Immens. Du kannst deine Hand noch schneller bewegen, wenn du willst.«

Min gehorchte und streichelte ihn mit zunehmender Geschwindigkeit vom Ansatz bis zur Spitze.

»Oder auch nicht«, brummte er mit zusammengebissenen Zähnen. »Ich will mich nicht in deiner Hand erlösen. Aber vielleicht sollte ich das tun.«

Sich zu erlösen bedeutete, das zu erleben, was sie erlebt hatte. Aber er würde auch seinen Samen ausschütten. »Ja, ich kann mir vorstellen, dass es besser ist, wenn du dich nicht in mir erlöst – ist das das richtige Wort? Aber so kannst du dich doch außerhalb erlösen, oder?« Sie versuchte sich zu erinnern, was Persey ihr gesagt hatte.

Er öffnete seine Augen und schaute in ihre. »Willst du das?« Er beendete die Frage, indem er die Luft einsog, als sie ihre Hand zu den weichen Hoden unter seinem Schaft bewegte.

Sie fasste sie sanft an und massierte sie, bevor sie zu seinem Schaft zurückkehrte. »Ja.«

Evan kam über sie, drückte sie auf den Rücken und ließ sich zwischen ihren Beinen nieder. »Ich kann keinen Moment länger warten.« Er streichelte ihr Geschlecht, seine Fingerspitzen glitten durch ihre Schamlippen. »Du bist wieder feucht«, murmelte er.

»Ist das gut?«

»Das macht alles viel einfacher. Aber ich kenne eine Methode, wie ich dich feucht machen kann.« Er schenkte ihr ein verruchtes Lächeln.

»Anscheinend gibt es eine ganze Menge davon. Wie viele Varianten des Liebesaktes gibt es?«

»Die Zahl ist endlos«, grunzte er, als er sich an ihrer Öffnung positionierte. »Bereit?«

Min schlang ihre Beine um seine Hüften. »Mehr als das.«

Er stieß in sie, bewegte sich langsam und methodisch, während er sich in ihrem Körper vergrub. Als er vollständig in sie eingedrungen war, fühlte sie sich unwohl, aber nicht auf schmerzhafte Weise.

»Alles in Ordnung?«, fragte er und drückte ihr einen Kuss auf die Schläfe.

»Ich glaube schon. Ist es das?«

Er lachte. »Nein. Ich wollte dir Gelegenheit geben, dich an dieses Gefühl zu gewöhnen, bevor ich anfange, mich zu bewegen. Ich werde mich zurückziehen.« Er tat es und entfernte sich aus ihrer Scham. »Dann glitt er wieder in sie hinein.« Er schob sich vor und füllte sie noch einmal vollständig aus.

»Wie du es mit deinem Finger gemacht hast. Und mit deiner Zunge. Aber das ist anders. Vielleicht sogar besser.«

Er zog sich zurück und stieß erneut zu. Und noch einmal. Er wurde immer schneller und ihre Körper bewegten sich miteinander.

»Das ist eindeutig besser.« Sie grub ihre Fersen in sein Hinterteil, so begierig war sie auf jeden Stoß. Sie klammerte sich an seinen Rücken und seine Schultern, als die Lust in ihr wieder zunahm. Sie bewegten sich im Einklang, und sie fühlte sich an ein Pferd und einen Reiter erinnert, die bei ihrem Ritt perfekt aufeinander abgestimmt waren.

»Min, ich muss…« Er stöhnte laut auf, als sich ihre Muskeln um ihn zusammenzogen.

Dann war er aus ihr draußen und sein Schaft wurde durch seine Hand ersetzt, die ihre Scham bearbeitete. Irgendwie wurde ihr klar, dass er die gleiche Hilfe brauchen würde, und sie griff nach seinem Schaft. Sie schlang ihre Hand um ihn und streichelte ihn, wie sie es zuvor getan hatte.

»Schneller, Min«, bettelte er, und ihre Ekstase tobte noch stärker in ihr.

Schließlich schrie er auf, und sie fühlte etwas Warmes an ihrer Hüfte.

Ihr Atem ging schwer und schnell, während ihre Bewegungen langsamer wurden. Evan sackte neben ihr zusammen und nahm sie in seine Arme. Er küsste sie so lange, wie es ihre Atemlosigkeit zuließ.

Min legte ihren Kopf an seine Brust und hörte, wie sein Herz langsamer schlug. Es lullte sie in einen schläfrigen Zustand ein, und sie schloss die Augen. Sie hatte keine Ahnung, wie lange sie aneinander gekuschelt lagen.

»Min?«, flüsterte Evan.

»Mmm.« Sie war zu schläfrig, um Worte zu bilden.

»Ich habe das ernst gemeint, was ich vorhin gesagt habe – in den Upper Rooms. Ich will dich heiraten, und wenn ich aus London zurückkomme, werde ich dir einen ordentlichen Heiratsantrag machen.«

Seine Worte weckten sie auf, aber sie bewegte sich nicht. Sie schlug die Augen auf und versuchte, ihren Puls ruhig zu halten. Sie wusste nicht, was sie sagen sollte.

Vorhin, als sie in dem kleinen Weinlager gewesen waren, hatte er erwähnt, dass er ihr seine Liebe erklären würde. Das hatte er aber nicht getan. Er hatte sie auch gebeten, ihn zu heiraten. Sie war nicht ganz sicher, worum es ihm ging, aber sie wollte jetzt auch nicht darüber sprechen. Nicht nach der erstaunlichsten Erfahrung ihres Lebens – und bei all dem Aufruhr, der sie beide umgab – wollte sie einfach nur diesen Moment genießen. Sie wollte nicht an die Vergangenheit oder die Zukunft denken. Dafür gab es noch genügend Zeit.

Min gestattete sich, ihre Augen noch einmal zu schließen.

Evan streichelte ihren Rücken, seine Fingerspitzen glitten dabei an ihrem Rückgrat entlang. Er drückte ihr einen Kuss auf den Scheitel. »Gute Nacht, Min.«

Sie sollte dafür sorgen, dass er ungesehen aus dem Haus kam, aber sie vertraute darauf, dass er ohne Schwierigkeiten nach draußen finden würde. Also überließ sie sich dem Schlaf und schwor sich, nicht zu träumen. Zumindest heute Nacht waren ihre Träume bereits wahr geworden.

KAPITEL 16

Evan reiste am frühen Freitagmorgen nach London ab. Er war müde, nachdem er lange mit Min wach geblieben war. Am Ende war er doch länger geblieben, als er eigentlich geplant hatte, da er ihr beim Schlafen zugesehen hatte und sie nicht stören wollte, indem er den Raum verließ. Er war darauf bedacht, nicht selbst einzuschlafen, um dann später nicht wieder rechtzeitig aufzuwachen.

Doch er hatte gar keine andere Wahl und musste gehen, also hatte er sich vorsichtig von ihrem Körper gelöst. Seufzend hatte sie sich weiter unter die Bettdecke gekuschelt. Ihm wurde klar, dass er ihr gerne jede Nacht dabei zusehen würde.

Nachdem er angekleidet war, hatte er sich unbemerkt aus dem Haus gestohlen und war dann nach Hause gehumpelt, weil er seinen Gehstock nicht mitgenommen hatte. Er würde das alles noch einmal tun, oder sogar die gesamte Stadt Bath ohne Gehstock durchqueren, um eine weitere Nacht mit Min zu verbringen.

Er hoffte, dass diese Nacht die erste von vielen sein

würde – ein Leben lang –, aber zuerst musste er sich um diese leidige Angelegenheit mit Mrs. Dalton kümmern. Nachdem er die nächste Nacht in einer Pension verbracht hatte, war Evan weiter nach London gereist und heute Abend angekommen. Der Regen hatte ihn ein wenig aufgehalten, sodass er direkt zum Haus seiner Eltern gefahren war und seinen Vater gerade noch erwischt hatte, als dieser sich für das Dinner in einem seiner Clubs umzog.

Llewellyn Price war kein großgewachsener Mann, aber er besaß eine Haltung, die Aufmerksamkeit und Respekt einforderte. Vielleicht waren es die grauen Schatten in seinem dunklen Haar, die ihn weise erscheinen ließen, oder die Art, wie er sich gab – mit großem Selbstvertrauen und nur sehr wenig Furcht. Diese Eigenschaften hatten ihm gute Dienste geleistet, als er sich zum Oberkommissar des Finanzministeriums hochgearbeitet hatte. Allerdings war er immer schon ein beeindruckender Mann von großer Integrität gewesen. Das war wohl auch der Grund, so vermutete Evan, warum die Menschen sich zu ihm hingezogen fühlten. Das galt auch für seine Mutter.

Als Tochter eines Viscounts hatte Catriona Price unter ihrem Stand geheiratet, aber Evans Großvater hatte ihre Wahl des Ehemannes nie als unpassend erachtet. Tatsächlich war sein Großvater, Lord Coleford, der treueste Unterstützer von Evans Vater.

Evan war für die Herzlichkeit in seiner Familie sehr dankbar, insbesondere nachdem er erfahren hatte, welche Probleme Min und Sheff mit ihren Eltern hatten. Dieses Gefühl machte Evans Besuch bei seinem Vater noch schwieriger.

Evan hatte sich unangemessen benommen. Er war seinem Freund zu Hilfe geeilt, ohne an die Folgen für seine Familie zu denken. Und all das nur, weil Evan dachte, er könnte einen Skandal besser überstehen und seinen

Freund auf diese Weise schützen. Von seiner Familie die gleiche Loyalität zu verlangen war ungerecht gewesen, wie er inzwischen begriffen hatte.

Sein Vater betrat das Arbeitszimmer, wo Evan auf ihn wartete. »Ich bin überrascht, dich hier zu sehen.« Sein Blick glitt zu dem Gehstock, den Evan in der Hand hielt, und Sorgenfalten zeichneten sich auf seiner Stirn ab. »Macht dir der Knöchel immer noch zu schaffen?«

»Ein wenig«, antwortete Evan. »Obwohl ich den größten Teil der letzten beiden Tage in einer Kutsche verbracht habe, muss ich mich schonen. Ich hoffe, dass die Verletzung bald vollständig ausgeheilt sein wird.«

Sein Vater musterte ihn mit einem zusammengekniffenen Auge. »Ich nehme an, das bedeutet, dass du dich nicht so viel ausgeruht hast, wie du es solltest.«

Evan zog eine Schulter hoch. »Du kennst mich zu gut, Papa. Ich habe mir alle Mühe gegeben.« Er ließ ein Lächeln aufblitzen.

Sein Vater grunzte, dann goss er sich einen Brandy ein. »Willst du etwas trinken?«

»Ja, ich glaube schon«, antwortete Evan gleichmütig. Vielleicht würde das bei der bevorstehenden Unterredung helfen.

Sein Vater schenkte zwei kleine Gläser ein und reichte Evan eines davon. Dann setzte er sich in seinen Lieblingssessel neben dem Kamin. »Wie geht es deiner Mutter?«

Evan nahm den anderen Sessel ihm gegenüber und lehnte seinen Spazierstock an die Lehne. »Sehr gut.« Er nippte an seinem Brandy, während sein Vater dasselbe tat.

»Was hat sie dazu gesagt, dass du nach London zurückkehren sollst?«, fragte sein Vater und stützte sein Glas auf die Armlehne seines Stuhls. Er warf Evan einen scharfen Blick zu. »Wir hatten vereinbart, dass du wegbleibst, bis ich dich herbestelle.«

»Ich weiß, aber es wurde zwingend notwendig, dass ich zurückkehre.« Evan nahm einen weiteren stärkenden Schluck Brandy. »Ich habe Mama gesagt, dass ich zurückkehren muss, um mich um eine Angelegenheit zu kümmern.«

»Und deshalb bist du hier? Hast du hier eine Angelegenheit, die deine Aufmerksamkeit erfordert?«

»Ja, leider. Es geht um die Sache mit Mrs. Dalton.« Evan versuchte, die Anspannung in seinen Schultern zu lösen.

Sein Vater beugte sich vor, seine Augen loderten. »Sag mir nicht, dass du hergekommen bist, um sie zu sehen. Du darfst überhaupt keine Zeit mit ihr verbringen.«

Evan atmete tief ein und aus. »Die Wahrheit ist, dass ich noch nie Zeit mit ihr allein verbracht habe. Außer als sie mich letzte Woche in Bath besucht hat.«

Sein Vater riss die Augen auf. »Was zum Teufel sagst du da?«

»Ich hoffe, du wirst nicht allzu böse sein. Ich hatte keine Affäre mit Mrs. Dalton. Ich habe nur gesagt, dass ich eine hatte.«

»Du *hast gelogen*?« Sein Vater blinzelte und schüttelte fassungslos den Kopf. »Warum solltest du so etwas tun?«

»Um meinen Freund, Roger Martin, zu schützen. *Er* hatte eine Affäre mit Mrs. Dalton.« Evan fuhr fort zu erklären, warum er Roger beschützt hatte und warum Mrs. Dalton zu ihm gekommen war.

Sein Vater hörte zu, sein Kiefer krampfte sich bei dem Teil über Roger zusammen und sein Gesicht erbleichte, als Evan erklärte, dass Sir Abraham beabsichtigte, die Scheidung einzureichen.

Als Evan fertig war, sprang sein Vater aus seinem Sessel auf und schritt durch das Arbeitszimmer. »Das ist ein komplettes Desaster.«

»Es ist zu einem geworden, ja.« Evan war es verhasst, seinem Vater solchen Kummer bereiten zu müssen.

Er drehte sich um und starrte Evan an. »Du musst das in Ordnung bringen.«

Evan rutschte in seinem Stuhl hin und her. »Ich weiß. Deshalb bin ich nach London zurückgekehrt. Die Zeit ist gekommen, dass ich die Wahrheit sage.«

Sein Vater marschierte auf ihn zu, seine Gesichtszüge waren von Abscheu gezeichnet. »Die Zeit ist gekommen und wieder vergangen, mein Junge.« Sein Vater setzte sich wieder hin. Er wandte seine Aufmerksamkeit dem Feuer zu und sein Gesicht war zu einer wütenden, nachdenklichen Maske verzogen.

»Es tut mir leid«, gab Evan leise zu. »Ich wollte nie so viel Ärger verursachen. Ich hätte rücksichtsvoller sein sollen.«

»Das hättest du tatsächlich sein sollen. Was du getan hast, war für unsere Familie sehr peinlich – und es stimmt nicht einmal.« Sein Vater schlug sich mit der Hand auf sein Knie, während er seinen wütenden Blick wieder auf Evan richtete. »Du bist klüger als so etwas zu tun, Evan. Was ist in dich gefahren?«

»Ich habe erklärt, warum ich Roger helfen wollte«, sagte Evan. »Aber wenn ich es noch einmal machen müsste, würde ich die Schuld nicht auf mich nehmen. Ich dachte, ich könnte den Skandal überstehen. Ich hatte allerdings nicht daran gedacht, wie sehr sich dies auf euch alle auswirken würde.« Oder wie es sich auf ihn selbst und auf alle Pläne auswirken würde, die er vielleicht für seine eigene Zukunft hatte. Denn er hatte nicht im Entferntesten daran gedacht, dass er vielleicht einer Frau den Hof machen oder sie heiraten wollte. Nie hatte er erwartet, sich zu verlieben, und genau das war geschehen. Die Anerkennung dieser Tatsache erfüllte ihn inmitten dieses Tumults mit unbändiger Freude.

Sein Vater brummte. »Sobald die Wahrheit bekannt ist, wird der Schaden hoffentlich rückgängig gemacht werden.«

Für Evan war dies vielleicht möglich, aber was war mit dem Schaden, den das für Roger bedeuten würde? »Ich fühle mich schlecht, weil dies Roger und seine Karriere ruinieren wird.«

»Er hat einen Fehler gemacht«, meinte sein Vater mit Nachdruck. »Er muss dazu stehen und sein Bestes tun, um die Konsequenzen zu überleben.«

»Er hat keinen Vater wie dich, der ihn anleitet oder sich für ihn einsetzt«, brachte Evan mit Bedauern hervor. Roger hatte seinen Vater verloren, als er noch sehr jung war, und war dank der Freundlichkeit eines Gentleman aus dem Viertel, in dem er aufgewachsen war, nach Cambridge gegangen. Der Mann hatte Rogers Intelligenz und seine vielversprechende Persönlichkeit erkannt und ihm eine Ausbildung ermöglicht.

Evan fuhr fort: »Ich habe auch Mitleid mit Mrs. Dalton. Ich kenne sie kaum, aber sie scheint wirklich verzweifelt zu sein. Sir Abraham hat sie aus dem Haushalt verbannt und ihr verboten, ihre Kinder zu sehen. Roger hat mir erzählt, dass Sir Abraham oft grausam zu ihr war, dass sie sehr unglücklich war. Und der Mann ist alt genug, um ihr Vater zu sein.«

Sein Vater seufzte. »Das weiß ich alles.«

»Alles?«, fragte Evan. »Auch den Teil, wie Sir Abraham sie behandelt?«

»Ja.« Sein Vater trommelte mit den Fingern auf seinem Knie. »Leider gibt es viele unglückliche Ehen, in denen einer oder beide Partner ein miserables Leben führen. Ich fürchte, das ist der Lauf der Dinge.«

»Das sollte nicht sein«, sagte Evan mit mehr Vehemenz, als er geplant hatte. »Es gibt keinen Grund, warum Menschen in einer Verbindung bleiben sollten, in der sie beide unglücklich sind.«

»Das mag stimmen, aber die Menschen bringen so etwas fertig. Welche Wahl haben sie denn?«

»Das kannst du leicht sagen.« Evan fand die unbekümmerte Haltung seines Vaters irritierend. »Du und Mutter, ihr seid unvergleichlich glücklich. Habt ihr eine Ahnung, wie viel Glück ihr habt?«

Sein Vater warf ihm einen direkten Blick zu. »Ja, das haben wir. Das sagen wir einander immer wieder. Aber denk nicht einen Moment lang, dass die Ehe nur das eine oder das andere Extrem ist. Sie dauert ein Leben lang, und in dieser Zeit gibt es gute und schlechte Zeiten. Manche Menschen passen einfach besser zueinander als andere.« Er sah Evan aufmerksam an. »Für einen jungen Mann, der die Ehe – oder auch nur das Gerede darüber – gemieden hat, scheinst du dich sehr für diese Institution zu interessieren. Was hat deine Leidenschaft für dieses Thema geweckt, oder setzt du dich einfach für Mrs. Dalton ein? Ich habe dir immer ein mitfühlendes Herz zugetraut, mein Junge, und deshalb war ich über dein Verhalten ihr gegenüber doppelt enttäuscht. Ich gestehe, ich bin erleichtert, dass es nicht stimmt.«

»Danke, dass du das sagst«, entgegnete Evan. »Zufälligerweise *bin* ich an einer Heirat interessiert.«

»Tatsächlich?« Sein Vaters zog die Augenbrauen in die Höhe. »Gibt es da jemand Bestimmten?«

»Ja«, antwortete Evan. Ein Bild von Min erfüllte seinen Geist und erhitzte seinen Körper. Er spürte eine Welle der Liebe, wenn er nur an sie dachte und sich darauf freute, dass er zu ihr zurückkehren würde. »Ich möchte die Sache mit Mrs. Dalton unbedingt hinter mich bringen, weil ich vorhabe, ihr einen Heiratsantrag zu machen.«

Er betete, dass Min Ja sagen würde. Trotz ihrer Intimität in der Nacht vor seiner Abreise konnte er nicht aufhören, an das Gespräch zu denken, das vorausgegangen war. Sie hatte recht gehabt, ihn zurechtzuweisen, weil er nicht ehrlich zu ihr gewesen war. Noch schlimmer war es allerdings, dass er sich in einem Schlamassel wiedergefunden hatte, den er selbst verursacht hatte und der dem Schlamassel, dem Min durch ihren Vater ausgesetzt war, viel zu ähnlich war. Es war zwingend erforderlich, dass er die Angelegenheit in Ordnung brachte, bevor er sie überhaupt bitten konnte, für immer mit ihm zusammen zu sein.

Das ganze Verhalten seines Vaters änderte sich mit einem Mal, als ein Grinsen über seine Züge strich. Er hob seinen Brandy in Evans Richtung. »Das verdient einen Toast.«

Evan hob sein Glas und stieß es an das seines Vaters. Sie tranken beide.

»Kenne ich diese junge Dame?«, fragte sein Vater.

»In der Tat – Lady Minerva Halifax.«

Sein Vater blinzelte überrascht. »Henlows Tochter? Kein Wunder, dass du dich über die Ehe aufgeregt hast, wenn man bedenkt, in welche Familie du einheiraten willst. Bist du sicher, dass du dich auf diesen Kampf einlassen willst?«

»Ich würde in eine Grube mit knurrenden Löwen springen, um Min zu heiraten.«

Die Gesichtszüge seines Vaters wurden weicher. »Du bist verliebt«, bemerkte er schroff.

»Ja, das bin ich.« Evans Brustkorb weitete sich, als er dies laut bestätigte.

Sein Vater lächelte warm, was eher selten vorkam.

»Dann müssen wir diese Situation mit Sir Abraham schnellstens klären.«

»Ja«, stimmte Evan zu. »Ich hoffe, du kannst ihm die Scheidung ausreden.«

Die Brauen seines Vaters zogen sich zusammen. »Du willst, dass *ich* mit Sir Abraham spreche.«

»Nach deiner leidenschaftlichen Rede über die Schwierigkeiten der Ehe halte ich dich für den besten Kandidaten«, sagte Evan augenzwinkernd. »Vor allem halte ich es nicht für klug, ihn allein aufzusuchen.«

»Da hast du wahrscheinlich recht. Dann werden wir gemeinsam mit ihm sprechen. Er wird heute Abend im Club sein. Er hat es aus offensichtlichen Gründen vermieden, mit mir zu reden, aber wir werden ihm die Notwendigkeit eines diskreten Gesprächs klarmachen. Der Mann kann nicht wollen, dass er sich und seine Kinder einer solchen Tortur wie der Scheidung aussetzt.«

Evan fand es unmöglich, dieses Gespräch zu führen, ohne an Min zu denken und daran, was auf sie zukommen würde, wenn ihr Vater ihr und damit auch Evan und seiner Familie dasselbe antun würde, sobald sie verheiratet waren. Das setzte voraus, dass sie seinen Vorschlag annahm. Er konnte es nicht für sicher erachten, dass sie das tun würde. Abgesehen von diesem skandalösen Problem, das er geschaffen hatte, wusste er noch nicht einmal, ob sie seine Liebe erwiderte. Das war von entscheidender Bedeutung, denn wenn sie ihn nicht liebte, würde sie ihn nicht heiraten.

Das sollte sie auch nicht.

Evan sah seinen Vater an und setzte sich noch einmal in seinem Sessel zurecht. »Ich sollte dir noch etwas sagen.«

Der Gesichtsausdruck seines Vaters wurde wachsam. »Ich bin mir nicht sicher, ob mir dein Ton gefällt.«

»Da wir gerade von Scheidung sprechen, sollte ich dir

mitteilen, dass der Herzog von Henlow eine Scheidungs-klage gegen seine Frau und ihren ehemaligen Liebhaber plant.«

»Das ist deftig, wenn es von ihm kommt«, brachte sein Vater mit einem Anflug von Spott hervor. »Ich hätte nie geglaubt, dass Ihre Gnaden untreu ist. Sie war immer über jeden Vorwurf erhaben – eine wahre Heilige im Vergleich zu Seiner Gnaden und seinen bekannten Affären.«

»Ja«, antwortete Evan. »Seine Gnaden bestreitet seine eigenen Verfehlungen nicht. Aber wie du ja weißt, scheint es dem Gesetz egal zu sein, was Männer tun. Frauen hingegen können zur Rechenschaft gezogen werden, wenn sie untreu waren und wenn ihr Mann sie vor Gericht bringen will, um es zu beweisen.«

»Kann er es beweisen?«

Evan nickte. »Aber ich würde lieber nicht sagen, wie.« Das würde bedeuten, Ellis in das Gespräch einzubezie-hen, und das wollte er nicht tun. Er wünschte, er könnte sie – und Min – vor diesem Desaster schützen. Er sollte wirklich dafür kämpfen, dass Mins Vater seinen Plan nicht in die Tat umsetzte. Wenn Evan davon ausgehen konnte, Sir Abraham zu überzeugen, warum sollte er dann nicht versuchen, Mins Vater ebenfalls zu überzeugen?

»Ich gestehe, ich war begeistert, als ich hörte, dass du die Tochter eines Herzogs heiraten wirst«, sagte sein Vater etwas unheilvoll. »Aber jetzt, wo ich weiß, was auf mich zukommt, kann ich das nicht unterstützen.« Er warf Evan einen traurigen Blick zu. »Es tut mir leid, mein Sohn. Es wird eine schreckliche Tortur für uns alle. Das kannst du deiner Mutter nicht antun – oder deiner Schwester. Sie muss jetzt an ihre eigene Familie denken.«

Er würde Evans Ehe nicht unterstützen? Das hatte Evan nicht erwartet. Er fühlte sich, als würde der Boden unter ihm wegbrechen. »Ich werde Seine Gnaden davon überzeugen, die Klage nicht einzureichen.«

»Meinst du, das wird dir gelingen?« Sein Vater klang skeptisch.

»Ich denke, wenn es uns gelingt, Sir Abraham zu überzeugen, werde ich sowohl die Motivation als auch die Erfahrung haben, dies zuwege zu bringen.«

»Dein Selbstvertrauen war schon immer eine gute Eigenschaft«, meinte sein Vater mit einem Lachen.

Evan grinste. »Ich frage mich, woher ich das wohl habe.«

»Deine Mutter würde sagen, es sei arrogant, aber unter uns gesagt, *mag* sie das sehr.« Sein Vater musterte ihn einen Moment. »Was genau ist deine Motivation?«

»Meine Heirat mit Min«, sagte Evan schnell. Eifrig. »Ich liebe sie, und ich *werde* sie heiraten.« Er betete, dass sie ihn auch liebte.

»Nun gut. Das Wichtigste zuerst.« Sein Vater schluckte den Rest seines Brandys und stand auf. Er sah Evan an und runzelte die Stirn. »Du musst dich umziehen, bevor wir in den Club gehen. Beeil dich damit«, fügte er hinzu, bevor er sich weiteren Brandy einschenkte.

Evan erhob sich mit Hilfe seines Gehstocks. »Danke, Papa.«

Sein Vater drehte sich zu ihm um. »Ich bin froh, dass du mir endlich die Wahrheit gesagt hast. Ich wünschte nur, du hättest es früher getan. Eigentlich wünschte ich, du hättest nie einen Grund dazu gehabt.«

»Du verstehst doch sicher, warum ich meinem Freund helfen wollte?«, fragte Evan.

»Das tue ich. Wie ich schon sagte, besitzt du ein gutes Herz, und das kann ich dir nicht zum Vorwurf machen. Wir werden diese Angelegenheit in Ordnung bringen, aber ich gebe keine Garantien für deinen Freund.«

»Ich weiß. Wir können nur unser Bestes versuchen.« Evan betete inständig, dass er Roger bis zum Ende des Abends gute Nachrichten überbringen konnte. Und dann konnte er gleich morgen früh nach Bath aufbrechen.

Min würde am Montagabend in seinen Armen liegen.

Als Min am Montagnachmittag mit Pandora in Sydney Gardens spazieren ging, wurden die Gerüchte über Evan und Mrs. Dalton offen diskutiert. Als sie ein drittes Gespräch dieser Art hörte, hielt Min auf dem Weg an.

Pandora zog eine Augenbraue hoch, ohne jedoch etwas zu sagen.

Min drehte sich um und ging zu den beiden Frauen, die über Evan und Mrs. Dalton redeten. »Verzeihen Sie, aber ich konnte nicht umhin zu hören, was Sie da lautstark sagen. Ich fühlte mich verpflichtet, Ihnen mitzuteilen, dass die Angelegenheit zwischen Mr. Price und Mrs. Dalton ein großes Missverständnis ist.«

»Woher wissen Sie das?«, fragte eine der Frauen, deren Augen vor Neugierde leuchteten. Sie und die anderen Frauen waren etwa zehn Jahre älter als Min.

»Das weiß ich aus zuverlässiger Quelle.« Min sprach in ihrem hochmütigsten Tonfall der Herzogstochter. »Die Familie Price ist mit uns befreundet. Mr. Price ist nicht der Schurke, für den er gehalten wird. Sie sollten nicht jedes Gerücht glauben, das Sie hören.«

Min drehte sich auf dem Absatz um und schloss sich Pandora auf dem Weg an.

Als sie die anderen Ladys ein Stück hinter sich gelassen hatten, schenkte Pandora ihr ein Lächeln. »Das war ein bemerkenswert leidenschaftliches Plädoyer für Evan. Ist das alles wahr?«

Min hatte Pandora nicht mehr gesehen, seit sie von dem Gerücht – und die Wahrheit darüber von Evan erfahren hatte. »Ja. Es ist ein furchtbarer Fehler, den Evan da begangen hat, und deshalb ist er jetzt nach London gefahren. Er will die Dinge dort in Ordnung bringen.« Sie erklärte weiter, wie Evan die Affäre mit Mrs. Dalton gestanden hatte, um einen Freund zu schützen.

»Das ist überaus großherzig von ihm, würde ich sagen«, stellte Pandora fest. »Wenn auch ein wenig unbedacht.«

»Ich war reichlich wütend auf ihn, weil er mir nichts davon erzählt hat. Ich habe das Gerücht von der Viper – meiner Mutter – gehört, woraufhin ich ihn dann zur Rede stellte.«

»Ich kann gut nachvollziehen, wie beunruhigend das ist«, bemerkte Pandora mit einem Stirnrunzeln. »Er hat zwar nicht gelogen, aber ganz aufrichtig war er auch nicht.«

»Genau so ist es. Er hat mir erklärt, warum er mir nichts gesagt hat – er hatte den Schlamassel erst in Ordnung bringen wollen, den er angerichtet hat, damit ich nicht in eine weitere ärgerliche, skandalöse Situation verwickelt werde. Seiner Ansicht nach waren meine Probleme mit meiner Familie beunruhigend genug, und damit hat er auch recht. Trotzdem wünschte ich, er hätte es mir gesagt, und es macht mich nachdenklich, dass er das unterlassen hat. Es ist die Stärke meines Vaters, Chaos und Skandale zu verursachen, und das möchte ich lieber nicht in meinem Leben zulassen.«

Pandora sah sie mitleidig an. »Hast du ihm verziehen? Es hat ganz den Anschein, da du ihn ja heute verteidigt hast.«

Min zuckte mit der Schulter. »Ich weiß nicht, ob ›verzeihen‹ das richtige Wort ist. Ich hege keinen Groll gegen ihn. Er hat sogar die Nacht – oder zumindest einen Teil davon – mit mir verbracht, nachdem wir das Thema besprochen hatten.«

Pandora schnappte nach Luft. »Und das sagst du mir erst jetzt?«

»Wahrscheinlich hätte ich dich gleich am Freitag aufsuchen sollen, aber ich muss gestehen, dass ich sehr erschöpft war«, gestand sie etwas verlegen.

»Da bin ich mir vollkommen sicher«, entgegnete Pandora mit einem Lächeln. »War es so, wie du es dir erhofft hast?«

»Es war sogar noch viel besser«, gab Min zur Antwort, die sich ein Lächeln nicht verkneifen konnte.

»Es klappt also wunderbar zwischen euch?«, fragte Pandora.

»Ich denke schon«, antwortete Min zögernd. »Ich kann nicht aufhören, an das Zwischenspiel zu denken, dass wir am Donnerstagabend in einer der Nischen des Tea Salons hatten. Wir küssten uns, und er sagte: ›Heirate mich.‹ Er hat mich nicht gebeten. Er hat *es gefordert*.«

»Das ist mehr, als ich je gefragt wurde«, meinte Pandora ironisch.

Min zog eine Grimasse. »Es tut mir leid. Daran habe ich nicht gedacht. Als ich ihn darauf hinwies, dass er mich nicht gefragt hat, versprach er, dies nachzuholen, und er wollte mir dann auch seine Liebe erklären.«

Pandora blieb stehen und drehte sich zu Min um. »Er hat gesagt, er liebt dich?«

»Nicht ganz. Er sagte, dass er seine Liebe erklären *würde*. Es war wie ein Plan, den er ausgearbeitet hatte. Ich weiß nicht, wie ich es beschreiben soll, aber es entsprach nicht dem unvergesslichen emotionalen Moment, den sich eine Frau erhofft, wenn sie erfährt, dass ein Mann sie liebt.«

»Ich verstehe dein Zaudern. Zumindest *scheinst* du zu zaudern.« Min nickte, und Pandora fuhr fort. »Du bist dir nicht ganz sicher, ob du ihm vertrauen kannst, der Mann zu sein, den du brauchst.«

»So ist es.« Min war so erleichtert, dass Pandora sie verstand. »Ich möchte ihm vertrauen, aber ich muss sicher sein, dass er sich mir und unserer Familie gegenüber verpflichtet fühlt – wenn wir heiraten – und vor allem, dass er vollkommen aufrichtig ist.«

»Vielleicht wartet er noch, bis er diese Angelegenheit in London aus der Welt geschafft hat, um dir einen mitreißenden, emotionalen Moment zu schenken«, meinte Pandora sanft. »Ich kann verstehen, dass das seine Absicht ist. Er ist nicht die Art von Halunke, die solche Dinge versprechen und dich dann einfach sitzen lassen würde, wie Bane es bei mir getan hat.«

»Nein, das glaube ich von ihm nicht«, gab Min zu. »Ich glaube, ein Teil von mir fragt sich auch, ob er mich nur wegen der Leidenschaft heiraten will, die wir teilen. Aber das mag daran liegen, dass dies für mich eine einmalige Verbindung ist. Während er das schon einmal erlebt hat, gilt das nicht für mich.«

Sie setzten sich wieder in Bewegung und Pandora legte die Stirn in Falten. »Hat er das? Es klingt, als ob du ein offenes Gespräch über Liebe und Leidenschaft brauchst. Ich kann mich des Eindrucks nicht erwehren, dass diese Dinge untrennbar miteinander verwoben sind.«

»Das sehe ich so. Ich muss immer wieder daran denken, wie Evan und ich als Freunde angefangen haben, und wie sich daraus alles entwickelt hat. So etwas habe ich noch nie mit einem Mann erlebt, und ich frage mich, ob er deshalb der erste Mann ist, der mich tatsächlich dazu gebracht hat, über eine Heirat nachzudenken. Nicht, weil ich heiraten muss, sondern weil ich will.« Es stimmte, wie sie erkannte. Sie wollte Evan *wirklich* heiraten. Weil sie ihn liebte. »Ich glaube, ich bin in ihn verliebt«, flüsterte sie, ehe sie an sich halten konnte.

Pandora schenkte ihr ein breites Lächeln. »Ich glaube auch, dass du das bist. Aber ich wollte es nicht laut sagen. Ich war sicher, du würdest es noch selbst herausfinden.«

Min lachte. »Du bist eine gute Freundin.«

»Was wirst du unternehmen?«

»Ich werde auf seine Rückkehr warten, die hoffentlich morgen sein wird.« Es sei denn, er hatte eine Möglichkeit gefunden, seine Reise zu verkürzen. Die Aussicht darauf ließ einen Anflug von Vorfreude in Min aufkeimen. Sie konnte kaum erwarten, ihm zu sagen, dass sie ihn liebte. Aber würde sie das überhaupt tun, solange sie nicht sicher sein konnte, dass er wirklich der Mann war, für den sie ihn hielt? »Was würdest du in meiner Situation unternehmen?«

Pandora schüttelte den Kopf. »Andere Ratschläge als diejenigen, die du bereits von mir erhalten hast, kann ich dir nicht anbieten. Ich habe mich damit abgefunden, eine Jungfer zu sein, und etwas anderes kann ich mir ehrlich gesagt nicht mehr vorstellen.«

Min verabscheute den Gedanken, dass ihre Freundin nie eine dauerhafte Beziehung haben würde. »Hast du dich wirklich damit abgefunden?«

Pandora nickte und sie schien nicht traurig darüber zu sein. »Bald genug sollte ich das Haus meiner Tante verlassen. Sie ist eine richtige Witwe, und ich bin eine Jungfer, die Romane schreibt und sich die Freiheit gönnen will, gelegentlich eine Liaison zu haben. Ich werde mir irgendwo ein Häuschen nehmen, vielleicht in Weston.«

»Nun, das wäre schön«, meinte Min. »Weil wir im August immer zusammen dort sein werden.«

Pandora warf ihr einen Seitenblick zu. »Du nimmst dir das jetzt vor, das weiß ich, aber ich glaube nicht, dass es wirklich so kommen wird. Mehr als die Hälfte von uns ist bereits verheiratet, und du wirst wahrscheinlich die Nächste sein.«

»Noch habe ich mich zu nichts verpflichtet und ich bin auch nicht gefragt worden«, erinnerte Min sie.

Pandora lächelte. »Ja, das weiß ich, aber wahrscheinlich wirst du das, und dann bleiben nur noch Ellis und ich im ‚Regeln für Halunken Club‘.«

»Und unser neues Mitglied, Iona«, fügte Min hinzu. »Du wirst sie mögen.«

»Hat sie ebenso wie Ellis und ich einen Grund, nicht zu heiraten?«, fragte Pandora.

»Nicht, dass ich wüsste.«

»Wie ich schon sagte, werden Ellis und ich jeden August zusammen in meinem Landhaus in Weston sein. Du musst kein Mitleid mit uns haben.«

»Das werde ich nicht, denn ich könnte mit euch dort sein. Wie gesagt, ich habe mich zu nichts verpflichtet«, versicherte Min ihr. »Wirst du Ellis über deine Pläne für das Landhaus schreiben?«

»Vielleicht erwähne ich es in meinem nächsten Brief«, antwortete Pandora.

»Dein *nächster* Brief? Du hast ihr schon geschrieben?«

Pandora nickte. »Neulich. Ich habe den Brief von einem Diener an deinen Vater überbringen lassen, mit der Bitte, ihn an Ellis weiterzuleiten. Er hat mir eine Nachricht zurückgeschickt, dass er das getan hat.«

»Wirst du mir sagen, ob sie dir antwortet? Sie hat auf keinen meiner Briefe reagiert.« Das hatte Min bislang niemandem erzählt. Es tat weh, dass Ellis ihr nicht einmal schreiben wollte, obwohl Min sie furchtbar vermisste. Ellis war immer wie eine Schwester gewesen, noch bevor Min entdeckt hatte, dass sie wirklich eine war. Jetzt versuchte Min zu entscheiden, wie ihr Leben ohne ihre liebste Freundin und Schwester weitergehen sollte. »Ich würde alles geben, um jetzt mit ihr zu sprechen.«

»Ich weiß, das würdest du tun«, sagte Pandora leise.

Sie hatten den Bereich erreicht, in dem die Kutschen geparkt waren.

Pandora blieb stehen und sah Min an. »Hier verlasse ich dich. Die Kutsche meiner Tante steht gleich da drüben, und ich werde drinnen auf sie warten.«

Min wusste, dass Pandora sich nicht gerne hier aufhielt, wenn es im Park von tratschenden Wichtigtuern wimmelte. Zwar war sie nicht mehr die Hauptattraktion von Klatsch und Tratsch, aber einige Frauen warfen ihr gelegentlich noch einen missbilligenden Blick zu.

»Willst du Gesellschaft?« Min zog es vor, die Rückkehr zu ihrer Mutter hinauszuzögern, die mit einigen ihrer Freundinnen nicht allzu weit entfernt stand.

»Das ist nicht nötig. Tante Lucinda sieht mich und wird gleich zu mir kommen.« Pandora schaute ihr in die Augen. »Aber ich möchte so schnell wie möglich hören, was Evan zu sagen hat. Ich will nicht wieder tagelang warten müssen bis ich erfahre, was los ist«, fügte sie in einem spöttischen Tonfall hinzu.

Min legte eine Hand auf ihr Herz. »Ich verspreche es hoch und heilig.«

Sie verabschiedeten sich, und widerwillig kehrte Min zu ihrer Mutter zurück. Sie konnte in der Kutsche warten, wie es Pandora gerade tat.

Als Min sich einer großen Eiche näherte, trat Lord Spilsby hinter ihr hervor. Er versperrte ihr den Weg. »Guten Tag, Lady Minerva.« Er schenkte ihr ein strahlendes, aber durchaus irritierendes Lächeln. Die heutige Weste war von einem kräftigen Orange.

»Guten Tag, Lord Spilsby.« Min machte sich nicht die Mühe, ein Lächeln zu erwidern.

»Darf ich Sie zu Ihrer Mutter begleiten?« Er bot ihr seinen Arm an, bevor sie antworten konnte.

Min runzelte die Stirn. »Ich habe mich klar ausgedrückt, dass ich keine Zeit mit Ihnen verbringen möchte. Das gilt auch für das Flanieren. Sie müssen mich entschuldigen.«

Als sie versuchte, an ihm vorbeizukommen, schlang er seinen Arm um ihre Taille und zog sie zum Baum. »Kommen Sie, Lady Minerva, ich denke, Sie werden feststellen, dass wir viel gemeinsam haben.«

Min konnte nicht glauben, dass er sie gewaltsam packte. Sie drückte gegen seine Brust, als er sie gegen den Baumstamm auf der vom Weg abgewandten Seite zerrte. »Ich kann mir nicht vorstellen, was wir Ihrer Ansicht nach gemeinsam haben. Modebewusstsein ist es jedenfalls nicht. Oder wie man sich in der Öffentlichkeit benimmt. Ich verlange, dass Sie mich sofort loslassen!«

Er umarmte sie fester und rückte näher, sodass seine Brust die ihre berührte. Er hob seine linke Hand und streichelte ihre Wange. »Sie sind sehr schön.« Er beugte den Kopf, als wolle er sie küssen.

Min schrie auf, als sie ihren Kopf zurückwarf und ihn gegen die Brust stieß. Sie stieß nach ihm und zappelte, um zu entkommen.

»Was ist hier los?«, rief eine Stimme.

Min duckte sich unter seinem Arm hindurch und schaffte es, sich frei zu winden. Sie trat von dem Baum weg und drehte sich um, um zu sehen, wer gesprochen hatte. Mrs. Lawler stand keine drei Meter entfernt.

Ausgerechnet sie musste miterleben, was gerade passiert war! Die Ironie war zu groß.

»Haben Sie gesehen, was Spilsby sich herausgenommen hat?«, fragte Min an Mrs. Lawler gewandt.

Mrs. Lawler schürzte die Lippen fest und urteilend. »Ich habe gesehen, wie Sie beide sich umarmt haben.« Ihr Ton war anklagend.

»Das war keine *Umarmung*!«, rief Min entrüstet. »Er war es, der mich festgehalten hat!«

»Für mich sah das nicht so aus«, widersprach Mrs. Lawler achselzuckend.

Min konnte bereits voraussehen, was passieren würde. Mrs. Lawler würde wiederholen, was sie glaubte, gesehen zu haben, nämlich dass Min und Spilsby sich in einer kompromittierenden Lage befunden hatten und dabei erwischt wurden. Die Wichtigtuerin brauchte nur den Weg entlangzugehen und diese Nachricht jedem mitzuteilen, der ihr darauf begegnete. An diesem schönen Nachmittag tummelten sich genügend Spaziergänger hier, sodass das Gerücht wie ein unkontrollierbares Feuer um sich greifen würde.

Es war zu perfekt. Min würde zu einer Heirat mit Spilsby gezwungen sein. Das Zusammentreffen dieses Ereignisses mit Mrs. Lawler, der berüchtigten Klatschbase, die als Zeugin anwesend war, war zu viel.

Min wandte sich an Spilsby. »Das haben Sie geplant«, zischte sie.

Er leugnete nicht. »Ich wollte nur einen Moment mit Ihnen allein sein, Lady Minerva. Es ist mein innigster Wunsch, dass wir heiraten, und sie werden mir zustimmen, dass es eine gute Partie ist, da bin ich mir sicher. Ich würde gerne sofort mit Ihrem Vater sprechen.«

»Das werden Sie nicht tun«, widersprach Min fest. »Sie sind ein Halunke und ein Schurke. Nein, ich werde Sie nicht einmal einen Schurken nennen. Das Wort ist viel zu nett für Sie. Sie sind ein verschlagener Schuft.« Unfähig, ihren Zorn noch länger im Zaum zu halten, versetzte sie ihm eine Ohrfeige. Es war keine richtige Ohrfeige, weil sie ihre Handschuhe trug. Viel befriedigender wäre allerdings das Klatschen ihre bloßen Hand auf seiner Haut gewesen.

Sie drehte sich noch einmal zu Mrs. Lawler um und sah, dass sich ihre Mutter näherte.

»Was ist hier passiert?«, fragte ihre Mutter.

Min erstarrte. An ihrem Gesichtsausdruck stimmte etwas nicht. Sie wirkte weder besorgt noch erschrocken, sondern nur ein bisschen neugierig. Und sie musste gesehen haben, was Min gerade getan hatte. Zumindest würde sie über Mins Angriff auf Spilsbys Person empört sein.

»Du steckst dahinter, nicht wahr, Mutter?«, flüsterte Min.

Die Herzogin schien verblüfft, aber Min konnte das siegesgewisse Glitzern in ihrem Blick wahrnehmen. »Hinter was?«

Min blickte zu Mrs. Lawler und bemerkte das Aufblitzen von Schuldgefühlen in deren Gesicht. Ja, sie hatten das alles geplant.

»Ich gehe nach Hause, Mutter«, sagte Min. »Und dann gehe ich zu Pandora. Für immer.«

Min ging schweren Schrittes zu ihrer Kutsche und wies den Kutscher an, sie nach Hause zu bringen. Ihre Mutter konnte einfach laufen.

KAPITEL 17

Evan kam am späten Montagnachmittag in Bath an. Er wollte direkt zu Min gehen, entschied aber, dass es besser war, sich erst den Reisestaub abzuwaschen. Er wollte gut aussehen und gut riechen, wenn er ihr einen Heiratsantrag machen würde. Aber zuerst musste er mit seiner Mutter sprechen. Er fand sie im Salon.

Als er eintrat, stand sie auf und lächelte. »Ich habe gehört, dass du zurückgekehrt bist. Ich freue mich, dich zu sehen.«

Mit seinem Gehstock ging Evan zu ihr und streichelte ihr über die Wange. »Ich freue mich auch, dich zu sehen und bin froh, wieder hier zu sein.«

»Tatsächlich?«, fragte sie überrascht. »Ich habe mich gefragt, ob du vielleicht in London bleibst.«

»Ich habe einen bestimmten Grund für meine Rückkehr, den ich dir auch gleich mitteilen werde.« Zuerst wollte Evan über die Situation mit Mrs. Dalton berichten.

Interesse leuchtete in den Augen seiner Mutter auf. »Das klingt faszinierend. Wirst du heute Abend mit mir auf den Ball gehen?«

»Ich fürchte nein, Mama. Ich hoffe, du bist nicht enttäuscht.«

Sie winkte mit der Hand. »Keineswegs. Ich habe dich nicht vor morgen erwartet.«

»Ich wollte dir sagen, warum ich nach London gereist bin«, sagte Evan. »Ich musste mich um die Situation mit Mrs. Dalton kümmern.«

Seine Mutter zog die Augenbrauen zusammen, und ihr Blick verengte sich leicht.

Bevor sie etwas sagen konnte, sagte er: »Ich hatte *keine* Affäre mit ihr. Das hatte ich nur behauptet, um einen Freund zu schützen, dem ich einen Gefallen schuldete. Inzwischen ist mir klar geworden, wie egoistisch es von mir war, meine Familie mit meiner Entscheidung zu belasten, ihm zu helfen.«

Evan wollte ihr nichts von Sir Abrahams Plänen erzählen, sich von seiner Frau scheiden zu lassen, denn er und sein Vater hatten Sir Abraham erfolgreich umgestimmt. Nachdem sie ihn im Club aufgespürt hatten, war es ihnen nach Aufwendung von geraumer Zeit gelungen, ihn zu überreden, und schließlich hatte er eingewilligt – gegen einen Preis. Er verlangte den Namen des wahren Liebhabers seiner Frau und bestand dann darauf, dass Roger London verließ und nie wieder zurückkehrte.

Später am Abend hatte Evan Roger erzählt, was geschehen war, und ihm gleichzeitig sein Bedauern darüber mitgeteilt, dass Roger London und seine vielversprechende Karriere verlassen musste. Roger war am Boden zerstört, verstand aber, dass die Dinge weitaus schlimmer hätten ausgehen können, wenn Sir Abraham die Scheidung durchgesetzt hätte. Er war Evan für seine Unterstützung sehr dankbar.

Evans Vater hatte Sir Abraham auch zu einer Klarstellung bewegen können, dass Evan *keine* Liaison mit seiner

Frau gehabt hatte. Sir Abraham hatte sich bereit erklärt, die Angelegenheit zu klären, wollte aber nicht versprechen, dass er nicht stattdessen Roger nennen würde. Das war das Beste, was sie erreichen konnten. Und Evans Vater war zufrieden, was Evan erleichterte.

Seine Mutter blickte ihn mit Mitgefühl und großem Verständnis an. »Mein liebster Junge, ich weiß nicht, ob ich dir zustimme, dass dein Verhalten egoistisch war. Vielleicht unüberlegt.« Ihre Lippen kräuselten sich zu einem flüchtigen Lächeln. »Ich bin froh, dass du die Sache geklärt hast. Der Klatsch und Tratsch hat in den letzten Tagen hier in Bath die Runde gemacht«, fügte sie mit einer Grimasse hinzu. »Ich werde heute Abend mein Bestes tun, um die Gerüchte zu widerlegen. Interessanterweise habe ich gehört, dass Lady Minerva das vorhin in den Sydney Gardens getan hat.«

Tatsächlich? Evan konnte sich ein Lächeln nicht verkneifen. Dass sie ihn verteidigen würde, war sicherlich ein positives Zeichen.

»Du grinst wie ein Trottel«, sagte seine Mutter lachend.

»Ja. Das ist der Grund, warum ich nach Bath zurück geeilt bin. Ich hoffe sehr, dass ich am Ende des heutigen Abends verlobt sein werde.«

Sie keuchte und hob kurz die Hand zum Mund, ihre Augen leuchteten vor Freude.

Evan konnte sich ein Lachen nicht verkneifen. »So glücklich habe ich dich wohl noch nie gesehen. Und an Gwens Hochzeitstag warst du besonders glücklich.«

Seine Mutter umarmte ihn ganz fest. »Ich freue mich so für dich.«

»Noch hat sie nicht Ja gesagt.« Und er konnte nicht davon ausgehen, dass sie es tun würde. Er hätte ihr von dem »Skandal« mit Mrs. Dalton erzählen sollen, insbesondere nachdem sie nach Bath gekommen war und ein echter Skandal drohte.

Seine Mutter wich zurück. »Wer ist es, oder willst du es nicht sagen, bis sie angenommen hat?«

»Ich habe es Papa schon gesagt. Es ist Lady Minerva.«

»Natürlich. So wie sie dich heute verteidigt hat und deine Reaktion, als ich dies erwähnte, hat eigentlich schon alles offenbart.« Sie lächelte breit.

Evan wollte unbedingt die Zustimmung seiner Eltern. Da sein Vater nicht gerade begeistert von der Heirat war, nachdem er von der Absicht des Herzogs von Henlow erfahren hatte, sich von seiner Frau scheiden zu lassen, befürchtete Evan, dass seine Mutter ihn vielleicht auch nicht unterstützen würde. »Du magst sie, nicht wahr?«, fragte Evan zögernd.

»Natürlich tue ich das. Warum fragst du?«

Evan hatte nicht vor, ihr von den Scheidungsplänen des Herzogs zu erzählen. Er hoffte inständig, dass es ihm gelingen würde, dem Herzog diese Pläne auszureden. »Seine Gnaden zieht mit seinem Verhalten oft Klatsch und Tratsch auf sich. Ich war mir nicht sicher, ob dich das beunruhigen würde.«

»Jeder weiß und akzeptiert, dass er und Ihre Gnaden entfremdet sind. Es ist zwar nicht ideal, aber wenigstens sind sie nicht geschieden.«

Evan unterdrückte eine ironische Grimasse und nickte.

Sie legte den Kopf schief. »Da du ihr einen Antrag machen willst, musst du einen Ring haben. Hast du einen gekauft, als du in London warst?«

»Das habe ich nicht«, antwortete Evan. »Papa sagte, du hättest einen Ring, von dem du hoffst, dass ich ihn benutzen würde.«

»So ist es in der Tat. Es gehörte meiner Großmutter und war immer für deine Verlobte bestimmt. Ich habe das bislang nie erwähnt, weil du sehr deutlich gemacht hast, dass du noch nicht heiraten willst.«

»Es war gut, dass du dich in Geduld gefasst hast«, meinte Evan lachend.

»Lass mich den Ring holen, und dann kannst du entscheiden, ob du ihn Lady Minerva geben willst.«

Evan hatte es eilig, sich auf den Weg zu Min zu machen und er hoffte, seine Mutter würde sich beeilen. Zum Glück tat sie das und kam nur wenige Minuten später mit einer kleinen Schachtel zurück. »Wenn er dir nicht gefällt, kannst du dir gern einen anderen aussuchen.«

Er nahm die Schachtel entgegen und öffnete sie. »Ich bin sicher, dass er perfekt ist.« Als er auf den Ring hinunterblickte, fühlte er sich von Freude und einem Gefühl der absoluten Richtigkeit erfüllt. Der Ring hatte ein Saphir im Rosenschliff und hatte fast genau die Farbe der Vergissmeinnicht, die Min ihm in Longleat geschenkt hatte. »Das ist er in der Tat«, murmelte er.

»Ich bin so froh«, freute sich seine Mutter.

Evan umarmte sie erneut und steckte den Ring in seine Tasche. »Wünsch mir Glück.«

»Das brauchst du nicht. Lady Minerva hat dich heute verteidigt. Sie empfindet offensichtlich genauso wie du.«

Bis Evan dies von Min selbst hörte, konnte er das nicht mit Sicherheit wissen. Er verließ das Haus und fuhr mit der Kutsche zum Haus der Herzogin von Henlow am Circus.

Als er an die Tür klopfte, holte er tief Luft und betete für das gewünschte Ergebnis. Er war sehr nervös, Min zu sagen, was er fühlte, denn wenn sie ihn nicht liebte, wusste er nicht, was er tun sollte.

Leider war sie nicht zu Hause. Der Butler sagte, sie habe den Haushalt verlassen und wohne jetzt bei Pandoras Tante im Royal Crescent.

Aber auch sie war nicht da. Verwirrt bat Evan darum, mit Pandora oder ihrer Tante zu sprechen. Der Butler ließ ihn in der Eingangshalle und ging, um sie zu holen.

»Es ist schön, Sie zu sehen, Evan«, sagte Pandora, als sie mit ihrer Tante eintrat. »Harding sagte, Sie seien gekommen, um Min zu besuchen, und dass Sie glauben, sie wohne hier.«

Evans Herz begann zu klopfen. Irgendetwas stimmte nicht. Er sagte sich, er solle sich keine Sorgen machen. Vielleicht hatte sich der Butler von Mins Mutter geirrt, und Min war zum Haus ihres Vaters gegangen. Aber Evan bezweifelte, dass der Butler sich geirrt hatte. Vielleicht hatte Min ihre Meinung geändert.

»Der Butler ihrer Mutter sagte mir, dass ich Min hier finden könnte«, sagte Evan zu Pandora. »Er sagte, sie hätte den Haushalt ihrer Mutter verlassen und wohnte jetzt hier bei Ihnen.«

Pandora zog die Augenbrauen zusammen. Sie wirkte sehr besorgt. »Sie ist nicht hier, und ich erwarte sie auch nicht. Ich habe sie heute Nachmittag im Park gesehen, und sie hat nicht erwähnt, dass sie bei mir wohnen will. Ich dachte, Sie kämen erst morgen zurück – das hat Min jedenfalls gesagt.«

»Ich habe meine Reise abgekürzt«, sagte er. »Ich kann es kaum erwarten, sie zu sehen.« Evan fragte sich, ob Pandora den Grund dafür kannte, aber er hatte nicht vor, jetzt danach zu fragen. Er musste Min finden. Er wurde das Gefühl nicht los, dass etwas nicht stimmte.

Pandoras Tante hatte einen finsteren Gesichtsausdruck.

»Wissen Sie etwas, Mrs. Barclay-Fiennes?«, fragte Evan.

»Ich habe gerade darüber nachgedacht, was vorhin in den Sydney Gardens passiert ist.«

Pandora blickte zu ihrer Tante. »Du meinst die Szene mit Lord Spilsby?«

»Was zum Teufel ist mit Spilsby passiert?«, fragte Evan, dessen Sorge bei der Erwähnung des abscheulichen Mannes in Wut umschlug.

»Ich habe nicht gesehen, was passiert ist«, sagte Mrs. Barclay-Fiennes, wobei sie ihre grünen Augen leicht verengte. »Aber als ich zur Kutsche ging, um Pandora zu begleiten, hörte ich, wie jemand davon sprach, dass Lord Spilsby und Lady Minerva sich umarmten. Sie wurden von Mrs. Lawler gesehen.«

Pandoras Lippen kräuselten sich. »Diese aufdringliche Hexe verbreitet jetzt Gerüchte über Min.«

Mrs. Barclay-Fiennes zog die hellbraunen Brauen in die Höhe. »Offenbar hat sich Min zur Wehr gesetzt und Spilsby geschlagen, bevor sie davonging.«

Evan verspürte einen gewissen Stolz auf sie.

»Das hat sie gut gemacht«, sagte Pandora süffisant, bevor sie zu Evan sah. »Meinen Sie, es ist möglich, dass Min zum Haus ihres Vaters gegangen ist?«

»Ich denke schon. Aber der Butler dort hat mir ganz klar gesagt, dass sie hierher kommen würde. Ich glaube nicht, dass er sich da geirrt hat.«

»Vielleicht hat sie es sich anders überlegt«, schlug Mrs. Barclay-Fiennes vor und griff damit Evans frühere Gedanken auf.

»Das ist möglich.« Aber Evan bezweifelte es. »Ich muss zum Haus Ihrer Gnaden zurückkehren und herausfinden, was passiert ist.«

»Werden Sie uns mitteilen, was Sie herausgefunden haben?«, fragte Pandora. »Ich fürchte, ich werde nicht eher Ruhe finden, bis ich weiß, dass sie in Sicherheit ist, nach allem, was mit diesem Idioten Spilsby passiert ist.«

Evan glaubte nicht, dass Spilsby zu Gewalt fähig war.

Der Trottel war ein lästiger Sturkopf, aber sicher nicht gefährlich.

»Sie müssen mich entschuldigen«, verabschiedete Evan sich mit einem Nicken, bevor er eilig zur seiner Kutsche zurückkehrte. Er wies den Kutscher an, rasch zum Circus zu fahren.

Kaum hatte die Kutsche angehalten, sprang Evan heraus, ohne an seinen Gehstock zu denken – sehr zum Leidwesen seines Knöchels. Er rannte zur Tür der Herzogin, wo er mit der Faust gegen das Holz hämmerte.

Der Butler öffnete schnell, wobei seine Stirn tiefe Furchen bildete. »Mr. Price, was ist geschehen?«

»Lady Minerva ist nicht im Haus von Mrs. Barclay-Fiennes«, verkündete Evan düster. »Niemand hat sie dort gesehen, und man erwartet sie auch nicht. Wo ist Ihre Gnaden?«

»Sie bereitet sich auf den Ball vor.« Der Butler wirkte beunruhigt. »Ist Lady Minerva verschwunden?«

»Sie ist nicht dort, wo sie sein sollte. Ihre Gnaden muss wissen, wo sie ist.«

Der Butler nickte. »Ich werde sie unverzüglich holen.«

Evan ging auf und ab, und das ließ seinen Knöchel protestieren. Nachdem er aus der Kutsche gesprungen war, wollte der Knöchel nicht noch weiter misshandelt werden. Nicht, dass Laufen eine Misshandlung wäre, doch sein Knöchel war derzeit dieser Meinung.

Es dauerte einige Minuten, bis Ihre Gnaden endlich erschien. Sie war für den heutigen Ball fertig angekleidet und hatte ihr Haar kunstvoll frisiert. Sie warf Evan einen äußerst hochmütigen Blick zu. »Mr. Price, Warner sagte, Sie seien sehr besorgt und wollten mich sehen. Wie ich höre, suchen Sie nach Minerva.«

»Sie ist nicht da, wo sie sein sollte.«

»Und wo ist das?«, fragte Ihre Gnaden mit einer irritierenden Kühle.

»Das wissen Sie nicht?«, fragte Evan verärgert. »Was für eine Mutter sind Sie denn? Sie hat Ihren Haushalt verlassen und ist zu einer Freundin gegangen. Aber da ist sie nicht.«

Auf der Stirn der Herzogin zeigten sich tiefe Furchen und ihr ganzes Gesicht wirkte mit einem Mal kummervoll, und Evan glaubte fast, sie mache sich Sorgen. »Ich weiß nicht, wo sie ist. Das ist sehr beunruhigend. Vielleicht ist sie zu ihrem Vater gegangen. Haben Sie dort nach ihr gesucht?«

»Nein, aber das werde ich tun.« Evan war sich nicht sicher, ob er ihr glaubte, aber was, wenn sie tatsächlich nichts wusste? »Ich habe gehört, dass Lord Spilsby Min heute in den Sydney Gardens angegriffen hat und dass sie ihn geschlagen hat.«

»Bedauerlicherweise, ja«, antwortete Ihre Gnaden steif.

Was bedauerte sie denn? Spilsbys Benehmen oder das ihrer Tochter? Evan fragte nicht. »Halten Sie es denn für möglich, dass Spilsby etwas mit Mins Verschwinden zu tun hat?«

Ihre Gnaden sah ihn stirnrunzelnd an. »Sie sind zu vertraut mit meiner Tochter, wenn Sie sie als ›Min‹ bezeichnen. Das ist höchst unpassend.«

Evan konnte sich kaum zurückhalten, die Frau anzuschreien. »Was ist mit Spilsby?«

»Spilsby hat nichts damit zu tun, wohin Minerva gegangen ist. Der Viscount ist ein liebenswürdiger junger Mann. Ich habe mich sogar darauf gefreut, dass er und Minerva sich verloben würden.«

Evans Wut loderte erneut auf. »Sie müssen wissen, dass das niemals passieren wird.« Selbst wenn Min nicht einwilligte, Evan zu heiraten, wusste er, dass sie Spilsby niemals heiraten würde.

Warner war in die Eingangshalle zurückgekehrt, und Evan sah ihn fragend an. »Wie ist Lady Minerva gegangen?«

»In der Kutsche Ihrer Gnaden«, antwortete der Butler. Seine Augen weiteten sich und er sah Mins Mutter an. »Sie fahren heute Abend nicht mit Ihrer Kutsche zum Ball. Sie sagten, Sie würden mit Mrs. Lawler fahren.«

Evan riss der Geduldsfaden. Er wandte sich an die Herzogin, ohne sich die Mühe zu machen, seine Wut zu zügeln. »Sie wissen, dass Ihre Kutsche weg ist – mit Min darin. Wo ist sie?«

Die Nasenflügel Ihrer Gnaden blähten sich. Zum ersten Mal flackerte Unbehagen in ihren Augen auf. »Ein Freund musste sich meine Kutsche ausleihen.«

»Falsche Antwort«, schnauzte Evan. »Wo ist Ihre Tochter? Antworten Sie mir, bevor ich jeden Rest von Höflichkeit vergesse, den ich noch besitze.«

Die Herzogin zuckte zusammen. Sie presste die Lippen aufeinander und wandte den Blick ab. »Ich habe sie jemandem geliehen – Lord Spilsby.«

Evan begann vor Wut zu zittern. »Warum, zum Teufel, haben Sie getan? Hat er Min nicht erst heute in den Sydney Gardens angegriffen?«

»Er hat nichts dergleichen getan«, erwiderte Ihre Gnaden mit Nachdruck. »Sie wurden bei einer Umarmung erwischt. Sie sollen verheiratet werden.«

»Das ist absoluter Blödsinn.« Evan ließ jeden Anschein von Anstand fallen. Dafür war keine Zeit, und die Herzogin hatte ihn auch nicht verdient. »Er hat Min entführt, stimmt das?«

»Ich glaube, sie sind durchgebrannt«, antwortete sie.

War das Stolz in ihrem Tonfall? Sie sah auf jeden Fall zufrieden mit sich selbst aus, und Evan hatte zu kämpfen, um sein Temperament im Zaum zu halten.

»Min würde dem nicht zustimmen«, knurrte Evan. »Sie verabscheut Spilsby. Wo hat er sie hingebracht?«

Als Ihre Gnaden nicht reagierte, trat der Butler auf sie zu. Er sah fast so wütend aus, wie Evan sich fühlte. »Sagen Sie es ihm.« Warner betrachtete seine Arbeitgeberin mit Verachtung, und Evan beschloss, dass er den Mann einstellen würde, um seinen Haushalt zu führen, wenn er und Min verheiratet waren. »Was haben Sie Ihrer eigenen Tochter angetan?«

Mins Mutter reagierte immer noch nicht. Sie hob ihr Kinn und starrte die beiden an, als wären sie Ungeziefer.

Evan schaffte es irgendwie, seine Stimme ruhig zu halten, aber er konnte nicht verhindern, dass sich seine Lippen kräuselten. »Ich bin sicher, dass Warner gerne Seine Gnaden holen wird. Vielleicht können Sie ihm sagen, wohin Min entführt wurde.« Oder besser gesagt geraubt wurde. Evan ballte die Fäuste, als ein neuer Sturm der Wut in ihm tobte.

Ihre Gnaden verdrehte die Augen ein wenig. »Lord Spilsby hat sie nach Bristol gebracht.«

»Das ist kein Ort, an den man durchbrennt«, sagte Evan spöttisch. Sie bräuchten immer noch eine spezielle Lizenz oder müssten das Aufgebot verlesen. »Warum sollte er sie dorthin bringen?«

»Spilsby wollte, dass sie zusammen gesehen werden, damit sie ihn heiraten muss«, antwortete Ihre Gnaden. »Da haben Sie recht. Sie wollte Spilsby nicht heiraten, obwohl er die beste Partie war, die sie zu diesem Zeitpunkt machen konnte. Sie sagte, sie wäre mit jemandem wie Ihnen oder Jarvis glücklicher gewesen. Hätte ich mein einziges anderes Kind unter ihrem Stand heiraten lassen sollen? Es ist schon schlimm genug, dass mein Sohn dieses gewöhnliche Flittchen geheiratet hat.«

Evan musste sich auf die Zunge beißen, um seiner Wut nicht freien Lauf zu lassen. Er konnte jedoch nicht ignorieren, was Ihre Gnaden über ihr »einziges anderes Kind« gesagt hatte.

»Aber Min ist nicht Ihr einziges anderes Kind, nicht wahr?« Evan wies sie leise darauf hin.

Mins Mutter schnappte nach Luft. »Wieso sollten Sie etwas anderes annehmen?«

»Weil Ihre Tochter mir vertraut und sich um mich sorgt und, so Gott will, meine Frau werden wird.« Evan wandte sich an Warner. »Bitte lassen Sie Seine Gnaden wissen, was geschehen ist und dass ich auf dem Weg nach Bristol bin und Lady Minerva und Spilsby abfangen werde.«

»Das werde ich, Mr. Price, und ich danke Ihnen.« Der Butler sah ihn anerkennend an. »Viel Glück.«

Evan stürzte aus dem Haus. Er war versucht, zu den Stallungen in der Nähe von Catharine Place zu laufen, aber er wies den Kutscher an, ihn dorthin zu fahren. Sein Knöchel schmerzte bereits, und er war im Begriff, ihn noch viel mehr zu strapazieren, weil er ihn unter anderen Torturen auch noch in seine neuen Reitstiefel zwängen würde.

Als er am Marstall ankam, schickte er einen Stallknecht los, um seine Stiefel – und seine Pistole – aus dem Haus zu holen, während er Merlin persönlich sattelte. Das Pferd schien sich sehr darüber zu freuen, dass Evan es endlich reiten wollte. Evan murmelte Worte der Zuneigung und Ermutigung. »Wir müssen schneller reiten als jemals zuvor, mein Junge.«

Evans Knöchel protestierte, als er den Stiefel anzog,

und erneut, als er in den Sattel stieg und seinen Fuß in den Steigbügel setzte. Der Schmerz wurde zur Nebensache, als er sich auf Mins Rettung konzentrierte.

Er ritt aus dem Marstall und galoppierte in hohem Tempo in Richtung Bristol.

KAPITEL 18

Min war seit mindestens einer Stunde mit Spilsby in der Kutsche. Sie wusste nicht, wohin sie fuhren, denn er wollte es ihr nicht sagen, aber sie glaubte, dass sie nach Westen unterwegs waren. Sie konnte immer noch nicht glauben, was geschehen war, und dass ihre Mutter obendrein ihre Entführung durch diesen schrecklichen Schurken ermöglicht hatte.

Nach ihrer Rückkehr aus den Sydney Gardens hatte sie den Kutscher gebeten, zu warten, während sie ihre Sachen packte, um zu Pandora zu fahren. Ihr Dienstmädchen hatte ihr gesagt, sie solle gehen und sie würde alles zusammenpacken und ihr dann folgen.

Dankbar kehrte Min zur Kutsche zurück und war schockiert, als sie Spilsby darin vorfand. Bevor sie wieder aussteigen konnte, hatte sich die Kutsche in Bewegung gesetzt.

Mehrmals wiederholte Min dann die folgenden Ereignisse in ihren Gedanken, während sie versuchte, einen Ausweg zu ersinnen, wie sie ihrer derzeitigen Lage hätte entkommen können. Aber solche Gedanken waren sinnlos. Jetzt war sie hier.

Dennoch konnte sie nicht umhin, sich noch einmal an den Vorfall zu erinnern. Sie hatte zu erfahren verlangt, was Spilsby in der Kutsche ihrer Mutter machte. Als sie sich dann in Bewegung gesetzt hatten, hatte sie darauf bestanden, dass er sie aussteigen ließ. Sie hatte sogar gegen das Dach geklopft, weil der Kutscher sie sicher hören und anhalten würde.

Spilsby hatte ihr jedoch nur ein bösartiges Lächeln geschenkt und ihr gesagt, sie könne so viel hämmern, wie sie wolle, während die Kutsche weiterfahren würde.

Min hatte gesagt, der Kutscher ihrer Mutter würde so etwas nicht tun. Daraufhin hatte Spilsby geantwortet: »Es ist nicht ihr Kutscher, sondern meiner.«

»Aber das ist nicht Ihre Kutsche«, hatte Min gerufen. »Wohin fahren wir denn?«

Spilsby hatte ihr einen überlegenen Blick zugeworfen. »Das brauchen Sie jetzt nicht zu wissen. Lehnen Sie sich einfach zurück und genießen Sie unsere Reise.«

»Ich soll es genießen, dass Sie mich *entführen*? Ich glaube, ich würde lieber aus der fahrenden Kutsche springen.« In diesem Moment hatte Min nach der Tür gegriffen.

Aber Spilsby hatte sich auf sie gestürzt, dieser Rohling. Er hatte etwas vom anderen Sitz geholt, das sie vorhin nicht bemerkt hatte. Es war ein Seil, mit dem er ihre Handgelenke fesselte. Dann benutzte er ein zweites, um ihre Füße zu fesseln. So fand sie sich gefesselt in ihrer jetzigen Position wieder, während sie Gott weiß wohin fuhren.

Mins Versuche, ihn zu einer Erklärung zu bewegen, wurden mit Grunzen und Spott beantwortet. Er wiederholte nur, dass sie heiraten würden und sie sich glücklich schätzen solle.

Je weiter sie sich von Bath entfernten, desto mehr fragte sich Min, wo Evan wohl sein mochte. Wahrscheinlich war er noch weit von Bath entfernt und würde nicht vor morgen ankommen. Ihr wurde eng um die Brust, und das nicht nur, weil er sie wahrscheinlich nicht retten konnte, bevor sie gezwungen war, die Nacht mit Spilsby zu verbringen.

Sie wusste auch ohne Frage, dass sie nicht nur in Evan verliebt, sondern auch bereit war, das Risiko einzugehen, ihn zu heiraten. *Wenn* er sie im Gegenzug liebte.

Sie würde alles geben, um Evan jetzt zu sehen.

Er würde außer sich über Spilsbys Unverschämtheit sein, sie zu entführen. Min kam der Gedanke, dass sie ihren Entführer mit Evans Wut verhöhnen könnte. Sie könnte Spilsby daran erinnern, dass Evan besonders geschickt im Umgang mit Waffen war.

Zuerst würde sie versuchen, freundlich zu sein. Zumindest so weit, wie sie das über sich bringen konnte. »Sie könnten mir wenigstens sagen, *wo* wir heiraten werden«, probierte sie es mit einem schmeichelnden Tonfall und einem vermutlich schwachen Lächeln. »Es scheint, als würden wir nach Westen fahren. Ist es Bristol? Warum Bristol?«

Er schaute finster drein. »Es ist nicht Bristol. Können Sie nicht aufhören zu reden?« So viel dazu, ihn zu bezirzen.

Aufgrund seiner Reaktion glaubte sie, dass es sich definitiv um Bristol handelte.

»Was, glauben Sie, wird sich ereignen, wenn wir dort ankommen?«, fragte Min. »Ich werde nicht zustimmen, Sie zu heiraten.«

»Sie werden ruiniert sein.« Er schenkte ihr ein spöttisches Lächeln. »Was haben Sie denn für eine Wahl?«

Min lachte. »Ich glaube, Sie vergessen, dass eine meiner

engsten Freundinnen ruiniert wurde, und sie ist nicht verheiratet.« Die Ironie war, dass Min genau diese Art von Leben in Betracht gezogen hatte. Außerdem hatte ihr Vater vor, eine Scheidungsklage gegen ihre Mutter einzureichen, was unweigerlich die Zerstörung der gesamten Familie nach sich ziehen würde. Wenn Spilsby dachte, er könnte sie mit seinen Drohungen von ihrem Ruin traumatisieren, würde er damit keinen Erfolg haben. »Sie können mich nicht zu einer Heirat zwingen. Vielmehr sollten Sie befürchten, im Gefängnis zu landen, denn ich werde dafür sorgen, dass Sie für meine Entführung zur Rechenschaft gezogen werden.«

Jetzt lachte er. »Ich glaube, *Sie* vergessen, wie schwierig es ist, einen Gleichgestellten zu belangen.«

»Glauben Sie bloß nicht, dass Sie immun sind«, sagte Min mit einem finsteren Blick. »Sie mögen ein Adliger sein, aber mein Vater ist ein Herzog.«

Spilsby verschränkte die Arme vor der Brust und machte eine spöttische Miene. »Sie scheinen zu glauben, dass Ihr Vater nicht hinter meiner Tat steht.«

»Natürlich tut er das nicht.« Min sprach ohne zu zögern, aber sie merkte, dass sie sich nicht ganz sicher sein konnte. Ihr Vater wollte, dass sie so bald wie möglich heiratete, damit er seine Scheidung durchsetzen konnte. Hätte er Spilsbys Plan zugestimmt? Allem Anschein nach unterstützte ihre Mutter Mins Entführung eindeutig, es sei denn, sie wusste nicht, dass Spilsby ihre Kutsche entführt hatte. Was war mit ihrem Kutscher geschehen?

»Sie haben dem Kutscher meiner Mutter doch nichts getan, oder?«, fragte Min.

»Ganz und gar nicht. Er ist in den Stallungen.«

»Meine Mutter muss Ihnen geholfen haben«, sagte sie.

Spilsby stieß einen frustrierten Atemzug aus, während

er seine Arme ausbreitete. »Minerva, wenn Sie nicht eine Weile still sein können, werde ich Sie knebeln müssen.«

Ihr stand der Mund vor Verblüffung offen. »Das würden Sie nicht wagen.«

Er warf einen Blick auf ihre Fesseln. »Ich denke, Sie wissen sehr wohl, dass ich das tun würde, und als Ihr Ehemann habe ich auch das Recht dazu.«

»Sie sind *nicht* mein Mann und das werden Sie auch niemals sein«, fuhr sie ihn an.

»Wie Sie wollen.« Spilsby zog ein Stück Stoff aus seiner Tasche und schob es Min in den Mund.

Sie zuckte von ihm weg und entzog sich seiner Berührung, so gut es ging.

»Halt still, verdammt noch mal«, befahl er, als er versuchte, ihr den Stoff in den Mund zu schieben. Als seine Finger nahe dran waren, biss sie so fest zu, wie sie konnte. Es war zu schade, dass er Handschuhe trug.

»*Verdammter Mist, du Biest!*« Er lehnte sich gegen die Rückenlehne und starrte sie an. »Ich will keine Gewalt anwenden, aber du lässt mir keine andere Wahl.« Er hob seine Hand.

Min kämpfte gegen den Drang an, zusammenzuzucken. Sie würde ihm diese Genugtuung nicht geben.

Etwas, das sich außerhalb des Fensters bewegte, erregte ihre Aufmerksamkeit. War da noch eine Kutsche? Vielleicht könnte sie um Hilfe rufen!

Nein, es war ein Pferd mit einem Reiter.

Sie schnappte nach Luft. Es war Evan.

»Was guckst du so?«, forderte Spilsby.

»Dein Verhängnis«, antwortete Min mit einem Lächeln. »Du kannst mich schlagen, wenn du willst, aber ich wage zu behaupten, dass es Evan nur noch mehr erzürnen wird.«

»Price? Was, zum Teufel, hat er damit zu tun?«

»Ich glaube, er will mich heiraten, und er reitet auf einem Pferd vor dem Fenster.« Sie blickte zu Evan, der jetzt ganz nah war. Er ritt Merlin, und Min hielt den Atem an, als Evan seine Füße aus den Steigbügeln zog und sich auf den Sattel hockte.

»Den Teufel tut er.« Spilsby näherte sich dem Fenster und fluchte.

Min bewegte sich zum Fenster, ihr Blick war auf Evan gerichtet. Er wackelte, und sie machte sich Sorgen um seinen Knöchel. Sie betete, dass er nicht wieder stürzen würde.

Dann sprang er auf die Kutsche zu, und Min kniff die Augen zusammen.

~

Evan erblickte Min durch das Fenster der Kutsche, und sein Herz machte einen Sprung, als er sie in Sicherheit sah. Er beugte sich tief über Merlin.

»Jetzt geht's los«, flüsterte Evan leise und betete, dass sein Knöchel standhalten würde.

Er nahm die Füße aus den Steigbügeln und zog die Beine hoch, um auf dem Sattel zu stehen, wie er es schon dutzende Male getan hatte. Aber dieses Mal war es anders als sonst. Sein Knöchel schmerzte und er war nicht ganz im Gleichgewicht.

Evan wollte nicht fallen. Er musste zu Min gelangen.

Die Entfernung zwischen Merlin und der Kutsche war nicht groß, aber aufgrund von Evans Verstauchung war der Sprung riskant. Er war nicht zu umgehen.

Mit zusammengebissenem Kiefer ließ er Merlins Zügel los und sprang auf die fahrende Kutsche zu. Er landete bäuchlings auf dem Dach der Kutsche, was seine Absicht gewesen war.

Evan warf einen Blick auf den Kutscher, der den Kopf herumdrehte und ihn ansah.

»Halt die Kutsche an!«, befahl Evan. »Ich habe eine Pistole. Du hilfst Spilsby, die Tochter eines Herzogs zu entführen.«

Evan wartete nicht ab, um die Reaktion des Kutschers zu sehen oder zu hören. Er drehte sich auf den Bauch und kletterte über die Seite. Er ließ sich gerade so weit herunter, dass er den Türgriff erreichen konnte.

Dann zog er sie auf, als die Kutsche langsamer wurde. Erleichterung erfasste ihn, dass der Kutscher auf ihn gehörte hatte. Evan überlegte, ob er an der Seite herunterklettern und in die Kutsche springen oder warten sollte, bis sie anhielt.

Spilsby steckte seinen Kopf durch die offene Tür. Als er aufsah, begegnete er Evans Blick. Spilsby riss die Augen auf. Er griff nach dem Innengriff der Tür und versuchte, sie zuzuziehen.

»Lass los!« Das war Mins Stimme.

Spilsby zuckte zusammen und verschwand mit einem Heulen in der Kutsche. Was war geschehen?

Sie bewegten sich jetzt ganz langsam, und Evan nutzte seine Chance. Er ließ den Türgriff los und hielt sich an der Seite des Wagens fest, während er seine Beine nach unten und in den Innenraum schwang. Bei dieser Bewegung musste er auf seinen Füßen landen.

Sein Knöchel knickte um, und er wippte zur Seite, was in Ordnung war, weil er beschloss, dass es vollkommen akzeptabel war, auf Spilsby zu fallen. Sie stürzten auf den nach vorn gerichteten Sitz.

Min saß auf dem gegenüberliegenden Sitz, und wenn Evans Augen ihn nicht getäuscht hatten, war sie an den Handgelenken gefesselt. Dieses Wissen nährte seine Wut. Er holte mit der Hand aus und schlug seine Faust mitten in

Spilsbys Gesicht. Der Getroffene versuchte, von ihm wegzukommen, aber Evan hielt seinen Frack fest umklammert. Die Kutsche hielt an, und sie rollten auf den Boden. Evan versuchte, sich einen Vorteil zu verschaffen, indem er sich über Spilsby erhob.

»Ist alles in Ordnung, Min?«, rief Evan.

»Mir geht es gut. Sei vorsichtig!«

Spilsby versuchte, einen Schlag zu landen, aber Evan wich ihm aus. Dadurch konnte Spilsby sich losreißen und landete in der Nähe der offenen Tür. Evan stürzte sich auf ihn und schleuderte ihn aus der Kutsche auf den Boden. Er landete auf Spilsby, der erneut stöhnte.

»Du verdammter Schurke«, knurrte Evan. Er richtete sich auf und setzte sich auf Spilsby, dann hob er drohend die Faust. »Ich kann dich noch einmal schlagen, oder du kannst aufhören, dich zu bewegen. Und ich werde dir sagen, was ich deinem Kutscher gesagt habe – ich habe eine Pistole.«

Spilsby erschlaffte vollständig.

»Gute Entscheidung.« Evan warf ihm einen Blick zu, ehe er aufstand. Er humpelte, als er stand, und verlagerte einen Großteil seines Gewichts auf seine rechte Seite. Er wollte unbedingt in das Innere der Kutsche zurück, um Min loszubinden, aber er musste auch Merlin holen und ihn für die Rückfahrt nach Bath an die Kutsche binden.

»Was werden Sie tun?«, fragte Spilsby mit vor Unsicherheit verengten Augen.

»Ich bringe Lady Minerva zurück nach Bath. Was *Sie* tun, ist Ihre Sache, aber lassen Sie sich gesagt sein, dass ich Sie überall finde und Sie für Ihre Taten zur Rechenschaft ziehen werde.«

»Sie wollen mich einfach hier lassen?« Spilsby stotterte, als er sich aufsetzte und den Schmutz von seinen Kleidern bürstete.

»Sie haben Glück, dass das im Augenblick alles ist, was ich mit Ihnen tun werde«, knurrte Evan.

»Ich hatte keine Ahnung, dass er sie entführt hat«, rief der Kutscher vom Sitz aus. »Ich schwöre.«

Evan wandte seinen Kopf dem Kutscher zu. »Ich bin froh, das zu hören. Holen Sie jetzt bitte mein Pferd.«

»Sofort, Sir.« Der Kutscher kletterte vom Sitz und eilte zu Merlin, der in der Nähe war.

»Sie können mich nicht hier lassen«, protestierte Spilsby. »Ich werde mit meinem Kutscher auf dem Sitz fahren.«

»Sie werden nichts dergleichen tun«, gab Evan zurück. »Machen Sie sich auf den Weg.« Er warf dem Kretin einen finsteren Blick zu, bevor er sich umdrehte und in die Kutsche stieg.

Min saß auf dem Rücksitz, ihre Handgelenke waren mit einem Seil gefesselt. Ihr Blick war auf ihn gerichtet, und ihre Augen waren rund. »Evan, pass auf!«

Evan hatte wirklich nicht gedacht, dass Spilsby so dumm sein würde, noch etwas zu versuchen. Evan zog die Pistole aus der Innenseite seines Mantels, drehte sich um und richtete sie auf den Mann. »Kommen Sie noch näher und ich werde Sie erschießen.«

Spilsby hatte den Fuß gehoben, wackelte aber, um sich nicht vorwärts zu bewegen.

»Zurück«, befahl Evan.

Spilsby machte mehrere Schritte rückwärts.

»Nicht weit genug«, schnauzte Evan. »Sehen Sie den Baum?« Er war etwa dreißig Meter entfernt. »Gehen Sie da rüber. *Schnell.*« Er spannte die Pistole.

Spilsby drehte sich um und lief zu dem Baum.

Der Kutscher war mit Merlin zurückgekehrt. »Soll ich ihn an die Kutsche binden?«

»Ja, danke.« Evan ging, um Merlin für einen Moment

zu beruhigen, während der Kutscher seine Aufgabe erledigte. Er streichelte die Nase des Pferdes. »Das hast du heute sehr gut gemacht.«

Evan sah zu Spilsby hinüber, um sich zu vergewissern, dass er immer noch am Baum stand. Zufrieden damit, dass der Strolch sie nicht länger belästigen würde, steckte Evan die Pistole zurück in seinen Mantel und kletterte schließlich in die Kutsche.

Der Kutscher erschien an der Tür. »Nach Bath also?«

»Ja«, antwortete Evan und zog die Tür zu.

Er hockte sich auf die Kante des Vordersitzes und griff hinüber, um das Seil um Mins Handgelenke zu lösen. Er war froh, dass ihre Haut durch die groben Fesseln nicht allzu sehr aufgescheuert war. »Es tut mir so leid, Min.«

»Mir geht's gut, Evan. Würdest du bitte auch meine Knöchel losbinden?« Sie streckte ihre Füße unter dem Saum ihres Rocks hervor.

Hatte der Schurke tatsächlich auch ihre Füße gefesselt? Evan wollte zurückgehen und Spilsby noch einmal schlagen. Doch er überlegte es sich anders und bückte sich, um das Seil um Mins Knöchel zu lösen. Dann setzte er sich wieder auf den Sitz, während sein Herz noch immer von der ganzen Begegnung heftig pochte.

Min sprang sofort auf ihn und setzte sich auf seinen Schoß, während sie sein Gesicht mit ihren Händen umfasste.

»Geht es dir gut?« Sie musterte seine Gesichtszüge mit großer Sorge.

»Ja.« Nun raste sein Herz aus einem ganz anderen Grund.

»Einschließlich deines Knöchels? Sag mir die Wahrheit.«

»Es tut ein bisschen weh.« Evan umklammerte ihre

Taille. »Ich schwöre hiermit, dass ich mich schonen werde, bis mein verdammter Knöchel vollständig verheilt ist.«

Sie sah ihn mit zusammengekniffenen Augen an. »Das wirst du in der Tat, denn ich werde dafür sorgen.«

»Du bist doch nicht böse auf mich, oder?« Dass Min sich auf ihn gestürzt hatte, war für ihn überraschend gewesen. Und aufregend.

»Natürlich nicht! Ich bin dankbar. Aber ich wusste, dass du mich finden würdest – nun ja, ich *hoffte*, du würdest mich finden. Ich wusste, dass du wütend sein würdest.«

»Wut beschreibt nicht annähernd, was ich empfinde.« Er strich ihr über die Wange und blickte in die silbrige Schönheit ihrer Augen. »Ich bin sehr froh, dass du unversehrt bist.«

»Wie hast du mich gefunden?«, fragte sie. Doch dann schüttelte sie schnell den Kopf. »Das ist eigentlich egal. Erzähl es mir später. Ich bin einfach so froh, dich zu sehen.«

Sie presste ihren Mund auf den seinen, bevor Evan etwas erwidern konnte, nicht dass er in diesem Moment in der Lage gewesen wäre, Worte zu formulieren. Er konnte kaum glauben, was sie gesagt hatte. Und jetzt küsste sie ihn.

Er zog sich zurück. »Darf ich dich bitten, meinen linken Stiefel auszuziehen? Mein Knöchel hatte es nicht gerne, dass man ihn dorthinein gezwängt hat, und er protestiert ziemlich lautstark.«

Sie krabbelte auf den Boden und runzelte die Stirn. »Ich will dir nicht wehtun.«

»Es tut jetzt weh. Das Entfernen des Stiefels wird eine Erleichterung sein. Mach einfach so schnell du kannst.«

»Ich muss schon sagen, das sind sehr schicke Stiefel.« Sie schenkte ihm ein bezauberndes Lächeln, das ihre

Augen auf eine äußerst provokante Weise aufleuchten ließ.

»Zieh den verdammten Stiefel aus, damit du wieder herkommen und mich weiter küssen kannst.«

»Das hast du aber sehr nett formuliert.« Sie grinste, doch dann ernüchterte sie sich mit einem Ausdruck der Entschlossenheit. Es kostete sie ein paar Anläufe, und sein Knöchel beschwerte sich, aber sie zog den Stiefel aus. Nachdenklich blickte sie zu ihm auf. »Bist du sicher, dass ich auf deinen Schoß zurückkehren soll? Vielleicht solltest du dich ausruhen.«

Evan griff nach ihr und zog sie hoch. »Verführerin«, murmelte er, bevor er sie küsste.

Er umklammerte ihren Nacken und massierte ihre Hüfte und ihren Hintern. Sie wechselte ihre Position so, dass sie mit gespreizten Beinen auf ihm saß. Er stöhnte leise auf, sein Körper steigerte sich in heftige Erregung.

Dann drückte sie sich gegen ihn, und Evans Schaft zuckte daraufhin. Er zog seinen Mund von ihrem zurück. »Wenn ich es mir recht überlege, solltest du vielleicht auf den anderen Platz zurückkehren oder dich neben mich setzen.«

»Aber ich liebe dich, Evan.« Sie küsste seinen Hals.

»Wenn du es nicht tust, werde ich deine Röcke hochheben und …« Er unterbrach sich selbst. »Hast du gesagt, du liebst mich?«

»Ja.« Sie übersäte seinen Hals weiter mit Küssen, und schob seinen Krawattenschal und seinen Kragen beiseite, um seine Haut zu entblößen.

Er legte beide Hände um ihren Kopf und neigte ihr Gesicht zu seinem. »Ich liebe dich auch.«

Überraschung blitzte in ihren Augen auf, die von einer berauschenden Wärme abgelöst wurde. »Wirklich?«

»Das kann dich nicht überraschen. Ich habe dir gesagt,

ich würde dir meine Liebe erklären, wenn ich dir einen Antrag mache. Das hatte ich auch vor, aber dann hat dieser Idiot Spilsby alles ruiniert ...«

Wieder küsste sie ihn, und er konnte die Freude spüren, die nun von ihr ausging. Sie entsprach seiner eigenen.

Er griff sich an den Hals und zerrte an dem Knoten seines Krawattenschals, bis er sich löste. Min zog den Stoff der Kleidungsstücke um seinen Hals auseinander und entblößte seine Haut für ihren Mund, damit sie ihre Verführung fortsetzen konnte.

Evan griff nach ihren Röcken und schob sie nach oben, damit er mit seiner Hand darunter gelangen konnte. Er streichelte ihren Oberschenkel und drückte ihre Pobacken. Sie bewegte sich daraufhin an ihm und zog ihre Kleider, die sich zwischen ihnen bauschten, so zurecht, dass ihr nacktes Geschlecht gegen seinen Schritt drückte.

Evan wollte ihr so vieles sagen – was auch seinen Heiratsantrag einschloss –, aber das Urbedürfnis, das er nun in sich aufkommen fühlte, ließ sich nicht einfach leugnen. Er knöpfte seine Hose auf, und das war kein leichtes Unterfangen mit einer Hand, zumal die Frau, der seine Liebe gehörte sich dabei an ihm rieb. Sobald er fertig war, richtete er seine Aufmerksamkeit auf ihre Scham und ließ seine Finger über ihre schlüpfrigen Schamlippen gleiten.

Mit einem Keuchen hob sie ihren Kopf von seinem Hals. Er reizte ihre Klitoris und entlockte ihr ein schwüles Stöhnen, während sie ihre Hüften über seiner Hand kreisen ließ.

»Bitte, Evan«, wimmerte sie.

»Was willst du, meine Liebe?« Er küsste sie oberhalb des Kragens ihres Spencers auf den Nacken. Er wünschte, sie hätte viel weniger Kleidung an, und er konnte es kaum erwarten, sie auszuziehen. Sie war feucht und bereit, und er wollte sie unbedingt erobern.

»Dich«, hauchte sie. »Ich will dich. Jetzt. In mir.«

Er schob zwei Finger in sie hinein und krümmte sie sanft, während er tief in sie eindrang. Sie keuchte erneut, immer und immer wieder, als er in sie drang. »Ist es das, was du willst?«

»Ja. *Nein.* Ich will dich. Deinen Schaft.«

»Meinen Schaft, Min. Du willst meinen Schaft.«

»*Ja.*« Sie umklammerte seinen Kopf und sah ihm in die Augen. »Jetzt, bitte.«

Evan befreite seinen Schaft aus seiner Unterwäsche und führte ihn an ihren Eingang. »Du wirst mich reiten, hast du verstanden?« Als sie nickte, hielt er ihren Blick fest. »Sieh nicht weg von mir. Senke dich auf meinen Schwanz. Spürst du ihn?«

Sie nickte erneut, ohne den Blick abzuwenden oder die Augen zu schließen. Sie verengten sich, als sie sich über ihm niederließ und sich dann ganz langsam bewegte. Sie war eng wie ein neuer Handschuh und feucht wie ein Regenguss. Evan hatte zu kämpfen, selbst die Augen offen zu halten. Diese Verbindung zwischen ihnen war zu wundersam, um sie zu unterbrechen. Er fühlte eine so überwältigende Welle von Gefühlen und ein so starkes Verlangen, dass er fürchtete, er könnte darüber Tränen vergießen.

»Gott, ich liebe dich, Min.«

Mit einem Zucken ihrer Hüften saß sie ganz auf ihm, und ihre Hitze umschloss ihn. »Ich liebe dich«, flüsterte sie, und ihr Mund verzog sich zu dem süßesten Lächeln, das er je gesehen hatte. »Was soll ich jetzt tun?«

»Was willst du tun?« Er drückte ihre Hüfte, während er seine andere Hand unter ihre Röcke schob, um ihre andere Seite zu ergreifen.

»Mich bewegen.«

»Dann beweg dich.«

Langsam hob sie ihre Hüften, dann senkte sie sich wieder über ihn und wurde immer schneller, als sie diese Bewegung immer wieder wiederholte. Die Reibung war eine köstliche Qual. Evan hielt ihre Hüften und dirigierte, während er sich vom Sitz erhob und in sie stieß.

»Schneller jetzt, Min«, drängte er, während er seine Finger in sie grub.

Sie beschleunigte ihr Tempo, und spannte ihre Muskeln an. Jedes Mal, wenn sie sich herabsenkte, stieß er in sie hinein. Ihr Stöhnen und Wimmern verriet, dass sie kurz vor dem Höhepunkt war, und das bewies auch das Zusammenziehen ihres Geschlechts. Evan ließ seine Hand hinübergleiten und streichelte ihre Klitoris. Sie kam heftig und schrie auf, während sie um ihn herum bebte.

Evan hielt sein Tempo aufrecht, während sich die Ekstase in ihm aufbaute. Er stieß tief und heftig in sie hinein, ehe er dann ungeschickt versuchte, sich zurückzuziehen, um sich zu erlösen.

Davon wollte sie allerdings nichts wissen. Sie hielt ihn mit ihren Beinen umklammert und drückte ihn nach unten, um ihn in sich aufzunehmen und dort festzuhalten.

»Verlass mich nicht«, gurrte sie in einem dunklen, verführerischen Tonfall, der Evan vollends in die selige Vergessenheit schickte.

Er schrie ihren Namen und drückte sie an sich, als er einen kraftvollen Orgasmus erlebte. Immer wieder drang er in sie ein, bis er vollkommen erschöpft war.

Als Min wieder zu Atem gekommen war, löste sie sich von ihm und ließ sich neben ihm auf die Sitzbank sinken. Evan rückte seinen Krawattenschal, so gut er konnte, zurecht. Dann schob er seinen Schaft wieder in die Hose und knöpfte sein Hemd zu. Er drehte sich zu Min um, die den Kopf mit geschlossenen Augen an die Rückenlehne gelegt hatte.

»Darf ich dich säubern?«, fragte er leise.

Sie öffnete ihre Augen zu Schlitzen und sah ihn an. »Das habe ich schon ganz gut hinbekommen, aber danke.« Sie lächelte sanft. »Du bist sehr rücksichtsvoll. Und jetzt erzähl mir, wie du mich gefunden hast.«

Er erzählte die Geschichte, wie er zum Haus ihrer Mutter ging, dann zu Pandora, dann zurück zu ihrer Mutter, wo er dann die Wahrheit aus ihr herausgeholt hatte.

Min setzte sich auf, ihre Augen glühten. »Meine Mutter ist verachtenswert. Ich weigere mich, in ihr Haus zurückzukehren. Ich werde es niemals wieder betreten.«

»Das musst du nicht. Ich hoffe sehr, dass dein neues Zuhause bei mir sein wird.« Evan rutschte vom Sitz und drehte sich um, um sich vor sie hinzuknien. Sein Knöchel pochte jetzt, doch inzwischen hatte er Übung darin, den Schmerz einfach zu ignorieren.

»Was machst du denn auf dem Boden?« Min beugte sich vor, als wolle sie ihm wieder auf den Sitz helfen.

Evan hob seine Hand. »Einen Moment. Ich muss dich etwas fragen. Das ist zwar nicht der rechte Ort, den ich mir dafür vorgestellt habe, aber ich will nicht länger warten.« Er zog den Ring seiner Urgroßmutter aus seinem Frack und nahm Mins Hand.

»Lady Minerva«, begann er.

Sie riss ihre Hand weg. »Noch nicht. Ich muss wissen, dass du immer ehrlich zu mir sein wirst, egal was passiert. Und dass du dein Bestes tun wirst, um Chaos und Skandale abzuwenden. Ich habe genug davon für ein ganzes Leben erlebt.«

Evan holte tief Luft. »Das weiß ich, und es tut mir so leid, dass ich dich fast in meine Probleme hineingezogen hätte – die jetzt übrigens vollständig aus der Welt geschafft sind. Ich möchte, dass du weißt, dass dein Glück für immer mein oberstes Ziel sein wird. Wenn ich morgens aufwache, wird mein erster Gedanke sein, wie ich dich heute glücklich machen kann, und mein letzter Gedanke vor dem Einschlafen wird sein, wie ich dich morgen glücklich machen kann.«

»Ich habe mir immer einen Partner gewünscht, den ich liebe und der mich im Gegenzug lieben wird. Ich wollte jemanden an meiner Seite haben, der die Ehe genauso sieht wie ich – eine Institution die man schätzen und in Ehren halten sollte. Mir ist bewusst, dass dies wahrscheinlich sehr viel mehr ist, als die meisten Männer zu geben bereit sind. Aber ich habe die Hoffnung nicht aufgegeben, den richtigen Mann zu finden.«

»Ich bin dieser Mann!«, versicherte Evan mit einem Grinsen. »Ich bin *dein* Mann.«

Min lächelte, und ihre traumhaften Augen leuchteten vor Freude, sodass sie wie Silber wirkten. »Das habe ich in dem Moment gewusst, als wir uns küssten. Vielleicht schon vorher, doch der Kuss hat es besiegelt. Ich weiß jetzt, dass die Freundschaft, die wir auf Longleat entwickelt und vertieft hatten, der Grund ist, warum ich mich bei dir so sicher fühle – und warum ich mich in dich verliebt habe. Für mich könnte es nie ein anderer sein.«

»Ich fühle dasselbe. Wir sind füreinander bestimmt.« Er wollte ihr unbedingt den Ring an den Finger stecken. »Darf ich jetzt fortfahren?«

»Oh, ja.« Mit einem Kichern hielt sie ihm ihre Hand hin.

Evan nahm ihre Hand und sah ihr in die Augen. »Min, ich kann mir mein Leben ohne dich nicht vorstellen. Ich möchte keinen Tag mehr aushalten müssen, an dem ich dich nicht sehe. Das wusste ich schon, bevor ich nach London fuhr, aber die letzten Tage ohne dich haben mir das noch viel deutlicher gemacht. Ich liebe dich über alle

Maßen, und ich möchte mein Leben damit verbringen, dir zu zeigen, wie tief meine Liebe geht.« Er holte kurz Luft und lächelte. »Willst du meine Frau werden?« Er hielt den Saphirring in seiner anderen Hand hoch.

Tränen schimmerten in Mins Augen, während ihr Antwortlächeln breiter war, als er je zuvor ein Lächeln gesehen hatte. »Du hast einen Ring?«

»Er gehörte meiner Urgroßmutter. Meine Mutter hoffte, dass ich ihn meiner Frau als Verlobungsring schenken würde, was ich in der Tat erst heute erfahren habe. Ich finde ihn perfekt, denn er hat genau die Farbe der Vergissmeinnicht, die du mir geschenkt hast.«

»*Evan.*« Sie schniefte und beugte sich zu ihm.

»Warte! Du musst mir erst antworten.«

»Ja, natürlich. Ja. Ja. Ja. Für immer ja.«

Evan schob ihr den Ring auf den Finger und betete, dass er passen würde. Wie durch ein Wunder tat er das.

Min schaute auf den Saphir, der an ihrer blassen Hand glitzerte. »Er ist perfekt.« Als sie ihn dann ansah, war ihr Blick voller Emotionen. »Ich hatte immer gehofft und gebetet, jemanden wie dich zu finden, doch andererseits hatte ich auch befürchtet, dass mir dies niemals gelingen würde. Ich habe noch ein wenig Angst davor, dass sich die Dinge ändern könnten, das muss ich gestehen.«

»Das wird nicht passieren«, versicherte Evan grimmig. »Meine Liebe zu dir ist stärker als alles, was ich je erlebt habe. Sie wird nicht schwanken.«

»Dann werden wir Glück haben, wenn wir die Herausforderungen des Lebens meistern, denn ich liebe dich so sehr. Kein anderer Mann hat je mein wahres Ich gesehen oder mich als etwas anderes behandelt als Henlows Tochter oder Sheffords Schwester. Und heute hast du mich gerettet. Würdest du dich jetzt bitte neben mich setzen?« Sie klopfte erwartungsvoll auf die Sitzbank.

Evan lachte, als er sich wieder auf den Sitzplatz hievte. Sofort streckte er sein linkes Bein aus. »Es ist gut, dass du auf meiner rechten Seite sitzt«, sagte er, während er den Kopf zu ihr drehte.

Sie legte ihre Hand auf seine Wange und küsste ihn. Es dauerte einige Minuten, bis sie sich mit einem Seufzer von ihm löste und sich an seine Seite kuschelte. Sie streckte ihre Hand aus und bewunderte den Ring. »Er gehörte deiner Urgroßmutter und war für mich – deine Verlobte – bestimmt, und er hat zufällig die Farbe der Vergissmeinnicht. Es scheint, dass wir füreinander bestimmt sind.«

»Das sind wir ganz sicher.« Evan wusste das tief in seiner Seele, aber ein Beweis war auch schön. Er küsste ihre Schläfe und lächelte. »Wenn wir in Bath ankommen, möchte ich sofort mit deinem Vater sprechen.«

»Du brauchst ihn nicht um Erlaubnis zu fragen, um mich zu heiraten«, sagte Min.

»Das ist nicht der Grund, warum ich ihn sehen möchte. Ich werde dafür sorgen, dass er seine Pläne nicht weiterverfolgt, sich von deiner Mutter scheiden zu lassen.«

Min setzte sich auf und drehte sich zu ihm um. »Wie kommst du darauf, dass du ihm das ausreden kannst?«

»Mein Vater und ich haben Sir Abraham erfolgreich überredet, sich nicht von seiner Frau scheiden zu lassen«, erklärte Evan. »Ich hoffe, dass ich deinen Vater davon überzeugen kann, ebenfalls von diesem Schritt abzusehen.«

»Du hast wirklich alles klären können?«

»Mit der Hilfe meines Vaters.« Evan erklärte, wie er Sir Abraham die Wahrheit über den Liebhaber seiner Frau erzählt und ihn davon überzeugen konnte, die Scheidung nicht einzureichen. Er erzählte auch, dass Roger London verlassen würde.

Min runzelte die Stirn. »Es tut mir leid, dass dein

Freund London verlassen muss, aber hoffentlich hat er aus seinem Verhalten eine Lehre gezogen.«

»Das hat er. Dessen bin ich mir sicher. Ich weiß, dass ich diese Lehre gezogen habe. Diese ganze Affäre – nun, das ist vielleicht eine unglückliche Wortwahl«, sagte er mit einer Grimasse. »Diese ganze Situation hat mir deutlich gemacht, wie ich wirklich bin. Ich habe meinen Platz auf die falsche Weise gefunden. Ein Halunke zu sein, hat mich nicht erfüllt. Ich habe den Platz gefunden, an den ich gehöre – an deiner Seite.«

»Wir müssen noch unser Gelübde ablegen, aber ich werde in guten und in schlechten Zeiten bei dir sein«, antwortete Min. »Ich glaube, ich habe bereits bewiesen, dass ich dir in guten wie in schlechten Zeiten zur Seite stehen werde.«

Evan lachte und küsste sie erneut. »Das hast du in der Tat. Ich werde ewig dankbar sein, dass ich mir den Knöchel verstaucht habe.«

Ihr Blick blieb an seinem haften. »Ich liebe dich – vor allem dafür, dass du versuchen willst, meinen Vater aufzuhalten. Ich bin mir jedoch nicht sicher, ob du erfolgreich sein wirst.«

»Vielleicht nicht, aber versuchen muss ich das schon. Ich habe aus meinem eigenen Fehler in der Sache mit Mrs. Dalton gelernt, dass es der Gipfel des Egoismus ist, nicht zu bedenken, wie sich mein Handeln auf meine Familie auswirken würde. Und als mein Vater und ich uns dann bemühten, Sir Abraham von seinen Plänen abzubringen, kam mir die Idee, wie ich versuchen könnte, deinen Vater auf dieselbe Weise zu überzeugen. Genauso wie Sir Abraham letztendlich keine negativen Auswirkungen für seine Kinder in Kauf nehmen wollte, muss es auch dein Vater tun.«

»Das klingt, als ob du ein ausgezeichnetes Argument

hättest«, meinte Min. »Aber unterschätze seinen Wunsch nicht, meine Mutter zu bestrafen. Ich glaube, jeder, der die Wahrheit über Ellis erfährt, hat ihm vor Augen geführt, wie sehr er unter meiner Mutter gelitten hat und wie lange schon.«

Evan warf ihr einen finsteren Blick zu. »Ich kann sein Bedürfnis sehr gut verstehen, deine Mutter für ihre Taten zur Rechenschaft zu ziehen. Vielleicht werden wir in dieser Hinsicht eine gemeinsame Basis finden. Ich denke, weil sie deine Entführung inszeniert hat, wird sie in der Öffentlichkeit gemieden werden.«

»Das würde bedeuten, dass ich die Einzelheiten der heutigen Ereignisse bekannt geben müsste – einschließlich der Tatsache, dass du mich gerettet hast und wir beide allein waren.« Sie blickte auf den Ring an ihrem Finger. »Doch das spielt vermutlich kaum eine Rolle, da wir ja heiraten werden. Meine Mutter würde sagen, es würde eine dunkle Wolke aufziehen.« Min rollte mit den Augen.

»Deine Mutter hat sich damit begnügt, dass deine Ehe mit einer klatschträchtigen Auseinandersetzung im Park und einer Entführung begann. Diese Situation ist erheblich besser«, sagte er sardonisch. »Trotzdem halte ich es für das Beste, wenn wir das einfach hinter uns lassen. Kein Skandal, kein Aufruhr. Davon hast du schon genug aushalten müssen.«

Ihr Blick war voller Liebe. »Ich danke dir. Ich weiß, wie schwer es dir fallen wird, Spilsby frei herumlaufen zu lassen. Das ist es auch für mich, denn ich hatte ihm mit Strafverfolgung gedroht und er hatte die Dreistigkeit besessen, mir zu sagen, dass es ihm nichts ausmachen würde, weil er jetzt ein Viscount ist.« Sie machte ein angewidertes Gesicht.

»Ich glaube daran, dass Spilsby bekommen wird, was er verdient – auf die eine oder die andere Weise. Hoffentlich werden wir dabei sein, um dies mitzuerleben.« Er schenkte ihr ein eifriges Lächeln. »Und jetzt erzähl mir, wie es dazu gekommen ist, dass du Spilsby vorhin in den Sydney Gardens geschlagen hast. Berichte diese Episode bitte langsam und ausführlich.«

Min lachte und kam seinem Wunsch nach. Dann küsste er sie erneut, was zu einer ungemein angenehmen Reise nach Bath führte.

KAPITEL 19

Als sie am Abend Bath erreichten, wollte Min nur noch schlafen. Sie war erschöpft von den Ereignissen des Tages, die dank der schönen Reise mit ihrem neuen Verlobten sehr angenehm gewesen waren.

Min konnte kaum glauben, was alles passiert war. Oder wie glücklich sie war.

Zusammen brachten sie Merlin zum Marstall, damit Evan dafür sorgen konnte, dass sein geliebtes Pferd von den Pferdeburschen angemessen versorgt wurde. Als er abgesattelt und gebürstet war und fröhlich an einem Apfel knabberte, riss Evan sich los und sie machten sich auf den Weg zum Haus von Mins Vater am Catharine Place. Evan hatte einen Stallknecht geschickt, um seine Reitstiefel gegen normale Schuhe auszutauschen und seinen Gehstock zu holen.

Jurgens begrüßte sie mit einem Ausdruck der Erleichterung an der Tür. »Ich bin so froh, dass es Ihnen gut geht, Lady Minerva. Ich werde Ihrem Vater sagen, dass Sie angekommen sind.«

Doch noch bevor der Butler die Eingangshalle

verlassen konnte, kam der Herzog hereingestürmt. »Minnie, meine Liebste!« Er drückte sie an sich und umarmte sie fest.

Min erwiderte seine Umarmung einen langen Moment lang. Sie wusste ohne Zweifel, dass er nichts mit ihrer Entführung zu tun hatte.

Als sie sich trennten, schaute der Herzog zu Evan, der trotz seines Gehstocks leicht nach rechts geneigt war. »Ich kann Ihnen nicht genug dafür danken, dass Sie meine Tochter gerettet haben, Mr. Price.«

Er streckte seine Hand aus, und Evan schüttelte sie.

»Ich nehme an, der Butler von Ihrer Gnaden hat Ihnen erklärt, was passiert ist?«, fragte Evan.

»Das hat er in der Tat.« Der Herzog richtete seinen Blick auf Min, und sein Gesichtsausdruck wurde mürrisch. »Ich habe bereits mit deiner Mutter gesprochen. Ich würde unser Gespräch allerdings eher als einen Streit bezeichnen.« Er schüttelte den Kopf. »Ich kann immer noch nicht glauben, dass sie in die Wege geleitet hat, ihre eigene Tochter entführen zu lassen, wenngleich ihr gar nicht gepasst hat, dass ich diesen Begriff benutzt habe.«

Min runzelte die Stirn. »Das mag sein, aber genau das hat sie getan.«

»Was ist mit Spilsby?«, fragte ihr Vater.

»Wir haben ihn irgendwo auf dem Weg nach Bristol an der Straße stehen lassen.« Min schickte einen anerkennenden Blick in Evans Richtung.

»Ihr habt ihn einfach dort gelassen?«, fragte ihr Vater ein wenig frustriert.

»Ich wollte ihn nicht mit zurückbringen«, sagte Evan.

Min wollte nicht, dass ihr Vater dachte, sie hätten den Unhold freundlicherweise einfach laufen gelassen. »Papa, es wird dich freuen zu hören, dass Evan ihn aus der

Kutsche geworfen und ihn mehrmals geschlagen hat, ich glaube, ich kann mich nicht genau erinnern.«

»Das *ist* befriedigend.« Er lächelte Evan an. »Danke, Price.«

»Vielleicht habe ich ihm auch meine Pistole ins Gesicht gehalten«, bemerkte Evan.

Mins Vater bekam einen schmalen Blick. »Ich werde dafür sorgen, dass er für deine Entführung bezahlt.«

»Papa, ich würde es vorziehen, die ganze Angelegenheit einfach zu vergessen. Ich will keinen weiteren Skandal.«

Das Gesicht des Herzogs errötete. »Wir können nicht zulassen, dass er dich entführt.«

»Sie müssen die Wünsche Ihrer Tochter respektieren«, sagte Evan entschieden. »Sie will nicht noch mehr Chaos, insbesondere nicht in Anbetracht Ihres Vorhabens.«

Ein Moment des Zögerns entstand, in dem der Herzog unschlüssig schien. Er richtete seinen Blick auf Min. »Spilsby hat dir doch nicht wehgetan, oder? Das werde ich nicht ignorieren können.«

»Nein, er wollte nur eine Heirat erzwingen, indem er meinen Ruf ruiniert.«

»Ich hätte ihn zu einem Duell herausgefordert«, sagte Evan.

»Ich habe von Ihren Fähigkeiten mit der Pistole und dem Degen gehört«, sagte Mins Vater mit einem Nicken. »Vielleicht haben Sie ja doch noch einen Anlass dazu.« Er blickte wieder zu Min. »Aber dein Ruf könnte in Mitleidenschaft gezogen werden, wenn jemand erfährt, was passiert ist.«

»Ich bezweifle, dass das passieren wird«, sagte Min. »Auf jeden Fall bin ich jetzt verlobt und werde mit der gebotenen Eile heiraten.« Sie lächelte Evan an.

»Ist das so?« Ihr Vater blinzelte, als er sie beide betrachtete.

Min hob ihre Hand und hielt ihren Verlobungsring für ihren Vater hoch. »Bitte sag, dass du dich freust. Ich war noch nie so glücklich.«

»Wenn das dein Wunsch ist, wie kann ich dann nicht erfreut sein?«, fragte ihr Vater mit einem Grinsen, bevor er Evan einen strengen Blick zuwarf. »Aber wenn Sie sie nicht gut behandeln, werden Sie sich vor mir verantworten müssen. Und glauben Sie nicht, dass ich mir der Ironie nicht bewusst bin, die darin liegt, dass ich Forderungen an irgendjemanden in Bezug auf seine Ehe stelle. Wegen meines Verhaltens möchte ich sicherstellen, dass der Ehemann meiner Tochter über jeden Tadel erhaben ist, denn weniger hat sie nicht verdient.«

Evan legte den Kopf schief. »Ich bin voll und ganz Ihrer Meinung.«

»Ich bin mir der Fehler, die ich gemacht habe, durchaus bewusst«, fuhr Mins Vater fort. »Aber ihr beide seid bereits in einer viel besseren Position, als ich es jemals war. Ihr beide liebt euch.«

»Das tun wir in der Tat.« Evan sprach mit einer Zuversicht, die Mins Herz höherschlagen ließ. Ihre Liebe zu ihm schien von Augenblick zu Augenblick zu wachsen.

»Mehr kann ich gar nicht verlangen«, entgegnete der Herzog.

»Ich muss Sie allerdings um etwas bitten.« Evan warf Min einen kurzen Blick zu.

»Komm, Papa, lass uns in dein Arbeitszimmer oder in den Salon gehen«, schlug Min vor.

»Das Arbeitszimmer genügt.« Ihr Vater machte ihnen ein Zeichen, ihm zu folgen.

Min nahm Evans Arm, damit er sich ein wenig an sie lehnen konnte, als sie sich auf den Weg ins Arbeitszimmer machten. »Du musst dich setzen«, sagte sie zu Evan und führte ihn zu einem Stuhl.

»Ich bin enttäuscht, dass es kein Sofa gibt, auf dem wir nebeneinander sitzen können«, sagte er leise und schmollte.

Min schenkte ihm ein kurzes Lächeln. »Du hast heute schon genug neben mir gesessen, nicht wahr?«

»Niemals«, flüsterte er mit einem verführerischen Versprechen, das seinen Blick dunkler werden ließ.

Min nahm auf einem Stuhl neben Evan Platz, und ihr Vater setzte sich ihnen gegenüber.

Der Herzog warf Evan einen erwartungsvollen Blick zu. »Was wollt Ihr fragen? Ich bin sicher, dass Sie Mins Mitgift sehr erfreulich finden werden.«

Evan winkte mit der Hand. »Darum geht es nicht. Ich bitte Sie, die Scheidung von Ihrer Gnaden nicht weiter zu verfolgen. Sie müssen verstehen, dass dies nur negative Auswirkungen auf Ihre Kinder haben wird – und auf Ellis, die gewiss nicht noch mehr Kummer verdient hat.«

Ein schmerzlicher Ausdruck überzog das Gesicht des Herzogs. Er blickte kurz auf den Boden. »Ich habe darüber nachgedacht, also lasst euch gesagt sein, dass ich diese Entscheidung nicht leichtfertig getroffen habe.«

»Ich verstehe, Papa«, lenkte Min ein. »Aber du *musst* das noch einmal überdenken. Ob es dir gefällt oder nicht, es gibt schon einige, die schlecht über Sheff denken, weil er eine Frau unter seinem Stand geheiratet hat, und unsere Mutter hat mit den Dingen, die sie sicherlich über Jo gesagt hat, nicht gerade zu einem besseren Ansehen beigetragen. Ich kann mir nur vorstellen, welche Dinge sie gegenüber ihren Freundinnen und den Klatschweibern der feinen Gesellschaft geäußert hat. Aber vor allem musst du an Ellis denken«, flehte Min. »Sie hat keinen weiteren Aufruhr verdient, und wenn du ihren Vater verklagst, macht das die Sache nur noch schlimmer.«

Die Stirn ihres Vaters war tief in Falten gelegt. »Das

weiß ich, und es hat mich nachdenklich gemacht. Inzwischen habe ich jedoch erfahren, dass deine Mutter noch einen anderen Liebhaber hat, der weitaus jüngeren Datums ist. Sie sehen sich sogar weiterhin. Er lebt hier in Bath.«

Min sog den Atem ein. Sie hätte nicht überrascht sein dürfen.

Der graublaue Blick des Herzogs verhärtete sich. »Ich habe vor, ihn stattdessen zu verklagen.«

Min war sich nicht sicher, ob sie ihm das jetzt noch ausreden konnten. Sie ließ sich gegen den Stuhl sinken und sah zu Evan hinüber, der sie beobachtete.

Sein Kiefer straffte sich, und er wandte seine Aufmerksamkeit dem Herzog zu. »Bitte tun Sie das nicht. Was würde das bringen?«

»Ich werde nicht mehr mit ihr verheiratet sein«, antwortete der Herzog schlicht. »Nichts wird mir größere Freude bereiten.«

Evans Gesichtsausdruck verfinsterte sich bis er fast einen grimmigen Blick hatte. »Nicht einmal der Frieden und das Glück Ihrer Kinder?«

Mins Vater zuckte zusammen. »Natürlich bedeutet ihr Glück alles für mich, aber ich habe mein eigenes viel zu lange verleugnet. Jetzt, da ich eine Frau gefunden habe, die ich liebe, möchte ich in jeder Hinsicht mit ihr zusammen sein, auch in den Augen des Gesetzes und der Kirche. Ihr könnt das doch sicher beide verstehen?«

Mins Herz brach für ihren Vater. Dagegen war nur schwer etwas einzuwenden, insbesondere da sie jetzt wusste, wie es sich anfühlte, bis über beide Ohren verliebt zu sein. Der Gedanke, nicht Evans Frau werden zu können, traf sie hart und drohte, ihr den Atem zu rauben. »Papa, ich weiß, wir verlangen von dir, dass du opferst, was du willst, und du hast bereits einen hohen Preis dafür gezahlt, dass du unsere Mutter geheiratet hast. Aber wenn du das nicht getan hättest, gäbe es Sheff und mich nicht. Also ist doch etwas Gutes dabei herausgekommen, oder?«

Der Herzog schaute weg, als er nickte.

»Es ist an der Zeit, diesem Kreislauf von Strafe und Leid in unserer Familie ein Ende zu machen«, sagte Min. Plötzlich sah sie ihr Leben und ihre Familie in schockierender Klarheit. Ihre Mutter hatte ihrem Vater das Herz gebrochen. Er bestrafte sie, indem er Affären hatte. Sie revanchierte sich mit eigenen Affären. Er schlug zurück, indem er ihr uneheliches Kind in den Haushalt brachte. Und ihre Mutter reagierte, indem sie Ellis schrecklich behandelte. »Du und Mutter habt fast dreißig Jahre lang einen Krieg geführt. Ich verstehe, dass du ihn beenden willst, aber das kannst du auch ohne Scheidung. Eine Scheidung wäre deine endgültige Bestrafung, aber was du – und Mutter – nicht verstanden habt, ist die Konsequenz eines jeden Kampfes, den ihr geführt habt, die in den verheerende Folgen für mich, Sheff und Ellis bestanden. Trotzdem ist Sheff glücklich verheiratet und ein Kind ist unterwegs. Und ich stehe kurz davor, den Mann zu heiraten, den ich liebe. Ellis kennt jetzt die Wahrheit und kann ein Leben führen, das *sie* sich wünscht, anstatt das, was ihr diktiert wurde. Bitte beraube uns nicht des Glücks und des Friedens, den wir alle verdient haben.«

Ihr Vater errötete. Er wischte sich mit der Hand über den Mund. »So hatte ich das noch gar nicht gesehen.« Er schwieg einen langen Moment, bevor er vage nickte. »Wir sind keine guten Eltern gewesen. Ich will dir dein Glück nicht verderben. Du hast recht, dass du, Sheff und Ellis das verdient habt. Es ist an der Zeit, den Krieg beizulegen.«

Min tat es leid, dass ihr Vater besiegt aussah. »Du verlierst nicht, Papa«, sagte sie sanft. »Du hast Mrs. Welbeck und die Liebe, die miteinander ihr teilt. Mutter ist verbittert, und keines ihrer Kinder will etwas mit ihr zu tun haben. Bitte lass dich von dieser Freude heilen. Wir können alle darüber hinwegkommen.«

Ihr Vater schenkte ihr ein schwaches Lächeln, aber seine Augen glänzten – vor Tränen und vor Stolz. »Wieso bist du so viel klüger als ich? Ich bin glücklicher, als ich in Worte fassen kann, dass du die Liebe gefunden hast und deinem Bruder dasselbe gelungen ist. Ich würde dich fragen, ob ich irgendetwas für dich tun kann, aber ich bezweifele, dass es da irgendetwas gibt.«

»Am meisten wünsche ich mir, dass Ellis zu meiner Hochzeit kommt«, meinte Min. »Sie hat auf keinen meiner Briefe geantwortet, die du an sie weitergeleitet hast. Kannst du ihr mitteilen, dass ich verlobt bin und sie bei der Hochzeit dabei sein soll? Ich weiß nicht, wo sie ist, aber wir planen, in London zu heiraten, sobald Evan eine Sondergenehmigung erhalten hat.«

Der Herzog zögerte, bevor er sagte: »Ich kann dir sagen, dass Ellis auch in London ist.«

Mins Brust zog sich zusammen, als sie von Gefühlen übermannt wurde. Wenigstens wusste sie, wo Ellis war.

»Aber frage mich nicht nach ihrer Adresse«, sprach ihr Vater weiter, bevor Min die Worte aussprechen konnte. »Ich werde deine Einladung übermitteln, und es liegt an ihr, ob sie kommt.«

»Gibt sie mir in irgendeiner Weise die Schuld?«, fragte Min.

»Natürlich nicht, meine Liebe. Sie ist im Moment nur ein verwundeter Vogel, und wie ich braucht sie offenbar Zeit, wieder gesund zu werden.«

Min nickte, als Evan ihre Hand ergriff. Sie drückte sie, dankbar für seine Anwesenheit und Unterstützung.

»Wann sollen wir uns nach London begeben?«, fragte der Herzog.

»Übermorgen«, antwortete Min zur gleichen Zeit, als Evan »Morgen« sagte.

Ihr Vater lachte, als Min den Kopf über Evan schüttelte. »Du brauchst einen Tag Ruhe nach den heutigen Turbulenzen.«

»Aber ich möchte so schnell wie möglich heiraten«, wandte Evan, dessen Augen sich vor Enttäuschung verdunkelten.

Der Herzog lächelte sie an. »Ich werde morgen früh nach London fahren und mich darum kümmern, die Lizenz für euch zu bekommen.«

Mins Herz machte einen Sprung. »Danke, Papa.«

Evan warf ihrem Vater einen schiefen Blick zu. »Ich nehme an, Ihre Position hat mehr Gewicht als meine.«

»Trotzdem glaube ich, dass ihr es auch alleine schaffen könnt«, meinte der Herzog achselzuckend. »Meine Einmischung wird die Dinge beschleunigen, was ihr ja anscheinend beide wollt.«

»Es macht dir doch nichts aus, dass ich hier bleibe, oder, Papa?« fragte Min. Sie hatte überlegt, bei Pandora zu wohnen, wie sie es ursprünglich geplant hatte, aber das Haus ihres Vaters lag viel näher bei Evans, und das war ihr lieber.

»Natürlich nicht, Minnie. Du bist überall willkommen, wo ich bin, und Sie auch, Price.«

»Evan, Euer Gnaden«, antwortete Evan.

»Henlow«, sagte ihr Vater. »Wir sind jetzt eine Familie.«

Min stand auf, und die Männer erhoben sich mit ihr. Sie ging zu ihrem Vater, um ihn zu umarmen. Er hielt sie fest und drückte ihr einen Kuss auf die Stirn. Als sie sich trennten, schniefte er.

Sie war so dankbar, dass er auf die Vernunft gehört hatte. »Ich werde Evan jetzt nach Hause begleiten.«

Der Herzog drückte Evan noch einmal die Hand. Min hakte Evan unter, und sie verließen das Haus.

Als sie zu seiner Mutter gingen, schaute Evan zu Min hinüber. »Das lief sogar besser, als ich erwartet hatte. Dein Argument war sehr überzeugend.«

»Du hast mich inspiriert«, entgegnete sie mit einem Lächeln, obwohl ihr das Herz ein wenig schwer wurde.

»Ich spüre gerade einen Anflug von Traurigkeit in dir.« Seine Stirn war gerunzelt, als er sie betrachtete.

»Ich vermisse Ellis so sehr. Ich bin traurig, dass sie nicht hier ist, um unsere guten Neuigkeiten zu teilen, und dass sie vielleicht nicht bei mir sein wird, wenn wir heiraten. Bei den seltenen Gelegenheiten, bei denen ich mir meine Hochzeit irgendwann in der Zukunft vorgestellt hatte, war sie immer an meiner Seite gewesen. Ich nehme an, es war egoistisch von mir, zu denken, dass sie als meine Gefährtin immer an meiner Seite sein würde. Sie hat ihr eigenes Leben zu leben.«

»Ich glaube nicht, dass das egoistisch von dir war. Genauso wenig, wie ich glaube, dass du von ihr erwartet hast, dass sie als deine Begleiterin irgendetwas tut.« Kurz bevor sie das Haus seiner Mutter erreichten, blieb er stehen, drehte sich zu ihr um und nahm ihre Hände. »Ellis ist wie eine Schwester für dich, richtig?«

Min nickte.

»Dann würdest du natürlich erwarten, dass sie bei deiner Hochzeit dabei ist und an deiner Seite steht. Wenn sie nicht physisch anwesend ist, musst du glauben, dass sie im Geiste bei dir ist. Wie dein Vater sagte, muss sie heilen.«

»Ich weiß«, flüsterte Min. »Es ist nur so schwer, und ich bin nicht sehr geduldig.«

»Das hast du vorhin in der Kutsche sehr deutlich bewiesen«, bemerkte er mit einer hochgezogenen Augenbraue.

Min kicherte. »Darüber sollten wir hier besser nicht reden.« Sie schaute sich auf dem Platz um.

»Ist das unschicklich?« Er sah sie an und wackelte dabei mit den Augenbrauen.

»Nein, es ist erregend.« Sie genoss das Aufflackern der Begierde in seinem Blick

»Warte nur, bis wir verheiratet sind«, murmelte er.

Sie warf ihm ihren frechsten Blick zu. »Ich hoffe aufrichtig, dass ich nicht so lange warten muss.«

EPILOG

Der Hochzeitstag von Min und Evan war insofern einzigartig, als die Mutter der Braut wegen »Krankheit« abwesend war. In Wahrheit war sie nicht in ihre Pläne einbezogen worden.

Jo richtete das Hochzeitsfrühstück in Henlow House aus. Es war ihre erste offizielle Aufgabe als Countess von Shefford. Min war noch nie so glücklich gewesen.

Und doch war da ein Loch in Mins Herz, weil Ellis nicht da war. Wenigstens hatte sie endlich geschrieben, aber nur, um die Einladung zur Hochzeit höflich abzulehnen. Sie war einfach noch nicht bereit, alle zu sehen, und dazu gehörten auch ihre beiden Halbschwestern. Persey hatte bei Min gestanden, und nun waren sie mit dem Rest des ‚Regeln für Halunken Clubs‘ in der Bibliothek von Henlow House versammelt.

Min schluckte an dem Kloß in ihrem Hals vorbei, denn Ellis´ Abwesenheit schien ihr jetzt besonders deutlich ins Gewicht zu fallen. Ohne sie waren sie nicht der volle Club. Sogar Iona war anwesend. Sie war in London, um ihre Schwester, Lady Kathleen, zu besuchen, und Min hatte sich gefreut, sie heute einzuladen. Die anderen Mitglieder des Clubs hatten sie herzlich empfangen – und akzeptiert.

Pandora saß neben Min auf dem Sofa. Sie war aus Bath angereist, um an der Hochzeit teilzunehmen und ihre Schwester und deren Familie zu besuchen. Und um das zu überreichen, was inzwischen zur Tradition geworden war, wenn einer aus ihrem Club heiratete: eine gestickte Kopie der Regeln für Halunken.

Pandora reichte Min das eingepackte Päckchen und schmunzelte. »Ich bin sicher, du weißt, was das ist.«

»Ich glaube schon«, antwortete Min lachend. Sie öffnete das Päckchen und erschrak. Die Stickerei enthielt gestickte Vergissmeinnicht und rosa Rosen. Min hatte Pandora die Geschichte vom rosa Kerker und Evans Vorliebe für Blau und Braun erzählt.

»Ich liebe es. Wie hast du das nur so schnell gestickt?«, fragte Min.

»Ich gestehe, ich habe damit angefangen, bevor Evan dir einen Antrag gemacht hat.« Pandora zuckte mit den Schultern. »Selbst wenn du nicht geheiratet hättest, dachte ich, dass vielleicht eine der anderen das tun könnte. Ich habe die Blumen hinzugefügt, nachdem du dich verlobt hattest.«

Es gab nicht mehr viele »andere«.

»Zählst du dich selbst dazu?«, fragte Tamsin, Baronin Droxford, mit einem verschmitzten Lächeln.

»Auf keinen *Fall*«, verneinte Pandora und schüttelte den Kopf.

»Bleibt noch unser neuestes Mitglied«, bemerkte Persey. Alle drehten ihre Köpfe zu Iona, die auf einem Stuhl saß.

Ionas Augen weiteten sich leicht. »Ich erwarte, dass ich heiraten werde, aber ich habe es nicht eilig. Wenn es nach meiner Mutter geht, werde ich bis zum Frühjahr verheiratet sein.«

»Vor der Londoner Saison?«, fragte Gwen, die Mins neue Schwägerin war.

»Ich habe nicht vor, an der Saison teilzunehmen«, antwortete Iona. »Ich habe nicht das Gefühl, dazuzugehören.«

»Aber dein Bruder ist ein Earl«, bemerkte Tamsin und legte ihre Stirn in Falten.

»Mein Halbbruder. Mein Vater war der Verwalter seines Vaters. Manche Leute können das nicht übersehen. *Und* wir sind Iren«, fügte Iona mit einem Stirnrunzeln hinzu.

Jo nickte ihr verständnisvoll zu. »Ich mache dir keinen Vorwurf. Menschen können furchtbar sein.«

»Wenn jemand unhöflich zu dir ist, hoffe ich, dass du es mir sagst«, sagte Min heftig. »Ich werde niemanden dulden, der grausam ist.«

»Wir werden alle aufeinander aufpassen«, meinte Persey. Sie blickte zu Iona. »Wenn du eine Saison hast, werden wir dafür sorgen, dass sie prächtig wird.«

»Das ist nett von euch.« Iona lächelte. »Wenn ich vor dem nächsten August heirate, kann ich vielleicht nicht zu euch nach Weston kommen, und darauf freue ich mich mehr als auf alles andere.«

»Heirate *keinen* Mann, der dir nicht erlaubt, deinen Sommerurlaub in Weston zu verbringen«, sagte Persey mit Nachdruck.

»Ist das eine neue Regel für Halunken?«, fragte Iona.

»Nein, das ist nur ein guter Rat«, antwortete Jo, woraufhin Persey zustimmend nickte.

»Ich bin froh, dass wir alle zusammen in Weston sein werden«, verkündete Gwen mit einem Lächeln. »Ich weiß, dass es eine Herausforderung sein wird, wenn unsere

Familien wachsen.« Sie berührte sanft ihre Körpermitte, woraufhin alle im Raum aufstöhnten und lächelten.

»Bist du auch schwanger?«, fragte Tamsin.

Gwen nickte. »Es hat sich herausgestellt, dass meine Krankheit einen bestimmten Grund hatte.«

»Somerton muss begeistert sein«, sagte Min mit einem Grinsen. »Das bin ich auch. Nächstes Jahr werde ich gleich zweimal Tante sein.« Ellis würde auch Tante werden, denn Jo war ihre Halbschwester. »Hoffentlich kommt Ellis nach Weston.« Min glaubte nicht, dass sie davon ausgehen konnten. Sie hatte in ihrem Brief geschrieben, dass sie ihren Lebensweg bestimmen wollte und sich noch nicht sicher war, wie er aussehen würde.

Mins Aussage hatte alle ernüchtert.

»Sie wird schon wieder zu sich kommen«, meinte Persey leise. »Wir werden einfach für sie da sein, bis sie bereit ist, ihre Pläne mitzuteilen.«

Der Kloß in Mins Hals bildete sich wieder, also nickte sie. Sie mochte es nicht, an einem der glücklichsten Tage ihres bisherigen Lebens, melancholisch zu sein. Sie schüttelte ihren Trübsinn ab und blickte wieder auf die gestickten Regeln für Halunken in ihrem Schoß. Sie konnte immer noch nicht ganz glauben, dass sie ihren eigenen Halunken geheiratet hatte.

»Was sagt es wohl über uns aus, dass wir alle reformierte Halunken geheiratet haben?«, fragte sie.

Dies wurde mit Gelächter quittiert.

Pandora sah zu Iona. »Es liegt an dir, einen Mann zu heiraten, der kein Halunke ist.«

»Vielleicht wirst du es sein«, sagte Iona. »Wenn jemand das verdient, dann du.« Sie wusste alles über Pandoras Vergangenheit mit Bane und dem Ursprung des Regeln für Halunken Clubs.

»Wie ich bereits sagte, absolut *nicht*. Es ist mir egal, ob er der schurkischste Halunke ist, der je gelebt hat. Ich weiß meine Unabhängigkeit zu schätzen. Und ich habe nächste Woche ein Treffen mit dem Verleger meines Romans. Ich habe eine Nachricht geschickt, als ich in der Stadt ankam, und sie haben mich eingeladen, mich mit ihnen zu treffen.«

»Das ist wunderbar!«, schwärmte Min und die anderen taten es ihr gleich.

»Wirst du unter deinem Namen veröffentlichen?«, fragte Tamsin.

Pandora schüttelte den Kopf. »Nein, ich werde anonym bleiben. Ich denke, mein Name hat schon genug Bekanntheit erlangt.«

Persey sah ihre Schwester mit großem Stolz an. »Nun, wir werden alle wissen, wer die Autorin ist, und wir könnten nicht stolzer auf dich sein.«

Sie unterhielten sich noch eine Weile, bevor sie in den Salon zurückkehrten. Die Gäste begannen sich zu verabschieden, und als Min und Evan endlich allein waren, ließ sie sich auf ein Sofa fallen. Sie zog ihre feinen Schuhe aus und legte die Füße auf die Kissen.

Evan hob ihre Beine an und schob sich unter sie. Er massierte ihre Füße, und Min stieß einen leisen Seufzer der Freude aus.

»Vorsichtig, Mrs. Price.« Obwohl sie immer noch Lady Minerva war, hatte sie Evan gestanden, dass ihr dies gefiel, als er sie vorhin neckisch so genannt hatte. Es zeigte, dass sie definitiv ihm gehörte, und das machte sie schwindlig. »Wenn du weiter solche Laute von dir gibst, kann ich nicht für mein Handeln verantwortlich gemacht werden.« Er warf ihr einen schelmischen Blick zu.

Mins Herz vollführte einen Satz. Seine Art, sie anzusehen, würde immer ihre Gefühle und ihr Verlangen wachrufen. Sie hoffte, dass sich daran nie etwas ändern würde –

vielleicht überraschenderweise – und das glaubte sie auch wirklich.

»Unser Schlafzimmer ist nicht weit.« Sie bewegte ihren Fuß und streichelte damit sanft seine Leistengegend.

Evan stöhnte. »Was du alles machst, meine Frau. Ich freue mich schon darauf, wenn wir unser eigenes Haus haben.«

»Bald, mein Lieber.« In der Tat planten sie, ein Haus in der Nähe der Duke Street zu kaufen. Evan hatte anfangs gezögert, weil es teuer war, aber mit Mins Mitgift konnten sie es sich leisten. »Nochmals vielen Dank, dass du mit dem Haus in der Duke Street einverstanden bist.«

»Ich hätte wohl nie gedacht, dass ich einmal in Mayfair leben und mit der Tochter eines Herzogs verheiratet sein würde.« Seine Hände wanderten unter ihren Röcken von ihrem Fuß bis zu ihrem Knöchel, und eine wanderte noch weiter bis zu ihrem Knie.

»Ich hätte nie gedacht, dass ich einen Halunken heiraten würde.« Min wurde sich seiner wandernden Hand sehr bewusst, und ihr wurde langsam heiß. »Bist du sicher, dass es dir nichts ausmacht, meine neue Stickerei in unserem Schlafzimmer aufzuhängen?«

»Ganz und gar nicht. Mit den Vergissmeinnicht und den rosa Rosen ist es eine wunderbare Erinnerung daran, wie wir uns verliebt haben.« Seine Hand lag jetzt auf ihrem Oberschenkel, und er hatte sich so weit nach vorne geschoben, dass ihr Hinterteil gegen die Seite seines Oberschenkels gedrückt wurde.

»Sollen wir uns ins Schlafzimmer zurückziehen?«, schlug Min vor, als seine Finger ihren Weg zu ihrer Scham fanden. Sie spreizte ihre Beine und lud ihn ein, trotz ihrer Frage weiterzumachen.

»Das sollten wir wahrscheinlich«, murmelte er. Aber er streichelte ihre Schamlippen und reizte ihre Klitoris in einem atemberaubenden Übergriff. »Obwohl es ein Risiko darstellt, hier zu bleiben, ist es erregend, nicht wahr? Jeder könnte hereinspazieren.« Er stieß seinen Finger in ihre Scham.

Min presste ihren Kiefer zusammen, um nicht zu stöhnen. Sie kreiste ihre Hüften um seine Hand und schloss ihre Augen, während sie ihren Kopf auf die Armlehne des Sofas zurücksinken ließ. »Sie sind sehr unartig, Mr. Price.« Sie keuchte auf, als er diese reizvolle Stelle tief in ihrem Geschlecht fand, die sie zum Beben brachte.

Plötzlich nahm er seine Hand weg und zog sie hoch. »Ich fürchte, es gibt zu viele unanständige Dinge, die ich tun möchte. Dieser riskante Ort reicht einfach nicht aus.« Er küsste sie, lange und innig, bis ihr Körper vor Verlangen pulsierte.

Als der Kuss endete, bewegte er sich nicht. Sie schlug die Augen auf und sah, wie er sie ansah. Er war so nah – ihre Lippen berührten sich fast –, dass sie all die goldenen Flecken in seinen dunklen Augen sehen konnte, die sie funkeln ließen.

»Ich liebe dich, Min«, hauchte er und ein Lächeln umspielte seine Lippen.

Kurzzeitig bildete sich ein weiterer Kloß in ihrer Kehle. Offenbar war heute ein Tag der Gefühle. »Ich liebe dich.« Sie streichelte seine Wange. »Ich kann nicht glauben, wie viel Glück wir haben, dass aus unserer Freundschaft so viel mehr geworden ist.«

»Darf ich dir sagen, dass ich es gehasst habe, dass du dich meine ›schwesterliche Freundin‹ genannt hast?« Er verzog das Gesicht.

Min lachte. »Warum?«

»Weil ich schon damals wusste, dass es eine Qual ist, dich als Schwester zu bezeichnen. Meine Gefühle für dich sind nicht brüderlich. Sie sind ganz und gar ursprünglich und voll und ganz auf die Vereinigung ausgerichtet – in jeder Hinsicht. Du bist meine Partnerin in allen Dingen, mein Licht in diesem Leben und meine Liebe für alle Zeiten.«

Ein Schauer überlief Mins Rücken, auf den dann das herrliche Gefühl der Freude folgte, das jede ihrer Zellen durchströmte. Das hatte sie sich gewünscht. »Du hast alle meine Träume wahr werden lassen, Evan.«

Er küsste sie erneut, bevor er aufstand und sie in seine Arme schloss. »Ich habe nicht vor, je damit aufzuhören.«

Begleiten Sie Ellis nach London, wo sie einen Posten als Sekretär – als Mann getarnt – annimmt und für den Marquess of Keele arbeitet. Er ist Witwer, und glaubt nicht, dass er ein zweites Mal glücklich werden kann. Doch können die beiden, als sich ihre verletzten Herzen treffen und unerwartete Funken sprühen, das Risiko eingehen, sich zu verlieben?
Versäumen Sie nicht das nächste Buch der Serie Regeln für Halunken, **WEIL DER MARQUESS ES SO WILL.**

Ich danke Ihnen sehr, dass Sie Untadelig gelesen haben. Ich hoffe, es hat Ihnen gefallen!

Möchten Sie erfahren, wann mein nächstes Buch verfügbar ist? Sie können sich für meinen Deutscher Newsletter anmelden, mir auf Amazon.de folgen und meine Facebook-Seite liken. Alle Newsletter-Abonnenten erhalten exklusive Bonus-Geschichten, die sonst nirgends erhältlich sind.

Rezensionen helfen anderen, Bücher zu finden, die für sie geeignet sind. Ich schätze alle Bewertungen, ob positiv oder negativ. Ich hoffe, dass Sie erwägen werden, eine Bewertung bei Ihrem bevorzugten der Seite Ihres bevorzugten Internet-Netzwerkes abzugeben.

Ich mag meine Leser so sehr. Danke!

Sind Sie an weiterer Regency-Romantik interessiert? Schauen Sie sich meine anderen historischen Serien an:

Der Phönix Club

Die exklusivste Einladung der feinen Gesellschaft ...

Willkommen im Phönix Club, in dem Londons waghalsigste, anrüchigste und intriganteste Ladys und Gentlemen Skandale, Erlösung und eine zweite Chance finden.

Die Unberührbaren

Geraten Sie ins Schwärmen über zwölf der begehrtesten und schwer fassbaren Junggesellen der feinen Gesellschaft und die Blaustrümpfe, Mauerblümchen und Außenseiterinnen, die sie in die Knie zwingen!

Die Unberührbaren: Die Prätendenten

In der faszinierenden Welt der Unberührbaren spielend, handelt die Saga von einem Geschwistertrio, die sich darin auszeichnen, sich als jemand auszugeben, der sie nicht sind. Werden ein unerschrockene Bow Street Ermittler, ein niedergeschmetterter Viscount und eine desillusionierte Dame der feinen Gesellschaft es schaffen, ihre Geheimnisse zu lüften?

Chroniken der Ehestiftung

Der Pfad der wahren Liebe verläuft niemals geradlinig.
Manchmal ist eine Hausparty zur Ehestiftung vonnöten.
Wenn Paare sich auf einer Hausparty kennenlernen,
ereignen sich provokative Flirts, heimliche Rendezvous
und Verliebtheit im Überfluss.

Ruchlose Geheimnisse und Skandale

Sechs unglaubliche Geschichten, die sich in den
glamourösen Ballsälen Londons und den herrlichen
Landschaften Englands abspielen.

Die Liebe ist überall

Herzerwärmende Nacherzählungen klassischer
Weihnachtsgeschichten im Regency-Stil, die in einem
gemütlichen Dorf spielen und von drei Geschwistern und
dem besten Geschenk von allen handeln: der Liebe.

Der Club der verruchten Herzöge

Sechs Bücher, geschrieben von meiner besten Freundin,
Erica Ridley, und mir. Lernen Sie die unvergesslichen
Männer von Londons berüchtigtster Taverne, dem
Verruchten Herzog, kennen. Verführerisch attraktiv, mit
Charme und Witz im Überfluss, wird eine Nacht mit
diesen Wüstlingen und Filous nie genug sein ...

Die Bräute von Marrywell

Kommen Sie nach Marrywell, im schönen England, denn
hier findet schon seit Hunderten von Jahren alljährlich das
Maifest zur Partnerfindung statt, bei dem hoffnungsvolle
Romantiker zusammenkommen. Die Herzöge und
Halunken des Regency-Zeitalters begegnen hier
temperamentvollen und bezaubernden Ladys, die ihnen
ihre Herzen stehlen könnten.

Der Herzog der Täuschung

Der Herzog der Begierde

Der trotzige Herzog

Der gefährliche Herzog

Der eisige Herzog

Der ruinierte Herzog

Der verlogene Herzog

Der betörende Herzog

Der Herzog der Küsse

Der Herzog der Zerstreuung

Der unverhoffte Herzog

Der charmante Marquess

Der verwundete Viscount

Die Unberührbaren: Die Prätendenten

Geheimnisvolle Kapitulation

Ein skandalöser Pakt

Des Gauners Rettung

Chroniken der Ehestiftung

Der verstockte Herzog

Ein Earl als Junggeselle

Der ausgerissene Viscount

Die unechte Witwe

Die Bräute von Marrywell

Ein Herzog wird verzaubert

Erbin dringend gebraucht

Die Heiratsvermittlerin und der Marquess

Ruchlose Geheimnisse und Skandale

Ihr ruchloses Temperament

Sein ruchloses Herz

Die Verführung des Halunken

Verliebt in eine Diebin

Die Schöne und der Halunke

Einmal Halunke, immer Halunke

Die Liebe ist überall

(eine Regency Weihnachtstrilogie)

Der Earl mit dem flammendroten Haar

Das Geschenk des Marquess

Eine Freude für den Herzog

Der Club der verruchten Herzöge

Eine Nacht zum Verführen by Erica Ridley

Eine Nacht der Hingabe by Darcy Burke

Eine Nacht aus Leidenschaft by Erica Ridley

Eine Nacht des Skandals by Darcy Burke

Eine Nacht zum Erinnern by Erica Ridley

Eine Nacht der Versuchung by Darcy Burke

Historische Mysterium

Ein Wispern des Todes

Ein Wispern um Mitternacht

Darcy Burke ist die USA Today Bestsellerautorin für sexy, emotionale, historische und zeitgenössische Romantik. Darcy schrieb ihr erstes Buch im Alter von 11 Jahren – mit einem Happy End – über einen männlichen Schwan, der von der Magie abhängig war, und einen weiblichen Schwan, der ihn liebte, mit nicht sehr gelungenen Illustrationen. Schließen Sie sich ihr an newsletter!

Darcy, die in Oregon an der Westküste der Vereinigten Staaten geboren wurde, lebt am Rande des Wine Country mit ihrem auf der Gitarre spielenden Ehemann und ihren beiden ausgelassenen Kindern, die das Schreiben geerbt zu haben scheinen. Sie sind eine nach Katzen verrückte Familie mit zwei bengalischen Katzen, einer kleinen, familienfreundlichen Katze, die nach einer Frucht benannt ist, und einer älteren, geretteten Maine Coon, die der Meister der Kühle und der fünf-Uhr-morgens-Serenade ist. In ihrer ›Freizeit‹ ist Darcy eine regelmäßige ehrenamtliche Mitarbeiterin, die in einem 12-stufigen Programm eingeschrieben ist, in dem man lernt, ›Nein‹ zu sagen, aber sie muss immer wieder von vorne anfangen. Ihre Lieblingsplätze sind Disneyland und das Labor Day Wochenende in The Gorge. Besuchen Sie Darcy online unter https://www.darcyburke.de.

facebook.com/darcyburkeautorin

instagram.com/darcyburke_autorin

pinterest.com/darcyburkewrites

IMPRESSUM

Deutsche Erstausgabe von:
Darcy E. Burke Publishing
Zealous Quill Press
13500 SW Pacific Hwy., Ste. 58-419
Tigard, OR, 97223
USA

Für die Originalausgabe:
Copyright © UNTIL THE RAKE SURRENDERS, 2025 by
Darcy Burke, All rights reserved.

Für die deutschsprachige Ausgabe:
Copyright © 2025 by Petra Gorschboth
Redaktion: Nicole Wszalek
Umschlaggestaltung: © Dar Albert, Wicked Smart Designs.

ISBN: 9781637262221

www.darcyburke.de